王度庐作品大系 武侠卷 玖

王度庐·著／王芹·点校

彩凤银蛇传

山西出版传媒集团

北岳文艺出版社

王度庐著

图书在版编目（CIP）数据

彩凤银蛇传 / 王度庐著 . — 太原：北岳文艺出版社，2016.6
（王度庐作品大系）
ISBN 978-7-5378-4815-2

Ⅰ．①彩… Ⅱ．①王… Ⅲ．①长篇小说－中国－当代 Ⅳ．① I247.5

中国版本图书馆 CIP 数据核字（2016）第 135292 号

书名：彩凤银蛇传　　点校：王　芹　　助理编辑：牛晓红
著者：王度庐　　　　策划：续小强　刘文飞　　书籍设计：张永文
　　　　　　　　　　责任编辑：刘文飞　　印装监制：巩　璠

出版发行：山西出版传媒集团·北岳文艺出版社
地址：山西省太原市并州南路 57 号
邮编：030012
电话：0351-5628696（发行部）　　0351-5628688（总编办）
传真：0351-5628680
网址：http://www.bywy.com　E-mail：bywycbs@163.com
经销商：新华书店　印刷装订：山西人民印刷有限责任公司

开本：890mm×1240mm　1/32　字数：288 千字　印数：1-5000
印张：10　版次：2016 年 6 月第 1 版　印次：2016 年 6 月山西第 1 次印刷
书号：ISBN　978-7-5378-4815-2
定价：40.00 元

出版前言

　　王度庐（1909—1977），原名葆祥（后改葆翔），字霄羽，出生于北京下层旗人家庭。"度庐"是1938年启用的笔名。他是中国现代文学史上著名的武侠言情小说家，独创"悲剧侠情"一派，成为民国北方武侠巨擘之一，与还珠楼主、白羽（宫竹心）、郑证因、朱贞木并称为"北派五大家"。

　　20世纪20年代，王度庐开始在北京小报上发表连载小说，包括侦探、实事、惨情、社会、武侠等各种类型，并发表杂文多篇。20世纪30年代后期，因在青岛报纸上连载长篇武侠小说《宝剑金钗》《剑气珠光》《鹤惊昆仑》《卧虎藏龙》《铁骑银瓶》（合称"鹤-铁五部"）而蜚声全国；至1948年，他还创作了《风雨双龙剑》《洛阳豪客》《绣带银镖》《雍正与年羹尧》等十几部中篇武侠小说和《落絮飘香》《古城新月》《虞美人》等社会言情小说。

　　王度庐熟悉新文学和西方现代文化思潮，他的侠情小说多以性格、心理为重心，并在叙述时投入主观情绪，着重于"情""义""理"的演绎。"鹤-铁五部"既互有联系又相对独立，达到了通俗武侠文学抒写悲情的现代水平和相当的人性深度，具有"社会悲剧、命运悲剧、性格心理悲剧的综合美感"。他的社会言情小说的艺术感染力也很强，注重营造诗意的氛围，写婚姻恋爱问题，将金钱、地位与爱情构成冲突模式，表现普通人对个性解放、爱情自由和婚姻平等的追求与呼唤。这些作品注重写人，写人性，与"五四"以来"人的文学"思潮是互相呼应的。因此，王度庐也成为通俗文学史乃至整个中国现代文学史研究中绕不过去的作家，被写入不同类型的文学史。许多学者和专家将他及其作品列为重点研究对象。

王度庐所创造的"悲剧侠情"美学风格影响了港台"新派"武侠小说的创作，台湾著名学者叶洪生批校出版的《近代中国武侠小说名著大系》即收录了王度庐的七部作品，并称"他打破了既往'江湖传奇'（如不肖生）、'奇幻仙侠'（如还珠楼主）乃至'武打综艺'（如白羽）各派武侠外在茧衣，而潜入英雄儿女的灵魂深处活动；以近乎白描的'新文艺'笔法来描写侠骨、柔肠、英雄泪，乃自成'悲剧侠情'一大家数。爱恨交织，扣人心弦！"台湾著名武侠小说作家古龙曾说，"到了我生命中某一个阶段中，我忽然发现我最喜爱的武侠小说作家竟然是王度庐"。大陆学者张赣生、徐斯年对王度庐的作品进行了大量的整理、发掘和研究工作，并给予了很高的评价。徐斯年称其为"言情圣手，武侠大家"，张赣生则在《王度庐武侠言情小说集》的序言中说："从中国文学史的全局来看，他的武侠言情小说大大超过了前人所达到的水平"，"他创造了武侠言情小说的完善形态，在这方面，他是开山立派的一代宗师。"

此次出版的《王度庐作品大系》收录了王度庐在不同时期的代表作和有影响力的作品，还收录了至今尚未出版过的新发掘出的作品，包括他早期创作的杂文和小说。此外，为了满足不同领域的读者的需求，此版还附有张赣生先生的序言、已知王度庐小说目录和王度庐年表，以供研究者参考。这次出版得到了王度庐子女的大力支持和密切配合，王度庐之女王芹女士亲自对作品进行了点校。可以说，他们的支持使得《王度庐作品大系》成为王度庐作品最完善、最全面的一次呈现。在此，我们表达最诚挚的谢意。

在编辑过程中，我们依据上海励力出版社，参考报纸连载文本及其他出版社的原始版本，对作品中出现的语病和标点进行了订正；遵循《第一批异形词整理表》（GF1001-2001），对文中的字、词进行了统一校对；并参照《现代汉语大词典》《汉语方言大词典》《北京方言词典》《北京土语辞典》等工具书小心求证，力求保持作品语言的原汁原味。由于编辑水平和时间有限，难免有疏漏之处，敬请广大读者批评指正！

北岳文艺出版社

二〇一五年六月三十日

总　序

　　王度庐是位曾被遗忘的作家。许多人重新想起他或刚知道他的名字，都可归因于影片《卧虎藏龙》荣获奥斯卡奖的影响。但是，观赏影片替代不了阅读原著，不读小说《卧虎藏龙》（而且必须先看《宝剑金钗》），你就不会知道王度庐与李安的差别。而你若想了解王度庐的"全人"，那又必须尽可能多地阅读他的其他著作。北岳文艺出版社继《宫白羽武侠小说全集》《还珠楼主小说全集》之后推出这套《王度庐作品大系》（以下简称《大系》），对于通俗文学史的研究，可谓功德无量！

　　王度庐，原名王葆祥，字霄羽，1909年生于北京一个下层旗人家庭。幼年丧父，旧制高小毕业即步入社会，一边谋生，一边自学。十七岁始向《小小日报》投寄侦探小说，随即扩及社会小说、武侠小说。1930年在该报开辟个人专栏《谈天》，日发散文一篇；次年就任该报编辑。八年间，已知发表小说近三十部（篇）。1934年往西安与李丹荃结婚，曾任陕西省教育厅编审室办事员和西安《民意报》编辑。1936年返回北平，继续以卖稿为生，次年赴青岛。青岛沦陷后始用笔名"度庐"，在《青岛新民报》及南京《京报》发表武侠言情小说（同时继续撰写社会小说，署名则用"霄羽"）。十余年间，发表的武侠小说、社会小说达三十余部。1949年赴大连，任大连师范专科学校教员。1953年调到沈阳，任东北实验中学语文教员。"文革"时期，以退休人员身份随夫人"下放"昌图县农村。1977年卒于辽宁铁岭。

早在青年时代，王度庐就接受并阐释过"平民文学"的主张。他的文学思想虽与周作人不尽相同，但在"为人生"这一要点上，二者的观念是基本一致的。

　　从撰写《红绫枕》（1926年）开始，王度庐的社会小说（当时或又标为"惨情小说""社会言情小说"）就把笔力集中于揭示社会的不公、人生的惨淡，以及受侮辱、受损害者命运的悲苦。

　　恋爱和婚姻是"五四"新文学的一大主题。那时新小说里追求婚恋自由的男女主人公面对的阻力主要来自封建家庭和封建礼教，作品多反映"父与子"的冲突——包括对男权的反抗，所以，易卜生笔下的娜拉尤被觉醒的女青年们视为楷模。到了王度庐的笔下，上述冲突转化成了"金钱与爱情"的矛盾。

　　正如鲁迅所说：娜拉冲出家庭之后，倘若不能自立，摆在面前的出路只有两条——或者堕落，或者"回家"。王度庐则在《虞美人》中写道："人生""青春"和"金钱"，"三者之间是相互联系着的"，而在当时的中国社会里，金钱又对一切起着主导性的作用。他所撰写的社会言情小说，深刻淋漓地描绘了"金钱"如何成为社会流行的最高价值观念和唯一价值标准，如何与传统的父权、男权结合而使它们更加无耻，如何导致社会的险恶和人性的异化。

　　王度庐特别关注女性的命运。他笔下的女主人公多曾追求自立，但是这条道路充满凶险。范菊英（《落絮飘香》）和田二玉（《晚香玉》）付出了生命的代价；虞婉兰（《虞美人》）终于发疯，生不如死。唯有白月梅（《古城新月》）初步实现了自立，但她的前途仍难预料；至于最具"娜拉性格"，而且也更加具备自立条件的祁丽雪，最终选择的出路却是"回家"。

　　这些故事，可用王度庐自己的两句话加以概括："财色相欺，优柔自误"（《〈宝剑金钗〉序》）。金钱腐蚀、摧毁了爱情，也使人性发生扭曲。人是"社会关系的总和"，他的社会小说正是通过写人，而使社会的弊端暴露无遗。

　　在社会小说里，王度庐经常写及具有侠义精神的人物，他们扶弱抗强，甚至不惜舍生以取义。这些人物有的写得很好，如《风尘四杰》里的天桥四杰和《粉墨婵娟》里的方梦渔；有些粗豪角色则写得并不成功，流于概念化，如《红绫枕》里的熊屠户和《虞美人》里的秃头小三。

上述侠义角色与爱情故事里的男女主人公一样，也是现代社会中的弱者。作者不止一次地提示读者，这些侠义人物"应该"生活于古代。这种提示背后隐含着一个问题：现代爱情悲剧里的那些痴男怨女，如果变成身负绝顶武功的侠士和侠女，生活在快意恩仇的古代江湖，他们的故事和命运将会怎样？这个问题化为创作动机，便催生了王度庐的侠情小说，这里也昭示着它们与作者所撰社会小说的内在联系。

《宝剑金钗》标志着王度庐开始自觉地把撰写社会言情小说的经验融入侠情小说的写作之中，也标志着他自觉创造"现代武侠悲情小说"这一全新样式的开端。此书属于厚积薄发的精品，所以一鸣惊人，奠定了作者成为中国现代武侠悲情小说开山宗师的地位。继而推出的《剑气珠光》《鹤惊昆仑》《卧虎藏龙》《铁骑银瓶》①（与《宝剑金钗》合称"鹤-铁五部"）以及《风雨双龙剑》《彩凤银蛇传》《洛阳豪客》《燕市侠伶》等，都可视为王氏现代武侠悲情小说的代表作或佳作。

作为这些爱情故事主人公的侠士、侠女，他们虽然武艺超群，却都是"人"，而不是"超人"。作者没有赋予他们保国救民那样的大任，只让他们为捍卫"爱的权利"而战；但是，"爱的责任"又令他们惶恐、纠结。他们驰骋江湖，所向无敌，必要时也敢以武犯禁，但是面对"庙堂"法制，他们又不得不有所顾忌；他们最终发现，最难战胜的"敌人"竟是"自己"。如果说王度庐的社会小说属于弱者的社会悲剧，那么他的武侠悲情小说则是强者的心灵悲剧。

王度庐是位悲剧意识极为强烈的作家。他说："美与缺陷原是一个东西。""向来'大团圆'的玩意儿总没有'缺陷美'令人留恋，而且人生本来是一杯苦酒，哪里来的那么些'完美'的事情？"（《关于鲁海娥之

---

① 这里叙述的是发表次序。按故事时序，则《鹤惊昆仑》为第一部，以下依次为《宝剑金钗》《剑气珠光》《卧虎藏龙》《铁骑银瓶》。

死》)《鹤惊昆仑》和《彩凤银蛇传》里的"缺陷"是女主人公的死亡和男主人公的悲凉；《宝剑金钗》《卧虎藏龙》《铁骑银瓶》里的"缺陷"都不是男女主角的死亡，而是他们内心深处永难平复的创伤；《风雨双龙剑》和《洛阳豪客》则用一抹喜剧性的亮色，来反衬这种悲怆和内心伤痕。

王度庐把侠情小说提升到心理悲剧的境界，为中国武侠小说史做出了一大贡献。正如弗洛伊德所说："这里，造成痛苦的斗争是在主角的心灵中进行着，这是一个不同冲动之间的斗争，这个斗争的结束绝不是主角的消逝，而是他的一个冲动的消逝。"①这个"冲动"虽因主角的"自我克制"而消逝了，但他（她）内心深处的波涛却在继续涌动，以致成为终身遗恨。

李慕白，是王度庐写得最为成功的一个男人。

有人说，李慕白是位集儒、释、道三家人格于一身的大侠；这是该评论者观赏电影《卧虎藏龙》的个人感受。至于小说《宝剑金钗》里的李慕白，他的头上绝无如此"高大上"的绚丽光环——古龙说得好：王度庐笔下的李慕白，无非是个"失意的男人"。

在《宝剑金钗》里，李慕白始终纠结于"情"和"义"的矛盾冲突之中，他最终选择了舍情取义，但所选的"义"中却又渗透着难以言说的"情"。手刃巨奸如囊中取物，李慕白做得非常轻易；但是他却主动伏法，付出的代价极其沉重。他做这些都是自愿的，又都是不自愿的。出发除奸之前，作者让他在安定门城墙下的草地上做了一番内心自剖，这段自剖深刻地展示着他的"失意"，这种心态可以概括为三个字——"不甘心"。

在本《大系》所收"早期小说与杂文"卷中，读者可以见到王度庐用笔名"柳今"所写的一篇杂文《憔悴》，其中有段文字，所写心态与上述李慕白的自剖如出一辙。读者还可见到，《红绫枕》里男主角戚雪桥为爱

---

①弗洛伊德：《戏剧中的精神变态人物》，张唤民译，载《二十世纪西方美学名著选》（上），复旦大学出版社，1987，第410页。

人营墓、祭扫时的一段内心独白，其心态又与柳今极其相似。于是，我们看到了王度庐、柳今、戚雪桥（还有一些其他角色，因相关作品残缺而未收入《大系》）与李慕白之间的联系——李慕白的故事，是戚雪桥们的白日梦；戚雪桥、李慕白们的故事，则是柳今、王度庐的白日梦。

不把李慕白这个大侠写成一位"高大上"的"完人"，而把他写成一个"失意的男人"，这是王度庐颠覆传统"侠义叙事"，为中国武侠小说史做出的又一贡献。

玉娇龙，是王度庐写得最为成功的一个女人。

玉娇龙的性格与《古城新月》里的祁丽雪有相似之处，但是她的叛逆精神更加决绝、更加彻底。为了自由的爱情，她舍弃了骨肉的亲情。同时，她也舍弃了贵胄生活，选择了荆棘江湖；舍弃了城市文明，选择了草莽蛮荒。

对玉娇龙来说，最难割舍的是亲情；最难获得的，是理想的婚姻。她发现自己选择罗小虎未免有点莽撞，所以又离开了他。她获得了自由的爱情，却在事实上拒绝了自由的婚姻。这与其说反映着"礼教观念残余""贵族阶级局限"，不如说是对文化差异的正视。尽管如此，这位"古代娜拉"并未"回家"，而是毅然决然地踏上一条不归路。这条路是悲凉的，同时又是壮美的。

玉娇龙和李慕白都是"跨卷人物"。《剑气珠光》里的李慕白写得不好，因为背离了《宝剑金钗》中业已形成的性格逻辑。《铁骑银瓶》里的玉娇龙则写得很好，她青年时代的浪漫爱情，此时已经升华为伟大的、无私的母爱。她青年时代的梦想，终于在爱子和养女的身上得以成真，但是他们携手归隐时的心态，也与母亲一样充满遗憾。

王度庐的上述成就，都是源于对传统武侠叙事的扬弃，这也使他的武侠悲情小说拥有了现代精神。

王度庐又是一位京旗作家。

清朝定都北京之后，即将内城所居汉人一律迁出，由八旗分驻内城八区。王度庐家住地安门内的"后门里"，属于镶黄旗驻区，其父供职于内务府的上驷院。内务府是一个由满洲上三旗（镶黄、正黄、正白旗）内"从龙包衣"①组成的机构，专门管理皇家事务。由此可知，王氏当属编入满洲镶黄旗的"汉姓人"，这一族群不同于"汉人""汉军"，满人把他们视为同族②。

满人崛起于白山黑水之间，性格刚毅尚武，自立自强，粗犷豪放。入关定鼎之后，宴安日久，八旗制度的内在弊端开始呈现，"八旗生计"问题日益突出，以致最终导致严重的存亡危机。王度庐出生时，恰逢取消"铁杆庄稼"（即旗人原本享受的"俸禄"），父亲又早逝，全家陷于接近赤贫的境地。他的早期杂文经常写到"经济的压迫"，"身世的漂泊，学业的荒芜"，疾病的"缠身"，始终无法摆脱"整天奔窝头"的境况。他的许多社会小说及其主人公的经历、心境，也都寄托着同样的身世之感和颓丧情绪。这种刻骨铭心的痛楚，蕴含着当时旗人不可避免的噩运，汉族读者是难以体会这种特殊的苦痛的。

同时，王度庐又十分景仰旗族优秀的民族精神。他的作品，明确书写旗人生活的有十多部；他所塑造的许多旗籍人物身上，都寄托着他对民族精神的追忆和期许。

从这个角度考察玉娇龙，首先令人想到满族的"尊女"传统。满族文史专家关纪新认为，这一传统的形成，至少有四点原因：一、对母系氏族社会的清晰记忆；二、以采集、渔猎为主的传统经济，决定了男女社会分工趋于平等；三、入关之前未经历很多封建化过程；四、旗族少女在理论上都有"选秀入宫"机会，所以家族内部皆以"小姑为大"。③玉娇龙那昂扬的生命力，正是满族少女普遍性格的文学升华。《宝刀飞》可能是第一部把入宫前的慈禧，作为一位纯真、浪漫而又不无"野心"的旗族姑娘加以描绘的小说。作者以"正笔"书写入宫前的她，用"侧笔"续写成为"西宫娘娘"之后的她，沉重的历史

---

① "包衣"，满语，意为"家里人"，在一定语境下也指"世仆""仆役"；"从龙"，指从其祖先开始就归皇帝亲领。王度庐在一份手写的简历里说：父亲在清宫一个"管理车马的机构"任小职员，这个机构当即内务府所属之上驷院。

②按："满人"专指满族；"旗人"这一概念则涵括满洲、蒙古、汉军三个八旗的所有成员，其内涵大于"满人"。

③参阅关纪新：《多元背景下的一种阅读——满族文学与文化论稿》，辽宁民族出版社，2013，第219页。

感里蕴含几分惋惜，情感上极具"旗族特色"。

在《宝剑金钗》和《卧虎藏龙》里，德啸峰虽非主人公，却可视为旗籍"贵胄之侠"的典型。他沉稳、老练，善于谋划，善于掌控全局，比李慕白更加"拿得起、放得下"。他的身上比较完整地体现着金启孮所说京城旗人游侠的三个特征：一、凌强而不欺下，一般人对他们没有什么恶感。二、多在八旗人居住的内城活动，没什么民族矛盾的辫子可抓。三、偶或触犯权势，但不具备"大逆不道"的证据，故多默默无闻。①铁贝勒、邱广超和《彩凤银蛇传》里的谢慰臣都属此类人物。

进入民国之后，由于政治、经济原因，京中旗人的精神状态呈现更趋萎靡甚至堕落之势（《晚香玉》里的田迂子即为典型），但是王度庐从闾巷之中找到了民族精神的正面传承。《风尘四杰》实际写了五个"闾巷之侠"——那位"有学有品而穷光蛋"②的"我"，也算一个"不武之侠"。作者清楚地认识到：虽然早非"侠的时代"，但是天桥"四杰"③身上那种捍卫正义，向善疾恶，刚健、豁达、坚韧、仗义、乐观的民族精神，却是值得弘扬光大的。这已不仅仅是对旗族的期许，更是对重振中华民族传统美德的期许。

凡是旗人，都无法回避对于清王朝的评价。王度庐在杂文里认为，"大清国歇业，薄掌柜回老家"④乃是历史的必然，人民期盼的是真正实现"五族共和"。他更在两部算不上杰作的小说中，以传奇笔法描绘了两位清朝"盛世圣君"的形象。《雍正与年羹尧》里的胤禛既胸怀雄才大略，又善施阴谋诡计。他利用"江南八侠"的"复明"活动实现自己夺嫡、登基的计划，又在目的达到之后断然剪除"八侠"势力。但是，他对汉族的"复明"意志及其能量日夜心怀惕惧，以至"留下密旨，劝他的儿子登基以后，要相机行事，而使全国

①参阅关纪新：《老舍与满族文化》，辽宁民族出版社，2008，第80页。
②语见王度庐早期杂文《中等人》，原载于北平《小小日报》1930年4月5日"谈天"栏，署名"柳今"。
③民国初年，"天坛附近的天桥大多数的女艺人、说书人、算命打卦者都是满人"。转引自关纪新：《老舍与满族文化》，辽宁民族出版社，2008，第122页。
④语见王度庐早期杂文《小算盘》，原载于《小小日报》1930年5月20日"谈天"栏，署名"柳今"。

恢复汉家的衣冠"。书中还有一位不起眼的小角色——跟着胤祯闯荡江湖的"小常随"，他与八侠相交甚密，又很忠于胤祯。"两边都要报恩"的尖锐矛盾，导致他最终撞墙而殉。作者展示的绝不限于"义气"，这里更加突出表现的是对汉族的负疚感和对民族杀伐史的深沉痛楚。王度庐对历史的反思已经出离于本民族的"兴亡得失"，上升为一种"超民族"的普世人文关怀。《金刚玉宝剑》中的乾隆，则被写成一个孤独落寞的衰朽老人，这一形象同样透露着作者的上述历史观。

满族入关后吸收汉族文化，"尚武"精神转向"重文"，涌现出了纳兰性德、曹雪芹、文康等杰出满族作家，其中对王度庐影响最大的是纳兰性德。"摇落后，清吹那堪听。淅沥暗飘金井叶，乍闻风定又钟声。"[1]纳兰词的凄美色调，融入北京城的扑面柳絮和戈壁滩的漫天风沙，形成了王度庐小说特有的悲怆风格。

旗人的生活文化是"雅""俗"相融的，王度庐继承着旗族的两大爱好：鼓词（又称"子弟书""落子"）和京剧。他十七岁时写的小说《红绫枕》，叙述的就是鼓姬命运，其中还插有自创的几首凄美鼓词。至于京剧，据不完全统计，仅在《落絮飘香》《古城新月》《晚香玉》《虞美人》《粉墨婵娟》《风尘四杰》《寒梅曲》七部小说中，写及的剧目已达九十六折[2]之多！作为小说叙事的有机内涵，王度庐写及昆曲、秦腔、梆子与京剧的关系，"京朝派"（即京派）与"外江派"（即海派）的异同，"京、海之争"和"京、海互补"，票社活动及其排场，非科班出身的伶人、票友如何学戏，戏班师傅和剧评家如何为新演员策划"打炮戏"，各色人等观剧时的移情心理和审美思维……他笔下的伶人、票友对京剧的热爱是超功利的，而她（他）们的社会角色和物质生活则是极功利的——唯美的精神追求与惨淡的现实生活构成鲜明反差，映射着

---

①纳兰性德：《忆江南》——当年王度庐与李丹荃相爱，曾赠以《纳兰词》一册，李丹荃女士七十余岁时犹能背诵这首词。
②由于现存《虞美人》和《寒梅曲》文本均不完整，所以这一数字是不完整的。而未列入统计对象的《宝剑金钗》《燕市侠伶》等作品中，也常含有京剧演出、观赏等情节，涉及剧目亦复不少。

人性的本真、复杂和异化。他又善于利用剧情渲染故事情节和人物情感,例如《粉墨婵娟》中,凭借《薛礼叹月》和《太真外传》两段唱词,抒发女主人公不同情境下的不同心绪,展示着"戏如人生、人生如戏"的微妙契合,极大地增强了小说的诗意。

入关以后,旗人皆认"京师"为故乡,京旗文学自以"京味儿"为特色。王度庐的小说描绘北京地理风貌极其准确,所述地名——包括城门、街衢、胡同、集市、苑囿、交通路线等等,几乎均可在相应时期的地图上得到印证。《宝剑金钗》《卧虎藏龙》主人公的活动空间广阔,书中展示清代中期北京的地理风貌相当宏观,又非常精细。玉娇龙之父为九门提督,府邸位置有据可查,作者由此设计出铁贝勒、德啸峰、邱广超府第位置,决定了以内城正黄旗、镶黄旗(兼及正红旗、正白旗)驻区为"贵胄之侠"的主要活动区域。李慕白等为江湖人,则决定了以"外城"即南城为其主要活动区域。两类侠者的行动则把上述区域连接起来,并且扩及全城和郊县。《落絮飘香》《古城新月》《晚香玉》《虞美人》等社会小说中,主人公的活动空间相对狭小,所以每部作品侧重展示的是民国时期北平城的某一局部区域:或以海淀—东单—宣内为主,或以西城丰盛地区—东单王府井地区为主,等等。拼合起来,也是一幅接近完整的"北平地图"。上述小说之间所写地域又常出现重合,而以鼓楼大街、地安门一带的重合率为最高。作者故居所在地"后门里"恰在这一区域,在不同的作品里,它被分别设置为丐头、暗娼等的住地。这里反映着作者内心深处存在一个"后门里情结",他把此地写成天子脚下、富贵乡边的一个小小"贫困点",既体现着平民主义的观念,又是一种带有幽默意味的自嘲。

王度庐小说里的"北京文化地图",是"地景"与"时景"的融合,所以是立体的、动态的。这里的"时景",指一定地域中人们的生活形态,包括节俗、风习。无论是妙峰山的香市、白云观的庙会、旗族的婚礼仪仗、富贵人家的大出丧、"残灯末庙"时的祭祖和年夜饭、北海中元节的"烧法船",乃至京旗人家的衣食住行,王度庐都描写得有声有色,细致生动。这些"时景"与故事情节融为一体,成为展示人物性格、心理的重要手段;同时也颇具独立的民俗学价值。王度庐在小说里常将富贵繁华区的灯红酒绿与平民集市里的杂乱喧闹加以对比,而对后者的描绘和评论尤具特色。例如,《风尘四杰》里是这样介绍天桥的："天桥，的确景物很多，让你百看不厌。人乱而事杂，技艺丛集，藏龙卧虎，新旧并列。是时代的渣滓与生计的艰辛交织成了这个地方，在无情的大风里，秽土的弥漫中，令你啼笑皆非。"他笔下的天桥图景，喷发着故都世俗社会沸沸扬扬的活力和生机，嘈杂喧嚣而又暗藏同一的内在律动；它与内城里的"皇气""官气"保持着疏离，却又沾染着前者的几分闲散和慵懒。这又是一种十分浓厚、相当典型的"京味儿"！

　　"京味儿"当然离不开"京腔"。王度庐的语言大致是由两部分组成的：叙事以及文化程度较高角色的口语，用的是"标准变体"，即经过"标准化处理"的北京话，近似如今的"普通话"；底层人物的语言，则多用地道的北京土语，词汇、语法都有浓厚的地域特色，比一般的"京片儿"还要"土"。故在"拙""朴"方面，他比一些京派作家显得更加突出。

　　由于众所周知的原因，王度庐的作品散佚严重，这部《大系》编入了至今保存完整或相对完整的小说二十余种，另有一卷专收早期小说和杂文。

　　笔者认为，1949年前促使王度庐奋力写作的动力当有三种：一曰"舒愤懑"；二曰"为人生"；三曰"奔窝头"。三者结合得好，或前二者起主要作用时，写出来的作品质量都高或较高；而当"第三动力"起主要作用时，写出来的作品往往难免粗糙、随意。当然，写熟悉的题材时，质量一般也高或较高，否则，虽欲"舒愤懑""为人生"，也难以得到理想的效果。是否如此，还请读者评判、指正。

徐斯年

二〇一四年十一月于姑苏香滨水岸

凡 例

1.《风雨双龙剑》

本书初稿共十七回，连载于 1940 年 8 月 16 日至 1941 年 5 月 9 日南京《京报》。载毕即由报社刊行单行本，列为"京报丛书"之一。1948 年又由上海育才书局印行单行本，改为十八回；回目与《京报》本略有差异，内文稍有删改。本版采用十八回，内文据连载本印行。

2.《彩凤银蛇传》

本书最初连载于 1941 年 5 月 10 日至 1942 年 3 月 1 日南京《京报》。未见单行本。本版即据连载本印行。

3.《纤纤剑》

本书初载于 1942 年 3 月 1 日至 10 月 31 日南京《京报》。未见单行本。本版即据连载本印行。

4.《洛阳豪客》

本书初稿连载于 1943 年 1 月 23 日至 1944 年 1 月 8 日南京《京报》，原题《舞剑飞花录》。1949 年 2 月上海励力出版社印行单行本，改题《洛阳豪客》，章次、章题均与连载本不同，内文差异亦大。

本版以连载本为底本,书名仍用励力版名,附励力版目录如下:

第一章　江水滔滔少年侠士　隐凤村中少女动相思
第二章　绛窗外试剑对名花　洛阳东关娇娥战五虎
第三章　苏小琴闺中戏女伴　为防腾云虎夜夜虚惊
第四章　巨案惊人轰动洛城　酒楼掷花轻薄遭鞭
第五章　镜后捉贼小姐施威　月夜鏖战见少年 洞穿底细
第六章　绸巾绣鞋惹起狮子吼　楚江涯追踪看把戏
第七章　云媚儿酒店发雌威　于铁雕率众为师兄报仇
第八章　苏老太爷客舍忏从前　楚江涯仗义救衰翁
第九章　家中女子太可疑　夜深,村外,惨变
第十章　"竟被爸爸识破了吗?"青蛟剑找不到仇人
第十一章　斜阳惨黯晚风徐起山中逢"女鬼"清晨吊祭探
　　　　　询李姑娘
第十二章　楚江涯力战群雄　李国良老迈发呓语
第十三章　素幔低垂,怪贫妇半夜击棺　美剑侠扬剑捉凶
第十四章　夜战高岗宝剑斗金鞭　人言可畏名闺蒙羞
第十五章　雨天,老英雄跌死街头　河边柳畔会情人,心
　　　　　碎美剑侠
第十六章　闻说有人刎颈死　古都三访,洛阳豪客尽余情

5.《大漠双鸳谱》

本书最初连载于 1943 年 1 月 23 日至 1944 年 7 月 3 日南京《京报》(1944 年 2 月 1 日改名《京报晚刊》)。未见单行本。本版即据连载本印行。

6.《紫电青霜》

本书初稿 1944 年至 1945 年连载于《青岛大新民报》,原题《紫电青霜录》。1948 年 7 月由上海励力出版社印行单行本,改题《紫电青

霜》。本版以励力版为底本。

7.《紫凤镖》

本书初稿连载于 1946 年 12 月至 1947 年 7 月《青岛时报》,署名鲁云。1949 年由重庆千秋书局印行单行本。本版以千秋书局版为底本。

8.《绣带银镖》

本书初稿连载于 1947 年 5 月至 1948 年 9 月青岛《大中报》,原题《清末侠客传》,署名鲁云。1948 年上海励力出版社印行单行本时分为二册,书名分别改题《绣带银镖》《冷剑凄芳》。本版以励力版为底本,合为一册印行。

9.《雍正与年羹尧》

本书初稿连载于 1947 年 7 月至 1948 年 4 月《青岛时报》,署名鲁云。1949 年上海励力出版社印行单行本,更名《新血滴子》。本版以励力版为底本,书名恢复原名。

10.《宝刀飞》

本书初稿连载于 1948 年 4 月至 1948 年 9 月《青岛时报》,署名鲁云。同年 11 月由上海励力出版社印行单行本。本版以励力版为底本。

11.《金刚玉宝剑》

本书初稿始载于 1948 年 9 月《青岛公报》,1949 年 2 月改载《联青晚报》。1949 年由上海励力出版社印行单行本。本版以励力版为底本。

按"金刚玉"当作"金刚王"。参见丁福保主编之《佛学大辞典》:

【金刚王宝剑】(譬喻)临济四喝之一,谓临济有时一喝,为切断一切情解葛藤之利剑也。《临济录》曰:"师问僧:有时一喝如金刚王宝剑,有时一喝如踞地金毛狮子,有时一喝如探竿影草,有时一喝不作一喝用,汝作么生会?僧拟议,师便喝。"《人天眼目》曰:"金刚王宝剑者,一刀挥断一切情解。"

又:【金刚】(术语)Vajra 梵语曰缚罗。……译言金刚,金中之精者,世所言之金刚石是也。……又(天名)持金刚杵之力士,谓之金刚。……

【金刚王】(杂语)金刚中之最胜者,犹言牛中之最胜者为牛王也。……

目录

第一回　碧海青山侠少驻马
　　　阳春芳树闺女弄情

　　山东省日照县东北方向有一座巍然高耸的山峰，名叫琅琊台，这原是大珠山的峰岭。它与正北边的小珠山，如同巨灵神的两只胳膊，环抱着当中的一片小平原"灵山卫"，由这里往东看，汪洋的海水已在眼前了。海中岛屿无数，其中最大的最著名的就是水灵山岛，这周围沙平水广，岛绿山清。每日风帆片片，海鸟回翔，拨个小板船，在海中撒下一片网，待一会儿就能拉上来千百条活蹦蹦的大鱼，真个是鱼米之乡；陆地上还可以种稻，种麦，种黍，所以人民的生活也很容易。

　　这部《彩凤银蛇传》说的是在前清时代，大概还在嘉庆、道光年间以前，琅琊台山的山根下有一个小村落，因为这村中的房屋墙全是用石块垒成（这靠着山的地方，石头比柴草还不值钱），所以就叫作白石村。村里稀稀有四十多家住户，多一半是打鱼，少一半是种地。因为是聚族而居，所以全村有两个姓，就是黄、李二姓。

　　这里的人卖鱼粜谷都要到北边灵山卫，因为那里有一个很大的市镇，除了打官司之外，很少与县城往来。这里也没有什么念书的人，当然更没有秀才、举子了，可是人人都会武艺。年轻的汉子且不说，即使是老头子、小姑娘们也都会打拳练枪，个个都有一副好体格。别人要想欺负这村里的人，或是从村里偷一只鸡，或是到山上砍棵树，那是必要遭一场苦打的，还许丧失了性命。

　　这天，是初春二月的天气，海风吹来还很寒冷。傍午之时，正在涨潮的时候，潮水冲打着沙滩"哗哗"地响，如千军万马一般的雄壮。这里忽然来了一个异乡人。这地方的孩子见到的都是叔叔伯伯，除了每年来此收租一次的衙门里人之外，向来就看不见一个陌生的面孔。如今来的这个人，不但面目生疏，而且还牵着一匹铁青色的大马。马在此处更是轻易看不见，所以第一个发现这个的是黄家的杏姑娘，她就赶紧向女伴招手，叫着说："快来看呀，看马来呀！"

　　正在海滨湿沙子上扒蛤蜊的一群女孩子，全都回过来头，就见岸上有一人牵着一匹铁青色的大马，往这边走来。这些女孩子们都直着眼去看。有的还不信，说："这是骡子。"独有杏姑娘断定这是马，说："你们看！骡子的脖子上哪有这么长的毛呢？我跟我本家三伯到灵山卫去过，瞧见过马，马就是这个样子！"

　　一群女孩子们这样地嚷嚷着，那牵马的人也止住了脚步。这人很是年轻，有二十多岁，穿的衣也很讲究，是缎子的。在这里除了李大爷爷家，没有人穿过缎子衣裳。蓝色的缎子映着日光，也闪闪的跟海水一样，这些女孩子的眼光就更乱了。牵马的少年人却把他的马松了手，就放在岸上。他走到沙滩上来，笑着问了几句话。也不知他说的是哪一省的话，这里的女孩子们全都听不懂，只管翻着眼睛摆着头。

　　此时，那自以为认识马的杏姑娘，却带着一些女孩子跑到临近去看马。她们这群女孩子没有一个过十二岁的，从滩上跑到岸上，并且都嚷嚷着、笑着，就如同是海上爬过来的一群小妖。所以一下子，那匹铁青色的大马就差了眼，如同一条乌龙似的，暴怒起来，狂奔起来，四足飞跷向南奔去；同时有一声惨叫，那离着马最近的杏姑娘，就被踏倒在地下了。别的女孩子也都惊奔、大哭、乱嚷，沙滩上的人也都惊喊着："哎呀……"

　　那少年的马主人也顾不得再问话，就赶紧回身跑到岸上。一看，地上躺着个衣裳很破的十岁上下的小姑娘，前胸的衣服还留着蹄迹，手脚发僵，口目紧闭，已然昏晕了过去。这少年十分着急，赶紧蹲下了身，摸摸小姑娘脸倒还热，也喘着气。

少年刚站起身来，忽见从西边的山村里就跑来了许多人，其中有几个大汉，都手执长枪。这少年就不敢动一动，等到几个大汉来到了临近，他就上前拱手，叹息说："真想不到！我一时的大意，叫马惊跑了，误伤了贵村中的小孩，怎样受罚，我都愿意！"他的话也许这些人听不懂，当时很多瞪着大眼睛的大汉就把他围住，枪头都对准了他的前胸和后腰。有两个人上前，就用粗草绳绑住了他的手脚。

　　这少年被人捆绑上了，他的脸色也突然变紫，但是低头看了看身上缠绕的草绳，他的脸色又渐渐缓和，好像不十分惊慌的样子。他是一张长方的脸，面色微黑，似是久历风尘之人，但人物英俊，双目尤其炯炯有神。他从容地向众人说："诸位！我是一时大意，叫马踢伤了贵村的小孩，我实在抱歉；可是，诸位把我送到衙门去治罪，我甘受，要用私刑可不行！"

　　旁边的人哪管他的话，就拥着、骂着，还有的用拳头打，把他推到村前，绑在一棵大榆树上。这回他身上缠绕着的可不是草绳而是麻绳了，少年就是想挣扎也不行了。他被人剥去了上身，他的肩膀、胸脯都是很强壮的，仰着脸笑，说："诸位，打算怎么样呀？"

　　此时围上了一大群人，有男子，有老妇，有媳妇，有大姑娘、小孩，都带着恨意围观着，都说："哪儿来的这么个外乡人？马他不牵着，可放开了撞伤了黄家的小杏，该打！打完了再交县！"于是有个雄壮的汉子，就用那系锚的粗绳，抡起来向这被捆的少年没头盖脸地抽。只听"嗖！吧！嗖吧！"恶黑蟒似的绳鞭在少年的肉上，立刻就是一条青痕，再一下，交叉上了便变成紫色。"嗖嗖！吧吧！"看不见绳子的影子，只见这少年的脸上、身上一条一条地加添伤痕。十几下之后，这英俊的少年就改变了模样，身上、脸上，左一道、右一道，如同个花鱼似的。这被打的人却不吭声，只是抬着脸，闭着目，咬着牙。

　　忽然一绳子正抽在少年的鼻子上，只见鲜红的血汪然流下来。人丛里立即有人一声惊叫："呀！"原来是本村的黄大姑娘，就是受伤的杏姑娘的胞姐，吓得晕死了过去。这行刑的汉子仍然高抡粗绳向这少年的身上抽打，旁边就有人说："你还不央求？说几句好话也就把你放

第一回　碧海青山侠少驻马
　　　　阳春芳树闺女弄情

了！"少年依然不语，并且从容地微微笑了笑。"嗖嗖！吧吧！"顷刻之间他已无完肤，被打得垂下头去，可是还没有哼一声。这么一来，把那行刑的汉子都吓怔了，他的胳膊已没有了力，两只手因为攥绳子太用力，都发青了，少年却喊了一句："再打呀！"

这个坚硬耐打的少年可真真叫人惊佩，全村中的汉子向来是钦佩这种人，于是，不但不打了，反倒都消了气，而且说："好壮实！真咬得住牙！"有人上来解下来绑绳。本想这人一定要瘫倒，可是不想这少年忽然把腿一挺，瞪起了眼睛，说："诸位再来几下吧！兄弟一时大意，马撞伤了贵村的小孩，心里很抱歉。求诸位多打几下，好叫兄弟我心里舒服！"因为他的牙已然破了，一说出话来，便喷出来许多鲜血，浑身上下也跟血人一般。他是兴奋极了，身上也疼痛极了，头一阵儿昏，身子便立时往下瘫倒，可是当时就有人把他搀扶住了。

此时，本村中的首富李大爷爷已经闻讯前来。李大爷爷已经须发皆白，穿着青锻长棉袍，外套绛紫色的大坎肩，头戴锻帽，足蹬锻鞋，衔着长杆旱烟袋。他走过来看了看被打的少年，就申斥旁边的人，说："怎么把人打成这样？"又问："黄家的小杏伤得重不重？"大家都说："很重。"有人又说："这人是故意放开他的马！打他，他也不央求，所以招人生气，要不然也不能把他打得这样重！"李大爷爷皱了皱眉头，吩咐道："把这人抬到我家里去！等他缓过来，问问他是干什么的？"又问："他那匹马截回来了没有？"旁人答道："没有人去截，大概是跑远了！"李大爷爷又吩咐人去把那匹马给截回来，当下有几个人就找马去了。

这里，几个汉子就把被打伤的少年抬起，他们现在却是轻轻地，双手都不敢触动这少年身上的伤痕，就抬往首户李家去灌热汤救治去了。此时，妇女们全都走去，老年人都低首叹息，说是"打得不轻"，年轻的汉子却都暗暗佩服，说："这小子！也不知是个干什么的？他真能熬得住打！"

李大爷爷又往受伤的杏姑娘家里去探视。杏姑娘家中很穷，只是老母带着一儿二女。今天，儿子到海里打鱼还没归来，小女儿被马踢伤了，大女儿又因为刚才看打人，惊吓得在屋中直哭。李大爷爷来此安慰了一番，就走了。待了一会儿，有邻居的渔人回来，说："老三的船往远处去了。今天的潮大，偏口鱼总不上钩，老三跟偏口鱼赌上气了，他说今天不钓上十几尾绝不回来。他带着灯啦，也许要在海上过夜！"

黄老婆婆的心里非常挂念，她的儿子老三虽然打鱼也有五六年了，可是每天他入海里总使她老人家不放心。这也难怪！因为本村年年总要有人葬身在海里。村中许多寡妇，许多断了后的可怜的老妇人，到清明时节总要到海滨去哭祭。今天，黄老婆婆特别地不安，尤其是因为女儿小杏被马踢伤得很重。

小杏姑娘躺在板床上，两只小眼睛微微能够睁开，她哭着说："我疼！腰疼！"黄老婆婆赶紧过去安慰她。旁边坐着的她的姐姐黄大姑娘，乳名叫梅姑娘的，正在做针线，眼角还挂着为那挨打的少年所流的眼泪，她就说："你忍一忍吧！人家又不是故意叫马撞你的！你看李小八把人家打得有多么重，都快打死了！比你这样的伤疼不疼？咱这里的人有多么狠呀……"黄老婆婆也叹气，说："真是！今天那个外乡来的小伙子也真可怜！"屋内是杏姑娘的呻吟和黄老婆婆的叹息声，外面风吹得树响，并带来隐隐的涛声。

直到天黑，梅姑娘和杏姑娘的哥哥黄老三倒是回来了，一尾偏口鱼也没打着，很丧气的样子。听说了今天村里发生的事，又看了看他幼妹的伤势，他就恨恨地说："那人该打！"

晚饭后不点灯就各自睡觉。黄老三是梦着海里的鱼，一大群都投入他的网里来了，还梦见钓了满满一船的"偏口"（即比目鱼）。杏姑娘负伤呻吟，不住地说："马！马！"梅姑娘在梦中却梦见那被打的少年，浑身血痕，鲜血淋漓，仿佛早已死了。

村中更声迟迟交过了五下，少时天色就亮了，海面上吐出了朝阳，海水已渐渐退落，风帆都离岸往海中驶去，村中却传遍了关于昨天闯祸挨打的那少年的消息。村里的人传说：昨天挨打的那家伙，原来还是个举子呢！他名字叫叶允雄，是南方人，上北京赶考由这里经过。那家伙家里还很有钱，裤子里藏着很多银票。马也找回来了，李大爷爷跟他谈得还很相投呢！于是村里人都很后悔，想着人家是一个读书的，怎可以昨天把人家毒打了一顿呢！梅姑娘听了，心里更是惋惜。这村中只有李大爷爷是个读书人，如今连上这叶允雄，也是有两个了。

二十多天以后，叶允雄的伤已经养好，他跟李大爷爷也成了莫逆之交。这天，叶允雄换得一身整齐的衣裳，梳着黑亮的辫子，叫李大爷爷的一个孙子带着他到黄家，为是看看杏姑娘的伤势，道个歉，明天好就走了。

到了黄家，李大爷爷的孙子李四隔着窗纸，问说："黄大妈在家没有？"屋中是娇细的声音回答："没在家，谁呀？"屋门推开了，出现了一位十七八岁的大姑娘，长的是瓜子脸，高鼻梁，两道很清楚的眉毛，一双秀丽的眼睛，梳着很黑很亮的一条辫子；穿的虽是土布衣裳，可是掩不住她天生的丽质。她把眼向叶允雄斜盯了一下，叶允雄的眼睛便有点儿发直。李四就说："梅姑娘！大妈跟老三全都没在家吧？这位是叶大爷，上回他的马不是把这里的小妹撞了吗？听说小妹的伤也快好了，叶大爷明天就要走，今天是特来看看小妹妹，顺便道个歉。"

叶允雄就深深作揖，说："那天实在是我的疏忽，不知小妹好了没有？我特来看看！"梅姑娘抿嘴一笑，摇头说："不要紧！她前几天就好了，现在又到海边玩去了！叶大爷请屋里坐？"叶允雄迈腿就要进屋，李四赶紧向他使眼色，叶允雄才躬身说："不！不！那么请姑娘向伯母说吧，我今天是特来道歉，待我由京回来，再见伯母！"梅姑娘摇头笑着说："不客气！"梅姑娘的眼又盯在叶允雄的脸上，就见这少年的额上还留有两条青色的鞭痕。她想问：您倒好了吗？可没有问出来。叶允雄转身随着李四走去，好一条雄健挺拔的男子背影，叫梅姑娘倚着门发痴了半天。

叶允雄出了黄家的柴扉，他却往海边走去，在海边望着海水发了半天怔，又找着那些扒蛤蜊的女孩子问哪个是杏姑娘。杏姑娘却没忘了被马撞伤的那点儿仇恨，骂了一声："打不死的东西！"她回身就走了。叶允雄也像个小孩子，蹲在沙滩上跟那些女孩子说话。他也学着说本地的土语，所以女孩子们都能明了他说的是些什么。他就问："杏姑娘的家里全有什么人？杏姑娘的姐姐梅姑娘今年十几？她有了婆家没有？"女孩子都向他摇头撇嘴，说："你问这做啥？我们不知道！"

叶允雄又见沙滩上有几个渔人在练武，单刀、长枪在阳光下闪烁着，在海风里抖动着，个个人都骄傲异常。这时有个汉子过来，把叶允雄推了推，说："小子！你伤好了怎么还不走？索性吃上李大爷爷的家了？你小子可提防着，李小八还想打你呢！他说不把你打出声来，他不是好汉！"说着又用手一推，叶允雄赶紧避开。这汉子还要用手去推，想把他推落到潮水里去，叶允雄却很快地就跑到岸上。这里的一些练武的人，齐都鼓掌大笑。

叶允雄连头也不回，就走回李家，在屋中又不禁发怔。半天，李大爷爷进屋来，问说："明天你就要走吗？路费够不够？"叶允雄却说："路费倒够，只是我又不想走了！"李大爷爷诧异地问说："为什么？难道你不想赶考去了吗？"

叶允雄却摇着头，说："我脸上还有伤，就是到了北京，这几条青记也一时褪不下去，考试官焉能准我进场？我看这里还不错，我想在这里居住半年，散散心，然后我回家取了书来，在这里攻读三年，等到下科我再进京入场。"又说："我生在南方，所见的不过是些小山小水，所以所做的文章气派也非常狭小。如今我见了这汪洋大海，才使我胸襟一宽，我想如果在此居住几年，将来文章自会做得开展了。"

李大爷爷也点头，说："很好！本地也缺少读书人，许多孩子都不能上学，找不着好老师，所以一代一代总是些渔夫农户，没有一个得到功名为地方争光的。叶兄，你以后在此常住了，还可以立一个学塾。"叶允雄点头说："那好极了！"由此，叶允雄就住在这白石村中。

由白石村顺着山坡往上去走，到了小珠山的绝顶，那地方有座山神庙。叶允雄曾到那里去过一次，因见地点清幽，而且有两间配殿还很完整，又没有道士居住，他就想自己拿出钱来，雇人修葺修葺，把那里就作为他的书斋。可是李大爷爷却向他连连摆手，告诉他道："那地方可住不得！白天上去玩玩倒还可以，可是夜间不能在那里；那地方豺狼虎豹、山魔海怪全都有，所以早先那里本来有两个道士，后来也不敢在那里住了！"叶允雄却微微一笑，说："读书人最不信鬼神！豺狼么，我看本山不大,峰头也不多,大概还没有什么猛兽?"但是李大爷爷极力不主张他去住,并在家里布置出一间书房,叫他的两个小孙子,连同村中几个优秀子弟来入学,请叶允雄教授。从此,叶允雄在本地有名了,大家都叫他"叶老师"。

此时已是四月天气,气候凉爽的海滨,此时也暖和了,桃李花已然开谢,海棠正展开它垂珠一般的花朵。白石村附近多海棠,开得极为茂盛,红色的、白色的,远望如一团团的丽云。叶允雄这些日子本来就没有精神教书,而且他总仿佛有种心事,使他梦魂不安似的。这天他叫几个学生们在屋里习字,他却趁空走出来。他现在穿的是一件蓝色软绸的长衫,被风吹得飘飘的。此时,村中人都往田间耕种,或往海中捕鱼,妇人们多半是往海边去晒网补网,小孩们也都往沙滩玩去了。村中静悄悄的,山上也没有人,只有海棠如一队一队的艳妆美人,在春风里惆怅;又像是都摆弄着仙裙,在迎接他去游赏。

叶允雄悠闲地倒背着手儿走出了村子,见山凹里海棠开得更是茂盛,他就顺着山径,往那边去走。少时就走进了一片小小的山谷,这里简直是雪海云窟,海棠花不知有多少万朵,引得蜂蝶乱闹,可惜没有另外的人来此赏玩。叶允雄就心说:本地的人真是俗气!他们只知勤俭谋生,却不知趁此芳春,来这里寻乐。

叶允雄正在这里发呆,忽然前面远远之处有一个紫色的影儿一闪。他注目去看,原来是个村女正在那海棠林间,手拿着一块紫绸手帕扑蝴蝶。他只能看见个背影,见是一条长辫来回地摆。女子穿着白土布小褂,蓝布长裤,虽然不艳丽,可是那女性的柔美身体曲线吸引了他。他看出这女子的年龄必已不小了,只是不知脸儿长得怎么样。

他见四边无人,于是就笑着,放胆地说:"扑不着!用手帕扑蝴蝶哪成?"

林间的女子听见有人说话,就赶紧一回头,那比海棠还秀丽动人的脸儿就露出来了。叶允雄倒吃了一惊,真出乎他的意料之外,原来这正是他梦魂不忘的那个黄家的梅姑娘,他就笑了。梅姑娘也向着他笑了笑,脸通红,比那红海棠还红。叶允雄就慢慢地往近走去,梅姑娘站住身没动,可是她的脸娇红极了,并露出点儿害怕的样子,连眼皮儿也不敢抬。

叶允雄走到距离两步之远,梅姑娘微微低着的芳容,连纤手摘的几支海棠花和一块紫绸手帕,他都看得十分真切了,就带笑问说:"梅姑娘!令妹小杏的伤可全都好了吗?"梅姑娘"噗嗤"一笑,抬起娇红的脸来,说:"早就好了!上次不是告诉过您了吗?"叶允雄笑着说:"我还怕她没十分好,这几天我也没看见她。梅姑娘你今天干吗来啦?掐花儿来啦?这海棠可真开得好!"梅姑娘歪着头一笑,娇细的声儿说:"因为我在家里没事做,才……"又笑一笑,话不往下说了。

叶允雄向四下看了看海棠花,又低头看了看梅姑娘的芳容,就说:"海棠虽好,可惜不香,不如梅花;梅花又不如……"说到这里,他轻薄地说:"梅花可又没有梅姑娘你标致,真的,这村里的姑娘不少,可是据我看,你是村中第一个美人!"

梅姑娘听了他这话,不但不恼,反倒一笑,一转身就低着头往林间深处去了。叶允雄也随着去走,只见两只白色的小蝴蝶围着梅姑娘的身子飞,梅姑娘娇躯轻转,拿着紫绸手帕去扑。叶允雄见梅姑娘扑不着蝴蝶,他就笑着走过,说:"交给我吧!"他就由梅姑娘的手中夺过来手帕,又由衣服上摘下一个铜纽扣,将纽扣系在手帕上的一角。他抡动着,就跟舞动小锤儿似的。此时,刚才那两只蝴蝶已经飞远了,可是又有几只黄色的和豆青色的大凤蝶飞来。叶允雄抡动着"小铜锤",梅姑娘却不禁笑着,掩住口说:"这哪能打得着?"

这时有一只凤蝶飞近了,并且飞得很低,叶允雄定睛去看,忽然他把手帕一抖,那铜纽扣正打在蝴蝶美丽的翅子上。蝴蝶向下一跌,振翼挣扎着又要往上去飞。叶允雄一伸左手就把蝴蝶捉住了,梅姑娘张着手惊奇地叫了声:"哎哟!"

叶允雄又打着了一只,一并交给梅姑娘,梅姑娘却说:"别打了!别打了!这蝴蝶太可怜!"叶允雄把手帕交还给梅姑娘,又笑着说:"多打几个,拿回家去,用针插在纸窗上,看着玩岂不好?"梅姑娘摇头说:"不!那太狠心……"说到这里,她忽然落下泪来了。叶允雄很为诧异,

赶紧近前两步,问说:"怎么了?"梅姑娘咬着嘴唇儿悲戚无语,叶允雄
却蓦然说:"梅姑娘! 我想娶你!"

梅姑娘却转身就走了,她穿过海棠林走去,一手拿着手帕和蝴蝶,
一手拿着一丛红白相映的海棠花。她低着头,半跑半走,并没回头。然
而叶允雄不禁对着这姑娘的后影发怔,并叫着说:"梅姑娘! 我想娶你,
你愿意吗?"梅姑娘还是没回头,就走了。这里叶允雄笑着,在林间绕了
几个弯儿,也折下几枝海棠,在手里拿着,虽然无香,他可直往鼻子上
嗅。失魂丧魄地走出了这山凹,见前面已没有了梅姑娘的俏影,想是她
已然回家去了。

他怅然地,两眼有点儿发直,忽听旁边有人叫着说:"姓叶的! 拿块
石头砸在脑袋上,讲究不哼哼,你能吗?"叶允雄转头一看,见是自己第
一天来此时,用绳子毒打自己的那个李小八,他就连理也不理,一直走
去,可身后却飞来一块石头,"咕咚"一声几乎打着他的后腰。

这时,梅姑娘已回到家里,她的心都像丢失在海棠芳林之间了。她
看着折来的几枝花,好像也变成了那少年英俊的脸。蝴蝶伤了翅子,已
不能再飞,那少年是有多么能干的手段,可又有多么狠毒的心呀? "梅
姑娘! 我想娶你,你愿意吗?"这句话依然在她的耳边响着。她应当说:
"我愿意! 我为什么不愿意呀?"可是又想,这应当是由她母亲、哥哥作
主意的。

此时屋中没有人,她哥哥是往海上打鱼去了,她母亲是在沙滩晒
网,她的妹妹也是往那里玩去了。她拿起来针线却缝做不下去,因为心
仿佛丢失了,被那少年拿走了。她低头摆弄着自己的那块紫手帕,这上
面还系着个黄铜的纽扣,这是那少年的衣裳上的……

蝶儿僵卧着,花儿垂着,她哥哥打来的装在木桶里的鳝鱼,还不住
地在"嘭嘭"乱动。这时,忽然窗外有脚步之声,门开了,露出来一个年
轻汉子,这人正是李小八,他哥哥的拜把兄弟。

李小八并不进来,只向屋里探头,问说:"梅姑娘,你刚才是往山里
去了吗?"梅姑娘惊慌着摇头,说:"我没去!"李小八冷笑着,说:"没去,
你哪儿来的花?"梅姑娘脸红着说:"是在村里折的!"李小八说:"村里

的树那么高,你能够得着?别瞒我,我早瞧见你们啦!你先从山里来,姓叶的小子后从山里出来!"

梅姑娘急急地说:"没有,我到山里,那时还没有人,我没有看见姓叶的!"李小八却退回头去,把门一摔,隔着窗愤愤地说:"丢脸!"梅姑娘掩着脸在屋中痛哭,她晓得李小八一定去告诉她的哥哥,他们一定又要绑起那少年来打,打死……

她哭了一会儿,便急匆匆跑出去。跑到李大爷爷的门首,她想进去告诉叶允雄快跑,可是她不敢进去,只听见门里有一片朗朗的读书之声。她逡巡了良久,这时忽见李小八带着一群渔人回来了,其中就有她哥哥黄小三。她刚要找个地方躲避,忽然被她哥哥一眼看见了,那汉子手拿一根扎枪,立刻就气愤愤地赶了过来。黄小三抓住他的妹妹梅姑娘,瞪着眼说:"快告诉我,在山里姓叶的跟你干什么丢脸的事来的?"梅姑娘哭着说:"我没瞧见他,我真没瞧见他!"

旁边就有人嚷嚷着,说:"那小子住在这儿不走,假充斯文,欺辱咱村的姑娘!不行!"有人抱来了一大捆刀枪分给众人。李小八尤为气愤,跳起脚来骂,说:"今天就是李大爷爷再出来给说情也不成!非得把他打得出声儿,打死他!"众势汹汹,在门前吵闹,梅姑娘"呀"的一声惨叫,身子又向后晕倒。

这时门里的读书声也停止了,有人先进去禀报李大爷爷,李大爷爷也难以压下去众怒,只说:"你们把事情问明白了再打他,打完放他走好了,可不准把他打死!"

得到了李大爷爷的同意,于是就涌进来几个人。可是这几个人还没有闯进书房,那叶允雄就已然走出来了,他仍然身着绸衫,面上毫无畏色,就摆了摆手,说:"有什么话到外面去说!在这里小心惊吓着我的学生们!"众人说:"好!"于是两个手里拿着枪的人,就架住他的臂膀,走出门来。

此时,门外的人聚得很多,男女老幼都有。梅姑娘也像个犯人似的,她的母亲叫两个邻居的妇人揪住她,指着她的脸哭着骂;那杏姑娘也冲着叶允雄不住地咬牙。叶允雄却把面色一变,显露出来一种杀气,他说:"你们不要逼梅姑娘!刚才她在山里并没跟我说话;倒是我,我说我要娶她,她听了我的话她就生着气跑了,怪我!丝毫都不怪她!"

众人一听,越发暴躁如雷,有人说:"好小子!李大爷爷请你教书,拿你当个人看,原来你比狗还不如?"黄小三气得挺枪过来,说:"凭你,配娶我的妹妹?"揪着叶允雄的那两个人,就把叶允雄的两只胳膊向后一撅,想要捆上他。却不料叶允雄的两只臂不像第一回那么柔软听话了,就如同两根生铁棍子似的,并且一挣扎,反将两个揪着他的人摔在一边。

此时,黄小三的长枪已向他的咽喉刺去。黄小三的枪法本来很好,在村里除了他族兄黄铁头,就得数他。可是他的枪尖猛刺了来,一下就被叶允雄握住,同时他感觉到对方的力大,就不由得松了手。叶允雄夺过枪来,却把枪尖握在一只手里,他抖起来枪杆就打,众人也都刀枪齐上。可是叶允雄的身躯灵便如猿虎一般,他东蹿西跳,前遮后拦,别人的兵刃休想近得他的身,他的枪杆还趁空向人的头上去打。

少时,李小八的头就破了,流了一脸的血;黄小三的左眼也被打了一下,睁不开了。别的人有的手腕被击扔下了刀,有的背上吃了一棍,连脖子也直不起来了。但众人仍都骂着,还往前扑,妇女和小孩们却早已惊跑到远处。只见叶允雄越打精神越大,面上也带笑,身手也越灵活。

此时,忽然又来了一批生力军,就是那本村的枪法高强有名的黄铁头带人来了。他的枪如毒龙恶蟒,直向叶允雄的前胸来取,可是"吧"的一下,就被叶允雄用枪杆磕开。同时叶允雄将枪一换手,枪尖向前,抖了个梨花摆头,那黄铁头失于招架,立刻大腿就中了枪,栽倒在地。本村枪法第一的人都没有两三回合就受了伤,别的人立刻就都不敢上前去了。

此时那位李大爷爷把叶允雄的枪法已然看够,他就先大喝一声,叫众人住手,然后走过来拍着叶允雄的肩膀,笑着说:"好枪法!我早就疑你是一位精通武艺的人,可是还拿不准,如今,真是本村来了一位好教师。"又向众人说:"你们看见了没有?人家刚才使的那才叫枪法,才叫真正的武艺,你们平日练的那些个都拿不出去。得啦!今天的事不必提了!以后,叶老师教孩子们念书,也请他教给教给你们武艺吧!"叶允雄也一笑,便扔下了枪,被李大爷爷拉着进门去了。这里的人个个全都垂头丧气,那黄铁头瘸着腿还直讲说,为他刚才枪法失神之处辩护;李小八身上挨了六七枪杆,三四处都流了血,疼得他不住地"哎哟"叫唤。

由这天起,叶允雄在本村中更是出了名,别人都恨他,可是更佩服他。李大爷爷命人拜他为师,跟他学枪法,学拳脚。别人都当面答应着,可是背地里全都偷懒不干。黄铁头专等着把腿伤养好,以便练枪报仇。

梅姑娘家是把她看起来了,不叫她出门,她也无颜再出门。可是有一件怪事,只有梅姑娘一人知道,她没向人说过。就是自从打架的那天起,每到半夜三更,窗外总有脚步的声响,是很轻微的。起先她以为是猫,又以为是鬼,她很害怕,因为她睡觉的地方离着窗子最近,而且她这个屋子里,她的母亲、哥哥、妹妹全都是睡得很熟。只是她,本来就时常失眠,如今更不得睡了。

到了第四天,这日的晚间,已然敲过四更了,忽然窗外有人悄声说:"梅姑娘!我很想你!明天到山上去吧?在海棠林里等我,我有许多好话要对你说!"梅姑娘吓得浑身发颤,伏在被底,心中又惊又喜,但不敢还一声。

第二天,连饭她也吃不下去,时时想要趁空出去,然而她的母亲总不离屋,她只能想象着那山里的海棠林,思念着那壮美的少年。村里人只晓得叶允雄是文武全才,可是独有梅姑娘晓得,他还有另外的一种本事。

黄小三与李小八等人天天商量密计,这时,他们就商议定了一个主意。于是李小八见了叶允雄是特别地要好,第一是他先道歉,说第一次他下手打叶允雄,是他不知道叶允雄的武艺高超,否则就是成心让他打,他也是不敢打;第二是他要做媒,他说他是梅姑娘的干哥哥,梅姑娘今年十八岁,现在正在找婆婆家,他要是去跟他干妈说,一定能成。叶允雄也相信他的话,就也乐于跟他接近,因此与黄小三也慢慢地熟了,见面总要打个招呼。

这天,天很热,村里的海棠花全都谢了,梅姑娘又不出门,叶允雄颇为闷闷,散学之后,天色尚早,就闲步到海滨。却见黄小三和李小八正在解缆,他们就一起招呼道:"叶老师! 跟我们到海里玩玩去呀?"李小八驶的这只船很小,没蓬没帆,本地人管这叫"舢板"。叶允雄很高兴,他就说:"好吧! 我正想到海里去游玩,可是今天浪头大,你们这船准能保险吗?"

李小八笑着,说:"你要没这胆子,你可就别上来了! 告诉你,你看……"他伸手往海边的远处一指,说:"看看人家? 那是木筏子! 我们这儿,连梅姑娘、杏姑娘都常到筏子上来玩。有一天这船上坐着杏姑娘,我都快把她载到水灵山岛了,那天又正遇上大风浪,可是杏姑娘的脸上连颜色也没变,那小姑娘真大胆!"

叶允雄冷笑着,说:"一个小姑娘都敢乘船,难道我就不敢吗?"说着,他向着海潮紧跑了几步,一纵身就上了那只舢板,李小八和黄小三倒不禁都吃了一惊。叶允雄站在船上指挥着,说:"快走吧! 今天天还早,能赶到水灵山岛吗? 我想到那里去看看!"老三、小八两人都不言语,一个管着舵,一个摇着桨,这只小舢板就冲开了海潮往海中驶了去了。风很大,小船东倒西歪,有几次都像是要翻了,浪涛越过了船舷,有时吓得李小八都"哎哟哎哟"地惊叫。黄小三使力摇桨,这只船就猛往前进,少时就离开海岸有一里多远了。

此时,天气渐晦,风涛愈大,远处的帆都摆摆摇摇的,这只小船越发难以往前进。叶允雄却面无惧色,他高声问道:"咱们能到水灵山岛吗?"李小八摇摇头,也大声说:"那儿可不能去,那岛上有比你的本领还高的人!"叶允雄笑着问说:"是谁? 那人姓什么? 你们怎会知道那人比我的本领还高?"李小八没有答言。

这时黄小三却把桨提出来往船上一摔,他把双手往腰间一叉,脸色变为深紫,瞪起眼睛来,说:"姓叶的,我早就想要跟你说几句话,总是不得工夫,今天咱们来谈谈吧! 我问你,到底那天在山里你跟我妹妹是说了什么话? 是存着什么心? 你快说!"

叶允雄却面色不变,微微一笑,说:"原来你们将我诱至海中,是想要我的性命!"接着又从容不迫地说:"我早就把那天的事情对你们说明白了！那天，全是因为我。说实话，我爱梅姑娘，我为什么不走，住在这里？就为是想要娶她！"

他的话才说到这里，黄小三和李小八两人就如同两条莽牛似的，把叶允雄往水里连推带顶。叶允雄也并不抵拒，就听"噗通"一声，他的整个身子就被推下了船去，只见海涛汹涌，叶允雄就连个面儿也没露，就沉下海去了。

这里李小八哈哈大笑，黄小三又骂了几声，二人就使力拨着船往沙滩去拢。此时海风愈大，潮水愈高，两人浑身上下都湿透了，小舢板也几乎倾覆了两三次。好不容易才将舢板挣扎得离了海水，到了沙滩上，两人就拽着船上岸。回首一看，浪紧风狂，汪洋一片黑色，想那叶允雄的尸身已不知冲卷到哪里去了。

二人抬着舢板到了干沙子上，在桩子上系好，李小八就拍着胸脯，说："他妈的，到底那小子是傻瓜！什么文武全才？叫他见龙王爷说话去吧。以后，咱们得跟李大爷爷说说，再有什么外乡人来，别叫他再那么宠着了！今天的事，对谁也别提说，那小子的尸首不定潮到哪儿去了！"黄小三此时却闷闷不语，他叹了口气，又自言自语地说："过两天，得弄点纸钱给那小子烧一烧，别叫他的鬼魂缠住了咱们！"李小八冷笑说："哪儿的事？那小子就是有鬼，也只能是个色鬼，他许去吓唬梅姑娘，可缠不着咱们！"

两人坐在沙滩上歇了一会儿，这时又顺着浪涛回来了两只渔船，李小八过去帮忙拉船，黄小三却要回家吃饭去。这时天色已经不早了，山村的树木影子都发黑。黄小三这些日子的怒气虽然出了，可是心里仍是不痛快，不知为什么，那姓叶的死在海里了，倒叫自己觉得很可惜似的。

他抑郁地进到村里，到了自己的家门首，刚一推开门，却听屋中正有人说话。黄小三倒不禁一怔，心说：这是谁来了？又见自己的妹妹站在窗外，低着头，屋中却是男子的声音，他觉得真是奇怪！就不由怔住了。

黄小三一拉屋门，就见屋中坐着的正是刚才落在海里的叶允雄。叶允雄正在与自己的母亲对面谈话，他面容红亮，衣履都是新换的，见他进来,站起身来就笑着说:"黄三哥怎么才回来?我怕老伯母不放心,才特来告诉她老人家,说今天海中风浪很大,可是你跟李小八都没去远,少时必能回来!"黄小三的脸色一阵发白,一阵发紫,并没言语。叶允雄便起身告辞,黄老婆婆说:"小三,你送送叶老师,人家关心我,刚才特意来看我!"黄小三凝着眉毛走出去,他妹妹梅姑娘却低头含羞走了进来。

黄小三到了门外,就说:"喂!姓叶的!你是怎么回事?"

叶允雄回身站立,眼睛瞪起来,直对着黄小三,他先是微微一笑,然后正色说:"我来到你家不为别事,也不是要见你令妹,却是专为等候你。请你再去告诉李小八,以后不要白费力气!在我的手中无论卖弄什么小手段,皆是一点用处也没有。我来此,与你们无害,你令妹如能嫁我,我可以厚礼迎聘;如不能,我叶某也绝不能强娶人女,或调戏人家清白的姑娘。现在我也不愿在此久留了,只是本村的人还都待我不错,我再为本村做上一两件好事,我就要走了!好,话我已说明白了,今天的事我们彼此都不要介意吧!"说毕,叶允雄拱手走去。

这里,黄小三的脸上倒不禁发烧,回到屋中,他紧皱着眉头,坐着发呆。他的母亲黄老婆婆在旁边说:"我看,这姓叶的人真好,咱们这地方哪去找这样的好人才?不如,依我看,把你妹妹梅子给他吧!也省得外面的人都谈论!"梅姑娘此时正在灶台旁边烧柴煮饭,黄小三看了他妹妹一眼,却没说什么,也没答复他母亲的话。少时,梅姑娘把饭做好了,黄小三就草草吃了两碗,又跑出村去找李小八。

原来李小八每晚给人看船,他就住在一只大渔船之上。黄小三一进舱,见李小八正跟几个渔人高兴地饮酒,黄小三就把他拉出舱来,悄悄告诉他,说:"姓叶的没死!刚才他倒比我先回去了,他还说……"李小八却吓得把脖子一缩,说:"哎呀!那小子竟有这么大的本领?"

由这次起,李小八一见到叶允雄,他就要躲藏起来;黄小三也是一见到叶允雄就不禁脸红。可是叶允雄照样很和蔼,他每天都要到海边散步,虽然他总穿着长衫,可是帮人推船解缆,他都肯干,所以早先恨他的那些人,现在不但不恨他了,反而特别跟他亲热。

这些渔船本来时常地出事,春夏之交的天气,飓风仍然时常吹来,渔人为了生活,虽然明知飓风将至,可是还在海中恋恋不舍地捕那些鱼。有时飓风蓦然吹到,起帆归岸便已来不及,稍一不慎,便连船带人都翻落在海里。

有一次就是遇见了大风,有本地的一只最大的渔船整个都倾覆在海里,那船上就有跟叶允雄最作对的黄铁头。全船十几个人皆被人所救,那救人的义士只是一人,此人奋勇抢身入海,由惊涛骇浪之中将十几个人先后救到岸上,等到这十几个人都缓过气来时,那位义士却已经走开了。

可是众人刚才在半昏迷之中也都看出来了,援救他们的那位义士,正是叶允雄。于是众人就提着鱼,买了酒,去给他道谢,叶允雄却极为谦逊,他说:"本来是一件小事情!兄弟住在这里多蒙诸位优待,别的事帮不了诸位,既然自己略识一点儿水性,见诸位在海上失了事,难道还有不出援手的道理吗?"他这样一客气,使一些受恩的人对他越发地感谢了。那黄铁头本来还时时想着,腿好了,再练练枪,好同叶允雄一决雌雄。但自有了这件事以后,他对叶允雄佩服得简直是五体投地,即使在背地里谈话,他也要伸着大拇指称呼"叶老师"。为这事那李大爷爷也更对叶允雄尊敬,就是黄小三的心中,总还是抑郁不舒。

这一日,又因海中的浪大,黄小三没钓到几尾鱼就赶紧回来了。回到家中,见屋中有邻居的婆婆正跟他母亲说话,说的又是他妹妹梅姑娘的婚事,似乎是什么灵山卫的米店掌柜的要说二房。黄小三听了,心中非常不快,等到这邻居的婆子走后,梅姑娘也没在屋,黄小三就忽然向他母亲说:"不必乱给我妹妹提亲了,就叫她嫁给那个姓叶的吧!"

黄老婆婆听了儿子的话,倒很为诧异,就说:"这些日子不都是你不愿意吗?要依着我,早就把你妹妹嫁给他了。真是,在咱们这村子,哪还能找出那么好的人来呀?"黄小三说:"早先我恨那姓叶的,我恨他一个外乡人来到咱们村里,不做好事,放他的马撞伤了小杏,还调戏我梅妹妹,我恨他极了,恨不得将他害死!"黄老婆婆说:"哎哟!你可别做那事呀!你别说害他,你就是打他,也打不过呀!"

黄小三点头说:"我知道! 我说的这也是早先我的想头儿,现在我不恨他了,我还佩服他。他真是个好人,把我妹妹给他,并不辱没咱家,可是,得我去跟他说!"说着,他站起身子就要走。他母亲说:"还是把李四找来,叫他做媒吧! 哪有自己抢着去把姑娘给人家的呢?"黄小三已走出了屋子,回首摇头说:"用不着媒人,我自己去和他说!"

于是黄小三就一直走到李大爷爷的家里。此时叶允雄才把学生散了,他正在屋中闷坐,若有所思,黄小三蓦然一进屋,他倒十分诧异。因为两人本来是对头,这叶允雄虽然一向总是胸无芥蒂的样子对待黄小三,可是黄小三见了他,从不跟他说话。如今这年轻的渔人忽然临至,见了面就先拱手,说:"叶老师,今儿咱俩和解了,过去的事彼此都不必说了! 你不是喜欢我的妹妹梅姑娘吗?好! 现在我就把梅姑娘嫁给你吧!"

叶允雄听了这话,倒不禁脸红,连连拱手说:"黄三弟你不要说笑话了! 过去咱俩的事我早就忘记了。至于令妹的事,咳! 说起来真叫我惭愧! 当初在海棠林中我不过跟她说了几句话,就弄得流言四起,使她一个洁白的女儿蒙受侮辱,我不即时走开,也为的是这缘故。因为我自知初来之时不免有些处轻狂、冒失,所以遭人所忌,现在我极力要使村中人都知道,我叶某是个好人,渐渐地对我与梅姑娘之事也就不加猜疑了!"

黄小三伸着大拇指,说:"你是好人! 连我都知你确是一位好汉。现在你就爽快答应吧! 只要应一声,我妹妹就算嫁给你了!"

叶允雄听了这话,倒不由坐在椅子上怔了一会儿,良久才笑着说:"这样,真是我的荣幸了! 我一定用厚礼迎聘令妹!"黄小三摇头说:"厚礼倒用不着,我们打鱼的人给姑娘找女婿,倒不是想高攀贵亲,也不是想要厚厚的彩礼。只是,你得应我家一件事。"叶允雄有点诧异,问说:"什么事?"

黄小三说:"我们这地方,把姑娘嫁远了,便叫人笑话! 尤其我家里,我的老娘时时刻刻也舍不得离开女儿。你是个外乡人,你家在哪儿,家里是怎么回事,我们也不能知道。我的妹妹要嫁给了你,你将她带走,叫她一辈子不能跟我娘见面,那也不行。所以现在你要说明白了，你娶了我的妹妹，便不许你再离开此地。"

叶允雄听了这话，他倒不禁考虑了半天，就说："本来我是想这几天就要走的，现在既有了这事，我只好不走了。这里风光优美，村里的人又对我很好，尤其此处的李大爷爷，他真没拿我当作外人。我也愿意在此长住，将来我也可以打只渔船，到海中去捕鱼，就以此为家了。"黄小三听了很是喜欢，说："那么咱这事就算定规了！"当下叶允雄亲自到里院请出来李大爷爷。李大爷爷到书房中一听黄小三所说的意思，他也不禁捋着白髯微笑，并自愿做媒人，黄小三就高兴地回去了。

次日，叶允雄就派了李家的仆人，给黄家送来了彩礼四十两，锦缎两匹，鹅一只，酒两瓮，金银首饰一匣，换去了梅姑娘的庚帖。于是全村的人都知道了此事，见了叶允雄便都笑着说："叶老师恭喜！"

黄家也是喜气洋洋，黄老婆婆很是高兴，杏姑娘也整天说将来她要骑她姐夫的那匹马。梅姑娘却越发整日不出门，只在家中含欣带喜，半羞半笑地赶做她的嫁衣。黄小三是去掉了一桩心事，照常下海捕鱼。不过他的盟兄弟李小八却与他绝了交，暗地骂他，说："不识羞！把自己的妹妹给外乡人做老婆，还是起先就勾搭上了的！"

因为叶允雄将来结了婚，就不便再在李大爷爷家中住了，所以他先得盖房子。好在他很是有钱，便在村中买了一块地，雇了几个人，抬石头、锯木头，打算建起三间房屋，作为他的新居。他并且很有心思，把一棵柳树、两棵海棠全都圈在他的围墙里。那柳树的枝干纤纤的，好像梅姑娘的细腰，柳叶似梅姑娘的清眉秀目，并有莺儿、燕子嘹亮地为他们预唱新婚之歌。两棵海棠虽已绿叶成荫，无复浓艳，可是叶允雄想到这树明春盛开之时，一定是异常有趣的。

此时，叶允雄专等待新屋告成，他就要迎娶新妇了。这几天他是特别高兴，仍然常到海边去游玩。可是这时候海中就出了一件事。

原来又是本村有名的黄铁头，前日他的渔船在海中遇见了飓风，他为避风，就误驶进了水灵山岛。岛上的人认为是要去偷鱼，所以将黄铁头打得遍体鳞伤，并且将帆篷割断，船舵打折。他那只船在海上漂流了一天一夜，方才回来。因为这件事就使本村中的人全都激昂了，村中连老带幼全都擦拳磨掌,都说水灵山岛的人欺负了他们,他们得出这口气。因之纷纷谈论,尤其是黄小三最为暴躁,他要立时就召集全村的汉子,各持刀棒,驶着大船,到水灵山岛去复仇。

可是李大爷爷出头来劝阻,他摇动着白髯,说:"这口气斗不得!水灵山岛上的人个个都比我们这里的人有本领,他们那里有一位镇海蛟鲁大绅,是海中的霸王。本来他们跟咱们这里就约定过,彼此分海打鱼,谁也不许越界,船只要走错了道,便算有心偷鱼,被人毁了船,打伤人,绝不准抱怨。现在这口气且忍下吧!不必招惹那鲁大绅!"

众人听了全都不言语了,仿佛都为鲁大绅的名头镇吓住了。叶允雄在旁边听了,却不住地冷笑。他看见黄小三、李小八二人都在旁边了,他就点手叫二人过来,问道:"上次我们一同坐船到海中去,你曾说水灵山岛上有个英雄,连我叶允雄也惹他不起,不知就是这镇海蛟不是?"李小八点点头,说:"要说起镇海蛟的本事来,实在比你高太多了!"

叶允雄知道李小八是有意刺激自己,他就微微一笑,说:"你就实说吧!你也不要长他人的威风,灭咱家的志气,你告诉我,那镇海蛟鲁大绅到底有多大本领?"

李小八就说:"镇海蛟的本事可大了!他有三十多只大渔船,手下有一百多弟子。他的武艺高强,水旱皆通,长枪单刀,宝剑飞镖,无不精通,就是不许别处的人到他那里打鱼。他平日可也不侵犯别人,但是只要有渔船漂到他那里,他认为是偷了鱼,那就休想回来。这次,他把黄铁头打了一顿,拆了舵,割破了帆,叫他回来,这还算是好的呢!"

叶允雄听了冷笑说:"好!我要会会这个镇海蛟!"说着他离了海湾,转身回到村中。黄小三赶紧跟着他走,却见叶允雄回到李大爷爷的家中,就换了一身短衣裤,绰了一杆红缨子的长枪出来。他看见了黄小三,就说:"你驶一只船,把我送到水灵山岛,我要跟那镇海蛟斗一斗!"黄小三高兴着说:"好!"

当下叶允雄又昂然走到海边,这里一些渔人一听说叶老师要到水灵山岛去斗镇海蛟,有的就高兴欢跃,有的却有些恐惧,说他这一去恐怕要惹下祸事。李小八却拍着手掌,说:"叶老师,你得替本村争这口气,叫梅姑娘知道了,她更得盼着快嫁你了!"李大爷爷在岸上连连摆手,说:"去不得!鲁大绅不是好惹的!"叶允雄却已然跳上船,船上的黄小三带着三四个壮年汉子,已然张帆使舵往海上进发了。

这里海滩上的人有的着急,有的欢笑。那李小八却在孩子群中把杏姑娘找着,推了她一把,说:"你快回家去吧!你哥哥带着姓叶的到水灵山岛闯祸去了!你哥哥是本村人还许不要紧,那姓叶的绝回不来。告诉你姐姐,叫她别做新衣裳啦,预备给姓叶的穿孝吧!"杏姑娘就哭着跑回家去了。

这里众人多半提着心,眼看着那只船走远,只见波涛滚滚,海鸟回翔,少时那只船的帆影已落下了水平线。李大爷爷叹息着说:"叶允雄太为性傲,这次多半是要吃亏回来!"说着,他晃动着白髯,嗟叹着走去。

第二回　战海山美女折豪杰
　　　栖古寺良缘成幻梦

　　水灵山岛与这白石村向来是互相隔绝。这里的人虽然打鱼也时常到深海中去，可是只要一看见远远的那座山岛，就赶紧扯帆转舵不敢近前。他们虽都知道镇海蛟鲁大绅难惹，可是究竟鲁大绅是个胖子还是个瘦子，究竟有多大年纪，他们也无从见过。

　　当下，这只渔船破浪前进，黄小三和那几个小伙子高唱着渔歌。走了半天，就见眼前有一座青翠奇秀的山岛，趴在汪洋大海之中，远看如一只青色的大螺蛳一般。叶允雄站在船头，就用枪尖指点说："就是那里吗？"黄小三点头说："对了！"遂高声吆喝着，说："多加劲儿！"三四个壮汉一齐用力鼓桨，个个人从头上向脊梁上流汗，船只像箭一般地往前去驶。

　　眼前岛上的树木都看得清楚了，并且那边有三五只舢板如飞箭一般地迎面而来。这里的人个个精神紧张，脸上都变了色，黄小三就要由船板下取刀，叶允雄却摆手向他们说："不要慌！我们到了岛上，见了鲁大绅，也是先要跟他们讲理，并不是一见面就要打起来！"

　　此时那几只小舢板已来到了临近，船上几个渔人都高声问道："什么地方来的？"叶允雄高声回答说："由白石村来的，我姓叶，我要见你们这里的镇海蛟鲁大爷，有一件事要理论理论！"几只舢板上的人一听这话，立时就有人亮出刀来。

这只渔船依然向前进驶，少时来到了岛边，船只在岩石旁拢住。这里的渔人气势汹汹地把他们围住，叶允雄提枪上岸，身后随着黄小三等人，也都提着钢刀、钩镰枪等等，这里的渔人就拥着他们往上去走。

叶允雄见这岛上树木丛生，田舍相望，人家也颇不少。来到一家大户的门前，这里的人就叫叶允雄在此等候，他们就向门里传达去了。叶允雄打量着这所宅院，就见比白石村李大爷爷的家宅还似富庶得多多。看这样子岛上的人也颇不少，也是渔农各半，风景似比白石村还要优美。正在看着，就见大门里走出来一个人，穿的裤褂很是整齐，年事已有五十多了，高身黑髯，精神昂爽，看这气派，一定就是镇海蛟了。

这镇海蛟把叶允雄打量一番，就问说："你们是由白石村来的？提着枪、带着刀来找我，是想较量较量吗？"

叶允雄吩咐黄小三等人都退后，他独自上前，就抱拳说："我姓叶名允雄，我本是新近才到白石村的。"

那镇海蛟一听叶允雄道出了姓名，他就不禁现出诧异之状，又一阵冷笑，说："啊呀！原来你就是叶允雄。近来我听说白石村中来了一位奇人，皮鞭子打几千下他不哼哼，十几个人上前他也不畏惧。昨天黄铁头来此偷鱼，我们将他管教了一顿，割了他的帆篷，拆了他的舵，他还拿出什么叶老师的名头儿向我来威吓，叫我们要仔细提防。好！你如今来了，正好！"

此时，他身后早有人拿出一杆金背大砍刀，刀光闪闪夺目，镇海蛟回手绰过来，双手握着刀柄一震，刀上的铜环琅琅乱响，他就又傲然说："来较量较量吧！你的枪若能胜得了我这口刀，我定打龙头大船，送你回白石村；你若敌不过我，那你也休想在这沿海一带停留！"说着大刀抢起，狠狠劈来。

叶允雄急忙闪开，抖起枪来迎战。二人用的全是长兵器，一刀一枪，如在战场上一般地厮杀起来。镇海蛟力大身长，刀沉手快；叶允雄的长枪飞舞，纯思以巧制胜，二人一来一往，杀了十余合。旁边的人都跑到远处观战，只见二人越杀越紧，可是叶允雄的长枪利便，渐渐他就占了上风，逼得镇海蛟不住往后去退。黄小三就举臂叫好，说："妹夫！

再努点劲儿！"

此时忽见自那大门之中又跑出来一人，这原是个女子，穿着红裤子白汗衫，头上梳着辫子，手持一口朴刀，凤目瞪起，说声："爸爸闪开！"她爸爸还没有退后，她已然上前，挥刀向叶允雄就砍。叶允雄只觉得红裤子的颜色很是刺眼，知道加入了一员女将，他不暇细看，只将一杆银枪，抖起来如飞蛇一般，敌住了两口刀，丝毫不敢懈怠。此时，镇海蛟鲁大绅已自觉力弱，便拽着大刀跳到一边去喘气，只叫他的女儿独自应战。

镇海蛟的这个女儿所使的刀虽然短，可是越杀越勇，刀法敏捷，只见刀光片片，如彩凤展翅，时时向叶允雄扑击。叶允雄一面用银枪招架，一面偷眼去看这女子，他却不禁惊异。原来这女子长得似比梅姑娘还要秀丽，并且上身的白罗衣很瘦，隐约着丰满的体肤，下身红绸裤飘飘地带着风。叶允雄真想不到，这座海岛上居然有这样美貌的女子，并且还是这样的好武艺。他的手下不敢稍乱，心中却不禁有些痴迷了，生恐枪尖刺伤了对方这娇艳的女子。

此时那边黄小三又喊："妹夫！卖点劲儿，一个娘们儿你竟胜不了吗？"

叶允雄一声冷笑，枪法转新，忽听"咔咔"几下，对方女子的刀都砍在叶允雄的枪杆上。叶允雄急忙闪退，一个白鹤亮翅，枪又抖起，女子却跃身而前，钢刀"嗖嗖"又砍。叶允雄双手握枪，忽以枪尖前刺，忽以枪杆抽打，可是女子闪得快，叫他全都不能得手。

叶允雄又要改变枪法，却不料女子扑上前来，一刀砍下。叶允雄就觉右臂一痛，虽然女子是以刀背打的他，但他的右臂已然抬不起来了。女子趁势又是一刀，这一下也是用的刀背，正砍在叶允雄的左臂上。叶允雄觉得身子一晃，赶紧后退。女子又抢刀逼近，叶允雄却用枪将女子的刀架住，摇头说："不要打了！我认败了！"女子立时收住刀，退后两步，"噗嗤"一笑，叶允雄已经满面通红。

这时，那镇海蛟鲁大绅已经走过来，他面带讥讽之意，笑着说："怎样？这水灵山岛上的人，不是你可以轻视的吧！"

叶允雄扔下了枪，点头说："我认输了！但要请教令媛的芳名，以后好再来拜会！"叶允雄说出了这话，眼望着那女子。那女子力战了半天，也有些面红，掏出手帕来拭汗，并凝着秀目来看叶允雄，倒像没有什么恶意。镇海蛟却高兴地指着他的女儿，说："我这女儿名叫海娥，我给她起了个外号，叫'粉鳞小蛟龙'。"

叶允雄深深作揖，说："今日多有得罪，三年之后，我再来拜访！"说完了话，叶允雄拿起长枪转身走去，黄小三等人跟着他，个个都是垂头丧气。水灵山岛上的人却个个高兴，在背后讥笑着，骂着，并有的过来拿膀子撞他们，后面的镇海蛟鲁大绅却高声喝道："放他走！不许拦挡他们！有本领叫他们再来！"黄小三抡着拳头要回去打架，叶允雄揪住他的胳膊就下了这山岛上船。船只悠悠地走了，后面还有一片喧笑之声。

黄小三向后大骂，叶允雄却又把他挡住，说："何必！让他们讥笑我们就是了，不到三年，我们再来！"黄小三把一双愤怒的眼睛瞪向叶允雄，说："咱们白石村，今天真丢够了底！要叫镇海蛟给打败了，还算不冤，他娘的叫个黄毛丫头给打了，叫我们俩跟着你姓叶的丢人！"

叶允雄把脸一绷，说："胜败是兵家常事，何况我们练武艺的人？俗语说'强中自有强中手，能人背后有能人'，我叶允雄自出师以来闯荡江湖也四五载了，多少豪雄硬汉都被我打了，这次也该叫那丫头给我个教训，叫我知道知道，我的枪法是还得再练！"

黄小三哼哼地笑着，说："要不是个丫头，不是个长得有点模样的浪丫头，我想你也败不了！我没听说过，一丈长的枪会敌不过三四尺长的刀？你要不是当时色迷了，乱了手脚，我得信？"

叶允雄愤怒地说："你这是什么话？我能拿我叶允雄的名头儿白白送给一个女人？你等着看吧！多则两三载，少则几个月，我要再到山岛上来，把那女子制服。"黄小三依然冷笑说："制服了正好叫她做你的老婆！"叶允雄瞪眼说："我要把她刺伤，扎死！"

黄小三点头说："好！当着海，当着龙王爷，这是你说的话！我妹妹是许给你了，可是现在咱们得等等看啦！你不把水灵山岛上那丫头制服，至少也得拿枪划破她的鼻子，我才信你是对她没邪心；不然，你别娶我妹妹了,我不能叫我妹妹过来做你的小老婆!"

叶允雄气得直跺脚,忽听旁边摇桨的人喊说:"哎呀,来了!镇海蛟的女儿泅着水来了!"

叶允雄吃了一惊,赶紧回头去看,就见汪洋的海水之中有一个人泅泳而来。这人忽然沉没下去,忽然又露出来皓素的半身,有时整身浮在水面,连红绸裤都看得清清楚楚的,这正是粉鳞小蛟龙鲁海娥。她辫子盘在头上,发上、脸上都是水,越发的娇媚了,如带雨的海棠花;她身上的衣服未换,但都湿贴在身上,显出一身极匀称的美的曲线。随着汹涌的海涛,她很快地像一只美丽的海豹,向着船扑来。

船上的黄小三将长枪绰起,但立刻又被叶允雄拦住了,叶允雄说:"没用!她这么好的水性,就能叫你扎着她了?看她追咱们是什么事?不要招恼了她,小心她身边有凿子,能把咱们的船凿漏!"

此时,素衣红裤的鲁海娥已随着深蓝色的海波将船追上了,船上的人都厉声问道:"你追来有什么事?"

鲁海娥伸着皓腕纤手抓住了船,她的身子平浮在波面上,随着船拽着她走,她抬着往下垂水的娇艳脸庞,望着叶允雄,说:"我问问你叫什么名字?多大年岁?你几时再来?"

叶允雄正色说:"我叫叶允雄,我的年岁你问不着,刚才我已说过了,我败在你手里怨我的武艺不高,我回去再练,多则三年,少则就许是明后日……"黄小三用眼瞧着叶允雄,叶允雄又说:"我再来与你父女较量!你可千万明白,也别恼,咱们较量的是武艺,不是谁跟谁调情,姑娘你别不知羞耻!"鲁海娥说:"呸!"一口吐沫唪到船上。黄小三大怒,旁边的人却大惊,鲁海娥忽然将身子扎下水去,不见了。

叶允雄说:"不好!她要毁咱们的船,我下去,你们拨船快走!"说时他一纵身跳下水去,黄小三等人惊慌着拨船,箭似的逃去。

在水中,叶允雄已抓住了鲁海娥,两人浮沉着,相揪着,少时又都露出头来。鲁海娥嫣然一笑,说:"今天我还是手下留情呢!"一阵狂涛卷来,叶允雄趁势把鲁海娥一推,鲁海娥的身子就沉下了水去。叶允雄泅水走去,才走了不远,见鲁海娥漂在水面举起一只手来,仿佛叫他似的,叶允雄却不回头,急急地泅水走去。海潮渐大,他觉得有些力气不支了,心中又很惭愧,暗想:无论我的武艺或水性,全比那女子差得太多了!

他使尽了全身的力量,费了许多的时间,方才爬到沙滩上,他就将身子往沙子上一躺,一步也不能走了。海潮冲击着他的两足,渐渐爬到他的身上来了,他这才滚身起来,衣裤尽湿,心中烦恼极了。坐在沙子上一看,这四周是一个人也没有,大概离着白石村还很远,心说:我怎么到这里来了呢?站起身来向岸上去看,只见是一片荒地,不远之处就是起伏绵延的山岭,看不见一户人家。叶允雄益为懊恼,心想:索性在这里多歇时再走。

他不禁长叹了口气,又想:那鲁海娥的刀法太好了!固然当交手时自己不知为了什么,竟有些精神恍惚似的,可是,即使自己一点也不大意,拼命与她争斗,结果也是要失败的,这样好武艺的人,别说女子,就是男子之中也少见!自己纵横南北四五年,还没有吃过今天这样的亏。如果她不是真真地"手不留情",而是她对我有情,此时我早已没有了性命,因此心中又有些感谢的意思似的。他并缅想起那娇艳的女子:红裤素衣,长辫云鬟,秀眉倩目,温言和语,密意深情,浅嗔娇笑;舞刀时翩然如彩凤,翻波搅浪时的娴熟身手似游鱼……尤其想到"粉鳞小蛟龙"这美妙的绰号,不禁一阵儿心醉。又后悔着想:当初我就错了!不该到白石村中去,早就应当到水灵山岛!

他叹了口气,转又想到了梅姑娘,更是后悔,就想:为什么我当初那么迷恋梅姑娘呢?梅姑娘美虽然美,但不风流,比今天这"粉鳞小蛟龙"可差得多了。而且我为梅姑娘费了多大的事?遭受他们白石村中的人多少次围攻、倾害、妒忌、诽笑?费了那么大的事,才聘到一个俗庸的村女,并且还得答应娶了她之后不再往别处去,真真,我是傻了!是糊涂了!想到这里,他真不打算再回白石村去了。

这时天气已渐晚,赭红色的云霞纷纷坠下,海风愈紧,吹得叶允雄的身上发冷。忽然他又觉得头脑一阵清楚,就想:刚才自己的那些想头太不对!一个人应当有信义,重然诺,既然订了梅姑娘,梅姑娘又是那么柔顺可怜,就不应当再生二心了。"粉鳞小蛟龙"今天给我的只有耻辱,没给我别的。看她那么轻佻,初次见面就与我调情,绝不是个安分的女子,我迷她做什么?咬紧牙,习枪法,重走水灵山岛把她打服,争回来我的名气,那才是英雄,是男子汉!

于是,他把一切幻想都消散了,上了岸,向两边张望了一下,见两边都已暮色渐深,不知往哪边去才是白石村。他只好信步走着,地下十分坎坷不平,走了很远,也没遇着一个行人。再走,见眼前一片黑郁郁之中有萤火虫似的几点灯光,仿佛是个村庄,叶允雄就心想:到那里去打听打听,此地离白石村尚有多远?如果离得太远,那我就只好找个地方先投宿,明天再回去吧!

于是,他脚下加紧,又走了一会儿,果然来到一个村庄。这村庄还不小,人家很多,刚才看见的那萤火虫似的灯光,原来是几家铺子:一家小店,一家饼铺,一家酒馆。叶允雄此时觉着身体疲乏,心头烦闷,他就走进酒馆里。这时他的衣裤已被海风吹得快干了,形态还不怎样现出狼狈。他找个凳儿一坐下,酒保就给他送来一壶酒,还问他要咸鱼不要。叶允雄摇了摇头,斟了一杯酒喝下去,又斟第二杯,忽然想起来自己的身边并未带钱,遂就向酒保问说:"掌柜的,这里离着白石村还有多远?"

酒保似乎发怔,旁边坐着的一位四十来岁的人,就说:"你是上白石村去吗?白石村在南边,在琅琊台山根底下,离这边有四十多里地呢!"

叶允雄吃了一惊,不知自己怎么泅水会泅到这里来了,也许这里的海岸倒离着水灵山岛近。他倒不禁暗笑,心说:喝完了酒没有钱,只好把我的衣裳剥给他们了!他放心地又自斟自饮喝了几杯,头就有点发热,心里的事仿佛忍不住,就叫着说:"掌柜的!"酒保赶紧跑过来,问说:"大爷,再来一壶吗?"叶允雄笑着说:"再来一壶也好,可是我得先跟你说明白了,我今天出来身边忘了带钱,我家住在白石村,你再给我来一壶,喝完了,我把两张桌子拼在一起,在你这儿睡一夜,明天你打发个小伙计跟我到家里去,酒钱连店钱我一个也不能少给你!"

他越说那酒保越发怔，他的话说完了，酒保却把头连连摇，说："大爷！这可不行，我不知道白石村在哪儿。"叶允雄说："离此往南四十里。"酒保说："那么远，我不能去！"叶允雄说："你去了，到那里我另外给你一笔脚钱。"酒保依然摇头，说："那也不行，这铺子就我一个人，我要是跟你一块儿去取钱，来回八十里地，一天的买卖我就不用做了！"叶允雄有些生气，说："明天你歇一天工，跟我到白石村去取钱，酒钱、住钱、脚钱，你一天的工钱，我都给！"酒保说："我没工夫，我哪知道白石村在什么地方？我知你有家没有？"

　　叶允雄气愤难耐，抖手就打了酒保一个嘴巴。酒保捂着脸，跳起来嚷道："没钱，你可来骗酒喝，不给钱还打人！"叶允雄气得把酒壶、酒杯全都摔在地下。旁边那人就过来劝，叶允雄说："我不是不讲理，今天出来我忘记了带钱，叫他明天跟我去取，应得多给他钱，还要我怎样？他还故意刁难……"

　　这时有本地的几个人听见了吵闹齐都赶来，其中一个身体魁梧的人，一把就将叶允雄抓住，说："喂！你先别吵，这里不是你吵的地方！天这么晚，看你说话也不是白石村的人，穿着绸子衣裳，沾着些个沙子、海藻，身上可一个钱也没有，多半你的来历不明！"

　　叶允雄说："你不信明天可以到白石村中问去，我在那里住了已有几个月，现在正盖房子预备娶亲，我姓叶！"

　　对面的大汉一听这话，他忽然有些惊讶，就笑着说："哈！原来你就是今天到水灵山岛上去搅扰，被鲁二姑娘给打回来的那个小子呀？好！……"

　　叶允雄想不到此人虽不认识自己，可他知道今天水灵山岛上的事，遂就不由一阵脸红，说："朋友，你先放手！"

　　这人仍然不把手放开，叶允雄就说："你既知道我这个人，就好办了。不错，我今天确是为白石村黄铁头受辱之事，到了一次水灵山岛，与鲁大绅和鲁姑娘较量了一番武艺，鲁姑娘刀法好，我认输了。我们回来时，不料鲁姑娘又浮着水追下来，要毁我们的船。我下海去抵挡鲁姑娘，将我们的船救走，我就浮水往岸上来，不料我地理不熟，误来到这里。好在这里离着白石村还不算远，我喝点儿酒，明天叫他跟我去取钱……"对面这汉子不容他把话说完，手就把叶允雄的衣裳揪得更紧。叶允雄把他的手用力一推，说："你何必这样？有话好说，揪住我的衣裳不放手是什么意思？"只听"嗤"的一声，叶允雄的绸子衣裳被撕破了。

叶允雄气不打一处来，但他忍耐着，仍想讲理。不料酒保跳起脚来又骂他，旁边的几个人也都气势汹汹。揪着他的这个汉子，撇着嘴冷笑，说："也不用跟你去取钱，那么远，钱我叫他不跟你要就是了，可是你得赔一顿打！听说你这小子武艺虽然平常，可是真能熬得住打。你才到白石村的那一天，李小八把你捆起来打了你四百鞭子，你都没哼哼一声，好啦！今天咱们倒要试一试，我孟三彪要不叫你出声，我不是好汉！来，拿鞭子去！朋友你再喝两盅，好熬得住打。你要怕打，也行，当时趴在地上给三大爷磕三响头，叫三声爸爸，我就放你去！"

叶允雄气极了，"咚"的一拳打过去，孟三彪一昏晕，撒了手，整个身子倒在地下。叶允雄又一掌，把酒保打得满脸流血，"呀呀"乱叫。叶允雄藉着酒气，东一拳西一掌，把屋中的几个人全都打出去了。孟三彪才爬起来，又被叶允雄一脚踹倒。叶允雄就施起威来，绰起来一只酒坛子向孟三彪的腰上砸去，孟三彪"哎哟"一声惨叫，坛子滚到一旁摔破了，流了一地的酒跟血。叶允雄有点儿吃惊，赶紧跳出酒馆往南跑去了。

天黑，海风又紧，后面的人即或追来他也用不着畏惧，所以叶允雄一跑出了村子，就不再跑了。他气愤愤地走着，觉得肚肠子发痛，酒意更涌上来，晃晃摇摇地，顺着坎坷不平的路向南去走。他越想越气，觉得在这一带住的人真是不讲理，尤其是水灵山岛上那鲁海娥。自己此时已不再迷恋她了，也不觉着她美了，只觉得她是一个凶悍淫荡的女人。就想：以后我也不可再跟这些人讲理了，我也要强横！回到白石村中我先要练习枪法，然后去找镇海蛟和他的女儿，要将他们全都戳伤！最后，我走开，回到我的江湖上去闯荡，梅姑娘叫她嫁别人去吧！什么叫信义？什么叫情理？我跟他们讲，他们可未必跟我讲！

在黑茫茫的夜色之中，他行了已不只四十里了，酒意已失，身上很冷，可是仍寻不着白石村在哪里。他又怕走过去了，明天再折回来，那更气人呢! 只好就找了个稍稍避风的岩石,在后面躺下身,耳边听得涛声、风声,却连一声鸡叫也听不见。这样,一夜他也没睡着,不觉天色就黎明了。他坐起身来,觉得很饿,又待了一会儿,才看见东面海上升起了朝霞,西面隐隐现出绵亘的山峰。他细细辨明了山势去走,原来离此不远就是琅琊台山和白石村,叶允雄也不急了,慢慢地走去。

及至到了白石村前,朝阳已把大海照得发紫。黄小三像是才起来的样子,手里提着成串的鱼钩正要往船上走去。李小八站在沙地上正赤着背练刀,一见叶允雄回来,他就喊了声"哦喝",脸上做出许久不见的轻视和挑战的讥笑。叶允雄这样子本来也太狼狈了,但他低着头,不看一切人,直往村中走去。不料黄小三赶过来张着两只胳膊把他拦住,瞪着眼睛,说:"喂! 昨天你下海去捉那个丫头,为什么一夜没回来? 莫非你在水里跟那丫头勾搭上了吗? 你要是真那么没骨头,你就别回我们的白石村了!"叶允雄气愤愤地把黄小三一推,黄小三几乎摔倒,他就一声不语,走进村去。

村里,黄家的柴扉前,杏姑娘正在洒米喂鸡。梅姑娘擦着浓艳的胭脂,新梳的将嫁的姑娘的头髻,身穿白褂蓝裤子,正倚着门叫着:"咕! 咕! 咕!"一瞧见叶允雄,她赶紧藏回门里去了,叶允雄倒不由有些惭愧。杏姑娘望见他,就一笑,仿佛也有点儿害羞似的,叶允雄也勉强笑了笑。走过门去,见自己的那块地皮,三个泥水匠已来做活来了。房子都已盖好了,只欠没安窗户,没抹泥土,没扎院墙,那棵柳树拂荡着碧丝,袅娜如美女的娇态。泥水匠头儿走过来,笑着说:"叶老师昨天到水灵山岛去啦? 那地方的人可惹不得。这房子再有四五天就完工了!"叶允雄淡浅地说:"不忙。"

他回到李大爷爷的家里,已有几个学生来上学,都向他作揖,并问道:"老师,昨天上哪儿去了?"叶允雄说:"你们不要问,都回去吧! 几时我叫你们,你们几时再来。"几个学生全都发怔。叶允雄精神倦懒,换上了衣服,他就出屋找来了一杆长枪、一只木桶、一个炉,并预备下碗筷等等,又收拾衣服,最后他出去到邻居家里买来了一口袋小米。此时,李大爷爷的那个孙子李四早被个学生给揪了来,他进屋一看,呵! 叶允雄仿佛要搬家。等到叶允雄回到屋来,他就问:"怎么回事?房子还没盖好,叶老师你就要搬去成家吗?"

叶允雄摇头,说:"不是!"他一边收拾东西,一边向李四讲述他的道理。他就说:"昨天我在水灵山岛为一个女子所折,我实在无颜再见人!我要到山上山神庙内去住,也许住半载,也许住两三年,不练好了枪法,不到水灵山岛去找镇海蛟父女报仇雪耻,我誓不为人!房子盖好了,就请你暂时给照管,梅姑娘暂时我也不能娶了。几时我的枪法不练好,几时我不离开那座庙!"说着他拿出些银钱,叫李四交给那几个替他盖房子的工人。李四这时惊慌了,赶紧去请来了李大爷爷,并请来黄老婆婆。这两位老人向叶允雄多方劝解,但叶允雄只是摇头,不肯打消他坚决的主意。

山神庙在小珠山的绝顶,这里有幽深的林壑,有潺潺流泻的泉水,石径崎岖,很少人迹。前几年这里发现过一只金钱豹子,又有两只狼,所以把庙里的道士给吓走了。道士离开此地之时,曾在本村散布下许多谎言,说那庙里不但时时看见豹子、虎狼,还闹鬼。鬼是比野兽还狰狞可怕,因此,那里成了一块禁地,即使是白昼,也从无人敢去走走。

当下,叶允雄因为预备到那里去住三年,所以要带的东西很多,他一个人拿不了,就想托别人给帮帮忙。可是别人都向他摆手,说:"那个地方,你给我十两金子我也不敢跟你去!遇见狼还好办,把鬼惊着,我们就别想活啦!奉劝你也千万改改主意,想练枪有的是宽敞地方,何必非得到那里,跟豹子、豺狼和鬼去打交道呢?"叶允雄微笑着,别人不帮他搬东西,他就自己搬。搬了三四次,由早搬到午,东西搬完了,他就可以不回去了。

村里的人全担心着,想他多一半是喂了狼豹,或是被鬼掐得口吐白沫而死;少一半才是他到了那庙里,现在正歇着呢。这件事又成了全村中的一件奇事,个个人都谈论着。黄小三和黄铁头倒都很佩服叶允雄的胆气,李小八却总是笑,希望叶允雄被鬼掐死他才称心。李大爷爷嗟叹着,说:"那人才学、武艺都很好,只是太骄傲任性,早晚要吃大亏!"黄家,黄老婆婆是回家来就哭,说姓叶的害了她的女儿,快娶了可又不娶，一个人搬到山上庙里去住；梅姑娘也是满心的忧虑、不断的泪痕。

此时，山上森林幽邃之渊的那座庙里，叶允雄却正忙着，这里还没两间完整的殿宇，殿中的泥像都成了野鼠和野鸟的家，蛛丝蛇迹，鼠粪燕泥，遍地皆是，叶允雄都细细打扫了。四面的碎石墙也还没坍塌，庙门也能关上。叶允雄先把庙门钉死，他在供桌上铺好褥子，躺着歇了半天，然后才提桶跳过墙，去接了一桶山泉，回来自己炊饭。吃完了饭，他就打起了精神舞动长枪，独自专心练习武艺。

叶允雄自己明白，他的枪法并非不通，只是搁置的日子多了，一旦遇着强敌就感到有些不熟。而且他知道那粉鳞小蛟龙鲁海娥的刀法，绝不是平常的枪法所可能取胜的。所以他才找了这僻静的地方，一来免得人搅；二来黄老婆婆也就不至于催着他迎娶了，而且一不常见梅姑娘，自然也就忘了她的美丽与温婉；三来，就是他要专心研究出几手敏捷的、巧妙的、毒辣的枪法，预备与鲁海娥再见面时，三五回合就把她制得扔刀拜服。所以他把心中的一切都想开了，并脱了光脊背，在这庙院之中抖起了长枪。他面前假想出来是有一个娇艳的女子，手持凤翅一般的单刀，他以银蛇枪招架，"嗖嗖嗖"地猛刺横拦，巧遮智缠。他练一会儿，想一会儿，身上流了很多汗，鸟鹊都不敢再往这庙里来飞。

不觉黄昏了，蝙蝠像鬼影一般飞至；山泉响，松籁鸣，远处仿佛真听见了狼嚎，但他一切都不管，把午间剩下的饭吃了，接着练。练到星斗满天，身体疲惫，他才去睡，一夜什么事都没有。

从此，叶允雄就天天这样，除了取水、砍柴他跳墙出去，就永远在庙里。他不下山，也没有一个人敢上山，他终日除了鸟鹊蛇鼠之外，看不见一个人。也不知过了多少天，只觉得夜间由黑天变成悬有新月的天，新月渐渐地肥了满了，又渐渐地残缺。

他专心练枪，本无二念，不过，有一件事却苦恼了他。就是因他每次练枪时，前面必设想出一个美丽的敌人，所以弄得他无论看什么东西，即使是看见泥塑的缺臂少头的神像，也仿佛是秀目清眉、白衫红裤的鲁海娥似的；夜间并且常做梦，梦里自然是跟鲁海娥交战争斗，可有时又不是。他真苦恼极了，非常恨自己。

这天,又是晚上,银星与残月交辉,泉水在耳边宛转地唱着,叶允雄在院中练了一套枪法,刚喘喘气,却听"嘻嘻"地有一阵儿笑声,不知发在哪里,但一定很近。叶允雄不禁惊讶,立时就收住了枪式,瞪目向四下看去,却没有人影。叶允雄就愤怒着说:"是什么人?不要在此装鬼,有本事的下来,较量较量我的新枪法!"

不知哪里又"嘻嘻"地笑了一声,叶允雄真不胜惊讶,并且已听出这种笑声是细而清脆的,不是小孩子就是个女人。叶允雄装作没听见,依然抖起了蛇枪,疾飞紧舞。忽听身后似有异状,他赶紧翻身撤步,一枪刺去,说声:"好呀!你还要暗算我吗?"身后袭来的这人,钢刀如电,闪闪地削来。叶允雄以枪相抵,施展开他这些日研究出来的新枪法,猛扎、急刺、斜掠、横挡,只见刀光枪影,二人的身躯翻转,一退一扑,亦遮亦拦。

相战了十余回合,忽然那人颠跑到了一边儿,掩着口"嘻嘻"地笑了起来。叶允雄赶过去又是一枪,那人却用刀将枪磕开,摆着手儿,娇声笑说:"别闹!别闹!哎哟别闹啊!"叶允雄骂了一声:"贱女!"退后一步,藉天上的残月微光,就见在四五步之远提刀喘气儿的人,正是粉鳞小蛟龙鲁海娥!

叶允雄不由又退后了一步,双手握着枪,防备着,并厉声说:"你到我这里来做什么?"

鲁海娥依然笑着,说:"我是来看看你!听说你自己把自己关在这庙里,天天地练武,我不知你练些什么?所以特来看看。哼!如今我这么一看,你可还差得多!"

叶允雄愤愤地说:"当然,我原说是三年之后再同你比武,并不是说此刻就叫你来。你这贱女,深更半夜渡海来到这里,倘或被人看见,不说你生性下流,反要说我叶允雄不是好汉。快些走!不然再较量几合,我就要把你扎死。你可知,这里可很有地方抛弃你的尸身!"

鲁海娥"嘻嘻"笑着,蓦不防地一纵身过来,钢刀举起。叶允雄急忙退步,抢枪拨开了钢刀,可是鲁海娥一伸左手将枪尖儿握住,同时她的钢刀就顺着枪杆削去,叶允雄夺枪已来不及,只得撒了手。

叶允雄赶紧又蹿跃向前,要抢鲁海娥的刀。鲁海娥左手将枪藏在背后,右手抡刀,叶允雄要托她的腕子,不料她下面飞起一脚,莲足正点在叶允雄的胯骨上。叶允雄觉着一阵儿疼,同时,电似的钢刀又从他头上掠过,叶允雄又赶紧低头,"吧"的一声,一刀背又击在他的左肩上。叶允雄真愤怒极了,又猛扑过去夺枪,鲁海娥却将刀枪抛开了,嬉笑着与他拳战。只见她娇躯宛转飞腾,叶允雄无法捉摸,竟被鲁海娥的拳头轻一下重一下地连打了两三拳。

叶允雄索性不打了,就点头说:"好!我佩服你!你的武艺比我高得多!我早先原想练习数月就可以与你较量,但现在我知道了,非要三年不行了!请你不要戏耍我,容我再练,将来我再向你去请教!"鲁海娥也不笑了,娉婷地走过来,说:"你何必要受这苦呢?再说,三年之后你也未必能敌得过我。你也不是外行,武艺须由名师指导,是自己关上门能学得出来的吗?"叶允雄摇头说:"你不用管!"

鲁海娥娇声儿说:"我偏要管!"说着过来就要拉叶允雄的手。叶允雄赶紧又退后,鲁海娥就含羞地说:"我真喜欢你!换个别人,我早就要了他的性命。我跟你说实话,镇海蛟并不是我的生父。我本姓张,我父亲是个绿林中人,因为他被官人追捕甚急,才带着我逃到了水灵山岛上,后来他就病死了,我才算是鲁大绅的女儿。我的武艺都是跟我父亲学的,鲁大绅只教给了我水性,他待我并不太好。我又嫌那岛上太寂寞,时时想回我的故乡陕南汉中,那里还有我的母亲。我想,不如咱们俩一同去……也别做仇人了!争斗、较量,这有什么意思呢?你要是一定不服气,那我就认输……"说到此处,这武艺绝伦、行为放荡的女子,倒有些儿娇羞腼腆、楚楚可怜之态。她将叶允雄的手拉住,叶允雄却又躲开,摇着头说:"不行!不行!"

鲁海娥见叶允雄将她拒绝了,她抬起头来,似乎有些生气的样子,说:"你可别以为我真是什么贱女!我父亲名叫秦岭侠张隆,虽是绿林中人,可是在山陕之间,行走四十多年,也行侠仗义,有过很大的名声。你要嫌我出身不高,那我看你的来历可也有点儿不明!"叶允雄吃了一惊,鲁海娥又说:"我早就打听出来了!你假充举子,来到这海角天涯隐居,可是你又有很多的钱!"

叶允雄说:"钱是我由家中带出来的,我家中原是富户。"鲁海娥说:"谁信?"叶允雄说:"总而言之,你叫我将来跟你比武倒可以,叫我此刻跟你私奔,我绝不干。你既打听出来我的不少事,想你也知道,我已订下了本村黄姓之女为妻!"鲁海娥说:"你并没娶她!"叶允雄心中不由一动,迟疑了一下,仍然摇头说:"君子有信,我既订下了人家的姑娘,又岂能背信?你去吧。休要再做此梦想!"

鲁海娥一生气,由地上捡起刀来,举起来又要向叶允雄去砍。叶允雄却身子不动,冷笑说:"你这算是什么英雄?难道你真再找不出来一个男子了吗?"鲁海娥把刀举了半天,忽然她一咬牙,转身就走,越过墙去,立时无迹。

星月交辉,风声萧萧,团团的云雾像烟似的在眼前飘荡,泉水淙淙,仍流得很急。叶允雄的心中又有些惆怅,站立着发呆了半天,忽然他一跺脚,又拾起枪来舞练,他也不怎么细细研究刺戳遮挡之术了,只是一阵儿胡练。练到夜深,他身体疲倦极了之时,就回到殿中去睡,一觉不觉天明,被鸦鹊之声扰起。

他的脑中只要一想起昨夜之事,他就赶紧练枪。也不再痴想对方是那素衣红裤的女人,只是紧练,不重枪法,唯求敏捷。一连又多少日,袋里的小米就快要用尽了,月亮又转为团圆明朗,并无事发生。

这日的白天,午时以后,叶允雄又正在习枪,忽听墙外有人敲门,他赶紧跳到墙上向下一看,却见是梅姑娘。梅姑娘此时穿着一身土布的没漂白也没染色的衣裤,发髻倒还梳得很整洁,脸上没擦什么脂粉,显着有点儿黄瘦了。身边地下放着一只口袋和一只竹篮,篮里有两尾鱼、一包盐和许多青菜,她还在用手叩门。叶允雄说:"不必敲了!"就跳到墙外。

梅姑娘见了他,脸上就如同染了胭脂似的,突然泛起了嫣红,并有些悲戚之色。叶允雄就问说:"是你一个人来的吗?"梅姑娘说:"是!"说着流下泪来,又说:"听人说,你那袋米大概快用尽了,我娘就给你预备下点儿米,要叫我哥哥送,我哥哥又不管,只好我给你送来吧。可是，我只带来了四五斤，这是鱼、菜，你留下，我把篮子带回，过两天我好再给你送！"

叶允雄叹息着说："真难为你……以后你不必再来了，山这么高，很容易出舛错！我在此习枪，也是被逼得无可奈何，不练成武艺，我没脸出去见人。村里近日没有什么事吗？"

梅姑娘拭泪，说："没有什么事，就是听人说，水灵山岛上的那个姑娘已然走了。"叶允雄一怔，梅姑娘又说："不知是往哪里去啦。李大爷说，既然欺负你的那个人已走了，你也就不必再在这里住着了！在这里不但我是时时不放心……就连村里的人也都说，你早晚必要……"说到这里，梅姑娘哭得声儿都颤了。

叶允雄沉着脸儿，叹了口气，说："你不要过虑，我在这空静无人的地方，只要有食物，就没有一点儿错。你别听那些人说这里有什么狼、鬼，我在这里许多日，每晚都安然睡觉，一点儿奇异的事也没遇着。只是这山路崎岖，你带着许多东西上来，我倒真不放心，你快回去吧！"又问："咱那房子盖好了没有？"梅姑娘擦擦眼泪，点点头，羞涩着说："早就盖好了！可是现在没人住。"叶允雄又看了梅姑娘一眼，觉着她真是又可爱，又可怜。但他并没表示出一点儿情爱，只说："你回去吧！大概不到一年，我也就可以下山了。"说着把篮子里的鱼、菜放在石阶上，梅姑娘就提着空篮子走去，叶允雄在后面护送她。只见山石坑坎不平，这可怜的女子艰难地向下去走。

叶允雄送梅姑娘下山，沿途他并未对他的未婚妻谈一句话。山间海棠树已叶肥实大，然而，往日的爱情，他像一点儿也没有了。将要下山之时，叶允雄站在一棵有高树遮蔽的大青石上，这才说："你仔细些！回去吧！不要再上来了！"梅姑娘答应着，又回首含泪问说："你还要什么东西？我求别人给你送来！"叶允雄摇头说："我什么也不用，你回去吧！脚下留些神。"梅姑娘又温柔地答应了一声。叶允雄直直地站在这里，从树叶之间见他的未婚妻去远，到了较平坦的地方了，他就跳下青石，往上走去。

到庙门前，把那半小口袋米提起来，夹着鱼、菜又跳进墙去，却不禁发了半天怔;他长叹一声,绰起枪来又练。此时,他心中决定的意志就是:虽然鲁海娥已经走了,但自己一个堂堂男子汉,若不学成武艺,若不用枪法压倒她的钢刀,就什么事也不干,什么人也不见。鲁海娥多半是因为自己拒绝了她,她一时失意、恼恨,走回她的故乡汉中去了。汉中虽远,但三年前自己也曾路过那里;只要一朝自己的武艺练成,便去汉中寻着鲁海娥,将她制服、打败,然后自己再回来与梅姑娘成婚。他虽然坚决地这样拿定了主意,有时仍然不免有些惆怅,就是想着:鲁海娥生得太美了,武艺、水性也太高了,并且她对于自己是那样地钟情。自己放弃了这样的女子,而与一个稍为姣好的村姑结婚,也太愚傻了!可是梅姑娘又实在是艰苦、温顺。内心这样的一交战,无法解去苦恼,他就持起枪来练武。松风山月,不觉那几斤小米又将用完。

这天半夜里,庙中忽然越墙进来了十余名大汉,个个持着刀枪,围住了叶允雄,要置他于死。叶允雄奋勇抖起了蛇枪,单身敌众,将十余大汉尽皆打散,有的负了伤,有的背着负伤的人逃走,事后,叶允雄也想不出这是哪里来的一些仇人。

第三回　行恶计纵火烧山林
　　　负良宵倚枪别新妇

至当夜,星月微茫,天将发晓之时,叶允雄本来没睡觉,依然手握长枪谨防敌人,却不料殿宇后就起了熊熊的大火。火起来了,烈焰腾腾,烧得甚猛,放火的人却已匿去。

放火这人就是那日在北边村中的酒店里,被叶允雄以酒坛打伤的孟三彪,同时,他是负着水灵山岛镇海蛟鲁大绅的命令。孟三彪是鲁大绅的外甥,他住的那个地方名叫黑郎庄,讹传为"黑狼庄"。孟三彪就是那村中的一条黑狼,他也以打鱼为生,但他不用自己打,他有两只船,雇着四五个人,打来的鱼都给他;又因为他与水灵山岛上的鲁大绅有甥舅的关系,所以独有他的船能往水灵山岛那边去。

白石村来了个姓叶的熬得住打的好汉,他早就知道了,早就想来寻衅:试试那小子到底能熬得住我的打不能? 叶允雄在岛上吃亏的那件事,当日也就有他的渔船回来报告他了。他觉着:一个叫妞儿都给打了的人,还会有多大能为?

正巧,那天叶允雄又误入村中,身边没有钱可又要饮酒,更加上开酒铺的张牛子死心眼儿,一定要跟叶允雄要现钱。双方一吵闹起来,孟三彪赶到,他问明了那浑身沾着沙子、海藻的人就是叶允雄,他就要试试这小子到底能禁得住打不能? 不料他打人未成,反倒被叶允雄绰起了酒坛将他打伤。被人搀回家去,在炕上趴了有一个多月,最近才好,他就驾船到水灵山岛去见他舅父。只见他舅父镇海蛟鲁大绅正在发愁,愁的就是他听说叶允雄上了小珠山山神庙,专心练习武艺,以为日后重来复仇。

镇海蛟自那天起,便已看出来叶允雄的枪法精熟,年轻力壮,若凭自己,绝不能取胜于他。义女鲁海娥若在,那自己便无所惧;可是自从鲁海娥战败了叶允雄之后,她就变了性情。早先她是活泼洒脱,整日嘻嘻笑笑,近日她却终日抑郁,不是找人撒气,就是一个人烦恼。前几天,一日的上午,她带着刀、银钱和一头小驴,驾着一只船,说是要到灵山卫去赶集买布,不料,她就一去不归。因此,镇海蛟忧虑极了,他想:一年之后,叶允雄若把武艺学得更好,重来水灵山岛上,那时自己恐怕就要非伤即死,声名难免丧尽!

镇海蛟正为此事发愁,他的外甥孟三彪就来到了。孟三彪一听鲁海娥忽然走了,他就大吃一惊,说:"啊呀!这丫头在咱们这儿吃了几年闲饭,如今事惹下了,姓叶的小子把自己锁在山神庙里练枪,她倒跑了?她倒自己寻女婿去了?把咱们抛下,到时叫咱们丢人现眼,好没良心!"

镇海蛟叹了口气,说:"我也早知道这里养不住她,这岛上没个美男子,她又生性风流,年岁也大了,她一定是走。只是自她十三岁时,他父亲就带她来到岛上,至今已六载之久,我实在拿她当作亲生女儿一般。如今她不该知道了有人要向我作对,她并不助我,反倒躲开了!"他冷笑了一声,又说:"现在没别的话说,只好我们也闭门练武,等着叶允雄再来时,我跟他刀对枪拼一下子吧!"

孟三彪摇头说:"舅父你别再这么宽宏大量,只顾名声,不用手段。您老人家上了岁数了,比不上姓叶的年轻,将来倘若有个舛错,您老人家一世英雄,败于无名小辈之手,有多冤?我现在有一个主意,反正姓叶的在山上只有一个人,武艺才练了这么几天,也不会怎么太好。今天夜间我带上几个人,顺着侧道上山,到庙中把他结果了性命,不就是后患尽除了吗?"镇海蛟摇头说:"我不办这样的事,若叫别人知道,我的名声尽皆完了,再说,我与姓叶的并无深仇!"孟三彪说:"您老人家的心太善!这样吧,我们暂且不要他的性命,先去把他搅一搅,使他不能安心在那里练武,逼着他趁早别梦想着报仇,趁早离开此地!"

镇海蛟斟酌了半天,才说:"这还使得!那么你们就去替我见见叶允雄,向他说我的女儿已走,两家既无深仇,就不必再斗气,可不要说出来软话。只是,他若肯与我交友,那就请他到岛上来,我愿设酒与他谈一谈。"孟三彪点头说:"好!就这样办!"

当日他召集了十几个人,晚间就偷偷上了小珠山,他却没依照他舅父的话去办。头一次是一起上手,不想没杀死叶允雄,反倒叫叶允雄给打了个落花流水。孟三彪知道叶允雄这小子难敌,当时他们就藏了起来没走,等到四更天时,他们就放起一把烈火来。这场火烧得很是猛烈,两间庙宇,又连上了庙旁的松树,火焰滚滚,浓烟弥漫。叶允雄愤怒极了,他不管火,先提枪去搜寻放火的贼人,但孟三彪等人早顺着这山的侧路逃走了。叶允雄在各处搜找了半天,也没有看见一个人,他怒骂着,又提枪回来,见火势已渐熄,但浓烟犹未消散,两间殿宇和叶允雄的寝食器具,完全付之一炬。地上只有一片残灰余烬,十分凄惨。

天已明了,今天鸟鹊也不敢来此飞噪了。叶允雄提着枪、咬着牙,自言自语地说:"好狠!这一定是镇海蛟派来的人干的事,但这就能将我害死吗?就能将我练武的心打消了吗?我要挪一挪地方,我便不是英雄!"于是他提枪下了山。

山下白石村中,今晨就有人看见山上的火光,就猜出那地方必是山神庙。这场火不知道怎么起的,可是叶允雄一定被烧死在那里无疑。这时,全村的人也顾不得打鱼种地了,都聚集在一起,仰着脸瞧着山上的浓烟。黄老婆婆哀求着人上山去看看叶允雄的死活。李小八却撇嘴说:"谁敢去呀?在火里若再遇见鬼,还能活吗?这不定是怎么回事儿呢,不是天火就是鬼火!本来有法术的道士全不敢在山神庙里住,他叶允雄却胆大妄为,鬼神还能饶他?还能不拿火烧死他?"黄小三皱着眉,李大爷爷叹着气,梅姑娘泪流满面地跑回家中痛哭去了。李小八哼哼地笑着,又说:"哥儿们,走吧!打鱼去吧!管他火不火呢,反正也烧不到村里来。"

正在这时,忽见叶允雄手提长枪,从山上走下,不但身上没有一点儿火烧之伤,衣服上连点儿灰也没有。立时村里人都放了心了,可是又都惊诧着,李小八赶紧溜走了。黄老婆婆破涕为笑,杏姑娘赶紧跑回家去报告她的姐姐。村中的人都上前来问说:"火是怎么起的?"叶允雄却微笑说:"我哪里知道?好在只是几间破殿宇,烧了也无甚可惜,将来我还要把那座庙重新修盖呢!"此时,梅姑娘随着她的妹妹又跑出来,泪眼看见了安然无恙的叶允雄,她一笑,又赶紧进门去了。

这时,村中的人全都劝叶允雄不要再上山去了,说:"庙也烧了,这儿的房子也盖好了,爱住、爱练武,就在村里吧!"黄老婆婆说:"我的女儿给了你,不能由着你去胡闹!你要死了,也就坑了我的女儿。"李大爷爷也劝他,说:"允雄,你不可再任性,练武何必一定要在山上呢?"

叶允雄却什么话也不听,他拿出钱来,又买了水桶、米面和一些东西,并买了几张芦席。他拒绝了所有人的劝阻,独自又回到山上。他把火场收拾了收拾,四边的石头墙也堆好,斩树枝,劈木头,就利用芦席自己搭了一间棚子,依然在此居住。

恰巧火才熄下之后,又下了大雨,雨水连上山水把他那芦席棚卷倒,他的一切东西全都湿透;但他把芦席找着,照样支搭起来。虽然雨尚未住,可是他的功课并不停止,依然在雨声潇潇之下,赤着背舞枪,夜晚几乎就在泥水里睡觉。

大雨数日,才雨住放晴,山石上尽生了很厚的苔藓。在这种艰难的境况之下,梅姑娘又来给他送来了两尾鱼、几棵菜,并帮助他晒被盖,提水做饭。叶允雄心中十分地感动,就向梅姑娘慨然说:"起先,我不过是爱你貌美,可是后来见有比你更美的女子,我对你就心情稍变。但现在我看你的美,非只容貌,而是品德;你不怕艰苦,对我有这样的深情,我真感谢,我以后绝不能对你负心!"梅姑娘羞涩涩地落下来眼泪,神态益为楚楚可怜。当日黄昏时,叶允雄才把梅姑娘搀送着下山。晚间他便觉得心里惆怅,有意放弃了决意,下山去与梅姑娘成婚。但最终他还是咬着牙,不肯这样去做。

过了两日,这天是中午时候,梅姑娘又上山给叶允雄送来几斤米。叶允雄正在石墙内练枪,练得正专心,正高兴,听见墙外的梅姑娘叫他,他就说:"把东西放下吧!你快回去吧!往下走可要小心,石头都太滑!"他照样练武,脚起身转,枪影飞腾。在这时,就忽听一声惨叫,似是梅姑娘的声音。叶允雄大惊,赶紧提着枪跳出墙去,见地上放着半口袋米,梅姑娘却是踪影皆无。

叶允雄晓得梅姑娘必有舛错,赶紧往山路下去找。往下走几步,就见石磴上遗落了一只红布的小鞋。叶允雄用枪尖挑起,拿在手中,瞪着两眼,四下张望。向下又走了不远,就见梅姑娘的身体滚在一块大石头的旁边。叶允雄连跳几步,到了近前,低下身,见梅姑娘的脸、手全都摔破,血色淋漓,只穿着两只袜子,蜷卧着,微微有些呻吟之声。叶允雄蹲下身,放下枪,抱起梅姑娘,说:"我不叫你来,你偏来! 这山路多难走,幸亏你没摔死……"忽听"咕咚"一声,一块巨石从他头上飞过,差一点儿就打着了他。

叶允雄愤怒得赶紧放下了梅姑娘,绰枪站起,就见远远的一棵松树后面藏着个人,向他一探头。叶允雄像一只雄狮一般,怒扑过去,那人回身就跑,手中是提着一口刀。叶允雄紧追,那人跳过了几块山石,反往上边去了。叶允雄怒骂着,又向上紧追,他蹿得极快,那人却逃跑不及,就被叶允雄追上,一枪狠狠地扎去,那人用刀招架,没有招架得了,就"哎哟"一声,被叶允雄一枪扎倒,滚下了深涧。

叶允雄抽回枪,喘了一口气,又四下寻找,但再也看不见人了。他赶紧又回来,将梅姑娘背起,又要寻找那另一只遗落的红鞋,可是遍寻无着。叶允雄不由得更怒,知道来到山上的贼人必不止一个。看刚才坠下涧去的那个人,也似是个渔人,便想:一定是镇海蛟派来的! 好个镇海蛟,将来咱们再算账! 他就背着梅姑娘下了山。

到了村中黄老婆婆家里,此时黄小三也正在家,一见这种情形,他就要与叶允雄拼命。梅姑娘哭泣着拦住了他的哥哥。当下,叶允雄把梅姑娘放在床上,见梅姑娘不至于死,便提枪又走,又上了山,又寻找了半天,但是并未寻着个人影。他咬咬牙,依然回到芦棚内,歇息了一会儿,照旧练枪。

从此,梅姑娘就不能再到山上来了,山上也再没有发生什么事。叶允雄又下去了一次,背上来几口袋米,他的吃食够用了,索性更不下来了,别人也不晓得他在山上是生是死。不觉就过去了半年多,此时梅姑娘的伤势已好,并未落下残疾。严寒已过,春暖又来,村中和山上的海棠花又预备着要开放那媚人的花朵。

叶允雄在山上住了这许多日,村里的李小八、黄小三等人也猜不出他的枪法究竟练得怎么样了。可是,这时却听说水灵山岛上的镇海蛟也走了,虽然据那里的人说,他是往京城访朋友去了,不日就回来。可是一般人都知道,镇海蛟鲁大绅一定是气馁了,他怕叶允雄一朝下山前去找他,他必要吃亏,所以他先逃避了。

果然,一日的清晨,叶允雄忽然提枪下了山,他的衣服十分泥污,胡须很长,辫发蓬乱,如同是个囚犯一般。黄小三、黄铁头等人正要下海捕鱼,看见了他,以为他又是要来预备粮食,可是叶允雄却叫住了黄小三,说:"赶快上船,咱们再到水灵山岛,我这杆枪今天要致镇海蛟父女的死命!"

黄铁头却说:"鲁大绅跟他的闺女,早就都走了,你到水灵山岛上去找谁?"叶允雄倒吃了一惊,因为鲁海娥早已走去,他是知道的,但还不知道鲁大绅也走了,他不禁发怔。黄铁头却伸着大拇指,说:"叶老师,你不用打他们了,他们这一走,可见他们都是怕了,他们都算输了!"

叶允雄把枪一抖,说:"不行!谁知道他们是真走了没有?无论如何咱们还得立时去一趟!"黄小三一见叶允雄这样的猛勇,他就高兴了,一拍胸脯,说:"好!这就走!"叶允雄又拉着黄铁头,说:"你也跟着我们去!"黄铁头说:"叶老师,今天你们不要我跟着去都不行了!"于是三个人跑到海边,这里有许多人正在晒网、系鱼钩,黄小三一招呼,说:"跟叶老师到水灵山岛,出去年受的那口气,都谁愿去?"许多年轻的渔人都跑了过来,他们收起了钩网去换刀枪。

当下,三只大船一齐离了海岸,冲破了浪涛,直往水灵山岛去走,叶允雄持枪昂然立在船头。这次,他们个个是威风凛凛,水灵山岛却黯然无色,他们十几个人到了岛上,竟没个人敢过来跟他们碰一碰。叶允雄一直到了鲁大绅的家中,原来鲁大绅跟鲁海娥虽然全都走了,家中却还有女眷、小孩、仆人和鲁大绅的胞弟鲁小缙。这鲁小缙见了叶允雄很为客气，把他胞兄临走时留下的一封信拿出来，交给了叶允雄。

信封粘得很严，外写："面交白石村叶夫子甫英才，台展"。叶允雄不禁一阵儿惊愕，把信收起来，当时没看，就向鲁小缙说："这次前来，多有骚扰。令兄既然没在家，我们只好走了，几时令兄回来，几时叫他找我去，见了面只要他肯认输，我们不比武都行！"说毕，便带领黄小三、黄铁头等人乘船回去。

在船上，叶允雄也没拆看那封信。黄小三说："信里写的是什么？为何不拆开看看呢？"叶允雄却微笑着摇头，说："他知道我的枪法已非他所能抵挡，所以他不等下山就逃跑了，但他的行为虽然怯懦，口中必不甘服，所以他留下这信，表示他并不是因为畏我而逃，我看它做什么？"他在船上却不时冷笑着。

少时，三只船就又拢到了白石村下的海岸。黄小三等人全都高高兴兴的，说他们这次到水灵山岛上去，虽然没打仗，可是得了胜，因为鲁大绅父女确实逃跑了。并有人要请叶允雄当众练一回枪，说："叶老师，你倒得练练，叫我们看看你这几个月一人在山上到底练的是些什么？"叶允雄却微笑了笑，说："待一会儿再练给你们看，现在我太不成样子了，衣服这么脏，胡子这么长！"

当下他就回到李大爷爷的家中。这里有许多学生都在等着他，看见他回来了，一齐作揖，问说："叶老师，你不再上山去了吧？你还教我们念书吗？你几儿娶师娘呀？"叶允雄却微笑着摇头，说："慢慢再商量，我还得休息几天呢！"遂叫学生都先各自回家，他便换了干净的衣服，叫人打来洗脸水，净过面，刮了胡子。这时屋中已没有了别人，他这才取出镇海蛟鲁大绅留给他的那封信，拆开一看，他的神色渐渐变了。原来信上写道：

允雄道兄足下：今有友人自楚中来，谈及时下湖海豪雄，始知兄之来历，兄必为襄荆道上之少年绿林英雄叶英才无疑。弟久仰兄名，今始知兄为避仇惧逮，隐此海涯，英雄落拓，美玉失光，不胜扼腕感惜！本欲待兄艺成下山之后，再领教一番。然届时争战，无论谁胜谁负，事必为远近所知，难免有人追踪前来，不容吾兄在此安居也！……

叶允雄看到这里不禁生气，真要将信扯毁，但是他的手有些发抖了。又往下看，见是：

……是以弟甘愿暂避锋芒，非是惧敌，实不愿闹出事来，使兄不能在海滨隐匿。弟今将往京都一游，望兄在此亦宜稍敛锋芒，否则飞鹰童五、病虎杨七、高家九弟兄一旦来到，恐比弟与小女尤为难敌！……

叶允雄冲着信纸瞪眼握拳，又看末几句是：

……良言相告，尚望采听，珍重珍重！后会有期，鲁大绅顿首

叶允雄看过了之后，便取火将书信焚毁，心中却非常地不痛快，原来鲁大绅的这封信，将他的底细完全揭穿。叶允雄本是南昌人，他的父亲还是一位显官。他兄弟共五人，长兄、次兄都中了举人，三兄和四兄也都品学甚佳，只有他庶出，只有他的母亲死了，也只有他不好好念书，却专喜习武，并且行为不检，声名狼藉，因此遭父母的歧视、兄嫂们的欺侮、邻里的讥笑。他十几岁时便离家外出，流落于秦豫楚汉之间，先与游侠相往还，结交了许多盟兄弟，后来他就沦落于草泽之中，闹得声势甚大，他们虽说自命为"行侠仗义"，其实杀人越货，无异盗贼。

但这种事他干了不到半年，就结了许多仇家，惹下几位名捕。汉阳名捕飞鹰童五、病虎杨七，及武当山下的高氏九兄弟，聚集官兵数百、名镖头、名武师无数，将他们的山寨攻破。他的伙伴尽皆就捕或伤亡，只有他，因为他的枪法高超，骑术敏捷，所以才能逃了活命，逃到这海角天涯。

他本想洗心改过，在这无人知晓的山村内娶了媳妇，终此一生，却不料他年轻气浮，来到这里不足一载，就出了许多争强斗胜之事。如今，镇海蛟毕竟是老江湖，他虽久居海岛之中，但还有江湖人与他往来，竟完全得着叶允雄的底细。他留下这封信不仅是讥笑，而且是威迫，说不定他就能将童五、杨七、高家九兄弟那些人招来，而使叶允雄虽然遁迹天涯，但终要被捕、遭杀。

叶允雄在屋中发了半天愁，后来就睡去了。一觉醒来，天已过午，午饭他也吃不下去，只饮了些酒。提起了那杆蛇枪，想起自己半载以来刻苦研习的武艺，他不禁又有些骄傲，暗道：怕什么？难道我为镇海蛟

的那封信就吓得要远走吗？我倒要居此不走了，看他们谁来？无论是镇海蛟、病虎、飞鹰，或是高家九兄弟，若敢来此，我就要一个一个地把他们用枪挑回！这样一想，他心中就又宽松了，眉头也展开了。

待了一会儿，李大爷爷进来，掀着白髯笑道："允雄，你今天早晨到水灵山岛上去的那趟，真是多此一举！鲁大绅明知你在山上刻苦练习枪法，一旦下了山，必然难惹，他自知敌你不过，才走了的，你何必还去到他的家中搅闹？"

叶允雄说："我并没去搅闹，我只是叫他们看看。早先约定三年之后再去比武，现在我可不到一年又卷土重来，他们却闻声远避，可见他们是示弱了！"李大爷爷笑道："你这不是前去搅闹还是什么？现在这些全不必提了，只是，你还要上山去吗？"叶允雄摇头，说："此时我自觉武艺已能应付两个鲁海娥、三个鲁大绅而有余，何必再去练？"

李大爷爷说："那么迎娶的事怎么办？梅姑娘苦等了你半年多，现在你还不娶她吗？你若再不娶，怎对得起我这媒人呢？"叶允雄听了这话，他却不由一阵儿犹豫。李大爷爷就有些生气的样子，说："你还要耽误人家的姑娘吗？莫非你是有意悔婚？你不想想这半年你在山上，梅姑娘为你流了多少眼泪，受了多大苦楚？现在你仍然……"叶允雄却叹了口气，说："我一定娶她，只是……唉！不必说了！"当下李大爷爷笑着说："我想你也没的话可以说了！"

当下，李大爷爷十分高兴，查黄历找吉祥日子，又叫人去请黄家的人，商量怎样办喜事，并派了几个人为叶允雄去布置新房。无论是李宅的什么人，连同村中的男女老幼，见了叶允雄都要笑一笑，笑他的喜期将至了。叶允雄也打着精神，应酬众人，但有时他心中又总有些不快。

几天之后，村中的海棠又开了嫣红素白的花朵，风儿吹来十分绵软无力，莺燕在树梢唱着快愉的歌。今天是叶允雄的喜期，村中的人，除了李小八咬牙恨恨地躲往远处去了，其他的人都欢欣着给叶允雄来贺喜。许多渔人昨天就给他留下了好鱼，预备今天送礼，喝喜酒，并且歇一天的工。黄铁头几个人个个穿着新袍子，提鱼带酒，欢跃着就来了。

叶允雄新盖的这几间房，此刻是布置得一新，搭着席棚，席棚下有由各家凑来的桌椅板凳。有几个鼓手,拿唢呐、二胡吹拉着各种好听的小曲。各家的媳妇、姑娘也来了不少,都穿红戴绿,擦脂抹粉的,来预备接待新娘。洞房中挂着福禄寿三星图和李大爷爷所送的喜联,桌上摆着龙凤饼、长命灯、子孙面。窗上都遮了红布,被褥都是红色的,崭新的,并且还是梅姑娘亲手所缝成的。女眷们在屋里忙着,黄铁头等人,连上那些跟叶允雄念过书的孩子们,全都乱笑乱闹,宾客是越来越多。叶允雄穿着宝蓝色的绸衫青马褂、官靴,辫发梳得又黑又亮,满面喜色,往来着招待人。鼓手们一看见新郎,就吹拉得更是高兴。几个义务厨师在一个角落里烹鱼、炒菜,刀勺乱响。

傍午时,就迎来了新媳妇。因为本地没有花轿,而且这新房子与黄老婆婆的家不过一墙之隔,所以也用不着拿轿子抬,只由几位"全户人",就是有丈夫的年轻太太们,到女家去接请,叶允雄当然是由李大爷爷派人带着他到女家给岳母磕头。不一会儿,在鼓乐声中,在来宾的欢笑里,就见一位千娇百媚的,头上遮着红布盖头,穿着红缎衣、红缎裙、绣花红鞋的新娘,由几位太太们给搀扶来了,轻轻慢慢地,如同迎来了一位仙妃。

此时,鼓乐之声奏得更加嘹亮,李大爷爷的孙子给赞礼,叶允雄和梅姑娘拜过了天地,拜过祖先,又拜过李大爷爷,然后,那几位太太就把新娘搀扶到里屋,坐在炕上。黄铁头等人把叶允雄拉到屋里,叫他去揭盖头。叶允雄伸手将梅姑娘头上遮的红布揭开,立时露出来梅姑娘的云鬟丽貌,真是海棠一般的娇艳,蛱蝶一般的风流,是叶允雄向来没看见过的一副芳容。

叶允雄不好意思多看梅姑娘,但是对此丽人,尤其是自己千方百计才得到,她又受尽了千辛万苦,若干日的期待,才能得到今日,叶允雄不禁由怜爱之中发出来一种悲痛。黄铁头拉着他,说:"好啦!看上一眼也就算了,以后看的日子长呢!咱出来,有多少人都要灌你喜酒喝呢!"叶允雄笑着,就被黄铁头又拉到院中。只见许多人都把他包围上来,他也认不清都是谁,黄铁头拉过来那个穿青布新衫的黄小三,笑着说:"这是你的舅子!"黄小三也笑了笑,于是许多人都争着灌叶允雄酒喝,有的人在旁边高声唱喜歌:"一进门来喜冲冲,一条被袱两人争……"鼓手在旁边乱奏着。黄铁头又拉过来杏姑娘,也叫她给她的姐夫斟了两杯酒。

反正酒都是大家送来的,大家就你一盏我一盏地灌着叶允雄,并且不喝不行。所以叶允雄也不知自己喝了多少酒,他就不觉地沉沉醉去,先还口中含含糊糊地说话,后来就趴在桌上睡去。黄铁头就大笑着说:"哎呀!新郎醉了!"有人说:"天还早呢!叫他先睡一个觉吧,反正耽误不了他入洞房。"于是就拼了几个凳子,把叶允雄放在上面叫他睡觉,大家又彼此开玩笑,彼此灌酒。

不觉天已晚了,晚饭也用过,许多人都各自回家去了。这里虽然有几个人还等着夜间闹喜房的,可是也都醉了,就彼此搀扶着,打着推着,跟踉着,也各自走了。剩下的两三个人,就把叶允雄叫醒,说:"到屋里睡去吧!"

叶允雄起来伸了个懒腰,一看,棚下挂着一盏清油灯,光线极为昏暗,天色已然黑了。四周寂静,屋中窗上现着红色,他就说:"原来都这时候了,你们也请回去歇息吧!"这几个人说:"留个人看棚吗?"叶允雄摇着头,说:"不用,这里又没有闲屋子可住,你们几位还是请回吧!"于是,他把这几个人送出门去,拱手道谢,然后就关好了柴扉。

望着新房窗上的红光,怀着欣喜的心情,他刚要将棚下这盏清油灯熄灭,到屋中与新妇去同圆好梦,却不料忽然从桌底下蹿出来一个人,把叶允雄吓了一跳。他还以为是等着闹洞房的小孩子,就笑着说:"是谁,快滚吧!"不想这人站起身来,原来比他还高大。这人一个箭步蓦跳过来,要揪叶允雄的手,叶允雄一抢胳膊,那人没抓着,便退了一步,又做出来拳式,冷笑着说:"姓叶的!今天你也快活够了吧?该随我们走了吧?"

叶允雄闪开身,惊讶着,藉灯光去看这人,就见这人身穿短衣,消瘦而精悍,原来正是自己的冤家对头病虎杨七。叶允雄立时大怒,想要直扑向前将这人扼死,但忽见由短墙又跳进来三个人,个个手中都有钢刀,过来就将他围住。叶允雄环目去望,就见都是对头冤家。一个是飞鹰童五,这人腰间永远带着一只铁链子飞爪,十分厉害,他与病虎杨七都是江汉之间有名的捕役。另两个是高家九个豹子之中的黑毛豹高猛、火眼豹高强,都是武当山下的霸王。两年前,叶允雄曾因殴斗杀死了他家的老大飞天豹高正,所以与他们结下了不可解的仇恨。

当下,几口钢刀已挨近他的身子,叶允雄却摆摆手,说:"诸位且慢!不要惊吓着我屋中的新娘!"火眼豹一把揪住了他,钢刀比在他脖子上。叶允雄却不畏惧,淡淡地笑了笑,说:"这种行为不算英雄!"火眼豹说:"那你现在就随我们走!"叶允雄点头说:"可以,但我屋中还有新妇,无论如何,你们也得叫我向新妇辞别一下。"杨七、童五都点头说:"你快去!告诉新娘几句话,你就快出来!今天我们怕惊扰了别人,才等到这时来拿你,可是你想要逃跑却不能了。"

叶允雄一声不语,转身回到屋中,先从墙角绰起他那杆蛇枪,然后才进到里屋洞房,只见红烛摇摇,身穿红衣裙的娇艳的新妇梅姑娘,盘膝坐在炕上。梅姑娘抬头看了看,就嫣然一笑,又垂下脸去。叶允雄心中不禁十分难过,便坐在炕头上,一手持枪,一手摸了摸梅姑娘的手背。梅姑娘羞涩涩地不言语,叶允雄就悄声说:"我们的命实在不好!现在……喜事之中又生了变,我必须即刻就离开此地!"

新娘吃了一惊,连忙拉住丈夫的手,问说:"你说的话,可是真的?为什么?"叶允雄说:"别大声!"他指一指窗外,又说:"现在外面来了几个人,全是我的仇人,他们逼着我,立时就要我走。但你放心,他们绝不会将我如何!我走大概八九天就能回来。"梅姑娘泪如雨下,说:"你不会跟他们央求央求,缓两日再走吗?"

叶允雄摇头说:"不行!他们都拿着刀,来势甚汹。我若不同他们走,就须在这里立时有一场恶战,我也不愿把这事闹得尽人皆知,所以我情愿随他们走。我愿我不久即回来,可是,倘若十天之后我仍不归,那你就叫黄小三到济南府,黄昏时叫他在西门大街间转,可是他不要失掉渔人的样子,那么或是我,或是我派人,就可以找了他去,我是生是死,与我的真实来历,都可以告诉他了。"说着,拿钥匙开了他的一只箱子,先拿出一个布包儿来挂在肩上,又指着箱子,说:"这里边还有一百多两银子,你可以拿着它暂时度日。我走后你随即叫来你的哥哥,也叫他别着急,一切的事都依着我的话去办好了!"

梅姑娘拉着他的胳膊,把脸贴在他的臂上,呜咽地痛哭。这时外面就有人用刀"喀喀"地击着地,梅姑娘哭着说:"外面的人都是干什么的? 他们为什么这样地逼你? 莫非他们就是镇海蛟?"叶允雄说:"有点关系,不然这些人不会晓得我住在这里。你放心,他们绝不能将我奈何,现在我的枪法,他们多少人也敌我不过。只是,我非常对不起你,我不该叫你跟我受这些苦处! 可是,这也无法,反正我绝不能忘记了你,无论我走在哪里,我也不能忘了在这海边,我还有个为我受苦,对我有恩的发妻!"梅姑娘断了气似的悲泣。

窗外有人厉声催着,说:"快出来!"叶允雄愤然答应,说:"立时就出去! 但你们若敢进来惊动了我的新娘,我是绝不能容你们活命!"他又向梅姑娘说:"再见吧! 记住了我的话,十天之后,济南西门大街,黄昏时。也许你哥哥去了,我就同他一齐回来,别忧心! 莫难过!"梅姑娘还死死抱着他,他却将新娘的手挪开,愤然挺枪出屋而去。

他到了屋外,病虎杨七和黑毛豹高猛都要过来伸手抓他,叶允雄却把蛇枪一抖,如梨花乱落,厉声说:"我随你们走就是,但若想硬来上手抓我,却是不行! 你们也都是好汉,也都不是没与我交过手。一别将二载,你们的武艺想必较前高得多了,我叶允雄可也不像早先那样易欺。咱们走! 找个地方先讲话,然后较量,假若我理屈无话可说,我的枪法低,敌不过你们,我便甘心听你们处置!"病虎杨七等人都冷笑着,说:"好!"于是黑毛豹就去开门,四个人拿刀的,提飞爪的,就拥着叶允雄出了他这个新房。

此时村中寂静,只有天上的星光偷眼看着他们,两三条狗在远处向他们吠叫。叶允雄被这些人逼着走出了白石村,海风从正面吹来,吹得他的身上很冷。这里原来还有两个人,都是病虎杨七他们带来的,给他们牵着几匹马。杨七似乎跟童五商量了几句话,声音很小,大意就是:这贼既不能骑马,咱们带着他也太累赘,不如先将他弄伤,夺过他的枪来,然后将他捆上,再带他去交案。

当时那飞鹰童五就暗暗解下了他腰间所带的飞爪，这是他的"鹰爪子"，他拿这爪子抓过无数的飞贼和大盗。当下他趁叶允雄不备，蓦然将飞爪抖起，铁链"哗啦"一响，一下子就要抓叶允雄的脊梁。却不料叶允雄早已有了防备，抖枪就磕开了飞爪，但杨七和高家两兄弟的单刀，又齐如闪电一般向他来砍。

叶允雄将银枪抖起，手腕翻转，枪尖乱颤，风声"嗖嗖"地响，果然他在山神庙里苦练半年多，武艺已非昔日那般可以轻视。二十余回合之后，对方几个人的兵刃，竟不能近得他的身。最后，叶允雄跳到一边，两腿下屈，拿出了"落马金蟾"的架势，骂着说："匹夫！你们多人前来，已不是英雄，还要施行暗算？谁敢再动手，叶大爷立时就要取谁的性命！"黑毛豹高猛随着他这话，抡刀扑来，叶允雄却突进右步，将枪如毒蛇一般出刺，这名为"叶底藏花"，黑毛豹立时咽喉被戳，"啊"了一声栽倒。

黑毛豹被伤，杨七等人一齐上前，刀光闪闪，齐逼叶允雄，叶允雄又以蛇枪应敌。相战又十余合，叶允雄就虚晃一枪，回身就走。那给杨七牵马的两个人，本来有一个也过来抢刀助战，五六匹马都被一个人牵着站在很远之处。叶允雄往那边就跑，杨七等人在后边紧追，飞鹰童五"哗啦啦"一爪又飞来，允雄赶紧回身用枪将爪挑开，再战几合，再跑。那牵着几匹马的往山坡上跑去了，叶允雄顺着蹄声去追，杨七等人仍不相舍。叶允雄跑上了山坡，杨七头一个追到，钢刀自背后砍来。叶允雄突然回身，将枪挑起，如鹤飞龙舞，银蛇"嗖嗖"刺去，不容对方招架，只三四下，病虎杨七就扔了刀滚下山坡。童五等人都不敢向上追来了，只在下面喘着气怒骂着。叶允雄却将那牵马的人追赶上了，一枪刺去，没有刺着，那人却吓得将牵着的几匹马全都撒了手。马都乱跳起来，有的往山下跑，有的往山上跳去，叶允雄抢着了一匹，就飞身上马，跳跃着向山下跑来。

此时那飞鹰童五和火眼豹高强也都截住了马匹骑上来追，叶允雄回身拧枪冷笑，说："你们还要上来送命吗？镇海蛟难道没告诉过你们，我在小珠山练武已将近一年，早先我敌不过你们，现在你们再来几十人我也不惧。本来我早已改悔前非，来到这海角天涯，我不愿再出头了,可是你们逼我太甚! 今天我娶亲,你们来逼我,我已应得随你们去走,刚才你们还想以暗算伤我,不然我也不肯与你们争战。现在,我本可再取你二人的性命,但我手下留情,我已不愿再做过分之事。我走了,以后你们若不甘心,尽可到各处去访我的下落,但是可要记住:再见面时,我的枪下绝不容情! 白石村中全是好人,我的妻子也是良家女子,不许你们前去骚扰、欺负,并且不许你们到村中去宣扬我早先的事,否则我立时就能回来将你们杀死!"他一面愤愤说着,一面抖擞着长枪,对方的两匹马是直往后退,他却以拳击马,"嘚嘚"地冲着夜色海风,飞一般地驰去。

叶允雄驰马走出了很远,回头再望,已看不见了追骑。他收住马,又寻思,觉得自己此刻回到白石村,也许是无事,也许照样能和梅姑娘同圆好梦。但又想:这时白石村中虽不至怎样纷乱,可是梅姑娘一定叫去了她的妈妈和哥哥。新郎在将入洞房之时忽然被人逼走,这样的事恐怕还少有,自己回去可怎样向她们解说呢? 万一,她们此时已晓得了我原先是个大盗,今天又枪扎死了名捕杨七和那黑毛豹高猛,不但梅姑娘要伤心,自恨误嫁匪人,即使那待我最好的李大爷爷,他也必更是叹息,因为他绝想不到我会是这样的人呀! 心中一惭愧,就索性催马去走。

在夜色中,茫茫地不知行了有多远的路,就见背后的天色已然发晓,已离开海边很远了。想到自己过去做的事,他十分懊悔,又想那镇海蛟鲁大绅,真是小人! 不是他,病虎杨七等人如何晓得我是藏匿在白石村中? 但不知向他告诉我的来历的那个人又是谁? 杨七、童五及高家兄弟由楚中追我到此地,真可谓不辞劳苦,别处想必也有他们的人,从此我将无处立身了,咳! 难道非得逼着我再去啸聚喽罗,去做强盗吗?

他叹息着,在朝阳晨风里纵马西去。因为自己身上这件新郎的衣服,太为惹人注意,而且提着一杆长枪,可又没有马鞭,他怕再生出事来,所以走到一个市镇,他就找了店房歇马。在店房中歇息了一天,拿出钱来到街上买了一根马鞭及衣裤鞋袜,但他仍然不想动身,因为想不出往哪里去才好。

在此住了两日,他忽然想起应当往济南府去一趟,因为临走时,曾向梅姑娘说，十天之后叫她哥哥黄小三去到济南西门大街。他想：黄小三届时一定去的，不如我赶去见他，索性把话对他说明了吧！但要叫他千万瞒着梅姑娘并瞒着别人。并告诉他，叫梅姑娘改嫁，因为这是没有法子的事。好在我与梅姑娘虽然拜了堂，可未成亲。过去，我与梅姑娘虽然几次见面，所行的事也都光明磊落，可对天地……如此，他就决定了主意，便于次日策马西行，长枪随身，并无畏惧，但心中却怀着无限的惆怅。

走了几日，来到济南，在西门大街找店房住下。他怕这里仍有高家九兄弟之中的人在此侦查自己，为免去麻烦，他就白天绝不出门，到黄昏时，才出来到街上转转。但是一连四五日，也没有遇见黄小三。他就想，黄小三的性情也很刚烈，他一定知道了我的来历，虽然梅姑娘必然哭求他，他也必不肯来。因此决定在此再住五天，五天之内若还不见黄小三，那自己就走了，这算是第一天。

第二天，叶允雄又于黄昏时在街上转，依然没遇见黄小三，可是看见了一个熟人。这人是个彪躯大汉，面目狰狞，记得这人是叫什么孟三彪，在白石村迤北那村中酒店里，自己曾打过他，这也算是自己的一个冤家对头！当下叶允雄就心中一惊，孟三彪是跟着个与他身材差不多的朋友，从一家酒楼下来，也似乎看见他了，叶允雄赶紧避到道左。

少时，天色渐黑，买卖家已有许多掩上了门板，叶允雄回到店房中越发地闷闷，觉得自己还是走往远处去才成。海涯既不能安居，只好找高山去休止。泰山虽高，可又香客太多，因此就想到了秦岭终南山。但才一想到这旧游之地，眼前却又幻出了那白衣红裤"粉鳞小蛟龙"的影子，因为鲁海娥曾对自己说过，她的家是在秦岭附近汉中府，那里还有她的母亲，她一定是回家去了。因此，叶允雄的心中又萌发了往汉中去找那美貌艺高的女子比武、结姻的念头，并想：有了那样的女子为偶，自己的银枪，加上她的单刀，无论走到哪里，更不惧任何人了。

叶允雄对着一盏灯正在如此地想着，忽然，门外有人问道："这屋里是白石村的叶老爷吗？"叶允雄吃了一惊，顺手绰枪，向外问道："是谁？"屋门一开，进来的原是店中伙计，手中拿着一个黑布小包儿，缝得很严,这店伙计就说:"外面来了一位孟三爷,据说他认得叶老爷,他送来这个包儿,叫我们来交给你,他已走了。"叶允雄十分惊愕,接过包儿,先挥手令店伙出去,他就挨近了灯光,撕开包儿一看,他气得要跳起来。原来包内是一只红布小鞋,分明是那次梅姑娘在山间被辱跌倒时所遗失之物。

叶允雄咬着牙,心说:原来那次凌辱梅姑娘的,不仅是被我扎下山涧中的那个人,还有孟三彪!说不定那次在庙中率众害我,火烧山林,也就是这孟三彪所为。孟三彪与鲁大绅原来是一伙儿,这次勾来了病虎杨七等人去逼我,也一定是他干的。如今,还拿着这东西来侮辱我,向我来挑衅,真真可恨!

他赶紧把小鞋收到怀里,绰枪就走,到了门外,店中伙计说:"那姓孟的早就走了。"叶允雄说:"你们晓得他在哪里住?"店伙摇头,说:"不知道,他也不是此地人,不定住在哪家客栈里呢?"叶允雄又问:"你们看他刚才是往哪边去了?"店伙说:"看他是往西边去啦,走得很快。"店里掌柜的见叶允雄双手拿着枪,说话愤愤的,就赶紧过来,问说:"是什么事?"叶允雄摇头,说:"你们不用管!"他提枪向西就追,并怒声叫着:"孟三彪!孟三彪!"街上行走的人都扭头看他,他就横冲直撞,一边走一边喊,并怒骂。

走了不远,忽觉背后有人抓了他一把,他一惊,转头去看,灯影里见这人是戴着打鱼的帽子,原来正是黄小三。叶允雄转身说:"啊!你来了?你是什么时候来的?"黄小三神色有点儿惊慌似的,悄声说:"才来到不大一会儿,刚找好了店房。来吧!你到我们的店里,咱们再细说。"叶允雄也不再嚷嚷了,就提着枪,随黄小三进到了一家很小的店房。

黄小三领他到一间屋里,才进屋,叶允雄不由就一怔,原来炕上正坐着梅姑娘,穿着一身蓝布衣衫,用眼睛掠了掠他,带着些幽怨的样子。叶允雄就向黄小三急说:"你怎么把她也带来啦?"黄小三把声音压得极小,说:"你是怎么个人,我们也都知道了。"叶允雄脸上一红,说:"你既然知道了,我也不必再瞒你。你想,官方既不容我洗心改过,将来我就得逃奔到远处,生死还不定,我可怎忍得耽误令妹的终身呢?"黄小三摇头,说:"不!我妹妹既嫁给了你,活着是你家人,死了也就是你家的鬼。我把她送来了,我就不管了,以后怎样,那都是听天由命,我还立刻就得走!"

叶允雄把黄小三拉着,说:"这不行,我现在哪能顾得了她?"黄小三似乎要翻脸,他用力夺过手去,说:"你顾得了也得顾,顾不了也得顾,反正我的妹妹嫁了你,她不犯七出之条,不准你送回我们家门!"说着转身就走。叶允雄追出去,又拉住他,说:"你不要忙着走,咱们再谈谈。"黄小三夺着胳膊说:"没有什么可谈的了,你别把我妹妹待错了就得了!"叶允雄便站住身,慨然说了声:"好吧!"就由着黄小三走了。

转身又进了屋,就见梅姑娘正在低头啜泣,叶允雄赶紧上前,悄声说:"你不要伤心了!既然你来到了,我就不能够再离开你了。我当初虽做过错事,现在各处虽有不少的仇人,但我还自信这身武艺,这杆长枪足能保护得住我的妻子。好!你且一个人在这里等一等,我到那店房里把行李和马匹拿来,我们在此住宿一夜,明天就给你雇车起身!"说着他转身就要走。梅姑娘却一手把他拉住,哭着说:"你可要快回来!"叶允雄点头,说:"一定!我住的那家店房就在东边,离这里不远,我去取了东西就来!"梅姑娘依然啜泣着,说:"你可一定回来!"叶允雄说:"当然即时就回来!我岂能将你一个人抛在这里?"梅姑娘这才把他放了手,这才用手帕去拭泪。

叶允雄提枪走出,却不禁叹了口气,心说:梅姑娘实是可怜!但我现在正在为仇人所迫,连个立足之地全没有,我如何还能携带着一个妇人?可是事情既到了这一步,也说不得了!只好谨慎些就是。孟三彪晓得我住在那家店里,但我换了店房,明天一早雇上了车就悄悄地起身,大概他即使勾通了高家兄弟及官人,也未必就能把我怎样?

他一路思索着、愤慨着,又回到那家店房。他进屋去拿了行李,到柜房付交了茶饭钱,就说自己有几个朋友都住在东边的店里,自己需要去跟他们住在一起。柜里的人见他出来进去的都拿着杆长枪,猜不出他是个干什么的,正怕他在店里惹祸,如今见他要搬出去,倒正好,遂就叫人赶紧给他牵来了马匹。

第四回　走深山恶浪拆鸳鸯
　　　栖小店柔歌救豪俊

　　叶允雄牵马提枪又回到了那家店房,说是跟那年轻的媳妇是一处的,那就是他的妻子,这里的掌柜子还以为他是位镖头呢,就说:"好啦! 好啦! "吩咐人把他的马接了过去。

　　叶允雄进了屋,梅姑娘泪已拭净,迎着灯光向他一笑。叶允雄却叹了口气,把枪靠墙角放下,说:"咱们这对夫妇,真不容易! "梅姑娘低着头,娇声儿说:"也没有什么难的,只要,你别发愁! "叶允雄喘了喘气,把怀中的那只红鞋摸了摸,但又放下了手,心说:何必给她看? 叫她知道了现在我有仇人在侧,她更是担心呢! 他便把灯挪近了些,看着梅姑娘的芳容,笑着问道:"村中的海棠还没有谢吧? "见梅姑娘的脸一阵绯红,叶允雄更觉得可爱,就心说:想它那些事呢? 我难道连妻都不敢娶了吗? 于是他与梅姑娘喁喁地谈了一会儿,便掩门熄灯,这小小的客舍就做了他们的洞房,今天才算是"花烛之夜"。

　　春宵苦短,但次日天色才明,叶允雄就起来了,他一面叫梅姑娘快些梳妆打扮,一面出去叫店家给雇车,说是到兖州府。店家却有点儿皱眉,说:"现在来往的客人多,货走得又正旺,车店里怕没有闲车了。您要雇,应当前一天白天就告诉我们,我们才能给订下。"叶允雄却说:"我也没想到我的亲戚又把我的家眷送来,我有马,不要紧,女人却非有辆车不行。你去看看,我不信偌大的济南府,这么多家车店,就会雇不出一辆车来？"店家只好派人去了。

叶允雄在屋中等着，看见梅姑娘巧挽云鬟，轻施脂粉，并且在一面小镜子里含羞地向他倩笑。叶允雄不禁有些销魂，可是又忽然想起了那粉鳞小蛟龙鲁海娥，觉着若是那泼辣妖艳的女子做了自己的妻，却又另是一番风味了。他心里虽这样想着，却也望着镜里的梅姑娘，做出点儿新婚丈夫的笑脸。

少时，梅姑娘梳妆已毕，车还没有雇来。叶允雄出屋去看，却见院当中站着一个人，似是个做买卖的，但是不住地用眼来盯着他。叶允雄看着这人有点儿可疑，想要过去打他一拳，问他是不是孟三彪一伙的，但又想：何必惹这闲气？孟三彪，以后等他碰到我的手里时再说！

出了店门，正看见店里的伙计回来，带来了一辆很旧的棚儿车。赶车的是个粗矮的人，抢着鞭子，把车子赶得非常之快。叶允雄问说："送到兖州府，要多少钱？"赶车的人说："还能多要吗？你老随便开发吧！"叶允雄想着也不会用钱太多，就赶紧叫另一个伙计去备马，他进到里面，去拿行李，提枪。梅姑娘随身还有一份儿铺盖、一个红布包袱，叶允雄就用枪挑着、背着出了屋，店伙也过来帮忙。

叶允雄夫妇到了门外，先叫梅姑娘上了车，然后往车里去堆行李，只是那杆长枪在车里却放不下，赶车的就嚷嚷着说："绑在车辕上吧！"于是又叫店伙找来绳子，把一杆长枪紧紧地系在车辕旁边。叶允雄已把店钱算清了，他上了马，向店家拱手，说了声"再会"，就叫车走了。赶车的把骡子赶得还是飞快，"咕碌碌"的，叶允雄的马在车后"嘚嘚"地相随，一霎时就离开了济南府。

叶允雄现在的计划是先到兖州滋阳县，因为三年前自己在江湖结识过一位好友，名叫追魂刀俞耀。那人是兖州的一位财主，平日专喜结交江湖豪俊。自己到那里，暂且把梅姑娘安置好了，叫她在那里暂住，自己再往别处去，以后再作打算。

车走得很快，一天的光景就走到了泰安县境。这时天已傍晚，四周全是山色，泰山高耸于夕照晚霞之中，沿路的人也很稀少，叶允雄就向赶车的说："这里不大妥！快点！赶到县城咱先歇一歇吧！"赶车的也不言语,仿佛他没有听见似的,只管挥着鞭子驱着骡子往前去走。忽然,叶允雄察觉所走的方向不对,这条路自己虽然不熟,可也不会越走越往山里边去,而且越走路越不平,四周越来越黑,连天际的霞光都被山色给遮住了。叶允雄在马上转头,看着赶车的那粗胖的样子、贼眉鼠眼的神气,他不禁暗暗地冷笑。

叶允雄见四下无人,突然将马横在了车前,说声"别走了!"赶车的人一怔,脸色变得惨白,叶允雄就问说:"你要把车子赶到哪里去呀?"赶车的人说:"赶到县城去呀!"他一边说着,一边伸手向车垫底下去摸。叶允雄却忽然从马上扑下,抓住了这赶车的,"咕咚"一声将他摔下车去,用双手按住。车上的梅姑娘惊叫了一声,叶允雄就嘱咐了声"别害怕"!

赶车的手中已抽出了一口短刀,但回不过手来,被叶允雄死死地按住了,他极力要挣扎,并且尖声地呼叫。叶允雄夺过短刀来,一下就将这赶车的抹伤了,鲜血直流,这粗胖的汉子就躺在地上不住呻吟、喘息。叶允雄跳开,到车上一看,梅姑娘吓得用手帕掩面,哆哆嗦嗦地已缩成一团。叶允雄就又嘱咐说:"别害怕!咱们快些离开此地就是了!"他赶紧将马匹系在车的后头,捡起来鞭子,就跨上车辕去赶车。骡子立时就走了,那赶车的人仰卧在血泊中也不知死了没死。

叶允雄连连挥鞭,想要快些离开此地,骡子走车轮动,马在后面跟着。梅姑娘还在车里颤声地问说:"刚才是怎么回事呀?"叶允雄也不回答,他只急急地挥鞭。骡子跑起来,跑得倒是很快,可是越走地势越高,眼前就是一道山岭。叶允雄本要骑马上岭,先查看查看地势,辨别出来路径和方向,然后好走,可是在此环境之下,又不敢抛下梅姑娘坐着的车。他只得驱着骡子拉着车带着马,往岭上去走,因为除此之外再没有别的路径,四周也没有一家庐舍、一个行人,而且山越高,天色越黑。叶允雄很是懊悔,心说:我上当了!我太不小心!

骡车辚辚马匹"嘚嘚"地往岭上走着,地势渐高,山路渐狭。忽然,不知自哪里发出来一阵呼啸之声,叶允雄大惊,知道有了强人,紧忙驱车向上又走,下面却又传来了急骤的马蹄之声。他急忙回头去看,见是有五六匹马追了来,叶允雄又一惊,车便停住了,他就用短刀去割那绑着枪的绳索。忽然一下,左臂一疼,原来中了一支弩箭,他忍痛拔了出来,又听车里的梅姑娘也"哎哟"了一声。叶允雄怒骂道:"好贼!"但贼人不仅自背后袭来,并有一帮约二三十人又由山头上出现。

叶允雄一手持枪,一手要由车中去抱出他的妻子梅姑娘,想要弃车上马,杀出重围而逃走。这时,忽然那骡子又中了弩箭,负伤惊奔,拉着车向岭上急走,梅姑娘在车上"哎哟哎哟"地惊呼。叶允雄急忙提枪向上去追车,那匹马却又挣断了绳索往下来跑,同时身后盗骑已然赶到。叶允雄的背后又中了一箭,他赶紧伏身,伸手拔箭,就见那辆骡车忽从岭上滚下,传出梅姑娘的叫声:"呀……"叶允雄一闪身,车就从他的身旁坠了下去。

这时,上下的贼人已经包围上了他,那孟三彪骑着马,手抡大刀高声呼喊着:"抓住他!他有钱!抓住他媳妇!他媳妇长得俊俏!"

叶允雄如一只带伤的怒狮,舞枪与群盗交战,他越杀越狠,一霎时就刺伤了七八个贼人。可是山上来的贼人越来越众,此仆彼起,这个才杀退,那个又近前,刀枪棍棒,夹着飞蝗羽箭,左右上下层层地包住了他的身。叶允雄越战越喘,且战且退,才冲出来,却又被人围上。辗转着挣命到了一座山峰,此时天已黑,他身上已经受了很多箭伤和刀枪伤。贼人又如潮水一般地扑至,他又奋勇地刺死了几个人,但是他的力尽了,两臂发痛而且酸了。他就喘吁吁地往后退,不防一失足,忽然又坐倒在地。贼人抡刀齐来,他却抛了枪,双臂抱头将身子向下一滚,"咕碌碌"地如一块石头一般就滚下了山岭。

滚到半截,被一棵树给挡住了。他昏晕了一会儿,见天色已然昏黑极了,山上有一团一团的火光,他知道是火把。贼人还不甘心,还要遍山查找自己,他就挣扎着使出最后仅有的体力爬到了这棵树上。这棵树还很大,他就趴在树的横干上,什么也顾不得啦。过了许多的时间,才见火光渐渐去远,也没有贼人喧哗之声了,他这才慢慢地下了树,躺在地下喘息、呻吟,歇息了半天。他觉得这里仍是不妥,到明天,仍然能被贼人发现,于是他就带着重伤爬、滚,想要乘着这夜色茫茫,赶紧逃开此地。

　　山间路途难行，天色昏暗，叶允雄的伤势又重，同时他的心中很是气愤，暗想：我在白石村上练了那些日子的武艺，如今竟会上了这个大当，真真的可气！说来并不怪我的武艺不高，却是梅姑娘累住了我，孤掌难鸣，而且最厉害的是贼人的箭矢。现在不知梅姑娘的死生如何？如果她死了，那还算是她命苦，或者也许是因我累得她，但她若落入贼人之手，为贼人所辱，那我绝不能忍耐，且等着吧！只要我今天逃开此地，至别处将伤养好，那我就卷土重来，不把这山上的贼人杀尽我不姓叶。只恨那孟三彪，我不过在那酒店里打过他一次罢了，究竟有何深仇？他就这样逼我，陷害我，莫非是有镇海蛟鲁大绅在他的背后主使？我不死，他鲁大绅不能甘心？好！将来再说！

　　当下叶允雄就咬定牙关，忍着伤痛逃走。他连行带爬，走了也不知有多少时，竟觉得地势平坦，大概已行出了山口。他心中稍微松展，但是身上的伤处更多更疼，他就一步一步地向前去行。长夜漫漫，前途遥远，越走越觉着两腿发软，头越发昏，他心说：不好，莫非我已死至临头？我身上的伤势太重了，真要这样死，我可不服气！如此一想，不由心中打了个冷战，立时身体难以支撑。他就躺卧在地下，闭上眼睛，还想歇一会儿，起来再走，可是他的全身如蜂蜇蛇咬似的，只能口中发出点儿惨戚的声音，身子竟不能移动了。

　　这时，天色也渐渐发明，又待了一些时，渐渐有农人出来耕地了。叶允雄浑身是血在这里爬滚，并且惨叫着，就有几个农人来围着他看，并问他是遇着了什么事而受了伤，又问他是从哪里来的。叶允雄痛得又发昏了一阵儿，只说："我是由济南府来，还有我的妻子，在山间遇着了一群强人……"说到这里，他忽然就断了气。但停了一会儿，他又苏醒了一些，可是紧闭着双目，说不出一句话来。

　　叶允雄昏昏沉沉的，微觉着有人搬动他的身体，并觉着有人向他的口中灌下了一些热汤。不知又过了多少时候，他才觉得头部稍松，眼睛能够睁开了。原来自己是躺在一间小屋的炕上，有个长髯飘飘，年龄足有六七十的老农人在旁伺候着他。叶允雄晓得自己已被人所救，便道谢,说:"幸亏老伯伯把我救了!不然我就死了,请问老伯伯贵姓?这里是什么地方?"

这老农人摆摆手,说:"你先好好歇着吧!别多说话,别费精神。我们这地方本来没有强盗,向来过往的人都是平平安安的,不知怎么独你会遇见了这件事?"叶允雄叹了口气,又问说:"我还有个妻子,她坐在骡车里,昨天骡车由山上退下来,滚下去了,不知我那妻子现在生死如何?"老农人说:"你就安心在这里养伤吧!待会儿,我们这里的人到山中去看一看,也就能知道你的媳妇怎么样了。"

叶允雄虽然不放心,虽然气愤,虽然恨不得立时就闯回那山中去,寻着梅姑娘的下落,并杀死那孟三彪,但是他此时周身疼痛,比那回在白石村受李小八的鞭打还厉害得多多。他真无法,只好又把眼睛闭上。

挨到了午后,有两个农人进到这屋里,说:"我们十几个人进了山,一个强盗的影子也没看见!可是地上有血,有扔掉的鞋,还有烧了半截的火把。山坡下有一辆骡车,骡子可没有了。"叶允雄听到这里,蓦然睁开了眼睛,问说:"车里有人没有?车上的包袱、行李呢?"农人们却说:"什么都没有,连车围子、车垫子全都被人给剥了去啦!"叶允雄怒声说:"真是强盗!"那老农人摆动着长髯,也不胜叹息,就指着叶允雄说:"车上还有他的媳妇呢,也一定被强盗给抢了去啦!"众人沉闷不语,心中都为叶允雄不平。

叶允雄在痛苦中忍了这一口怒气,心说:好个孟三彪,将来你我再算账!又觉得梅姑娘从与自己相识之后,便运蹇时乖,遭遇了无数的折磨、痛苦,如今即使幸而不为盗贼所辱,也必然没有了活命,那可怜的女子!他前后一寻思,就不由流下来两行悲泪。

从这天起,叶允雄就在此养伤。此处的老农人原来姓顾,家中只有儿媳和幼孙。他有个儿子,叫顾瑞发,在河南营商,三年没有信了,他时时地思念,天天望着天叩头。他对叶允雄非常之好,因为他那存亡不知的儿子就是二十来岁,与叶允雄的年龄相差不多,而且叶允雄又答应了他,说是自己的伤好了之后,便往河南,为他去寻访儿子,以报他救护之恩。

这地方名叫"望山屯",归泰安县管。村中的农人也都时常来看慰叶允雄,每家做了什么好菜饭,必要给他送一点儿来,并劝他:"别着急,等你伤好了,大家会给你凑路费。你那媳妇我们也正在给找着,不能找不着,她若是真死了,我们也不能瞒着你。"

叶允雄觉得此地的人情较白石村尤为温暖,但此地的天气也较那里热,这才不过四月中旬的天气,可是叶允雄在屋中连单衣裳都穿不住了。他赤着背坐在炕上,看着自己身上的伤,只见箭伤和刀伤已经结了很厚的创痂,不用手使力去摸,是一点儿也不疼了,可是两条腿却不能动一动,因为股间有一处箭伤已经化了脓,肿起来了。

这天,他正在屋中午睡,不料有个相熟的本地农人叫赵老实的,惊慌慌地跑进屋里,说:"叶老兄弟,现在有几名官人进村来搜人,说是搜拿藏在这里的一个受了伤的强盗,叶老兄弟,早先你到底是个干什么的呀?"

叶允雄如听晴空之中忽然响了一个霹雳,他大吃一惊,面色立时变了。刚要坐起身来,就见屋门一开,门外出现了飞鹰童五、病虎杨七(杨七原来没死),还有高家九兄弟之中的火眼豹高强、青须豹高豪、金钱豹高俊,个个手中亮着钢刀。童五并且提着他那只飞爪冷笑,说道:"别挣扎!挣扎无用,老实点儿!跟我们打官司去吧!你别以为你从白石村跑到这儿一忍,就可以没有事儿啦,我们早就得到了信儿!"

叶允雄冷笑道:"山上那些杀人劫货抢妇女的强盗你们不管,可专来拿我?"

飞鹰童五说:"那是本地官人的事,我们不管。我们拿住你,是为带你回湖北去交差,朋友!这回咱们讲点交情。"

叶允雄明白,这又是那孟三彪或是鲁大绅,探知自己在此养伤,才把他们招来的。心中虽然气,虽然贪生畏死,但是没有法子,自己连腿都不能行动,还怎能抵抗呢?只好由着病虎杨七进屋来,将他的双臂上了绑绳,然后由高家兄弟帮着,连抬带推,把他弄出了屋子。白髯飘飘的顾老头儿张着双手上前来,说:"他是好人!你们可别拿错了呀?"火眼豹高强却抬起一脚,将顾老头儿踢得趴在地上不住地喘气。叶允雄怒目瞪了高强一眼，刚要向顾老头儿及一般惊惧不敢上前的村人说话、辞别，但童五等人哪里容他？就把他生拖到了门外，扔到一辆破牛车上。童五、杨七等人个个持刀押着车，车就离了这望山屯，送往泰安县去了。

到了泰安县城，叶允雄就被押在牢内，倒也不用审问，因为他的罪名在童五、杨七身边的公文捕票上开写得清清楚楚，现在只等着童五、杨七等人在这里把车雇好了，一切闲事摒挡清楚了，便可以起身。

过了两三天，这天上午就把叶允雄提出监来，弄到门外的一辆敞篷车上。叶允雄此时的胡须很长，头发蓬乱，肩上是枷，脚下是镣，如同一只死狗似的卧在车上，杨七、童五和高氏弟兄全都骑着马，就走了。街上有许多人追着车嚷嚷，有的说："这是外省的强盗！"有的说："恐怕送不到家，半路就许死了！"叶允雄的痛泪却不禁滴落在枷上，他想不到自己竟会落到如此地步，尤其悲痛梅姑娘，现在她是存亡莫卜，因为自己一时的过错，竟耽误了人家姑娘的一生。车随着马走得很快，也不管车上的叶允雄能被颠死不能，一霎时就离开了泰安县城，在渐渐炎热的日光下走去。中午找市镇用饭，夜晚投店歇宿，童五、杨七、高强、高豪、高俊全都十分得意，沿途不住向叶允雄恶笑、讥讽。

行了三四日，这日由清晨动身，傍午之时就来到了郓城县境。郓城县是山东省有名的地方，宋代宋江等三十六人占据的梁山泊，就在这县城的东北方。这里的十来岁的孩子都常常拍胸脯自命为英雄好汉，小姑娘们也都洒脱、秀丽，她们仰慕着梁山泊的女将一丈青扈三娘。可惜，去年郓城一带雨水缺乏，收成不旺，所以人们多有饥色。

飞鹰童五、病虎杨七、高强、高豪、高俊等人押将着叶允雄至此，离着县城尚远，杨七就又渴又热，觉得头昏了。来到一个市镇上，他望见了一家搭着凉棚的茶饭铺，就收住马，说："别往下走了！咱们就在这儿打尖儿吧，我可真受不了啦！"他满头是汗，气喘吁吁，高强却笑着说："你真是一只病虎！"

其实，众人此时也都热得很难受，反正天色还早，就是到了郓城也不能就投宿，还是得马不停蹄地往下去走，在哪儿歇着还不是一样？何必要再走六七里地到县城呢？于是就全都下了马，掸身上的土。

飞鹰童五却不肯下马，他摆手说："不行！不行！再走几步，索性到县城里再歇着，歇半天都可以，这地方可是不妥！"杨七的脸色一变，他刚剥下来的靴子又要蹬上，高强却瞪眼，说："有什么不妥的呢？"童五在马上低下头，悄声说："你斜着往东北看！"高强抬头向东北去看，就见远远之处有一脉青山，不太高，他就说："那有什么可怕的呢？"童五嘿嘿冷笑，说："那个地方不说出来你也不知道，说出来你必然晓得，那就是梁山泊！"高强哈哈一笑，高豪也笑了，都说难道那山上的及时雨宋江现在还活着吗？还能打劫咱们这件差事吗？童五说："小声儿！"

杨七坐在地上，拿靴筒扇凉风，说："五哥你太小心！这么大的镇店，离着县城又这么近，光天化日之下，还能够真有什么事儿出来吗？"高俊也擦着汗，说："就在这儿歇歇吧！吃完了饭就走！"

童五禁不住大家都是一个意见，他也不能太执拗，只好也下了马，遂把五匹马拴在那凉棚的柱子上。大家找了两张桌子，杨七跟茶馆伙计要了一块破席头，他就躺在地下了。高强、高豪大声嚷嚷着要酒要饭，高俊却叫赶车的帮助着，把叶允雄抬下，就扔在地上。立时，有许多小孩子跑过来围着看，叶允雄却惨笑着，说："你们看我做什么？我已是个垂死的人了！"

高强、高豪二人都要过酒来畅饮，杨七躺在地上"咕咚咕咚"地喝凉水，童五却远远地自己沏了一壶茶在独斟独饮着，没人管叶允雄。叶允雄是伤重口渴，发乱须长，倒是那赶车的看着他可怜，拿粗碗舀来一碗凉水，过来要喂他，高豪却站起来，一脚就把赶车的手中的水碗踢落摔碎了。赶车的"哎哟"一声，童五连连摆手，说："何必呢？"叶允雄却瞪大了眼睛冷笑着，向高豪说："你可要仔细！我可一定得真死，倘若我还能活，那你可要小心你的命！"

高豪抢拳过去要打，他兄弟高俊却把他拦住，说："你把他打死，他更乐了，他省得沿路受罪呢！"杨七躺在地上，也说："老六，你何必跟他一般见识？咱们在这儿歇一会儿，赶快进城，我真不能往下再走了。我的主意是咱们进城就找店，索性歇一天，晚上找个土窑子……"高俊笑着说："你这样儿，你这辈子病也好不了！"高豪哈哈笑着，说："我真舍不得离开济南府，早晚我还要回去找找那娘儿们！"

正在说着，忽然有两个鹑衣百结、满面泥污的叫化子来乞钱，高豪就大骂着："哪有钱？有屁，你能拿它解饿吗？"高强也驱逐着，说："快滚！快滚！"高俊扔在地上两个小钱，说："走吧！"这两个乞丐才弯身拾起钱来，那边却又来了一个老乞丐，带着一个四十多岁的娘儿们和一个十二三岁的男孩子，衣服也都破烂极了，来向这几个人叫着"老爷""大爷"求乞。高俊便诧异着，说："这里怎么有这么多乞丐？"地上躺着的杨七这时已把凉水换了酒，一口一口地喝着，说："去年这里闹旱灾。"那边童五却已叫人煮面了，他说："我不叫你们在此歇着，你们偏不听我的话，在这里很容易出事儿！"

高豪是大碗喝酒，大口吃肉，用脚踢用拳打，并说："滚开滚开！大爷有钱也不能舍给你们！"几个乞丐依然齐发哀声，说："大爷，善心的大爷！"高豪气得真要抽刀。杨七跳起来，嚷："怎么回事？你们是成心搅呀！"高强也捋起袖子用拳头擂桌子，并嚷嚷说："掌柜子，你们也不管给赶赶？"掌柜的说："赶不开！赶走了还得来呢！这都是本地人，没法子。"连童五都气了，也站起身来。

但这时忽听有清脆的竹板声，并有女人曼声唱道："喂！来了啊！我们梁山的女将一丈青！"叶允雄忽然一阵儿诧异，心说：这真是怪事！

从东边是又来了三个乞丐，一个白须的老头儿和两个女孩子。女孩子可都穿得不太破烂，一个是两条小辫，竹布褂花裤子，年有十五六，很瘦，模样不大动人；另一个却有十八九了，白褂红裤，大松辫用麻绳在头顶挽了个抓髻，还插着几朵狗尾巴花。这红裤子的姑娘身体不矮而丰腴，长得真漂亮，抹得鲜红的嘴唇，脚下是两只小红鞋，还绣着花，新娘子才穿这呢！她纤手摇着两个"喳板"，"呱嗒呱嗒"地响着，脸上带着浪漫的笑，身子如风摆杨柳一般，一边袅娜地走来，一边曼声儿唱着说："来了！这位一丈青！王矮虎真走运，他竟配上了这位百媚千娇的女花容！"

高豪不由直了眼，说："乖乖！你跟大爷我配一配，行吗？"这红裤子的姑娘又笑着，像身上没气力似的歪歪斜斜地走近了高豪。高强、高俊也都直了眼，拿酒杯往鼻子上送去。杨七很有精神地爬起来，说："唱一段别的吧！咱不爱听王矮虎，那是个色迷！"红裤姑娘的眼睛一转溜儿，嘴角现出媚笑，连抖着喳板，唱说："唱来唱去，我也离不开梁山泊的英雄！"

高豪眯着眼睛，笑说："你别净离不开别人呀？也想想我呀！"高强由他哥哥的肩膀上，伸手送过来满满的一盅酒，说："小嫂子请喝！"姑娘接过酒盅来，就往高豪的脊梁上一倒，高豪张着两只手笑着，说："哎哟，慢倒呀！又凉又痒！"

姑娘急敲着喳板，扭转着身子，又唱道："咱按下王矮虎，再表一表打虎的英雄名叫武松……"杨七点头说："对！那才是一条真正的好汉！"姑娘又唱着："武二郎的家中有位长嫂，他的嫂子潘氏金莲可是个害人的精……"那边童五忽然发出冷笑，说："或者比你还好一点儿！"姑娘看了童五一眼，她一点儿也不理，依然媚笑着，唱道："潘金莲的两只金莲，是四寸不到三寸有点零。"她一边唱，一边指着她自己的一双小红鞋，高强、高豪、杨七，连高俊全都发迷了。

此时，那群男女乞丐已将叶允雄围住，飞鹰童五看着情形不对，立时抽出来腰刀，过去向众乞丐威吓说："都滚开！"众乞丐闻声齐都向东北惊奔，可是，同时他们把叶允雄也给背跑了。高豪大惊，说："啊！强盗！"他抽刀跳起，不料白衣红裤的女子扔下了喳板，一手就夺过了他的刀。

这个卖唱的女子一夺过刀来，她那风骚的态度便立刻改为凶悍，柔媚的脸儿也变得森严。童五、杨七、高强、高俊的几口钢刀一齐上来，但女子挥刀"当当"地磕开，刀如凤翅，"嗖嗖"地抖舞起来，把几个人的眼睛都给晃乱了。童五将飞爪"哗啦啦"地抖起，但还没有抓到那女子的身子，女子就早已闪身避开，同时钢刀削来，童五若是躲得稍迟一点儿，胳膊就掉了。几个人之中只有金钱豹高俊的武艺还算比别人好，他一口刀翻飞宛转，但是这女子真凶，她一人除了应付几个人之外，还能对付高俊。相战十几合，几个人难将这女子捉住。

此时，叶允雄早已被人抢走跑远了。那白胡子的老乞丐和那削瘦的姑娘,也不知从哪里得来的两口刀,一齐上来厮杀,武艺虽不及那穿红裤子的女子,可是也足足敌得过童五和杨七。当时,这小镇上就乱了起来,这镇上也没驻有官人,街上的人乱奔,茶馆的伙计们早就藏到了后院。

此时,火眼豹高强跟青须豹高豪全都负了重伤,只仗着高俊、童五、杨七三个人,抵住那三个人,并且唯有高俊还能与那着红裤的女子争战。高俊一面争战,一面惊佩和爱慕。忽然那老乞丐和那瘦女子都转身跑开,一个是老苍的声音,喊着:"二姑娘!走吧!"一个是娇细的声儿,急急地嚷道:"姐姐!还打什么大劲儿呢?人已救走了,咱们就快回去吧!"那老少二人随喊叫着,随向东北奔去。

这里,白衣红裤的女子却刀法更熟,精神愈大,她头上的那个抓髻已然散开了,一条大辫子颠来摆去。她咬着朱唇,瞪着秀丽的可是冒着凶光的眼睛,钢刀如一朵花儿似的护住了她的身。童五的飞爪简直没有用了,又两三合,她竟将童五砍倒。杨七赶忙跑到桌子后面,一脚正踏着高强的肚子。高强肩头上挨了一刀,血流满了前身,卧在地上正在惨叫,哪禁得住杨七又来这一脚?所以他"哎哟"了一声就昏过去了。

此时,那女子与高俊杀得正紧,两刀相敌,又十来合,高俊就被那女子的小脚一下踢翻,踢得他在地上打了一个滚。女子"嘿嘿"一笑,又一刀砍来,高俊翻臂横刀去迎,女子却抽回刀,又一声冷笑,就转身走了。她提着一口刀,袅袅娜娜地往东北走去,走得很是从容,那背影儿也真叫人心动。金钱豹高俊站起来,与杨七互相皱着眉看了一下,但是他们哪敢去追人家呢?

这时候,叶允雄已被那群乞丐抢到了东北的山里。叶允雄心中已然明白,因为他已看见了那打喳板的白衣红裤的女子就是鲁海娥,他倒不禁心中十分惭愧。这些乞丐轮流背着他、拥着他到了山中。原来这些人都不是乞丐,都是山中的农人,不过因为去年荒旱,每个人家的生计都很艰难罢了。叶允雄是被送到一个小草屋子内,他的枷锁早已拆去了,他们叫他在炕上躺下,都说:"不要紧!待会儿鲁二姑娘就回来,那几个家伙都得没有活命!"

叶允雄身体一舒服，就喘了喘气，问说："这里是什么地方？"旁边就有人笑着说："连这是什么地方你都不知道？这是大名赫赫的梁山泊！"叶允雄倒吃一惊，心说：莫非鲁海娥已在此为盗？旁边又有人说："这地方住的水里虎老张七爷，本是梁山好汉浪里白条张顺的后人，他年轻的时候走遍江湖，跟鲁二姑娘的老人家是最相好，可是，这些年也没有怎么往来。去年，忽然鲁二姑娘来了，来了没有别的事，就是要上山去削发当尼姑，老张七爷给劝住了。"

正说着，忽然外面嚷嚷说："老张七爷回来了！"于是这个人就止住了话头，只见由外面进来了那白髯飘飘、布衣褴褛的老人，带来那个梳着俩小辫、很瘦的女子。爷儿俩都提着刀，进屋来先把刀都放在墙根儿下，然后这老人就喘了喘气，向叶允雄说："海娥一会儿就回来！你放心，凭她那武艺，不能有一点儿舛错。你这个人我是初次见面，可是我听海娥说，你的性情很是拗执。"又指指那女子，说："这是我的孙女大秀，你放心在我这里住着，谁也不敢来这里找你！"老头子脱了破衣裳，光着膀子就走出屋去了。这里，那姑娘大秀说："待会儿我海娥姐姐回来，你可得要谢谢她！她说什么话你全都得应！不然，我就先得杀死你！"说完一摔手就出屋去了，这里叶允雄倒不禁一怔，猜不透这是怎么回事。

又待了半天，果然鲁海娥回来了，她提着刀就急急进屋，看见了叶允雄，她就嫣然一笑，说："你瞧你这样儿！"叶允雄不由得脸上发烧，就说："鲁姑娘！今天多亏你救了我的性命，我谢谢你了！"他含着羞抱拳，鲁海娥却啐了一声，笑着说："谢？谢谢就算完了吗？我为你出的力气还不说，我为你今天舍了多大的脸？不然，那几个癞狗，我会给他们唱曲儿斟酒？"叶允雄叹气说："你待我这样的厚情，我一定终生不忘！"鲁海娥又笑着，斜睨了他一眼。

此时，那张大秀拿进来一件浅月白色的绸褂儿，当着叶允雄，鲁海娥就脱了她身上的衣服换了。然后鲁海娥一边儿扣纽子，一边儿就坐在叶允雄的身旁，皱了皱眉，说："你的武艺也一定在山上练得不错了，为什么你竟会叫那几只癞狗给捉住了呢？"叶允雄又叹了口气，说："我是因为身上的伤,不然他们再有十几个人,也不是我的对手,我也不能随他们这样地欺凌!"鲁海娥当时把叶允雄身上未愈的伤势略看了一看,就又皱着眉说:"为什么你被人伤成了这样子呢?"

叶允雄带着些愤恨说:"这都是你那父亲镇海蛟鲁大绅和孟三彪他们施展的毒手。我一时不小心,以至在泰山中计受伤。"遂述说:自鲁海娥走后,鲁大绅与孟三彪火焚山神庙,欺害梅姑娘,他们又勾来童五、杨七及高家兄弟,于自己娶亲的那一日将自己逼走。后来在济南遇见了孟三彪,孟三彪又送还那只红鞋,意图激怒自己。自己在济南会着了妻子梅姑娘,雇车想要往兖州府,不料赶车的就是个贼人。他大概是受了鲁大绅与孟三彪的唆使,所以特意将车赶到了附近的山谷险处,便遇见了孟三彪等许多的强人,他们齐放冷箭,以至梅姑娘的车堕下了山去。自己受了伤,连夜逃到望山屯,在一个老农人的家中养伤,伤还没有养好,还不能行走的时候,就不知是什么人告了密,那童五、杨七就去了,就将自己抓走……叶允雄述说得很是简略,但说到梅姑娘在车内堕山的话,他面上不禁现出一阵儿悲戚之色,又把鲁大绅和孟三彪大骂了一阵儿,说是:"匹夫! 小人!"

鲁海娥却急忙将他拦止住,说:"你先别骂! 这些事孟三彪能做得出来,但鲁大绅绝做不出来。鲁大绅虽不是我的亲爸爸,可是他是一条好汉,我知道他。他一刀一枪地杀砍倒会,可是他不会用计谋害人。这一定都是孟三彪所为,孟三彪向来无恶不作,江湖的盗贼他认识得很多。你别忙,你先在这儿养伤,将来我必杀了孟三彪给你出气!"

叶允雄却冷笑了笑,说:"不必再烦你了! 今天已蒙你救了我的性命,我就没齿不忘。此地若能准我养伤,大约十天半月我的伤就可以好,那时我就走。舍出十年的工夫,我要报一切的仇恨,十年之后再报你的恩!"

鲁海娥一听了这话,她就一摔手站起身来,脸儿发紫,咬着嘴唇。这时,那张大秀双手托着一碗热气腾腾的鱼汤又进屋来,说:"哎哟! 姐姐你快接一接吧! 太烫手!"鲁海娥伸手把这碗汤接过来,问说:"这是给谁喝的?"大秀说:"是我爷爷叫我给他送来的,说是不吃点儿好的,伤绝不容易好！"鲁海娥推开了屋门，就把这碗热鱼汤向地下一泼，泼在地下直冒气。她把碗摔在窗台上，狠狠地瞪着叶允雄，把大秀吓得脸上发白。

叶允雄也变了色，很诧异地问说："这是为什么呢？"

鲁海娥愤愤地说："为什么？为你！你叶允雄是英雄好汉，你用不着在我们这儿养伤，你很可以就走！"叶允雄说："我不明白，到底是我的哪一句话得罪了你？"鲁海娥说："你没得罪我！就是，我费了很大的力，卖了很大的脸，才把你救了来，好意跟你说话，你却一点儿也不知情，刚逃出命来你又想走，那么你为什么不立时就走呢？何必还在我们这儿养伤呢？"

叶允雄惨笑了笑，心中也有点儿气，就说："要叫我实时就走，也没什么，我叶允雄今天早晨还没有想能来到这里，还没想能活。假若鲁姑娘你真要把我赶走，我也没法子！能逃，我爬着走；不能逃，至多了我再被童五、杨七擒住，命该怎样就怎样！"

鲁海娥气愤愤地说："好！那么你就立时走吧！"遂上前要拉叶允雄的胳膊，想把他揪下炕。大秀赶紧把她抱住，着急地说："你是怎么啦？姐姐你的性情太暴了！"又连向叶允雄使眼色，说："你就央求央求她吧！说一句软话她也就能饶了你了！"

叶允雄却"噗嗤"一笑，摇头说："软话可是不能够说！"他这一笑，不料反倒把鲁海娥笑得怒气缓和了，不来揪他了，可是仍然狠狠地瞪着他。叶允雄又长长叹了口气，说："我并不是向你们说软话，你们既然救了我来，就何妨救人救到底？你们容我在此将伤养好，无论我走与不走，我也绝不能忘记了你们对我的恩德！"

大秀笑着说："这还是软话呀？这还不是央求吗？"

鲁海娥暗暗用手动了大秀一下，叫大秀走出去，她却又坐在叶允雄的身旁，低着头，有点儿娇羞之态，说："我为什么呢？我离了海岛，要来这里出家。我听见你遭了难，赶紧就央求许多人去救你，你却……"说到这里，这彪悍、美丽的女子，竟"呜呜"地痛哭起来。

到此时，叶允雄没有法子了，一来是顾虑己身的安危，二来是鲁海娥太多情了,而且风流美丽令他羡爱,勇猛英爽叫他敬佩。将来他离开此地也很需要一个人帮助,才不致再感到势单力弱,所以他就接受了鲁海娥的情爱,愿意伤愈之后,二人结为夫妇。

鲁海娥很喜欢,亲自又找来衣服叫叶允雄更换,打来水叫他洗脸洗脚。又叫来个人,像是打鱼的,名叫韩猴子,也是本村的人,给叶允雄刮头发、编辫子、剃须,于是叶允雄脱去了囚容,立刻又成了个翩翩美少年。

鲁海娥又叫人到城里给买来了刀创药,并且由城中得来了消息,知道那童五、杨七等人已到衙中报了案,官人明天就许来到山里搜查。鲁海娥却向叶允雄说:"你不要怕,有事情来到,我去出头!"她亲自又去调鱼汤,端来给叶允雄喝,亲自给叶允雄的伤处敷药。

晚间,她就陪伴叶允雄在这小草屋内歇宿,但她身边总是预备下一口钢刀,似是怕有人深夜来此劫去她的情人。他们谈述起往事,鲁海娥就说,她自从在水灵山岛上一见着叶允雄,她就钟情。后来在山神庙中,她求叶允雄同她一起走,被叶允雄拒绝了,她就很羞愧、灰心,所以就离开了水灵山岛,到这里来打算出家为尼,若不是这里的老张七爷劝她,她早已落了发。

她又说,自昨天就有人来报告她,说叶允雄被解着往这边来了,她就饭都吃不下去,觉也睡不安,等到今天,才邀同村的人去救叶允雄。她又说她给童五等人唱的那歌曲,都是本地人常唱的,临时她又添了一两句。她也不明白当时她为什么会有那么好的歌喉,那么敏捷的心思,那么从容、镇定、漂亮的手段。

又说这里的老张七爷,当年是山东有名的大侠,只是现在老了。他的儿子张伯启,现今还在青州府做镖头,那大秀的武艺也不错。本村的俗名就叫"好汉村",村民全有梁山好汉的遗风。

鲁海娥娓娓而谈,她此时是极为温柔婉顺。山村夜静,外面的风飒飒地吹着,叶允雄幸脱大难,身旁又有了一个新的情人,然而他的心中却不禁酸楚:想起了那为自己遭遇多方灾难的梅姑娘,此刻不知她是生是死。假若她死了,我此时另结新欢为不情;她若是尚在人世,那将来见了面我将如何对她？叶允雄不禁流下眼泪，粉鳞小蛟龙鲁海娥却已在他的身旁睡熟了。

叶允雄从此就在这里养伤，外面也没有什么风声，只是这一天鲁海娥向他问说："跟着童五的，有一个年轻的武艺颇不错，长得也很漂亮，那个人是谁？"叶允雄想了一想，就说："那大概是高俊。湖北均县武当山下会仙庄高家有九弟兄，名曰高家九豹。大爷是飞天豹高正，两年前在湖北，因为他有个情妇恋我而弃了他，他去寻我不依，我们动起手来，我将他误杀身死，才结下今日之仇。"鲁海娥一撇嘴，似乎是听说了叶允雄在早先就有情妇，她有点儿嫉妒。

叶允雄又往下说："其次是爬山豹高良，黑毛豹高猛，五爪豹高光，铁头豹高顺，火眼豹高强，青须豹高豪，金钱豹高俊，白面豹高英，其中以高光、高俊、高英的武艺最好。高英有个妻子叫楚云娘，有个妹妹叫高小梅，是他们家里的两只母豹，武艺全都很好。当年，我曾一人独自与他们厮杀，我的武艺并不较他们弱，只是因为我没有帮手，所以我不得已逃遁到海涯。"

鲁海娥笑着说："你别吹了！告诉你吧，那童五、杨七等人大概都吓得缩了头，那几个受伤的也没听说现在是死是活，大概他们现在还都住在县城里。只是那个高俊，时常提着一口刀在山外头转，他虽不敢进咱们村里来生事，可是我知他一定是没怀着好心。我本想把他杀了，可是老张七爷见他很年轻的，人物又不错，想要找他来，跟他商量商量，招他做个孙女婿。"

叶允雄惊愕了一下，说："这真是想入非非了！你们已为我与他们结了仇恨，怎么又跟他们做亲呢？再说高俊既有弟媳，他本人也二十多岁了，他哪能尚未婚娶？"

鲁海娥摇头说："那不要紧，你也是个有媳妇的，但你现在又跟我在一块儿了。那高俊也是，只要他肯把他家里的媳妇抛了不要，再在这儿娶上大秀。"

叶允雄说："他们高家是均县的大财主，哪肯抛了原配在这儿招赘？而且大秀又太小。"鲁海娥说："你小声说话！别叫大秀听见。大秀今年也十六了,还没有婆家,她爷爷不愿叫她远嫁,在本地又找不出一个像高俊那样的人。"叶允雄说:"如果高俊来,我自然得走!"鲁海娥笑着说:"那时候我就得跟大秀给你们两人说合说合了!"

叶允雄闷闷不语,心中十分气愤,觉得在海娥与那张大秀她们眼中的丈夫,简直就是被她们掳来的人,爱憎由着她们,碰巧死生全都要由她们操纵。高俊现在还没有落网,但我现在已被鲁海娥给缠住了,将要永远不能有一点儿丈夫气!

这件事鲁海娥提过之后,过了几日,可就没有再提。叶允雄的伤势渐愈,已能到屋外舞一趟刀了,但腿脚仍然不甚利便。老张七爷择了个吉日,叫他与鲁海娥正式完婚。当日村中人也都来贺喜,饮酒欢笑,比他在白石村娶梅姑娘的那天更热闹。粉鳞小蛟龙鲁海娥,论模样实在比梅姑娘美丽,而且知风情、善说笑,但叶允雄反觉着淡然无味。他怀慕梅姑娘的勤苦、温柔,心中时常一阵一阵地感到凄惨。可是鲁海娥不许他有一点儿不高兴的样子,老得叫他乐,他要一不乐,鲁海娥就要生气,就要骂他。

这天,叶允雄看见了鲁海娥的花鞋,他就想起了梅姑娘的红鞋。自己在山上练武,那山上没人敢去,她一个步履艰难的女子,竟肯负米、提篮走到山上去,因此竟出了危险,又想白石村中的新嫁之夕,突生变故,那是多么令她伤心的一件事情呀!后来……

叶允雄想到现在梅姑娘不知是生是死,他不禁长叹了一声,不料鲁海娥在旁边听着,就大不高兴,绷着脸儿,问说:"还有什么事值得你这样愁?把你的命也救了,童五、杨七他们也没再来找你,在这儿有吃有喝,不费一点儿事你就有了个媳妇,你还不知足?还老是唉声叹气的?"

叶允雄听鲁海娥说出了这种报功的话,他就不由有些气闷,但是又不愿争吵,只说:"我恨不得立时就离开此地!可是我的身体、力气,总不能照旧如初,所以我要叹气。"鲁海娥把美丽的眼睛一瞪,说:"怎么?难道这地方比你们那白石村不好吗?"叶允雄说:"地方好不好倒不要紧,只是……"他愤愤地说:"我不能在此永远住着,我恨不得立时去找孟三彪报仇!我恨不得即时离开此地!"鲁海娥说:"那好办,你在这里再养几天,只要你能骑得动马了,咱们就走,先到汉中我家里去一趟,然后到江南……"

叶允雄摇头,说:"我不想到汉中,到江南,我只是恨不得立时就回泰山去搜寻那孟三彪!"

鲁海娥"嘿嘿"一笑,说:"你哪是想到泰山去搜寻孟三彪?我还猜不出你心里的事?"叶允雄说:"随你去胡猜,我只是一日不杀死孟三彪,一日不能甘心!"鲁海娥撇着嘴,说:"我得信?你是想去找你那叫人抢去了的老婆,别以为我不知道呢!"叶允雄叹气说:"即使是我想去找她,但……你还不许我去找吗?"鲁海娥立时就由壁间摘下刀来,气愤愤地望着叶允雄,叶允雄却倒笑了,接着又叹了口气。

鲁海娥瞪着眼装凶,但忽然也现出了笑容,说:"你的命是我救的,就算握在我的手心里了,我叫你怎样,你就得怎样,不许你叹气,也不许你的心里想别人!"叶允雄答应了一声:"好!"就坐下了,又皱着眉向鲁海娥说:"这个地方我实在不愿长住!还有……"他把声音压小了一点儿,愤愤地说:"只要老张七爷把那金钱豹弄来,我可就立刻走,因为弄了他来,就如同是故意逼我!"

鲁海娥摆摆手,说:"你也别太胆小心窄!我敢保,就是把那金钱豹高俊让到咱这屋里,他也绝不敢下手捉你。老张七爷现在要为他的孙女找女婿,咱们也拦不住,你就好好地养伤吧!只要你的伤养好了,你说往哪儿去,我就跟你往哪儿去,只是别回泰山,别返济南,也别往白石村。干脆一句话,那村丫头梅姑娘,不是那天摔死了,就是被孟三彪抢了去,嫁了孟三彪了,你对她就趁早儿断了念想吧!难道我……我的哪点儿还比不上她吗?"

叶允雄笑了笑,说:"你自然比她都强,只是无论如何她也算是嫁了我一场,我怎能一点儿不想她?我若对她负心,将来也必对你无义,我这人是个多情的人,所以……"鲁海娥媚笑着,说:"算了吧!你就别自命多情了,真不害羞!"她挂上了刀,又柔媚地依着叶允雄,说:"我要你整个儿的心,一点儿也不许分给别人,你把想梅姑娘的那点儿心思,也拿来想我吧!"叶允雄销魂地笑了笑。当下,这一对小夫妇照旧的恩爱，并没有因为嫉妒、误会就伤了感情，然而叶允雄面上虽不再发愁，不再感叹，可是心中仍然有些牵系，只是不叫海娥看出来。

过了几天，叶允雄的伤势痊愈，行动如常，但是听人说那童五、杨七等人在县城中至今未走。金钱豹高俊已做了张家的入幕之宾，所以张大秀那丫头也很少再来找海娥。叶允雄愤恨，并且凛惧着，他晓得高俊是积心不善，他是要藉机至此，安排着什么手段。

因为这草庐太小，又迎着夕照，天气渐热，叶允雄在屋中待不住，他就常到外面去散步，这梁山泊、蓼儿洼，尽入于他的眼底。他见此山并不十分高，而且水也早已干涸，变成了麦田，但是仿佛含有一种凶煞之气，这里的人也都粗豪、朴实、凶悍。山上有宋江庙，已然颓圮不堪。庙中有宋江的塑像，三绺胡须，相貌极为良善，仿佛是那个庙里的城隍似的。叶允雄心想：当年宋江的忠义，必非虚言，只是英雄坎坷了，才流堕于草泽。自己，以一个世家子负技远游，虽然也无意中做过几件错事，但也久思改过，然而环境竟不容许。天地之间，原来公道难凭，贤良的梅姑娘下落生死不明，强悍的鲁海娥却将我占住，不使我有一点儿随便。他心中感慨悲伤，便向宋江的神像拜了一拜。

由此，他几乎每天要往山上去，到这座庙中看一看，徘徊一会儿。这日，他才一出草屋，就看见那金钱豹高俊正从张七爷的柴扉走出，那张七爷还殷勤相送。叶允雄便急忙躲在一棵柳树的后面，原想没被人看见，可是老张七爷已然点手叫他，说："叶老侄!叶老侄!你过来，不要藏躲，现在全是一家人了! "

叶允雄只好露出了面，他自觉得精神极为紧张，浑身的血液都要往出来迸。他走过去，只见仇人金钱豹高俊却面不变色地向他拱手。老张七爷带笑说："你们二人一定早就相识了，不必我来引见。江湖人全是不打不相识，越杀越有交情，你们过去的事，我都听高老八说了，何必就认为有不共戴天的深仇呢? 老八现在要做我的孙女婿了，允雄你又是我的盟孙女婿，你们俩就跟连襟一样，应当从此反仇为友。以后我愿你们两对小夫妇都长久住在我这里，我在城中给你们开一家镖店，你们就不必再做别的事了。"高俊笑着，叶允雄也勉强笑着。

忽然老张七爷转头用手一指，说："哈哈！正说着她们，她们就来了！"叶允雄扭头一看，就见是海娥跟大秀挽着手儿姗姗地走来。张大秀的双辫已改成了一条直辫，瘦脸上擦着鲜红的胭脂粉，穿着一身红，但无论她怎么打扮也是不漂亮的，尤其有比她高、比她丰腴、比她漂亮得多的鲁海娥在旁边一比。鲁海娥简直如一只美丽的孔雀，她却连个喜鹊也不如。叶允雄绝不信金钱豹高俊那样的青年，英俊，家里有钱，却愿在这地方招赘，谁也不能相信。

这时鲁海娥穿的是一身白，只鞋是红的，叶允雄看着他的妻子，觉着这样的妻子实在是难得，要叫自己找回来梅姑娘，把她抛了，自己也必然舍不得。一转脸，看见金钱豹高俊也正在直着眼看，并且嘴角还带着点儿笑意，可是他不去看那将要做他的妻子的张大秀，却只管向鲁海娥去盯，鲁海娥也向他有点儿笑，叶允雄就不禁怒火中烧。

那边两个女的相携着来到了临近，鲁海娥头一个笑着向高俊问说："你们几时才娶呀？"

大秀羞得低着头夺手要走，高俊却说："还得些日呢！我先得想法把城里住的那几个同伴支走了，我才能在这里娶亲。"说时他又用眼掠着海娥。海娥也嫣然地笑着说："我都替大秀怪着急的！"大秀羞笑着，用手推她，又假作要打，海娥将大秀撒了手，大秀就跑了。

这里，老张七爷就向高俊说："那么你就回城里去吧！就可以直向童五、杨七二人说，叶允雄不错是被我们给抢走的，但我们当天就把他送到别处占山为王去了。他们若不信，可叫他们带领官人进山来搜，搜不出来，白搅扰我们一回可不行！如若搜出来，那也得叫他两人先寻思一下，结果将要怎样？我水里虎张七是好惹的不是？"

高俊连连点头，说："这好办！你老人家放心！只要我今天跟他们一说，不用吓唬他们，他们也就断了念头了。我要再说我在这里将要招亲，他们就更不敢怎么样了，他们一定就走了。这事很好办，也请叶大哥不要忧虑！"叶允雄在旁却冷冷地笑着。

第五回　走京师化名交豪俊
　　　　投旅店仗义助英雄

　　金钱豹高俊说完了话，就转身走去，叶允雄就随着他，鲁海娥牵了叶允雄一把，叶允雄却向她使了个眼色，意思是"你别管！"他跟着高俊向山外去走，此时，后面的老张七爷已往邻家串门闲谈去了，海娥大概也回去了。叶允雄在十步之后跟随着高俊，高俊连头也没回，就好像他一点儿没觉得。

　　将出山口之时，叶允雄见旁边无人，他就喝了一声："姓高的！你站住！"高俊回头，一点儿也没惊慌，只问说："什么事？"叶允雄说："这些小手段，我劝你不要在我的眼前来使。我现在伤已好了，无论是你们兄弟谁，无论是童五、杨七，要报仇，要捉我，自管带着兵刃来，跟我叶允雄较量较量！"

　　高俊一笑，仿佛诧异地说："我要想捉你，还能等到今天吗？还能容你的伤养好了吗？"

　　叶允雄说："你是自知敌不过我们！你比童五、杨七都狡猾，你不愿做无用之事。现在你用花言巧语哄信了老张七爷，你不仅打算暗害我，想着这里糟践一个姑娘，你还对我的妻子没怀着好心！"

　　高俊说："哎呀！那娘们儿原来是你的妻子，你到底有多少妻子呀？真正你才是个狡猾的人！在白石村你就糟践了一个姑娘，如今又在这里养伤、吃饭，还娶媳妇，并且有这些人保护着你，你确实比我占的便宜多，我现在不过是才入腿。现在旁边无人，咱们俩索性说开了，以后咱们是井水不犯河水，谁也别再管谁。鲁海娥既然属了你，我就绝不再多看她一眼，可是她若是水性杨花，暗中向我挑逗，沾辱了你的帷薄，那我也不负责，我哥哥跟童五、杨七他们将来要对你怎么样，我也不管。反正，即使咱俩在县城里见了面，我一定不抓你就是了！"说着冷笑着，转身又要走。

叶允雄却忽然跃过去，一手就将高俊抓住。高俊急忙用手去推，推开了，同时由怀里抽出了一对匕首，向左右一分，光芒夺人眼目。他狞笑着说："你来！来吧！不要命你就向前来！"

叶允雄见高俊亮出了双匕首，他并不畏惧，只退后了两步，见高俊向着他狞笑了半天，他忽然一跃身就逼了上去。高俊的双匕首向他扎下，叶允雄上手去格，下手去回。高俊的力也极猛，身手也极矫捷，匕首扎、脚踹，但终于被叶允雄将他的双腕全都揪住了。他就挣扎着，叶允雄用力压住了他的双臂，使他抬不起来，"咕咚"一声他就摔倒了。叶允雄压在他身上，两人就滚，谁也不肯相让。滚了几下，叶允雄到底夺过去一只匕首，狠狠地去刺他的咽喉。高俊又使力托住了叶允雄的右腕，两人哼哼地喘着气，相持着。忽然，高俊将叶允雄推开，他翻身而起，叶允雄也跳起来，两人就各持一把匕首交战，往返了四五合，又相揪在一起。

叶允雄的武艺经过在山神庙锻炼之后，到底比以前高得多了。早先他与高俊也肉搏过，打的是平手，可是现在高俊却不是叶允雄的对手了，所以二人又拼斗了十余合，叶允雄便一脚踢在他的腹部，高俊"咕咚"一声摔在地上，手中的匕首也扔了。叶允雄一个箭步赶过去，高俊急忙往起来爬，早被叶允雄给按住了。

叶允雄匕首举起，就要往下落，忽然听得高处有人尖叫了一声，原来是从山上跑来了一人，连连摆手，说："莫伤他！哎呀，别伤他！"

叶允雄一看，原来是鲁海娥，他就更气了，手往下一落，只听金钱豹高俊一声惨叫，鲜血流出，叶允雄这才站起身来，吁吁地喘气。鲁海娥已跑到临近，着急得她连连顿脚，说："这可怎么办？怎么对得起老张七爷跟大秀？咳！咳！"

叶允雄手持染血的匕首,冷笑道:"我倒不是对不起他们,却真真有点儿对不起你!这么英俊的少年,被我杀了,你看着自然要心痛。可是海娥,自我们成为夫妇以后,你时时管束着我,不许我想一想别的女子,但却许你跟他眉来眼去?"

鲁海娥绷着脸儿,说:"这是什么话,我几时跟他眉来眼去的了?"

叶允雄瞪着眼睛,说:"就是刚才!高俊并且已对我说过了,说你有意。其实这也不算什么,你所爱的是美少年,因为我年轻为你所爱,你才艰苦地救我,如今他也是个美男子,你自不妨也爱他。"

鲁海娥听了叶允雄的话,气得她浑身乱抖。低头一看,高俊还没有死,正躺在地上负伤呻吟,鲁海娥就向叶允雄说:"你不要诬赖我!趁着他还没死,咱们问问他。"遂低下身,向高俊问道:"你刚才跟我丈夫说了什么话?叫我丈夫疑我与你有私,你快些说,不然我就杀死你!"

高俊却微睁开了眼,惨笑着说:"本来我不捉叶允雄,背着我的同伴到这儿来,我就为的是你,不是为大秀。你的意思我也明白,你也跟大秀说过,你说我比叶允雄好,叶允雄是个罪犯,我却是富家公子,那天……"鲁海娥急得跺脚,要由她丈夫的手中夺过匕首,结果高俊的生命,叶允雄却不肯将匕首给她,冷笑着摔手走开。

鲁海娥紧紧追上叶允雄,急急地说:"你不能相信他的话!我嫁了你难道我还能生二心?我跟他说笑,是因为他快要娶大秀了。大秀如同是我的亲妹妹,我不能由着你杀死我的妹夫,我愿意你们两家和解,不可为仇!"叶允雄却不言语,由着鲁海娥对他说、揪着他,他只是走。

少时就走回村里,那张家的大秀正在树下折柳枝,她似乎是要多折些,好剥去柳枝上的绿皮编花篮。一见鲁海娥揪着叶允雄,一面说一面着急地回来了,她就很惊异,便笑着问说:"你们到底是怎么回事呀?"

鲁海娥把叶允雄撒了手,叶允雄自己进草屋中去了。鲁海娥顾不得再追着和丈夫去解释,她就向大秀着急地说:"快去看看吧!高俊在山口里受的伤很重!"大秀也吓得颜色改变。当下,两人就去找老张七爷,又叫了许多人用杠子绑上门板,预备把高俊先抬回村来医治。当下村里又是一阵大乱,急得那老张七爷直跺脚,众人乱哄哄地齐往山外去了。

这时,叶允雄在草屋内已然收束停当,他现在没有别的行李,只将两身衣服折叠起来,将壁间的刀摘下,裹起来,成了一个长形的包裹,背在背后,他就出了门。见村中十分清静,连妇人、小孩子都赶去看那受伤的高俊了,他却大踏步向后山去走。

叶允雄现在是决定走了,他对于鲁海娥并不是毫无恋恋,而且对于鲁海娥钟爱高俊一事也不大嫉妒。因为他也知道,鲁海娥跟高俊相识的日子也很短,刚才鲁海娥那样急急地解释,哭着解释,他心中也很恻然。如今他是不得不走,第一要逃出这是非窝,第二免去鲁海娥的束缚,第三可以去寻梅姑娘而找孟三彪报仇。

他上了山,走过宋江庙,心中又生一种感慨,想道:宋公明,你当年虽然坎坷不遇,流落草泽,但你却有许多忠义的兄弟,后来你还受了朝廷的招安,我叶允雄却连一个好朋友也没有,我想弃暗投明,可又没有人肯指我一条明路。

他遂走遂想,还没有走过一道山岭,就听身后有人叫道:"叶大哥!"叶允雄回头一看,原来是村中的韩猴子。韩猴子正在砍柴,他扔下斧头,就往这边来跑,叶允雄却大声说:"我要到后山去找一个人,办点儿事,你砍你的柴吧!回见!"韩猴子站住了,瞪着两只惊慌的、怀疑的眼睛,叶允雄却转身快走。他对路径虽然不熟,可是他不停地走着,少时就离开了山口。

这后山之外是一片平原,有一条大路如一条黄土色的蛇似的从前山抄过来,路上的行人不多。叶允雄就像是个普通的行旅者,顺着大路走着。他此时身上只穿着白色的短裤褂,光着脚穿着一双草鞋,身边只带着一两多碎银子。天很热,他头上也没戴草帽,连块包头的毛巾也都没有,晒得直流汗。他向路上的人询问了往泰山去的道路,就辨明方向去走。他遂走着,还时时提心吊胆,并且防备着身后的鲁海娥追来。

走到了晚间,到了一个很荒僻的小市镇歇宿,他把手中的一两多银子换成了现钱,次日清晨离店,依旧向北走去。又走了一天,路上没有人认识他,后面也不见有人来追,他就有点儿放心了。

走了两日，前面已是兖州府，他想要去拜访这里的一位旧友，借一点儿盘缠，但忽然听得身后有一阵儿匆急的马蹄之声。他赶紧回头，见身后来了四匹马，马上都是强壮的大汉，马上都没有行李，只各自在鞍下插着一口单刀。

叶允雄一看，就知道身后来的这几个都是江湖人，他本来没大介意，可是有一个人在马上问他了，说："喂！朋友！看见有两个骑白马的走过去了没有？"

叶允雄一怔，摇头说："没有，也许我没留神，你问的这两个人都是什么模样？"马上的一个人说："一个年有四十多岁，一个才不过二十，都穿得很阔，马上都有大包袱，都说北京话。"叶允雄越发吃惊，明白这几个人所追的一定是那大包袱，这几个人一定是强盗，便摇摇头，说："没有！大概你们所问的人没走这条路，我没看见两个人都骑着白马。"

另一个人就把鞭子向叶允雄的头上一掠，问说："你是干什么的？现在打算往哪里去的？"叶允雄有些生气，向后退了一步，另两个人就说："打听他的事干吗？走吧！别耽误工夫！"当下四匹马"嘚嘚"地走过去了，荡起多高的尘土，几乎迷了叶允雄的眼。叶允雄恨不得追上去夺过他们一匹马，省得自己在这热天之下一步一步地走路。

这时天色还早，叶允雄自思在此找到旧友也没有多大的希望。朋友是个江湖人，未必在家，而且"开口告人难"。自己早先也是江湖间一条好汉，得来的义财与不义之财不计其数，向来随手挥霍，千金结友，万金济贫，如今去求人借几两盘缠，也实在惭愧，自己向来是穿绸缎的衣裳，如今布衣褴褛，这样的狼狈，连一匹马也没有，可有什么颜面去见故旧？因此，他改变了主意，急急地走，想要拿脚追上前边的那几匹马，并想：不用说，所谓骑白马的那两个，一定都是很阔很阔的客商，与其便宜了那四个歹人，还不如我去下手！再说，我也不必劫那两个客人，我只将四个强盗劫下也就够了，他们四个人的身上还凑不上几十两银子吗？挑选他们的一匹好马，我骑上一走，岂不好？于是他紧行，绕过了兖州府城依旧往下走。

又走出二三十里，忽见有一座小镇。在一家店房前，有两个穷小孩子牵着四匹马正在那里遛着,这四匹马叶允雄认得,就是刚才路上所见的那四匹,叶允雄立时愕然地站住了。他想了一想,看见这家店房的招牌是"安家店",叶允雄就也走进了店房。

一进店门,靠左边就是马棚,棚下拴着的马匹不多,其中有两匹很显眼的白马,叶允雄心里想:好!这一定就是那两个有钱的客人骑来的了!四个强盗也追到了,今晚这里就许有事。他背着包儿往里走,店伙却不理他,他就大声叫道:"伙计!伙计!"有个伙计却过来说:"你往别家去吧!这儿的大屋子都挤不下了,没地方了。"叶允雄说:"我不要住大屋子,我要找个单间。"店伙说:"单间也都住满了!告诉你上别家去,这儿不行,大屋子挤得满满当当的,单间也叫人给包下了。"

叶允雄诧异着问说:"什么人给包下的?"店伙说:"刚才来了四位客人,包下了七间屋子,说是待会儿还有人来。"叶允雄皱着眉说:"刚才我到别处去问了,别处也都住满了。这样吧,我就在马棚里睡一夜好了。"店伙说:"你瞧!门口还遛着几匹马呢,待一会儿要是全牵进来,马棚还能有地方?"叶允雄说:"那么我就在院中睡,天又热,夜间也不怕受凉。我又不脱衣裳,就是有官眷出入也没有什么不便。"

这时,店掌柜也过来了,叶允雄又把话一说,店掌柜抬头看了看星星,就说:"只要你能受委屈,我们开店的还能把进来的客人又推出门去吗?"遂就叫伙计在院中地上,靠墙铺了两块板子。叶允雄解下包裹,脱了草鞋,就坐在了板子上。此时,听各屋中言语嘈杂,南腔北调。北屋中的灯光特别亮,少时,有个三十岁上下穿着白纺绸裤褂的人,开门向伙计喊叫,并转头向屋里笑着,屋里有另一个男子的大笑之声。待了一会儿,叫进去一个店伙,大概是吩咐了几句话,店伙又出去了。

此时,外面又进来七八匹马、五六个人,也都提着连鞘的朴刀。东屋的门也开了,有人在屋里说:"在这儿!进来吧!"这几个人就进了东屋。不料有一个惊人的现象,就是这几个人进到屋中之后,他们至少也凑齐了十几个人,可是,刚才屋中是闹嚷嚷的,又说又笑,现在屋中却十分沉寂,一点儿声音也没有了。叶允雄坐在地下的板子上,心中不由发笑。

此时，忽然由外面进来一个穿花衣裳的妇人，袅娜着走进了北屋。叶允雄想：这一定是北屋那两个有钱的客人叫来的条子！现在危机已伏在他们的眼前，他们却还要寻乐，真真是糊涂！叶允雄就坐在地上吃着饭，喝着茶，然后就向板子上一躺，虽然身底下觉得硬一点儿，然而净看见院中往来人的脚，可是倒极为清爽。他并不困倦，疲乏也歇过去了，心中只期待着，看到夜间这里有什么事情发生，他好怎样下手得财、盗马。

敲过了二更鼓之后，各屋中就全都熄灭了灯光，好像北屋叫来的那个妓女就没有走。少时，连柜房里的灯光全都灭了，叶允雄也打了个哈欠。忽然，由东屋中走出一人，这人身材很高，拿着一柄毛扇直扇脊梁，仿佛做出是因为屋里太热，睡不着，所以才出来凉快凉快的样子。他一眼看见了地下躺着一人，他就像惊讶了一下，走过来，低着头看，叶允雄却装作打呼。这个人就用脚轻轻踹了叶允雄一下，问说："喂！你是干什么的？"叶允雄假作着一惊，惊醒了，就说："我是住店的。"

这人说："住店的为什么不到屋里睡觉去？"叶允雄："屋里没地方，我跟这儿掌柜的说好了，他叫我在这儿将就一晚上。"这人说："你在院里睡觉谁能够放心？各屋中的门又都没有插关，倘若你要趁着人睡熟了，进屋去偷摸点儿什么东西，谁能知道？"叶允雄说："我不是那样的人！"这人带点怒气说："我哪里晓得你是什么样子的人？我连你的模样都瞧不出来，快滚！上马棚里头睡去吧！"

叶允雄此时不愿意跟这人惹气，他就拿着自己的衣包起来，往马棚那边去了。这人又扇动了半天扇子，眼睛又往北屋中盯了半天，他就进东屋去了。叶允雄却从马棚下的马粪之中摸着了一小块碎瓦，他拿着向那北屋窗上打去，然后又悄悄地把顶门的大石头搬开。他蹲在马槽旁待了一会儿，就见由东屋中走出来几个人，都是大汉子，都伏着身，手中都有白光闪闪，大约有五六个人，三个是往那北屋前去了，两个是把守住了柜房的屋门。

此时，忽然听得有人"哎哟"一声惊叫，把叶允雄倒吓了一跳，接着就见北屋里有二人抢刀跃出，"锵锵"地与院中的几个贼人厮杀起来，这边把守柜房的两个人也跳将过去。叶允雄本想趁此时开了大门，抢两匹马就走，可是他见七八个贼人去欺负人家两个，又有些不平，便也抽出刀来扑过去。他一上手，就将三个贼人砍倒，可是由东屋中又蹿出来了几个，贼人共有七八个，都是刀长力猛，扑上前来。

那两个客人却也都武艺高强，尤其那年有四十余岁的人，一口刀上下翻飞，遮护住了身子，贼人们的兵刃全都不能往前进，但是，究竟还是势孤力单，他未免着急。幸而看见了叶允雄上来帮助，他就说："多谢朋友了，咱们别跟他们乱打，分开抵挡他们好了！"于是叶允雄就一人抵挡住四个，才上手，他就又砍倒了一个，那两客人也每人敌住两个。渐渐贼人就抵挡不住了，他们彼此打着黑话，就先有人跑了去开了大门，又从棚下牵出马来。于是，几个贼人有的勉强迎战，有的拽走了地上趴着的他们受伤的人，就一齐跑出店门，抢上马飞驰逃去。

那年轻的客人还要去追，那个年长的客人却说："老三，算了吧！你要把他们追到哪儿去呀？俗语言'穷寇莫追'，又说'寡不敌众，明不跟暗，猎户不追老虎'，来！歇一歇，跟这位朋友盘桓盘桓吧！"遂抱拳向叶允雄说："多承相助！请问高姓大名？"叶允雄说："我叫叶允雄，你二位呢？"这年有四十来岁的人说："兄弟姓谢，草字慰臣，这是我的老兄弟韩老三，叶兄台，请屋里坐吧！"于是那韩老三就先进内点上了灯。

谢慰臣将叶允雄让到屋内，却见炕上卧着一个女人，连小鞋都没有脱，仿佛是醉了。她脸朝里躺着，呼噜呼噜地睡得顶香，仿佛刚才院子里闹的事她全都不知道。谢慰臣就笑着说："叶兄台可别笑话！这是我们刚才叫来的条子，她陪着我们哥儿俩喝了几盅酒，她就醉了，躺在炕上起不来。这姑娘才十八，听她说她的身世也很可怜，我们也就没惊动她。让她睡在炕里，我们哥儿俩睡在炕外，各不相扰，真是暗室青天，哈哈！"叶允雄也不禁笑了。这谢慰臣跟韩老三全都把刀收起，叶允雄就见他们的刀鞘非常讲究。炕上放着两只大包袱，鼓鼓囊囊的，无怪在路上要惹贼人注意。两人身上虽都是穿着短衣，可全是绸缎的，谢慰臣的左胳膊上并有一只翠镯。

谢慰臣请叶允雄在炕边落座，他拿起一个翡翠嘴儿银烟锅儿的旱烟袋,装了一袋烟抽着,又叫韩老三到马棚下去看,说:"你去看看,别叫那些家伙把咱们的那两匹马也拐跑了,一匹马是八百两银子呢!"韩老三出去了一趟,回来说:"咱们那两匹马倒全都没丢,并且他们遗下三匹马。"谢慰臣问叶允雄是坐车来的,还是骑马来的,叶允雄脸红了红,说:"都不是!我是走着来的。"谢慰臣就笑着说:"那好极了,明天你可有马骑了!"

此时,屋子外的人七言八语的,十分嘈杂,谢慰臣又推开屋门,向外面抱拳说话,他说:"诸位别惊慌!店掌柜也别着急,刚才的事情没有什么,就是我们哥儿俩身边带着价值四五千两银子的东西,大概在路上露出来点儿形迹,叫贼人留心上了,就跟下我们来,打算乘夜下手。可是我们哥儿俩也早有了点儿小防备,又遇见这位姓叶的朋友慨然拔刀相助,算是把贼人打走了,虽然伤了他们几个,可是也都叫他们拽走了。他们尝到了厉害,必定不敢再来。现在已云收雨散,刚才搅了诸位的清梦,是兄弟对不起,对此道歉!"说完向四下一作揖。

他进屋又关上了屋门,装了一袋旱烟抽着。韩老三从包袱里掏出一只金表来看看时间,一打开表盒,"叮叮当当"就响了一阵音乐,他说:"都两点二十五分啦!"把表就装在他的绸小褂的口袋,金锁链挂在纽扣上。叶允雄看见这两个人这么阔,很有些可疑,便问谢慰臣,说:"谢大哥是京都人吗?一向做什么买卖?"

谢慰臣摇头说:"不做买卖,不过在京都闲住着,在家里是天天跟朋友在一块儿玩乐,玩乐得腻烦了,就出来山南海北地游一游,我这位老兄弟,倒是头一回出门。我们俩是今年二月出来的,游了趟苏杭,苏杭可真不错,上有天堂,下有苏杭,这句话真不是瞎说。我们哥儿俩到了那儿,就忘了回来,因为带的银子有限,还得买些土物回去送给亲友,这才没敢在那儿多住。叶兄台,你府上是安徽还是江西?现在是要往什么地方去?"

叶允雄听了,心中不禁迟疑,他脸上红了红,说:"我是江西人,可是家道败落,在北方漂流了多年,所以学会了几手武艺。现在是从郓城县来,打算到泰安去找一个人。"

谢慰臣说:"找什么人？泰山上斗母宫的老尼姑我可认识。"

叶允雄一听,这倒可以托他转求那里的老尼姑,替自己打听打听梅姑娘的下落,于是就说实话了。他叹了口气,说:"因为在前几个月我从济南来,我携带着家眷,是拙荆,坐着一辆骡车,不料走在泰山就遇见一伙贼人。"谢慰臣惊讶着问道:"近几个月泰山上会有强盗了？"叶允雄说:"平日倒未必有,那次我是时气低,那伙贼也是早就布置好了,专为劫我。"谢慰臣说:"那时老兄你带的钱一定很多？"叶允雄说:"我本来没多少钱。"谢慰臣又说:"不该说！嫂夫人一定是德少兼备,贼人起了坏心？"叶允雄叹了口气,说:"拙荆是个山村中的小家女子,就说长得不太丑吧,可也不是什么绝色。"

谢慰臣跟那韩三都有些纳闷了,叶允雄就悄声说:"不瞒二位说,兄弟因会些武艺,常在江湖之间打些不平,管些闲事,所以便结下了不少的仇人。"

谢慰臣点头说:"看得出来,就像今天的事,若不是你兄台拔刀相助,我们哥儿俩就是不至于吃亏,也得感觉到扎手。贼人是随下我们来的,你兄台必是随着贼人来的,兄弟的眼睛也颇能相人,你兄台必是一位侠义之士。"

叶允雄拱手,说:"不敢当！"接着又说,"上次我在泰山就是中了仇人的毒计,我因寡不敌众,所以我受了伤,仅以身免,但拙荆坐在一辆车上,在惊慌中那辆车就由山坡上滚下,或许早已车裂人死了,可是我总还盼望她没有死。"

谢慰臣叹息道:"这是因为你兄台伉俪情深,不过吉人自有天相,嫂夫人现在大半还安然在人世之间。这样吧！今天承你兄台相助,我们就算是患难的朋友了。我们现在也正往北去,必须路过泰山,明天,我们无妨一路同行,到泰山我们帮助你打听打听嫂夫人的下落。万一兄台的仇人再凭藉山势,意图谋害你兄台,或是嫂夫人已死于他们之手,那我哥儿俩必助兄台一臂之力,以为兄台雪恨、复仇！"叶允雄拱手向谢慰臣表示谢意。

谢慰臣又问了问,知道他没有找到房子,就在院中睡,他就又喊叫店伙。他这么一喊叫,把那醉卧着的妓女也给吵醒了。那妓女一翻身,脸儿向外一看,惺忪的眼睛,蓬乱的发,颇像个病西施。谢慰臣就笑着问说:"叶老兄你如若太烦闷,可以叫这个姑娘去陪伴你?"叶允雄摇了摇头,惨笑了一笑。

店伙披着衣裳来了,谢慰臣就说:"那几个贼人都跑了,房子都空着,为什么不给这位叶大爷找一间房子呢?"店伙回答说:"我们早把叶大爷的行李拿到东屋里去了。"谢慰臣笑着说:"好啦,那就请叶兄先到东屋去歇息歇息,睡几点钟的觉,明天还得赶到泰安呢。"叶允雄站起身来,点头说:"那么,谢韩二兄,明天再谈!"他又拱手,就提着刀,随同店伙到了东屋中。

东屋里灯光很亮,炕上有被褥,是店里预备的,堆在炕上,大概刚才逃走的贼人盖过。叶允雄又在各处查找,他怕的是贼人们留下什么东西,再累及自己,倒幸亏没有。此时店伙已出屋去了,他就把屋门掩好。桌子上还放着茶壶,伸手摸了摸,茶还微温,他虽然口渴,可是不敢喝。他熄了灯,把刀放在身畔,就躺在炕上去睡,又想那谢慰臣人虽慷慨、爽快,但他多财、好色,颇通武艺,可又无正业,真是个可疑的人。思虑了多时,方才睡去。

因为他的身体太疲倦了,这一个觉不觉就睡到了次日红日当窗之时。他起来才一开门,就见谢慰臣站在院中,正跟本地的一个官人对面谈话。叶允雄赶紧又缩回身来,不敢出屋子,也不敢叫店伙。待了一会儿,谢慰臣才含笑进了这屋,说:"当地衙门里的人我也见了,话也说开了。昨天贼人扔下了三匹马,我就告诉官人说是只扔下两匹,咱们讹下他一匹给你骑,回头我多赏店家几两银子就行啦。快收拾,咱们即刻就走,你的店钱我也给了。"当下,他就叫来店伙给叶允雄打洗脸水、预备饭。

少时,叶允雄匆匆地收拾毕,食毕。外面的马已备好,谢慰臣催着他走,于是一同出了店门。叶允雄还有些惊恐,两眼不住左右张望,但并没有人注意他,他就骑上了一匹青马,随着谢韩二人直赴泰安。

叶允雄如今马倒是有了,可是银子仍然没有,不过,吃饭饮水都有谢慰臣会账。谢慰臣阔得太厉害,简直拿钱不当钱;荒唐得也厉害,看见路上的村妇、田间的少女，他都是扭头直眼。可是他颇懂交情，与叶允雄称兄唤弟，十分亲密。那个韩三却像是个什么事也不懂的一位少爷，在马上时时掏出他那只金表，打开盒儿自己听音乐。看他们不像江湖人，因为都没有粗暴的脾气；又不像买卖人，因为花钱不计算；更不是读书人，因为他们不爱咬文嚼字。叶允雄虽然疑惑，但相信这二人不能对自己存着什么坏心。

当日，他们就赶到了泰安，先到泰山上斗母宫尼僧庙，果然谢慰臣跟庙中的住持尼相识，原来他曾在这庙中布施过五百两银子，尼僧们都称呼他为"谢大老爷"。他替叶允雄打听梅姑娘的下落，庙中的人全都不知。庙中人请他们在这里宿下，并派人出去到山前山后、泰安县城里，打听了两天，也是毫无消息。没有人晓得山的附近曾闹过强盗，也没有人看见山中有过已摔死的或没摔死的少妇。

叶允雄本想偷偷往那望山屯，找那顾老头儿去问问，但是他想，他是因在那里才被飞鹰童五等人所捕，那村中说不定就有人与官方或孟三彪等贼人通声气，万一案子重翻，这次的案子若闹出，一定比前次更大，连累了谢慰臣也不好。所以他不敢离开庙，可是又非得离开此地，离山东远远的不可。梅姑娘既无音信，可见是生望全无了，一定连尸身都被虎狼吃了。他很痛心，落了几滴泪，就向谢慰臣说："咱们再会吧！既然白来了一趟，在此多住也无益，我要走了！"

谢慰臣却把他拉住，说："老弟，你打算往哪里去？"

叶允雄叹了口气，说："现在我家室俱毁，哪有准地方可去？不过我想到远远的一个地方去散散愁闷！"

谢慰臣说："太远的地方，人生地不熟，也没有什么意思，你去了倒许愁了起来，咱们弟兄既然一见如故，不如你到我家里去。北京的市面大，玩的地方又多。你爱热闹可以住在前门外客栈，那儿离着八大胡同近；爱舒适可以住我家，仆人随你使唤；爱清静可以住庙，北京的大长春庙都与我有过善缘。"

叶允雄听了谢慰臣的话，心中很喜欢，但却又暗中思虑：京城自然是大的，谢慰臣的宅子也必然很宽大，自己住在他家，衣食他当然能够供给,不用发愁。倘若自己隐匿三年五载,过去的事也就渐渐冷了,童五、杨七等人也不会到北方几省来搜寻自己的下落了,可是听说镇海蛟鲁大绅现在又在京师,如果见了面,我们岂不又是一场争斗?心中又一阵儿忧虑。

旁边的谢慰臣抽着他那旱烟袋,又说:"凭老弟你的武艺,到了京师一定可以出名!"

叶允雄忽又愤愤地想:这样畏首畏尾,我还成了什么人?鲁大绅如在京师更好,我索性与他较量个高低。孟三彪若他到京师去了,那更是我报仇的机会来到!于是,叶允雄就点头说:"很好!我也正想往京师一游,不过,我的仇人众多,我到了京师,仇人也必随了去。"

谢慰臣慨然说:"那不要紧!假若有人敢在京师找寻你,有我们哥儿们啦,还能眼看着叫你吃亏吗?"

叶允雄说:"这样,咱们可以分路去走,到北京再见面。我先住在客栈里看一看,如若一月之后,没有仇人来找寻我,那时我们兄弟再多盘桓,也许我要到你的府上去叨扰。"

谢慰臣笑着说:"那何必?咱们先一路走,走到离京都不远的地方再分手,各自进城也不迟。老弟你别忧虑,京都地面大,一个人到了那儿,就像一条鱼在大海里,一块石头在这泰山似的,谁能认得谁呢?放心!绝不会有什么事!"叶允雄听了这话,不由得颜色一变,谢慰臣却望着他笑了一笑。随后,谢慰臣就又在庙中布施了几十两银子,他们三人就离开这斗母宫,下了泰山,策马一同往北,过济南时也没有多停。

谢慰臣此时似乎已看出来叶允雄的隐情,他为维护叶允雄起见,竟顿然变了他的做派:沿路谨谨慎慎,绝不以财招摇,见色生事,也不叫韩三常掏出那块金表来显摆,并且清晨便行,天黑才投店,吃饭打尖儿也全找那荒村小镇。叶允雄对他十分感激,谢慰臣又跟他越谈越相投,于是,在路途上二人就找了关帝庙磕了头,结为异姓兄弟。谢慰臣居长,叶允雄居次,韩三算是他们的小兄弟,与叶允雄算是联盟之交。

走了十余日,这天来到了天津卫,谢慰臣才向叶允雄说:"兄弟!咱们该暂时分手了。我家里现在是住在东安门里大街,门前有一对石头狮子,有四棵树的就是。你进城先找我去也可以,不愿先找我,你可以住在前门外云居寺长兴店,到那儿先见掌柜的陈八,一提说我,他们一定竭诚招待,你住上十年八年的,他们都不能跟你要钱。"

叶允雄就说:"既然大哥在京城有熟识的店房,我还是去住店才方便。"谢慰臣说:"好吧!好吧!那么就你先走,我们再在这儿玩一天,三四日后,咱们在北京见面。你到长兴店里千万等着我,白天少出门。"叶允雄点头,谢慰臣又向店家要来纸笔,他匆匆忙忙写了一封信,粘得很严,交给叶允雄,说:"你拿这封信到北京,准保凡事有照应,长兴店是家大店房,掌柜的陈八又非普通商人可比。"叶允雄接过信来,见封皮上写着:"面交陈掌柜八爷升启",下面画着个乱七八糟的押,叶允雄看着笑了笑,虽然心中纳闷,可也未便多问。当下他就收束了自己的那个小衣包,店家给他备好了马,他就暂别了谢慰臣和韩三,离了天津直赴北京。

走了一天半才到了北京,这时约在下午三四点钟。他进了永定门,越往北走觉着大街越热闹,但景物虽佳,自己的心绪却不大好。手头现在已分文俱无,万一谢慰臣的信要是不灵,长兴店的店门就不容自己进去,或者,只好像秦叔宝似的当兵器卖马了!

他向街上的人打听了一下,方才找着那云居寺,原来这是很狭窄的一条小巷,一辆骡子车勉强可以走进来,三个人就不能并行。巷名虽曰云居寺,可是也没看见有什么庙。叶允雄牵着马走进去,眼向两边去望,忽然就看见路北果有一家店房,门儿不大,房子也不很多,可是极为干净讲究,不像店房,倒似是一家宅门。墙上刷着青灰,没涂着什么字,半间门洞,门里影壁上挂着三条木制的招牌,当中是"长兴老店",两边是"仕官行台""安寓客商"。

叶允雄尚未在门前系马,里边就已有人走出来。出来的这人,年有四十余,身体极高极胖,穿着茧绸裤子,光着大脊梁,拿一只大毛扇扇着脊梁,又扇着屁股,好像就是这里的大掌柜子。他斜眼一瞧见叶允雄,就问说:"从哪儿来的?是要住店吗?这儿可没屋子啦,到别处去吧!"叶允雄说:"我要见这里的掌柜的陈八爷。"这胖子说:"我就姓陈。"叶允雄由身边把谢慰臣的那封信掏出来,就交给了这陈八。

这陈八先看了看这信封上的字,然后撕开一看,立时就笑了,说:"啊哈!您就是谢老爷新结拜的弟兄呀?失敬!失敬!来吧!有房子,别人来了没房子,谢老爷的盟兄弟来了还能没有房子吗?"遂就叫了一声,就由那柜房里出来两个伙计,一个来接行李,一个将叶允雄的马牵走了,原来这店房的马圈是在附近的另一个地方。

陈八亲自领着叶允雄往屏门去走,原来院落很深,各屋中都静悄悄的,不像别的店房那样喧哗。陈八给叶允雄找的房子是在尽后边的院里,是西房,一明一暗,统共两间,屋中陈设十分款式,好像有钱人家的客厅。叶允雄倒觉得自己这样的一个穷客人,住在这里是十分不称,可是,这掌柜的陈八对他非常殷勤。伙计们也都一点儿不敢怠慢,给他泡来了顶好的龙井茶,并摆上几碟点心。陈八跟他说话,一口一声叫他"叶二爷"。

待了会儿,陈八出去了一次,又走进来,手中拿着几张银票,恭恭敬敬地放在桌上,说;"谢老爷在信上开得清楚,叫给叶二爷在柜上支用一百两银子,以后叶二爷随便在柜上支用,五百六百不要紧。"叶允雄倒吃了一惊,心说:谢慰臣怎么这么阔,莫非这座店是他开的吗?可是一个店房,说出五六百两银子仿佛不算一件事似的,这店可也阔得奇怪!他只好就一点儿不客气地将银票收下。

陈八跟伙计都出屋去了,叶允雄坐在一把椅子上,饮茶吃点心,心里寻思着。忽然,看见壁间挂着一幅仕女的工笔画,画上的美人娉娉婀娜,好像梅姑娘,却又像鲁海娥。

叶允雄在这里住了一日,被人待如上宾,简直不像是在住旅店。同时这家店也与别家大不相同,在这里住的客人几乎没有不带着跟班、仆人的,倒有的屋子里只有跟班,却没有老爷。在这店里住的人,说话、叫伙计全都是十足的官派,在这里听不见像别家店房里的南腔北调、胡闹乱唱的声音。伙计也都是规规矩矩,都穿着短蓝布衫。掌柜陈八虽因身体硕胖,时常脱光脊梁,可是只要哪屋中的客人一叫他,叫他时总说是"请",他立时就先披上纺绸的肥小褂。

叶允雄很觉着这地方可疑,他向店伙计问了问,店伙便悄声告诉他了。原来这店非他家店房可比,这是多年的老字号。凡是外省的文武官员,若是亲自或派人到京都来打点什么事情,活动什么门路,以至于送礼、纳贿,多半住在他这店里,第一是地点干净、排场,而且僻静;第二,这店房就如同是个银号,几千几万的银子都能随时周转,并且掌柜陈八认识太监、御使和朝中显官,即使毫无门路的人,只要有钱,只要住在他这店里,只要求他,他就可以做个拉纤的人。

叶允雄听了之后,虽然明白是怎么回事了,可是更为惊异,因为想不到谢慰臣他竟认识这种地方,自己一个江湖人,才脱重罪的人,竟会能住在这里。住在这儿若不出门,当然是十分稳当,童五、杨七他们就是来到京都,也不会由这里拿人。只是自己这一身衣服是太不称了,比店伙都不如,可住这么讲究的店,这么讲究的房屋,叫别人看见了岂不是形迹可疑?

同时自己手中又有这一百两银票,所以他次日就出去了,找了家衣庄,按照自己的身躯从上到下置买了两身讲究、阔绰的衣帽袜履。回来,又叫店伙从外面叫了个剃头匠,给他刮了脸,打好了辫子。他换上新衣,对着室内的穿衣镜,照着看了一看,自己又变成了一位翩翩美少年,像是官员,也像是新郎。他不禁又想起了梅姑娘和鲁海娥,觉得那两个女子都对自己不错,但自己对她们却是有始无终,心中一感慨,不由就又长叹起来。

在此住了三天,这日午饭才用毕,谢慰臣就来了。谢慰臣今天穿得更阔,并随身带着个年轻的仆人,仆人都穿的是夏布大褂、青纱坎肩。谢慰臣满面笑容,说:"我们是昨天才回来,因为太累了,当时我没来看你,但这里陈掌柜到我家去见了我,我知道你在这儿住得很好。"说到这里,他扭头看了看壁上挂的那美人,就说:"你不要心忧,这画里娟婵难道还不能给你解愁吗? 今晚我叫车来接你,你到我们家里见见你的嫂子跟你的侄子、侄女们。你放心在这儿住着,白天出去游逛也不要紧。"叶允雄点头,并露出感谢之意。谢慰臣像是很匆忙,坐着谈了一会儿他就走了。叶允雄独自在屋中无事,想了一会儿梅姑娘和鲁海娥,叹息了一阵儿,他就睡午觉。不想一觉就睡到了晚间,被本店的伙计把他叫醒,说是"谢老爷派车来接,请您这就到他府上去吃晚饭。"

叶允雄赶紧就起来净面、换衣服,随后出门一看,谢慰臣派来接自己的是一辆簇新的大鞍车,叶允雄就上了车。车离开这狭小的胡同,在夕阳影里,晚风之下,穿越过繁盛的大街就进了城,迤逦地走到了东安门内谢慰臣的家门前。叶允雄一看,他就惊讶了,原来谢家门前是有森森的古槐,巨大对峙着的石狮,桩上拴着马,朱门里伺候着许多仆人,大门上有两三方称功颂德的匾额,分明是一个世勋的府第。怪不得谢慰臣那样的有钱,他原来不是个俗等人。

当时,仆人们将叶允雄请到了里面。谢慰臣早顺着游廊走来,含笑着迎接,把叶允雄请到一座华丽客厅之内,这里已摆着一桌丰盛的筵席,有几个艳丽华贵的美丽婢妾在伺候。叶允雄如走入了迷楼,不知是怎么一回事,谢慰臣却笑着,拿手中的折扇轻轻敲着他的肩头,说:"老弟!对不起,在路上时我没有告诉你真话。我不是别人,我实在是世袭的国公,我的父亲还是现今当朝的显要。"

叶允雄听谢慰臣自道出来身份,他倒不禁吃了一惊,心说:谢慰臣他这样与我结交,一定是要叫我为他所用吧?当下就作惊讶之状,说:"大哥你何不早说?我一个俗等人,怎能与你有公爷身份的人称兄唤弟呢?"

谢慰臣笑着说:"我就怕的是这样想,所以没结盟之前我不能对你说实话。我晓得你们江湖豪杰的脾气,都是最不愿与世家贵胄接近。好,我现在总算自招了,请你恕罪,咱们抛开身份的贵贱,专讲道义,来!请坐下,喝几杯酒吧!"

他倒不太客套,就指着下首的座位让叶允雄坐下,便让侍姬斟酒。当时,三四个穿着艳丽的侍姬,钗光鬓影,环佩叮当,绕着桌子侍酒。叶允雄却不敢正眼去看,只觉得有一个穿红衣裳的,永远在自己的身畔站着,离得很近,由衣间一阵阵散出麝香,并且时时伸着皓洁的手腕,纤指执壶,勤勤地为他斟酒,就见指上戴着翠戒指,腕上戴着金镯。

叶允雄略略用眼睛向这几个侍姬扫了一过,他觉得这女子最为俏丽,是细眉秀目,略微有点儿水蛇腰。叶允雄不禁有些不高兴,就说:

"大哥,咱们原是盟兄弟,而且相识于江湖,大哥是个豪爽人,兄弟我也最喜洒脱,咱们且屏去这几位姑娘,来一番欢谈畅饮如何?"

谢慰臣说:"不要紧,这几个人是专为我宴客时侍酒的,并非我屋里的私人。我走了这几个月,昨天回来,你嫂子就病了,所以我很烦闷,才请你来。咱们两人畅谈一下,你不要拘泥,你先宽宽衣!"那红衣侍姬也笑着说:"请叶老爷宽宽衣。"叶允雄摇头,说:"不!我不觉热!"又向谢慰臣说:"大哥你若不屏去这几位姑娘,我真觉拘束,酒也不能畅饮。"

谢慰臣面上却露出为难的样子,说:"你要叫她们走开,那显见是她们侍候得不好了,她们一定都很难过,女子们的心都是狭窄的。兄弟你遨游江湖,一定不拘小节,古来英雄与美人并称,哪有英雄一定叫我把美人赶走的呢?"说毕自己哈哈大笑,但见叶允雄却叹了口气。

谢慰臣说:"兄弟你饮酒吧!不要叹气,'人生有酒须当醉,一滴何曾到九泉'。李太白又说'人生有酒须尽欢,莫使金樽空对月',兄弟你说是吧?人生有忧,须善自解,魏武一世英雄,在三国群雄争较之际,尚有'对酒当歌,人生几何'的感慨,何况你我?兄弟你就不用说了,我也知道,弟妹在泰山中遇难,你至今时刻思悼。刚才你叹气也是为了这事,你令我屏去侍婢,也是表明你自夫人死后,再不近女色之意。但是你却不想,这是徒然自苦,与死者……何况未必是死了,又有什么益处呢?我劝你千万不要这样,先想开些,先尽兴取乐。过两天我就派人去往山东,不但在泰山一带,在山东全省都打听,谅必可以知道弟妹的存亡确息。还有,兄弟的那几个仇人,请一半天你把他们的名字告诉我,我自有办法。咱们也不是要以权势压人,只是他们既然勾结强盗陷害了弟妹,当然应当捉来重办。这些事都要慢慢办,你先别急别烦,你应当学我。你看我虽然是世家子弟,衣食富足,而且终日清闲无事,但我也有美中不足之处。我也有一件事,比你的事还值得伤心!"

叶允雄听到这里,不由得一怔,谢慰臣却笑着说:"不要再说这些了,咱们且饮酒吧!"说着就高高举起来酒杯,满满饮了一杯酒,叶允雄只得也随着他饮酒。一件一件的菜端上来,全是由侍姬们手递,那红衣的女子更永远站在叶允雄的身边,酒杯才干,她就给满上。同时又加上有谢慰臣在旁相劝,他就不得不喝。一连饮了四五杯,渐渐觉得耳烧脸热。

此时,谢慰臣又在旁与他闲谈,说那在路上同行的韩老三,本是京城有名的韩三少爷,家中也非常有钱。又说:"你别看不起长兴店的掌柜陈八,那么胖,他也是个练家子,走江湖出身,绿林豪客也全都久仰他的大名。不然他那店中住的都是些个贵客,无论什么官儿,只要是来京活动差使,谁能不带来些贵重礼物? 绿林中人都耳风长,沿途就许跟了来觊觎,可是只要住在他的店里,便绝保无事! "

叶允雄听说那长兴店的掌柜陈八也是绿林出身,他不由得一阵诧异。又听谢慰臣说:"京城著名的镖头多半是我的熟人,各府宅的教拳师傅也多半与我相识。一到了年节,他们都要来给我请安,你在京住长了,我一定都给你介绍。只是薛中堂家里有个护院的人,叫金镖焦泰,那人却瞧不起我,我也不跟他一般见识,我看他的武艺也比兄弟你差得多了。我这个人的武艺虽然平常,可是眼眶最高,也最锐利,平常的武艺我绝看不起。二十年来我所见到的,拳法以老拳师刘岳最高,飞镖和跳跃的功夫当然以焦泰为最,硬功夫第一是胖陈八。我们两人的结交便因我佩服他那身功夫,你回到店里先别提说,留心细看就知道了。枪法第一是赛子龙徐杰,若说短刀,不客气,得数老弟你第一了。只是侠女我还没见过。赛子龙徐杰有个女儿徐飞燕,武艺不差,模样可只能说是中姿。我听说东海有个粉鳞小蛟龙鲁海娥,水陆皆通,才貌双绝,并且性格极为风骚,将来我非得要见一见她不可! "

叶允雄听了这话,不由神色一变,但已经说过自己的妻子是梅姑娘,就不便再说鲁海娥也是自己的妻。他当时没表示什么,心中却十分难受,想自己并不是没有艳福,梅姑娘和鲁海娥都待自己不错,只是自己的命运不佳,以致一对美人都离开了自己。如今这些庸脂俗粉围绕着我,又安能释开我的愁怀? 他不禁又长叹了一声。

谢慰臣却说:"不要难过,再来一杯! 你现在既到了北京,一切事我就能替你想办法。你用钱不必说了,用多少你自管向陈八去支,他绝不能驳你的面,长兴店跟我开的一样。你若寂寞,天天可以到我这里来,或是我去找你。将来我再给你想个办法,找条门路。总而言之,男儿生在世上,应当做番事业,光宗耀祖,荫子封妻,漂泊江湖终非久计。我说的这话,你以为怎样?我认识一家王府,那里的王爷早就想找一名精通武艺的侍卫,曾托过我荐人,我想唯有兄弟你才称职。"

第六回　灯阑酒醒艳姬娇啼
　　　枪影刀光英名大噪

叶允雄听说他要为自己找出身,心中倒很喜欢,就点头说:"实在我也厌倦江湖了!刚才大哥曾谬赞兄弟的短刀使得好,但短刀我实在没有怎么专心练过,我学的是长枪,从师学过三年,后来自己在一座山上刻苦练习了半年多。不是我自骄,若凭我的枪法,三五十个人也不是我的对手,在疆场若凭枪马博个功名,我自信还易做到。"

谢慰臣笑着说:"原来兄弟你的枪法还顶好?我真不知道。要说短刀,不过为携带便利,走江湖可以,但却不能登大雅之堂,得不到高人的赏识。兄弟,你现在醉了没有?我家里有枪,还是先祖从征时用的,杆子轻而长,枪尖锐利,绝非旁的兵器可比。我可以拿出来,兄弟你就在这厅中施展几手儿,叫我开开眼如何?"

此时,叶允雄已有些醉意,刚才听谢慰臣夸赞赛子龙徐杰的枪法第一,他就有些不服,如今听说谢家有一杆好枪,他本来已有许多日双手没摸着枪杆子,就愈为技痒。看了看客厅的当中还宽敞,足以舞得开一套枪法,遂就奋然站起,说:"好!大哥命人取枪来吧!"

当下谢慰臣也大喜,他就站起身来,命一个侍姬叫人去抬枪。当时几个侍姬纷纷地挪椅子、抬桌子,个个笑着,累得都娇喘。那红衣的女子并且服侍叶允雄宽去了长衣,露出他一身阔绰、漂亮的绸裤褂,他就挽了挽袖头。少时,进来两个男仆,在厅中添挂了几盏明灯。两个侍姬抬进一杆枪来，叶允雄走过去就绰在手里，先颤动了一下，红丝穗子乱颤。侍姬们都如流莺彩燕，分散在远远之处，都一半害怕一半好奇，可又暗中说着话、努着嘴、笑着，尤其那穿红衣裳的侍姬，把两只清丽的眼睛不住地向叶允雄来掠动。

银灯生辉，翠屏焕彩，叶允雄手振、足起、身转，只见枪尖如梨花乱落，他就走了一趟枪法。因为怕碰着上面悬的灯和围屏等东西，所以他还不能将通身的武艺展开，但已使侍姬们一个挤着一个退缩到了墙角，个个都觉得眼乱了，而谢慰臣也不禁拍掌叫绝。

练完之后，叶允雄的面色不变，谢慰臣又请他落座饮酒。此时，他心中极为痛快，又想起自己精研枪法，当初原为是与鲁海娥重较雌雄，后来不料她没跟我较量就嫁了我，以致我枪法无用。如今既来到了北京，凡事又都有谢慰臣照应，我倒要出出名气，以长枪压倒京师。于是他笑着，对座的谢慰臣越夸赞他，他越是高兴，旁边的侍姬一杯一杯为他斟酒，他也尽兴地喝。

又饮了三四杯酒之后，他忽然一抬眼，见身旁侍酒的原来不是那个红衣侍姬，另换了一个，模样没那个长得好看，是个身穿紫衣的。他的目光向所有的几个侍姬环视了一遭，竟没有那红衣的影子，心中倒有点儿纳闷，心说：是我醉得眼花了，还是那女子不耐烦为我斟酒，走了呢？他不由吟道："风吹柳店满村香，吴姬压酒劝客尝。"

谢慰臣笑道："兄弟你的诗文也好，我真钦佩！"叶允雄说："我不仅多年行走江湖，我还在一个山村里做过些日塾师。"谢慰臣笑道："我还不知，原来你不仅是一位江湖侠客、神枪将军，还是一位饱学的老夫子哩。"因此二人就又谈起诗文来，原来叶允雄比谢慰臣还读的书多，谢慰臣不过把几首唐诗背诵得很熟罢了。

二人且饮且谈，叶允雄不觉得就大醉了，眼前昏花，口中也不知说出来些什么话，耳边听见谢慰臣的声音，又听有女子说话，仿佛梅姑娘或鲁海娥在说话似的。又觉得有人来搀扶他，过了会儿又觉得自己是在车里，被车颤动得很难受。他要嚷叫，也不知是嚷叫出来了没有，背后垫着个很软的东西，好像是个人。又过了许多时，却又像是不在车里,又有人来扶他,大概是走了几步,他的身子就平躺在一个地方,很舒服。但忽然觉得胸前一紧,有物自喉间呕出,并有人用力来架着他,他连气儿地呕吐,呕吐完了,觉着心里才舒服了,就倒身睡去。

昏昏沉沉地过了也不知有多时,他忽然醒了,觉得身边有人,灯还未灭。他一睁眼,见床前坐着的原是一个红衣女子。叶允雄不禁吃了一惊,急忙坐起身来,一看在床头坐着的女子,芳颜正对着他,带着些羞涩之态,正是今天侍酒的那个侍姬,身上犹穿着那件华丽的红衣裳,云鬟低垂,被黯淡的灯光照着愈为娇美。可是这间屋,这张床,正是长兴店自己的客舍。遥听更鼓已敲了四下,天快亮了,他不由得更是诧异,就急忙问说:"怎么回事?我谢大哥弄的这是怎么一回事?"

红衣女子扭捏着说:"您醉了,大爷派车送您回来,也叫我随了来伺候您!"叶允雄皱着眉,问说:"那么,他没说叫你什么时候回去吗?"红衣女子突然脸红了,头愈发往下低,用很细很低的声音说:"我们爷的意思是,永远叫我在这儿伺候您啦!我的随身东西也都带来了。"

叶允雄一看,果见床下放着一只不大的木箱子,还有两只包袱,一个梳头匣。叶允雄就一翻身下了床,一看自己是光着袜底,两只鞋不知什么时候被人脱去了,小褂的前胸湿了一大片,屋中还弥漫着酒臭气。叶允雄就知道刚才自己必是大吐了一回,看地下虽然很湿,倒还没有什么,大概吐的那些东西都被这女子扫除清了,心中很是感谢。又见女子不住拿衣袖拭眼泪,叶允雄就又到床上坐下,说:"这可没有法子!我是个已经娶妻的人,我又不能纳妾,而且我今天在这里,明天又许往别处去,哪能净带着你呢?今天你在这儿坐一夜,明天你快回去吧!"

红衣女子站起身来,以袖掩面,悲泣着说:"我明天怎能回去呢?只伺候叶大爷一夜,就打发我回去,显见得是我伺候得不好!"叶允雄说:"不要紧!明天早晨我可以用车把你送回,你不用说一句话,我全替你说,我还有许多话要问你们大爷呢!"女子的哭声更惨,说:"可是,我回去有什么脸面呢?别人还不得笑话死我吗?"

叶允雄倒不由有些为难了,说:"这……"又愤然说:"无论怎么样,你必须回去,我这儿绝不能要你!"心里又想:谢慰臣他这样地笼络我,是怀着什么用意呢？

叶允雄愤愤的，恨不得立刻就去找谢慰臣质问，红衣女子在旁又悲泣得十分可怜，叶允雄叹了口气，就说："我不瞒你，我是个无处立足的人，今天我是你们大爷的盟兄弟，明天就不晓得怎样。我本先后娶了两个妻子，一个是被我的仇人给谋害了，一个是被我给抛弃了，你若想跟着我，还能够有好结果吗？你放心，明天我送你回去，无论是谁也不能说你笑你，你就不要哭了！"说毕话，他不管女子怎么样，就躺在床上睡去。

又睡了一个觉，天色就亮了，女子已换了一件雪青色的衣裳，是愈为娇艳，叶允雄不由心里就一动。又见女子打开了镜奁，对镜梳挽她的云鬟，镜中的她，两眼发红，可知她昨天哭得很厉害，还是一夜也没睡眠。叶允雄就问说："你姓什么？叫什么名字？"女子说："我叫绛雪，姓秦。"叶允雄又问："你家中没有人了吗？"绛雪说："有人，就住在北京，家里现在开着豆腐坊。"

叶允雄说："既然开豆腐坊，想也不至于养活不起你，为什么你还要在谢府做丫鬟呢？"绛雪低头垂泪，说："是自幼卖的，卖了我之后，我父亲才有了本钱做豆腐。现在虽说买卖好了，可是也没有许多钱来赎我，再说……"叶允雄立时就问："再说什么？莫非你在谢府中荣华惯了，回家也受不了那苦吗？"绛云摇头说："不是。"叶允雄又问说："谢大爷把你送给了我，卖身字契他们还拿着吗？"绛云说："他们已给了我，叫我交给叶老爷。"叶允雄点点头，又问说："你家在哪里住？"绛云不由一怔，说："我家就住在这南边儿牛角胡同。"叶允雄点头，说："好！你快些梳头，梳完了头把那张卖身字契拿出来给我。"绛云答应了，叶允雄就转身出了屋。

他一直到了柜房，屋中只有一个管账先生，两个伙计，一见叶允雄进来，一齐起立，躬身称呼："叶老爷！"叶允雄向两个伙计吩咐说："出去雇一辆车来！"一个伙计答应了一声就走了。叶允雄就问："陈掌柜呢？"管账先生代答道："八爷他出去啦，他向来是天没亮就出去溜达。"

叶允雄笑着说："你们掌柜的可起得真早！"管账先生说："他是因

为自觉得太胖了,有点儿害怕,所以每天要到南城根儿宽敞的地方去溜达。"叶允雄说:"他一定是到那里去练功夫。"说着用眼向屋中各处扫一扫,见并没有什么兵刃,只是一张床下放着个铁秤锤。这个秤锤很大,足有五六十斤重,拴着一条大锁链,叶允雄看着就很为注意。

因为不愿回屋去,便在这里跟管账的先生闲谈,他就询问那胖陈八的事情。原来陈八是孤身一人,生平没娶过妻,虽然有钱,可也从不嫖赌,他是湖北谷城县的人。叶允雄一听说陈八是谷城县的人,他就不禁有些惊疑,因为知道那地方就靠近着武当山,自己走绿林中时,曾在那一带做过许多现时对之颇为忏悔的事,假若陈八要知道了自己的底细,那可怎么好? 当下他发了半天怔。

那伙计把车雇来了,叶允雄遂回到里院房内,见绛云已梳洗完毕,脸上擦的脂粉很娇艳,双眉带颦,配上她那微弯的水蛇腰,愈像是个病美人。她那戴着翠戒金镯的双手捧着她的卖身契纸,交给了叶允雄,叶允雄看了看,知道绛云是自九岁时卖给谢府,身价仅仅二十两。当下,叶允雄就把这张契纸撕得粉碎,绛云吓得颜色惨变,战战兢兢地说不出一句话来。叶允雄就取出四十两银子来,说:"谢老爷既是将你送给了我,我就可以打发你走,这四十两银子给你,省得你回家不能立时受苦。回家之后,即速叫你父母找人家把你嫁了,身契已毁,你还不放心吗? 我已叫人给你雇了车,快走! 快走! 回家见你的父母去吧! "

绛云一听,她又不禁双泪下落,感动得更说不出来一句话,她双腿要下跪,叶允雄连连摆手,急忙走出房去,叫伙计来帮忙抬绛云的那只箱子,送绛云上车。绛云出屋走到院中,又要向叶允雄叩谢,叶允雄却又躲避开了。他躲到了柜房,少时就见绛云走了,他心中暗暗感叹。倒并不是对绛云有什么恋恋,却是觉得如今仗义遣走了一个女子,才稍稍地弥补了过去自己对于女子的罪愆。

绛云才走了不多的时间,谢慰臣就遣仆人送来了一封信,另外还有一个喜封,内中大概是银票。叶允雄就叫来人先别走,他把信拆开,见谢慰臣写的大意就是:

知我弟客怀寂寥寡欢,深为悬念。小婢绛云本为事家母之人,年甫二九，姿容品德，在舍下侍婢中称最，而敏慧尤为解人。用以赠我弟为妾，银枪白马，应有傅粉女子相随，况我弟正在坎坷不遇之时，更宜有佳人为伴，庶免闲愁，而增英雄本色。附以菲仪，聊代鸣贺，既望哂收！

叶允雄立时取纸笔作复，除陈述遣走绛云之事，及自己的意思，并且说："我已代大哥做此义举，全人骨肉矣。"写毕，封好了，就叫来人连喜封带回去。

他独自在屋中待着，心中非常地愁闷、急躁，现在与他相伴的倒只剩了画上的那个美人。他本意是在此匿居避难，但如今觉得这生活实在不能忍耐，因为这不像是在白石村，白石村的风景好，有山有海，还有梅姑娘。又不像在山神庙，那时自己是专心练枪，毫无闲情。更不能与在梁山泊相比，在梁山泊自己是养伤，是避眉睫的大祸，并且有新婚的鲁海娥，如今却什么都没有，这院子里连枪全不能练。

正在如此想着，忽见房门一开，走进来胖大的陈八，就好像是走进来一头大象。叶允雄笑着说声"陈掌柜！"陈八却伸着像个肉球儿似的大拇指，赞美着说："叶老爷！真不愧你是侠义英雄！刚才做的事，对！谢老爷他什么都好，就是不但他自己见了女人就迷，他还常拖朋友也下水。像叶老爷你，这才是真正的好汉子、铁罗汉，听说你老爷昨晚在谢府大耍花枪，我真恨我没得去看看！"

叶允雄笑着说："陈八爷，我还没领教你的武艺呢？"陈八笑着说："你别听谢老爷他瞎说，我哪会什么武艺？"叶允雄微笑着，却蓦然用手向他一推。

叶允雄出其不意地将陈八这一推，陈八"咕咚"一声就坐在地下了。这若按普通人来说，不过是叶允雄的恶作剧，但陈八是个有名的练功夫的人，练功夫的人是应当时时防卫己身，若是一下被人推倒了，那还谈什么功夫？所以陈八坐下并没有发出惊叫，他的身子虽然肥胖，但一翻身就起来了，倒显得十分轻捷。

叶允雄赶紧后退一步，就见陈八的面色一阵发紫，伸手向叶允雄就抓。叶允雄一闪身，轻如飞燕掠云，就从陈八的臂下跑到一边，双手做出了拳式。陈八却又笑了，说："叶老爷，你摔得我这一下真不轻！都是你误信了谢老爷的话,其实我哪里会武艺? 我的武艺只是……"他把脚一踩,"咚"的一声,他穿的是布鞋,他的脚又大又臃肿,但他这一脚,地下铺的二寸厚的一块方砖立时粉碎,叶允雄不禁吓了一跳。陈八又拉过一把很结实的榆木椅子,他用右手的中指向椅座上戳,立时就给戳穿了一个洞,叶允雄的颜色又一变。陈八却笑着说:"我就会这一点儿把戏,这算什么? 拿它卖艺也不能挣来饭。叶老爷你千万别听信谢老爷的话,咱们都有交情,别拿着我开玩笑。刚才那一下,也幸亏是我,要换个别的胖子一定中风了。"说着,咧着嘴笑了笑,就转身出屋。

当他转身之际,身子是微侧着,脚步斜着走出去,可见他是防备得很紧,唯恐叶允雄再自背后袭来。他出屋之后,脚步所踏过的几块方砖也都裂了缝。叶允雄平生还没见过有这样功夫的人,他手脚的功夫如此,拳术、兵器当更高妙。叶允雄不禁后悔自己太鲁莽了,得罪了这样的一个人,他又是掌柜子,自己如何能再在这里安居呢? 他今天吃了一下摔,他心里还能够痛快吗? 能够不思报复吗? 因此,不禁后悔,而且有些凛惧。

当日,他就没再见着陈八,他本想见陈八去解释解释,可又被自尊的心理拦住了自己。晚间,谢慰臣来了,对于叶允雄遣走绛云之事,他也说:"你办得对! 我也是觉得那女子不错,而且是家母平日所喜爱的人,我才想叫她来伺候你,别人还不配伺候你呢! 你把她打发走了,很对,真算是你替我做了一件义事。"关于早晨陈八与叶允雄所发生之事,他并没有提,仿佛他并不知道似的。

他要邀叶允雄出去吃花酒,叶允雄却摇头,并笑着说:"有女人的场合,请大哥千万别来找我。"谢慰臣却拍着叶允雄的肩膀,笑说:"我看你一定是打算要当和尚了?"叶允雄点头,说:"真的! 我今天已起了道号,叫作悟尘,此后将弃原姓名不用,大约不久,我就要削发出家!"谢慰臣笑着说:"算了吧! 你又悟了什么尘呢? 咱们先找个地方去吃饭,出去下个馆子,有酒无花,你以为如何?"叶允雄点头,说:"很好!"当下便另换了一件长衫,随谢慰臣出门。走过柜房之时,他还隔着玻璃特意往里看了一眼,见陈八也没在柜房,叶允雄倒很疑惑。

坐着谢慰臣的车,就到了右边一家很大的饭庄,字号是叫"悦宾楼"。到门首才一下车,就见有四个土棍地痞样子的人,站在车的附近,不住用眼向他来瞪,谢慰臣也看见了。进了饭庄,这里的伙计殷勤招待,上了楼,入了雅座,宽衣,谢慰臣坐下来扇着扇子,就探着头悄声说:"兄弟你得罪了谁?为什么刚才有几个人跟着咱们的车呢?那几个都是市井无赖,谁要跟谁过不去,就可以拿钱买出来他们,他们就能跟这人找事,向来他们是明枪暗箭都会使。兄弟,大概是你那几个仇人已追你来了。不要怕!待会儿吃完饭,还用车把你送回去,他们还不敢对我怎么样。这几天你千万少出门,住在陈八的店里,绝保什么事也没有,出来那可就难说了。兄弟你虽然武艺高强,可是北京地方情形你不熟,你来到这里,一般人目你为'怯八邑',就是北京人对外来人的一种轻蔑的称呼,即使你不得罪人,别人也要来欺负你。"叶允雄听了,却不禁微微地冷笑。

谢慰臣见叶允雄只是冷笑,对这事毫不在意,他也不便再说什么了,就放开了怀呼酒点菜,持杯畅饮。可是他只是一个人欢乐,叶允雄仍然是抑郁不欢,弄得他也不能太高兴了。于是,二人只能慢慢地吃菜、饮酒、谈闲话,说说北京城的一些事情。谢慰臣就说:"现在京城的金镖焦泰,此人是第一个土棍,持着薛中堂的势力到处横行,时常强占良家妇女。此人虽不过是薛家的一个教拳师傅,但因他有一身飞檐走壁的武艺,无论是谁得罪了薛中堂或得罪了他,三天之内,家中必要发生异怪之事,不是留刀恫吓,就是太太、侍妾们失去了什么重要东西,明知是他所为,可又不能奈何他!"

叶允雄就问说:"为什么不能奈何他呢?"

谢慰臣说:"这就是因为他有靠山!薛中堂是如今的显要,家父的权势全敌不过他,有一些事都得听他的意见。他家中不但养着金镖焦泰,还养着许多拳师和护院,那全都是他的打手。他依仗这班打手,欺凌许多位公侯,压倒同僚,独居显要,并且他虽然年老可极为好色,宅中有姬妾十余人,若闻知谁家某巷中有标致的女子,他还必要设法弄到他的宅中。这女子的家中虽然气愤,但也没办法,也不敢去声诉,否则金镖焦泰那些人，便能当时给这家里人一个脸色看看！"叶允雄听了，声色不动，只漠然地点了点头。

谢慰臣长叹一声，说："不瞒兄弟说，我在北京虽然颇有名气，朋友也很多，说到财势我也不是没有，而且是不小，但我竟惹不起一个金镖焦泰。真的，假若现在我说他一句坏话，被他听见了，到晚间我就许失首。所以我刚才也劝你，在北京不可以自负，譬如现在门外那几个土痞，那不要紧，他们不敢对你怎样，可是万一金镖焦泰要找寻找寻你，我只有叫你悄悄离开北京，没有别的办法，因为金镖焦泰是薛中堂的爪牙，把薛中堂譬作虎，他们就是虎爪、虎牙，谁触之谁就非伤既死！"叶允雄听了，却不由又微微冷笑了一声。

叶允雄如今才明白，谢慰臣与自己结交，不为别事，就为的是使自己对付这金镖焦泰。京城中不乏会武艺之人，谢慰臣且与陈八至厚，陈八的硬功夫也是江湖罕见，但却不敢惹那金镖焦泰，可见此人的武艺一定有特长之点，特别的精绝，说不定也是出身于江洋大盗。自己对这焦泰倒不是畏惧，只是想谢慰臣对自己的交情全都是虚伪的，磕头结盟，助金，赠妾，全是要收买我，使我为他所用，这真叫人生气，令人灰心。昨天所说要为我谋事，荐到某府中当侍卫的话，那一定更是虚伪了。我在北京也必不能久居，久居必有大祸，好了，我索性做出几件事，叫他们看看吧！

当下，叶允雄就丝毫不露出声色，他只保持着冷静的态度，由着谢慰臣去说。谢慰臣越说越烦恼，越说话越明显，他已隐隐露出意思，是叫叶允雄为他翦除了那金镖焦泰以为他出气。但叶允雄却对此事总做出漠不关心的样子，只冷笑着，并不自告奋勇，谢慰臣的谈话也就只得转到另一个题目上去了。

谈了多时，窗外的天色已黑。看核将尽，酒冷饭凉，雅座里早已点上了灯，谢慰臣这才命人传出话去套车。待了会儿，谢慰臣叫柜上记上账，由掌柜恭谨相送，他们才下了楼。走出这饭庄，谢慰臣就向四下看了看，见刚才那几个流氓倒是已然走了，他就说："兄弟，我送你回去吧？"

叶允雄却笑着说："何必还送我？长兴店离这里又不远，我慢慢走着就回去了。今天大哥你的酒可喝了不少,你赶快回府歇息去吧,天不早了,小心城门关了!"谢慰臣笑着说:"城门倒是不能关,门上的人我都认识,关了他们也得给我开,只是兄弟你可……"叶允雄摇头,说:"不要紧,我来京才几日,没得罪过人,不会有人暗算我。大哥放心!咱们明天见吧!"谢慰臣拱手,说:"好!明天见!明天再见!"他上了车,叶允雄独自走去。

此时,天已黑,街头更锣敲了两下,除了商店门缝里还透出点儿亮儿,就再没有灯光,行人也极为稀少。他转进了一条胡同走着,这条胡同叫作"粮食店",因为有几家饭馆在这里,所以人还比较多。叶允雄提步向前走着,虽然不回头,眼也不向两旁去看,但他自己时时在防御着。又走了一截路,他已觉出身后有人跟随,他倒愈走得慢,及至眼前快要到云居寺那条胡同了,忽然见身后有两个人分别自左右扑上他来,每人揪住他的一只胳膊,同时两个人的脚一齐来别他的腿,想要将他仰面绊倒。但叶允雄的双手一分,哪容别人将他的胳膊揪住?同时他一翻身,"咚"的一拳就把左边的人打倒了,右边的人抬腿来踢他,他闪开了,斜进步一脚,反把这人踹得坐在地下。

他赶紧掖起了长衣裳,但身后已有另外两个人舞梢子棍向他打来。他一翻手,梢子棍夺过来反打到那人的头上,那人疼得"哎呀"一声,右侧却又有钢刀削来,叶允雄斜飞一脚,正踢在那人的腕子上,钢刀"当啷"落地。叶允雄舞动了梢子棍"吧吧"乱打,不是打在这人的头上,就是打在那人的腰上,棍不虚发,打得四个地痞"哎哟哎哟"乱叫,一齐撒腿跑了。

叶允雄冷笑着,一声也没骂,一步也不去追,他就把梢子棍收在了袖口里。这梢子棍是一截长木棍,一截短木棍,中间有短短的铁链连着,统共长不到三尺。叶允雄就半截藏在袖口中,半截露在外面,用手捏住那一截铁链,使它不至发出声来,他就走进了云居寺,此时他更谨慎。

巷中比街上还昏黑,长兴店门口也没有一盏灯。来到门前,见双门虚掩,一推就开了。叶允雄隔着玻璃向柜房里看了看,见里边灯光很亮,有几个人在那里谈天,却没看见陈八。叶允雄有些疑惑,心说:怎么了? 莫非陈八在早晨被我打了之后,他就一怒走了吗? 心中这样想着,走进里院,就到房前去开门,开了门自己且不进去,先退身,叫道:"伙计! 伙计! 拿灯来!"连叫了几声并无店伙答应,他就微微冷笑直走入屋里。

叶允雄早已料到了,这么黑的屋子若是藏着个人,自己实在不能晓得,现在叫了几声,伙计不来,更为可疑。他暗中露出来梢子棍蓦然进屋,不料当时就被黑暗中藏着的一个人抓住了他的肩膀,这人的手力极大,叶允雄觉着右肩疼痛难忍,对方并且"嘿嘿"地笑着,是陈八的声音。叶允雄却将臂一抡,梢子棍飞起,陈八没有想到叶允雄手里有家伙,只听"吧"的一声,这一棍正打在他的脸上,他虽没有出声,可是手却撒开了。叶允雄乘势一拳,又擂在陈八的肚子上,陈八的身子却丝毫没有移动。叶允雄赶紧退身,果然陈八才把痛忍过去,就一脚踢来,叶允雄早闪开了。陈八又要来夺叶允雄的梢子棍,叶允雄却把梢子棍紧抖,使陈八抓不着。

但是忽然棍子无意之中触到了陈八的手上,只听"喀嚓"一声,棍子竟折断了,同时陈八又一脚踹去,竟把叶允雄踹出了屋,但叶允雄一挺腰,没有倒下。陈八扑出屋来,叶允雄也跃步向前,展开拳法,陈八以拳脚相迎,四五个照面,叶允雄又擂了陈八一拳,但无济于事,陈八的身子太结实了。

此时,别的屋里就有客人惊问说:"什么事呀?"陈八赶紧飞身上了房。他的身子虽然胖,但上房却很利便,如同一只大母鸡似的就飞上去了。叶允雄便也撩衣蹿上房去,向着陈八的肚子蓦踢一脚,陈八赶紧立住脚,却不料他脚下一用力,反倒坏了,他竟把房瓦踏碎了许多块,身子竟失了重心,由房上飘了下来,"咕咚"一声巨响。此时客人屋中已有的开了门,拿出了灯,陈八赶紧爬起来往前院跑去。

叶允雄在屋顶上蹲伏了半天,等着下面的几个客人惊慌着乱嚷了一阵儿,叫来伙计问了半天,然后客人又回到屋中去了,伙计也往前院去了,叶允雄这才轻轻下了房。进了屋,摸着火点上了灯,却见桌上插着一把明晃晃的尖刀，插着一张纸，上面仅写着两个大字，是"滚走！"叶允雄不由又冷笑，晓得刚才确是陈八所为，他就把刀拔起，字帖也撕了。

叶允雄宽去了长衣，这才大声地喊叫伙计，叫了半天，才有一个伙计跑了来，进屋就笑着说："叶老爷回来啦？您是什么时候回来的呀？您自己点上的灯呀？怎么不叫我们呀？"叶允雄哼哼一笑，伙计吓得身上有点儿哆嗦，叶允雄就说："请你们掌柜的来！我要跟他说几句话。"店伙的神色愈变为惊慌，说："我们八爷今天一早就出去了，一天也没回来。他到西山看个朋友去了，大概得两三天才能回来呢！"叶允雄说："没有什么事，他自己能知道。"

店伙翻眼瞧了瞧叶允雄，说："刚才您跟谢老爷走后，就有个人来拜访您，是广泰发镖店的大镖头徐杰徐四爷，他外号叫赛子龙。"叶允雄一听，不由得发怔，说："我不认识他！"伙计说："他说他可是久仰您！他来没拜访着您，他请您明天早晨到他的镖店里去。"叶允雄问说："他的镖店在什么地方？"店伙说："就在南边西柳树井。"叶允雄点点头，就说："你沏茶去吧！"

伙计拿着茶壶出了屋，这里叶允雄坐着倒很发愁。他并不愁别的事，陈八、赛子龙徐杰，以至什么金镖焦泰，自己全都不畏惧，只是自己若在北京栽了跟头还不要紧，若是在北京出了名，那童五、杨七等人一定要追踪而至，那时自己就立刻在这里住不了。心中烦了一阵儿，伙计已给泡好了茶送来，叶允雄拂手令伙计出去，他在屋中又思索了半天，然后就决定了对待陈八、徐杰等一切人的办法，他就关紧了屋门熄灯睡去。一夜他因为提防着，并没有睡好，倒是没有什么事情再发生出来。

次日，他才洗过了脸，伙计就进屋来，说："广泰发镖店的徐四爷派车接你来了！"叶允雄点头，说："好！我这就去！"于是他匆匆地打好了辫子，着上长衫，也不带兵器，就走出屋去。院中已站着个少年人，向叶允雄抱拳，说："我是徐四爷的女婿唐若山，我岳父昨天来访叶爷未遇，但是他太仰慕了，今天特命我请您去用早饭。"

叶允雄也拱了拱手，问说："徐四爷他怎么知道我呢？"

唐若山笑着说："叶爷的大名谁不知道？"叶允雄说："我实在没有什

么名气,也不会什么武艺。"唐若山又笑着说:"您别客气了！您的枪法,江湖有名！昨天听说您在谢慰臣家中施展了一套枪法,谢慰臣在外面见了人就赞不绝口,说他新交的盟弟叶悟尘,枪法在如今可称第一。"

叶允雄听了倒不禁惊愕,心说:谢慰臣可真厉害！他一方面给我吹出名去,将来不免焦泰就来找寻我,同时我也绝不能向焦泰示弱,那么他的气就可以出了;一方面他却真用了我随便拟的这个名字,而且是昨晚我才告诉他的,他当日就能给传出去,手段不小！这样,即使我将来犯了案,也没有他的事,他可以推说,他并不晓得我就是大盗叶英才叶允雄。好！我倒得叫他看看我！叶允雄就同着唐若山走出了店房,上了车,车就走了。

少时就到了西柳树井,在广泰发镖店门前停住,才一下车,里面就有几个人迎出来。有个五十岁上下,高身材,赤红脸儿的人,自称就是赛子龙徐杰。叶允雄见他身长臂长,腰细而健壮,就知他的枪法一定不差。让到了很宽绰的柜房里,唐若山就给那些人一一引见,叶允雄也记不清他们的名字,只听他们的绰号都是什么"赛薛礼""小彦章""猛罗成""气死马超",可知道都是一些会使枪的人。

正说话间,又走进来一个少妇,年纪不过二十二三,圆脸,肤色微黑,脚很小,穿着一身绛紫色的绸袄裤,腰间系着一条黑汗巾,有那"气死马超"张十就给介绍,原来这就是徐杰的女儿徐飞燕,外号叫"金枪侠女"。她是唐若山的妻子,但她也是这镖店的女镖头,所以当着她的父亲、丈夫,她就跟男子说说笑笑,一点儿也不拘束。她对于叶允雄的态度是很冷淡,斜眼瞧着,仿佛很看不起的样子。

叶允雄觉得在这些人中间,自己十分气闷。他落了座,有人给他献上茶来,他也不喝,就向徐杰说:"兄弟本来不会什么武艺,来到京城才三四天,也并不愿出名。昨天蒙徐兄见访,因弟外出,失于迎迓,非常的抱歉,所以今天一派车去接我,我立时就来了。只是,我这个人爱疑心,今天徐兄叫我来,并先请来了这么许多位老师傅,想必是另有用意,因此我请徐兄先把用意告诉我,我好能坐得安。"

赛子龙徐杰就笑着说:"我也没有什么用意,就是日前我见了韩三少爷，他说谢慰臣此次南游，在路上结交了一位朋友，就是叶老兄，武艺实在高强。昨日又听谢慰臣亲自到外面来说，叶悟尘兄前日曾在他的宅中施展枪法，枪法精妙，可以说压倒赛子龙，因此我想向叶兄领教领教。因为我向来也是喜欢玩枪，三十年来往来南北做买卖，虽说多承江湖朋友大家照应，可是也因为我赛子龙的一点儿小小名气和那杆枪。"

叶允雄笑了笑，说："徐兄的这话，我明白了，徐兄今天叫我来的意思，就是想跟兄弟比武呀？"徐杰说："不敢！不过是要请叶兄在这场子里练一练，使我们开开眼。"叶允雄说："这却又对不起！兄弟练的枪，并不是什么花枪，所以练起来也没有什么好看。最好是有个人与我假作对敌，当然枪尖无眼，难免伤人，可是兄弟不怕伤，伤了死了，兄弟绝无所怨。至于，倘若我比徐兄或别位的枪法还高一点儿，第一枪我只划破对手的衣服，或伤一点儿肉皮，但是对手必须立时就扔下了枪认输，否则兄弟的第二枪扎出去，就难免莽撞了！"

叶允雄这番话才说出来，那金枪侠女徐飞燕立时一跳立起，说："好吧！我先跟你较量较量枪法！你还别客气，扎死我，我认命，可是你也得小心一点儿！"徐杰和唐若山赶紧把她拦住。

叶允雄坐着不动，又从容地说："还有一件事我要预先说明，我叶悟尘向来不同妇人比武。"徐飞燕瞪着眼睛，说："呸！你妈的屁！你要敢跟姑祖宗对枪，我一枪要不刺死你，我不是赛子龙的女儿，小岳飞的老婆！"叶允雄愤怒地站起身来，说："这是什么话？徐兄，你的令媛开口就骂人，我还怎能在这里练枪？"唐若山就把他老婆死推活推地给推出去了。

此时，忽然气死马超张十又说："叶老哥，我先来跟你领教领教吧！"叶允雄愤然站起身来，说："好！无论是谁都行！"立时脱去了长衣，随众出屋。就见院子很大，刀枪架子上有许多杆蛇枪在陈列，旁的人也都脱去了长衫，都是想要试一试的样子。

叶允雄刚要自己去拿枪，气死马超就递给了他一杆，这杆枪不但杆子细而短，枪尖都像是生了锈，系着黑缨子。叶允雄看着笑了笑，自言自语地说："这倒好，免得我刺伤了人。"气死马超张十自己却拿了一杆红缨子的顶漂亮的长枪，他不容对方站好了位置就猛地一枪扎来，"喀"的一声，却被叶允雄的枪杆击开了。同时叶允雄将枪一抖，枪虽然旧，可是抖起来却如片片梨花，疾疾闪电，一枪向气死马超刺去。气死马超当时就没躲闪开，他"哎哟"一声捂住了肩头，顺着手指往下流血，旁边有伙计忙跑上来搀扶。

那边的猛罗成也挺着一杆红缨子的长枪奔过来，说："我来！"一枪向叶允雄刺来。叶允雄轻轻地拨开，展枪法，以黄龙探爪之势，将枪一压，直取对方的下部，对方闪身，急翻手腕，叶允雄转变枪法，又一下刺去，猛罗成立时捂住了左肋骨坐倒在地。赛薛礼抡着一杆没有缨子的枪忽又过来，才两三回合，小彦章也拾起一杆长枪上手，说："我来帮帮忙！"

叶允雄独战两人毫无畏惧，枪抖如飞，对方的两个人堪堪就要不敌。忽然，金枪侠女徐飞燕手持一对白缨子的双枪由里院奔出，她用白汗巾罩着头，很像是个唱戏的。叶允雄急忙将枪紧抖，用地蛇枪刺伤了小彦章，伏虎势战败了赛薛礼。这时徐飞燕已跑了过来，双枪飞舞，叶允雄的单枪紧紧应敌，只看见徐飞燕两杆枪上的四朵雪白的缨子，如花雨翻飞，却看不见叶允雄的枪式是怎样地运用。但是白缨子的反倒不住后退，可见是叶允雄逼得甚急，她的丈夫唐若山就在旁大喊道："枪向右，一枪先压住他，一枪再去刺！"

叶允雄却冷笑着，说："用不着你给你的老婆出主意！"他"吧"的一枪杆打去，正打中徐飞燕的右腕。徐飞燕的手一疼，就把一杆枪扔了。她刚要双手握着一杆枪再向叶允雄狠刺，叶允雄的枪尖却向上疾挑了一下，就挑去了徐飞燕头上的汗巾。

徐飞燕的蒙头汗巾既被挑下，头发也散乱了，她气愤已极，舞动一杆枪，决与叶允雄拼命。徐飞燕虽一女子，枪法实在不弱，可是怎敌得住叶允雄原有根基，且经过山神庙里半载刻苦研习的这杆枪？只是叶允雄不愿伤害一个女子，所以手下处处小心。

又三四合，叶允雄用枪杆又击了徐飞燕的手腕一下，徐飞燕疼得把这杆枪也扔了。那边唐若山赶紧大喊，说："叶爷！手下请留情！"他跑了过来，把他的妻子拉回去了，徐飞燕痛哭着，并向叶允雄大骂。

这时赛子龙徐杰脸色陡变，喝人取过来他的那杆白缨子的长枪，叶允雄也换了一杆枪，就是刚才气死马超张十所使用的那杆，当时只见二雄相争，枪缨飞舞，如梨花乱落，如桃瓣缤纷，枪圈飞转，枪光烁然。赛子龙徐杰惯用仰月枪法，专取叶允雄的手腕，叶允雄却常用凤点头，十余回合之后，二人相杀更紧。忽然，赛子龙诈败回身，叶允雄赶上一枪，赛子龙却转变枪势，翻身用拨挪枪法将叶允雄的枪拨开，乘势又一刺，叶允雄又反枪磕开，二人各退一步，都缓了一口气。

又战十余合，叶允雄紧摇太极圈一步一步地进逼，赛子龙的枪势便被他搅乱了，感到无法招架。又六七合，叶允雄就将赛子龙的枪钩开了，同时将枪一挪，乘势猛刺。赛子龙想要招架已来不及，叶允雄的一枪已刺伤了他的左臂，血就流出来了。徐飞燕换了一杆枪又扑上前来，向叶允雄猛刺，叶允雄又一枪杆打在了她的头上。她痛哭大骂，她的父亲却把她揪住，说："不用打了！我们今天都栽了大跟头，将来再说吧！"

叶允雄却拱手告罪，可是没有人理他。这里许多人都已被他刺伤，宴会也开不成了，叶允雄就叫人取来他的长衣，将枪一扔，说声"再会！"回身就走。他到了街上，找了一家兵器铺，买了一杆可手的长枪，便扛着枪，胳膊上搭着衣裳，往回就走。

回到云居寺，只见长兴店的门前正有两个人提刀在等他。这两个提刀的人，一个是胡子全白了，另一个却是短身材胖脸的小伙子，每人都刀光雪亮，挺身傲立。叶允雄止住了步，惊讶着暗想：这又是谁？

那两个人瞪目一看见他，就像看出了他的来历，立时走过来，说："叶悟尘就是您老哥吗？"叶允雄点头，说："不错！叶悟尘就是我，可是你二位？"白胡子的人就一抱拳，说："我姓刘，单名一个'岳'字。"

叶允雄点点头，晓得这就是京城中有名的老拳师，遂问说："有什么事？"老拳师刘岳说："我因听说你来京就夸下了海口，要打服这城里所有的英雄好汉。"叶允雄笑着说："哪里的话？我没说过。我来到京城原是为游玩，虽然说会些武艺，但并不想显露。老师傅这话你是听谁说的？你上了别人的当了！你这大的年岁，应当在家里享福了，何必……"

刘岳听了叶允雄的前几句话，本来颜色已经缓和了，但听了末后的这两句话,他就又瞪起了两只连睫毛全都白了的大眼睛,喝声问说:"什么叫何必?"刀都快举起来了。

叶允雄也不禁生了气,就愤愤地说:"我劝你这大的年岁,何必来自讨苦吃?"他这个"吃"字才说出了口,那胖脸的小伙子已然跃近,一刀砍来,骂道:"你敢小看我爸爸?"刘岳喝说:"刘刚躲开!我来斗他,替你八叔出气!"

叶允雄急忙退后几步,冷笑着,说:"原来你们是父子兵?且是陈八勾结来的,好!我可要不客气了!"说时,把臂上搭着的衣服一扔,抖起枪来,就在这狭窄的胡同里,鼓起了适才在广泰发镖店连败群雄一女的余勇,就与刘岳父子厮杀起来。新买的枪很可手,红缨飘舞,如长蛇飞动,封、扎、缠、拿,刘岳父子双刀齐上,个个的气力都也浑厚,刀法也精熟。

此时,店房里有许多人都跑出来了,有人喊问说:"怎么回事呀?"有店里的伙计就嚷着劝说:"别打别打!刘老师傅,息息气吧!叶,叶老爷,也别打啦,全都是自己的人……"

第七回　隔窗窥艳勇制金镖
投店藏身重逢红袖

　　店里的伙计还没嚷嚷完,那老拳师的儿子刘刚已"哎呀"一声卧在地下,血从胁间流出。老拳师刘岳如怒狮一般地抡刀奔来,要与叶允雄拼命。叶允雄却掉过枪杆来抵挡,两三枪杆将刘岳手中的刀击落,他也扔了枪,上前将老拳师的两臂抱住,连说:"老师傅不要怒! 请息怒! 我为这兄弟治伤都可以,你这大的年岁……"刘岳却不住地挣扎,向他踢踹,叶允雄却总不放手,总是劝。几个伙计见这老头子的手中没有兵刃了,这才敢过来,连拉带抱,个个嘴里都不住地劝,叶允雄这才腾开了手。看见那刘刚已然站起来了,伤势像是不十分重,他就由地下捡起了枪和衣服,并不进店房,却转身就走。

　　这时,他是愤怒极了,并不是恨这刘家父子,却是极恨那谢慰臣。他心想:我忽然有意改名为"悟尘",并没向人去说,只是谢慰臣一人知道。今天来找我的徐杰、刘岳,都是指定了名字要找悟尘比武,这不是他挑唆的,还能有谁? 说不定陈八跟我斗气也是听了他的吩咐。他在表面上是跟我称兄唤弟、助金赠妾,请我喝酒,谁知他在暗地却惯用机谋,激怒些人来与我比武,真不明白他存的是什么心?

　　他提着枪拿着衣服,愤愤地走,走进了前门,就一直往东安门大街走去。他决定见了谢慰臣的面就先质问他,如若把他质问住了,或是他狡猾,不认账,那自己就一枪把他戳死,遂后逃出京师。

他满脸煞气，一腔怒火，走得很快，少时就来到了东安门谢国公的府门之前。他先把枪立在墙角，穿上长衫，这才往门里走。才一进门洞，见有个仆人站起来向他请安，说："叶老爷来啦？我们大爷派人请您去啦，您没看见吗？"叶允雄不由得一怔，说："你们大爷在哪里？我要见见他！"仆人却说："我们大爷派人找您去啦，还拿着一封信，说是请您立刻就到东四牌楼隆庆饭庄。"叶允雄惊讶着问说："到饭庄去，可又是什么事？"

仆人笑了笑，说："大概没什么事！是我们大爷说，他跟韩三少爷到隆庆饭庄吃午饭啦，预备着酒席，说请您去凑个热闹，谈一谈，大概还有点儿事儿要跟您商量商量。"叶允雄见这仆人说话的样子很是可疑，就翻眼想了想，又暗暗地冷笑，问说："隆庆饭庄在什么地方？"仆人说："就在东四牌楼，一瞧见了牌楼就到了。"叶允雄就说："来！你给我雇辆车去。"

仆人出去喊叫车去了，叶允雄就在门洞里站着，不住地发呆。忽然，听耳边有很娇嫩的声音问他，说："叶老爷！您在这儿干什么啦？"叶允雄吓了一跳，赶紧一看，原来是有个穿豆青色衣服的，年有十八九岁的侍姬向他行礼，并笑着问说："我绛云妹妹这两天好吗？你怎么不带着她来呀？"叶允雄沉着脸点头说："嗯！"这侍姬也吓得颜色变了，不知是怎么回事，便退避着到了门外，做她的什么去了。

此时，那仆人已从外面给他雇来了一辆骡车，叶允雄急忙忙出门坐上了车，并吩咐那仆人将墙角立着的他的那杆枪拿进去，车就赶走了。由这东安门大街一直往东，走王府井，叶允雄顿然感到京城的地面真大，人口真多，在这里隐藏一个人实在不算什么。可是在这里要出了名，要得罪了人，也难免强中再遇见强中手！此时，叶允雄不恨别人，不愿争斗，也不想再在京城居住，他只是要见着谢慰臣质问，甚至于翻脸、绝交。

这骡车走得很快，不到一点钟就来到了，叶允雄看见了面前巍巍的，如仙人宫阙一般的四牌楼。车在一家大饭庄门前停住。只见这大饭庄并没有楼，也听不见里面的刀勺响，却是广梁大门，豪富如府第一般。此时，门前停着许多辆车、许多匹马，还有轿子，有许多穿着官服的人和官太太似的华贵女人，让丫鬟扶着、仆妇跟着，正往里面走，里面并且传出"咚咚！喤喤！齐喤喤！"的声音，仿佛正打着锣鼓唱着热闹的大戏，叶允雄就不禁一阵儿愕然。

一看到这种情形，叶允雄倒不敢下车了，就问说："是这里吗？"赶车的说："您看哪，那门口不是挂着红木头牌子，写着隆庆饭庄吗？您不是来给杨制台大人拜寿吗？"叶允雄心说：哪里的事？我认识杨制台是谁？

又听赶车的说，"今天是两湖总督杨制台大人的七十大寿，正赶得入京召见，亲友都知道，不能够不办事，本宅里的地方又不太宽大，所以才借这饭庄的地方，大办一气。里面有春喜班的戏子唱大戏。您看，这门口有多少车和轿子？今儿有几位中堂，各部侍郎尚书，王公贝勒全都来，您……"叶允雄说："我不是来给谁拜寿，我不认得什么做官的，我是……"

忽然，他一眼看见那韩三穿着华丽的衣服，由门里出来，像是张望什么似的。叶允雄就赶紧跳下了车，叫道："韩三兄弟！韩三兄弟！"便很快地走了过去，韩三一看，就说："啊！慰臣正在这里等候你呢！"

叶允雄走近前，就问说："今天既是什么制台在这里办寿，他为什么请我来？"韩三笑着说："谁知道呢？老谢近来脾气怪得厉害。今天这饭庄本来都叫杨宅给包下啦，可是慰臣他费了半天事儿，才叫饭庄给他在花园子的后边留下两间房子，他说他要请你。今天他一半是来这儿拜寿，一半他可又是请客，还吩咐我，别告诉别人。他正在等着你呢，等得很着急，叫我出来看看，他怕你不敢进这个门！"叶允雄冷笑，说："我有什么不敢？"遂就同着韩三往里去走。

韩三本是今天这里的来宾，他的女眷也来到这里听戏。他的熟人很多，有的招呼他，有的向他开玩笑，但是大家全看着叶允雄纳闷，因为第一看着叶允雄眼生，第二他的穿着虽也不俗，只是样子就看出来了，不像是来这儿祝寿的。

此时，正院的戏台上正唱着"艳阳楼捉拿高登"，是一出武戏，打得正火炽,锣鼓噪耳,仿佛比上午叶允雄与徐杰、刘岳等人的那两场争斗还要厉害。叶允雄见台上的粉脸跟绿脸打得正紧张,自己恨不得也掺入打一回,才心里痛快。台下是一些宾客,个个衣冠整齐,全都看得出神了。东客厅是一些天仙般的雍容艳丽的女眷,有的就捂着耳朵直笑。北房正厅门前站着两个官人,都身带腰刀。厅里,隔着大玻璃可以看见,里面的人都挂着朝珠,穿着黼褂,可知全是些与制台的官位差不多的当朝显要。四壁高悬着许多幅红绒的幛子,写着"寿比南山""七秩功勋"等等,廊下并陈列着许多架寿屏。差官、仆役都站住身呆了,此时无人的目光不注视在戏台上。

叶允雄随着韩三顺着廊子往里院走,就见迎面有个紫红脸的人走来。这人年约三十四五岁,不像官也不像是吏,身材不大高,但看他的走路样子,就知道是个练过武功夫的人。他穿着一件青绸长褂,足穿便鞋,手里拿着个槟榔荷包,抡动着。韩三一见这人,立时就有点儿脸色发白,走了个对面,韩三还恐惧似的往旁边躲了一躲。那人却大模大样,连人也不睬,就走过去了。叶允雄因见这人的样子可疑,就一回头,不想那人也一回头,两只眼冒出来贼光,好像要跟叶允雄挑衅。叶允雄也气得面色一变,韩三赶紧暗暗拉了他一下,二人就进了更深一进的院子里。

这里原来是花园,花园并不大,也没有什么花,不过有几块太湖石,一段细石卵铺成的曲回的道路,还有几间水榭式的小小花厅。有几个艳妆的女子在这里谈话、打闹,不知是女眷中的小姐还是丫鬟。韩三拉着叶允雄顺着很狭窄的走廊往西走,进了一个月亮门,这里原来就是厨房。午宴已然用过了,肥胖的厨司务坐在大板凳上正扇蒲扇,一见了韩三,就起身说:"三少爷!"韩三说:"谢老爷的那桌席,你们就给预备着,客人已然来啦!"厨司务和旁边帮厨的,齐都答应了一声。

韩三便带着叶允雄仍往里走,又进了一个小门,转了过去,这里是独成一院,有两个小小的东房。这两间小房极为幽静款式,阶前还摆着几盆花,窗子都安插得很巧,有扇面形,有海棠花形。叶允雄跟随韩三来到阶下,谢慰臣已在帘里相迎,有茶房打起来帘子,叶允雄就见屋中陈列着几件红木桌椅,壁间挂着字画,当中摆着一桌很讲究的筵席。

谢慰臣是身穿绸裤褂,手持一柄折扇,满面春风地笑着,说:"这地方好不好?前边在锣鼓喧天地唱大戏,那些贵客们在巴结制台,磕头请安,咱们兄弟却在小屋里喝酒清谈,比他们不好吗?你再看!"原来这里有一扇后窗,是满月形的圆窗子,玻璃像多日没有擦,有些发暗,可是外面就是那花园,钗裙往来,由这窗子全都能看见。谢慰臣笑着说:"你看!这窗子好像是个月亮。往里看吧,里边有嫦娥!就可惜这扇窗玻璃得擦一擦了,可是暗一点儿也好,如月外有薄云飘浮,更好看,更可以显出'青女素娥俱耐冷,月中霜里斗婵娟'的情致!"韩三听了哈哈大笑。

叶允雄却是怒容犹未缓过来,他就向谢慰臣严词质问,说:"大哥!你到底弄的是什么玄虚?你且别说什么月亮跟嫦娥,你先说明白了,你招惹那些拳师、镖头跟我作对,是什么用意?你要想用兄弟,好办,只要你指出来谁跟你作对,那么'士为知己者死',我立时就能够给你去雪恨复仇。你不这么办,你叫我在你的圈套里活着,东边抢一拳,西边还得防一脚,这太不痛快!而且大哥你太小看我,简直是拿我当小孩子一般地愚弄!"

谢慰臣摆手,笑着说:"哪儿的话?老弟你这么聪明的人,怎么不明白我的用意。我前两天没跟你说过吗?你得谋个出身,那么,有位贝勒爷现在托我给他请一位武艺高强的侍卫,今天我把你叫到这儿来,也是这个意思。待会儿,那位贝勒也来,我就给你引见引见,那么立时就许决定,他就能当时请你到他的府中。可是我空说不算,他不能知道你的武艺究竟如何,所以我才设法叫你出名。"说到这里,他哈哈地大笑起来。

叶允雄到这时真叫谢慰臣弄得怒也怒不得,笑也笑不得,谢慰臣是笑上没有完,韩三也笑着说:"谁要跟他交朋友,谁就算倒了霉,老叶你快点跟他绝交吧!"叶允雄无奈也只得笑了笑。

韩三出屋去了,谢慰臣看看旁边无人,他忽然正色悄声说:"兄弟你别怕!爱怎么闹怎么闹,爱打谁就打谁,出了事情都有我。你有这样好的武艺得想法出出名,何况出的又不是真名,现在除了韩三跟我,没有人知道你名叫叶允雄。即使你早先那些仇人来找你,也不要紧,他们至多找你来打架,却不能有别的手腕对付你!"叶允雄听了一变色,谢慰臣又笑着说:"来了,宽了衣裳,请入座饮酒吧。"

叶允雄至此时,实在没有法子,谢慰臣只是笑,弄得自己也真不能太急躁,只好脱了长衫坐下。谢慰臣给他斟了一杯酒,他饮了,就长叹一声,说:"大哥,你不晓得我心中的烦事,争强斗胜皆非我所愿,我实在想有个立身之地。"谢慰臣说:"不要忙,这就快了,今天你的名气也出了,差事也就快有了。"正说着,谢慰臣的眼睛不住地向那后窗外去看。忽然他停住了杯,眼睛就盯着窗上的玻璃,发直了。

原来窗外花园里的女眷越聚越多,大概都是叫前院的武戏给吵得坐不住,所以都来花园里散心。有的并坐在太湖石上,有的把臂细语,有的追着、打着,嘻嘻地笑。衣香鬓影,粉白黛绿,都浮现在这圆形的窗子上,真似一幅绝妙的仕女图。

忽然,谢慰臣又站起身来,走到窗旁,偷偷地向外去望,并拿扇子招点着,叫叶允雄也来看。叶允雄心中真不高兴,觉得谢慰臣实在不是个好人,不但交友不诚实,且太好色。又听他悄声说:"快来,看看这女子,能称得起倾国倾城不能?"叶允雄不由得也走过去了,向窗外一看,就见是有个红裙绿衣的少妇,这妇人年龄不过十七八岁,衣饰娇艳,姿容真是美丽,娉婷窈窕,似又在梅姑娘与鲁海娥之上。

此时,不但是窗里的叶允雄也随着谢慰臣发了呆,窗外园中的那许多女眷,也都亦妒亦羡地瞧着这少妇。因为无论哪一点,无论哪个单看着也可以说是"十分人才"的漂亮女人,但要是跟她一比,也得自逊三分。叶允雄心说:这女人可是谁?京城中大家的女人竟有如此标致的!可是看这女人,衣饰虽富,却像地位很低。她无论是见着谁,都是长跪请安,身后虽也跟着两个仆妇,但不像别的命妇似的,要有仆妇来搀扶着才能走。看这样子虽然不是什么丫鬟,可也绝不是正夫人,多半是某某官的姬妾。

这女子是面向西来走,跟这后窗正正相对着,当然因为玻璃不太明，由外面很难看到这窗里。只见她眉黛微蹙，小口微敛，现出来一幅楚楚可怜的样子，像要向谁诉苦似的。谢慰臣就长叹一声，说："你看见了没有？这是一个绝世美人，也是个可怜的女子。她的名字叫吕月姑，是良家女子，可是被薛中堂看见了，遣手下恶人金镖焦泰生生把这女子抢去，并殴伤了女子的父母，摔死女子三岁的弱弟，抢到薛中堂宅中充作下陈，她的父母连告状也不敢。"

叶允雄不由愤怒着说："有这样的事？"

谢慰臣说："什么事没有？譬如，我和各部衙门知晓此事的人，全都十分不平，然而谁敢说一句话呢？薛中堂的权势是炙手可热，金镖焦泰能飞行取人首级，为一个女子说句公道话，惹杀身之祸，谁肯？谁敢？"叶允雄立时觉得有一股怒气冲上胸来，但是忽然见谢慰臣的神色已变得极为凄惨，一边叹气，一边用眼盯住自己，仿佛急于要看自己的表示。叶允雄又有些疑惑起来，暗想：别是谢慰臣瞎说吧？是他惦记上了人家的姨太太，他又要利用我……

正在生疑，忽然谢慰臣又向窗外一看，就一跺脚，说："这是何苦？焦泰又在前院，出了事可怎么办？"叶允雄也赶紧转头，就见是那韩三少爷，他也走到园中，笑吟吟地过去要向那月姑扳谈。谢慰臣急得不得了，连连地顿脚，说："老三太莽撞！这不是找着去惹事吗？虽然今天他的太太也在这儿了，可是他惦过去跟人家说话，那还得了？被薛中堂知道，不但女的得死，他今晚也得没命！"叶允雄说："什么事？至于这样厉害？"

此时，那韩三手持折扇，走过去跟那月姑谈话。也听不见他说的是什么，只见他微微笑着，并且冷笑着，那月姑吓得却不住向后退身。旁边的许多女眷也都颜色有些惊慌，有许多急匆匆往前院去了。谢慰臣急得双手去推叶允雄，说："你快出去看看！快把他拉回来吧！他早就想打这个不平，今天他一定是又多喝了两盅酒！这不是玩的，立时就许出事！"叶允雄摇头，说："哪能出事？韩三他也是来的贵客，今天是统辖两省兵马的杨制台在这儿办寿，难道谁还敢在这里杀人吗？"谢慰臣推他，说："你快去把他揪来！"叶允雄微笑着说："大哥你隔窗叫他一声，也就行了。"谢慰臣满头是汗,说:"因为我不能出头,要叫薛中堂知道就更坏了!"

此时,那韩三是背向着窗,他拿折扇拦住那月姑,他还不住地说着。月姑是芳容惨淡,可见韩三说的话句句刺着她的心,她是不胜地痛悲且惊惧。忽然,月姑远处的几个女眷全都惊叫了一声,都急掩住了脸,就见韩三身子蓦然向后一仰,摔在地下,扇子也撒了手,他是中了什么暗器。谢慰臣长叹一声,浑身抖颤。叶允雄却猛力将窗子一推,这圆形的后窗就开了。叶允雄将身钻了出去,只见许多女眷纷纷向外院去奔,有的将身藏在太湖石后,月姑是吓得坐在地下了,两个仆妇也跑了,都不来管她。韩三身中暗器右腿流血,躺在地下不住地呻吟。那通着前院的小门站着一个人,正是刚才叶允雄看见的那个不像官也不像吏的人,青绸长褂脱了,里边仍是一身青,手拿槟榔荷包,慢慢地走来,向那月姑说:"还不快起来!非得叫中堂当众来见你丢人吗?妈的!"

叶允雄不容他来到临近,就猛扑过去打。

叶允雄早猜出来了,这个坏蛋一定就是金镖焦泰,在这地方他敢用镖打人?还敢来欺凌弱女,叶允雄真忍不住气了,他也不暇细问情由,扑过去就是一拳。不料焦泰也早有准备,"吧"地就把他的腕子抓住,顺手一带,叶允雄乘势近前,猛力一脚,踹得焦泰撒了手扑跌在地下。但他一翻身,同时很快地由槟榔荷包里掏出一只镖来,向叶允雄就打。叶允雄一低头,镖从他的头上飞过去,打在太湖石上,石后蹲着几个女人又齐都"呀"地叫了一声。

焦泰也挺身而起,反扑叶允雄,二人拳往脚来,不分上下。打了约十余合,就见有官员带着十几名官人走进园来,那焦泰赶紧跑到一边,又着手儿站立,向叶允雄撇了撇嘴。叶允雄却有些吃惊,因为自己本不是来这里拜寿的宾客,打不平虽然理由充足,可也颇费解说。此时,焦泰又招呼那十几名官人,说:"诸位!先把这小子抓住了问问,问问他是谁?他也是来这儿拜寿的吗?你看他那手儿脚儿,很像江湖大盗。他是故意混进来,欺辱了薛中堂的如夫人,镖伤了韩三少爷!"

叶允雄冷笑着,说:"好!你手里的槟榔荷包若扔了,你可就不算好汉！”

此时，十几名官人先保护住了月姑和几个女眷，然后就要过来抓叶允雄。叶允雄正思抗拒，忽见谢慰臣由那小院走出来，张着手，说："别动我这兄弟，这叶老爷是我磕头的把兄弟。"众官人都齐笑着，说："哈，谢老爷，您也在这儿啦？"

谢慰臣此时虽面色煞白，但话说得极为慷慨，他先点了点头，说："不错，我在这里了，我这叶兄弟没有一点儿错，我敢担保。刚才韩三少爷明明是叫焦泰打的，许多人都亲眼看见了，现在他的手里还拿着镖囊呢！"焦泰在那边一抢槟榔荷包，拍着胸脯一笑。谢慰臣说："韩三少爷是我的好朋友，现在没别的话说，我要告焦泰当众行凶，我还要告薛中堂纵庇家奴，诸位送我们打官司去吧！"

谢慰臣这么一露面，官员和他手下的人倒全都笑了。这官员就说："哪儿的话？谢老爷您今天是行人情来了，老公爷也才刚走，您何必生气？得啦，别叫前院的诸位大人们全惊动了，您随便歇着去吧！"早有人把韩三给架起来了，那个女子月姑也被仆妇挽着悄悄走往前院去了，金镖焦泰也要溜走，却被叶允雄一个箭步上前给抓住。焦泰"嘿嘿"一声冷笑，回手抡拳就打，叶允雄托住了他的拳头，把他的胳膊反着一拧，焦泰身子弯了下去，脚却向后一踹，踹到叶允雄的肚子上了，可是没把叶允雄踹倒。谢慰臣又上前，将焦泰的腿一绊，焦泰就"吧嚓"一声来了个大马趴，胳膊还叫叶允雄拧着。叶允雄又向他的屁股踹了一脚，焦泰的脸就擦在地下，来了个"狗吃屎"。他挣扎着要翻身，韩三忍着镖伤痛，又奔过来向他的头上直踢，像踢球似的连踢了六七下。

谢慰臣也要过来踢他，官人们却上前来拦阻，连说："谢老爷跟韩三少爷就都别生气了！这也就够啦！您都是今天来庆寿的贵宾，场面上的人，他不过是跟薛中堂来的一个底下人，完了也就完了，不看僧面看佛面，事情还是别闹大了才好。您也得体谅体谅我们，别叫我们在中间为难！"谢慰臣连说："不叫你们为难，我早说明白了，我打官司嘛！不把人打伤了，这官司可怎么打呀？"说时，脸色煞煞的白，气得浑身乱颤。

韩三虽然衣裳都被血染红，几个人拉着他，他还不住地踢脚，大嚷着,说:"今天我拼出去啦!我也不管什么值不值啦!北京城能容你这强盗出身的小子混闹?"叶允雄几乎将金镖焦泰的胳膊拧折了。

这时前院又来了许多人,但没有一个大官,都是差役和有头有脸的仆人,来这儿劝了半天,方才罢休,叶允雄才将焦泰松了手。这金镖焦泰满嘴、满鼻子已都是土,他也不去擦,站起身来就向谢慰臣一笑,说:"诸位真厉害!三个人打我一个,我算是栽了,得啦!一半天我再到您的府上请安去吧!"

谢慰臣听了他这话,脸更变得煞白,向众人说:"你们听见了没有?他现在是提醒我啦,他可是会飞檐走壁,假若一半天我的府里出了事,你们可就记住刚才他的这句话,可别忘了他!"

焦泰撇了撇嘴,说:"我又不是贼,我一个粗人,会什么飞檐走壁?现在我这只胳膊就算完啦,我还能干什么?请你们几位放心,不过……"指着叶允雄说:"这位大爷你们倒得留神点儿,我虽然是个底下人吧,我还到底是跟薛中堂来的,他是跟谁来的呢?我可就不知道啦!也许是就冲着我来的,好吧!咱们就王八下蛋,伸长了脖子慢慢地瞧!"

旁边有官人抽了他一个嘴巴,骂道:"不是看你是跟薛中堂来的,就不能叫你白白用镖打人!你还叨唠什么?滚吧!"金镖焦泰就冷笑了一声,说:"好!叫我滚!咱就滚!"他往前院去了。

这里韩三已叫几个人搀走养伤去了,官员就把谢慰臣又请回那小院的屋内,叶允雄也随着进来,官员又一半请教,一半追问叶允雄的姓名。谢慰臣对叶允雄是完全作保,官员们只得又劝又安慰,说:"您二位也就别再生气了,焦泰他是个什么人?您二位跟他真合不着,好在韩三少爷的伤还不算太重,官太太们也都没有什么吓着的,这件事就消灭下去得了,无论怎样也得维持着今天杨制台这个寿筵,不然,传到御使的耳朵里,那可不大好!"正说着,又有人悄悄进来,低声告诉了这官员,说:"薛中堂带着太太们先走了,许多堂客也都起了席,前院的戏虽还唱着,可是坐席的都不安了,杨制台很是着急!"这个官员赶紧跟着走去了。

屋中只剩了谢慰臣跟叶允雄,叶允雄此时对谢慰臣倒是很佩服,因为以刚才的事来看,谢慰臣还颇够个朋友,把那焦泰打得也可称痛快,只是谢慰臣这时的脸色倒不那么白了,眉头却紧拢,又笼罩了一层深深的忧郁之色。重入了座,给叶允雄斟了一杯酒,就说:"老弟!这是最后一杯,明天,咱们哥俩就许见不着面了!"

叶允雄十分的惊讶,怔了一怔,就愤愤地说:"大哥你怕什么?难道金镖焦泰还真能到你家去把你杀死?"谢慰臣瞪着眼睛说:"怎么不真能?真能极了!过去金镖焦泰也不是没做过这样的事!你看,今天那些人虽然都是向着咱们,可是无论怎么着,他们不肯叫我跟焦泰去打官司,也不肯把焦泰带走押起来,这你还不明白吗?就是,官人们虽然敢抽他嘴巴,骂他滚,那是示意叫他暂避,因为论势力,光明正大地比身份,他不行,可是半夜里,官人就是瞧见他上了房,也不敢捉他,我跟韩三所怕的就是这一手。我们出门好几个月,要不是遇见你,我们到现在还不能回北京呢!这缘故就是为他,你别瞧不起他一个无官无职的人,今天看你与他斗起拳脚来,他也比你差得远,可是一到深夜,他可就不好对付了!"

叶允雄哼哼一笑,把手一捶桌子,说:"大哥别怕!今天我跟你回去,晚间我跟你同住在一间屋内,你睡我不睡,无论他什么飞镖夜行术,看是他斗得过我,还是我斗得过他。只是,有一件事大哥你得对我言明,将才那个薛中堂的姨太太吕月姑,她到底是怎么个人,跟你有瓜葛没有?这虽然是小端,可是请大哥也要据实告诉我!"

谢慰臣叹了口气,说:"跟你实说,那月姑本来就与我相好,可是她同时认识的达官显宦也不只我一个。"叶允雄说:"我明白了!她是个名妓出身。"谢慰臣说:"不过她可是个暗的,暗中陪酒接客,所接的全是些显宦达官。她跟我最好,我在她身上花的金银最多!"叶允雄点头,说:"我知道,那么后来一定是被薛中堂倚势夺过去了?"谢慰臣说:"他所倚的就是金镖焦泰的势,我若敢跟他争夺,他就能派焦泰深夜来砍我的头!"

叶允雄一笑,又问说:"可是这件事又与那韩三什么相干呢?"谢慰臣说:"没他相干,他不过是我的好朋友,早先我天天带着他到月姑那儿去玩,月姑被人强占了,他替我打不平罢了!"

叶允雄点头说:"原来如此!我全都明白了!大哥你与我结交,待我这样好,就是为叫我替你夺回来美人,剪除了金镖焦泰?"

谢慰臣脸红着,急忙站起身连连摆手,说:"不是不是!实在不是!我不能说我一点儿这意思没有,可是如你老弟不管,我照旧与你结交,敢保丝毫没有虚假!"叶允雄说:"我怎能不管?何况这一两天内我在京城已结下不少仇人,今天又惹下金镖焦泰,即使你不叫我管,我也得管。据我看,今天焦泰倒未必敢去下手,可是早晚他也得下手,他下手绝不杀你,因为杀了你也是他的一个麻烦,他一定尽全力来对付我。你听刚才他说的那话,已经都说明白了。其实不知,他就是不去对付我,我也要去对付他。我跟大哥交友一场,无论如何,是生是死,也非得办完了这件事,我才能离开北京。金镖焦泰我一定能把他剪除,如果吕月姑真是倾心于你,我也能设法替你把她由薛中堂的手里夺回来。"谢慰臣说:"兄弟你如能把我这两件事办完,我愿把全份家资给你!"叶允雄摇手,说:"那我不要!"谢慰臣说:"以后我必报你的厚情!"叶允雄说:"那也用不着!好了,话已说到这里,就都不必再说了!咱们且饮酒!"谢慰臣也落座,满面喜色,说:"好!饮酒!"二人才各持起杯来,忽然,有一人闯门而入,这人身穿短蓝布衫,蓦一看好像厨房的那个胖子大司务,细一看才知道是长兴店的掌柜的陈八,他头上还有一块伤未愈,叶允雄急忙起身向旁一闪。谢慰臣先是一怔,继而就举起杯来,说:"老八,你是怎么来的?你是帮厨来啦,还是也给杨制台拜寿来啦?别是专为来此听蹭戏儿吧?来,先入座喝一杯,我要告诉你一件新闻。"陈八却拱手,说:"我不喝!"他一直奔向叶允雄,说:"叶大爷,现在有一个人到我的店里去拜访你,你不回去他不走。这人是你的老朋友,他叫镇海蛟鲁大绅,水灵山岛上人……"叶允雄一听,就突然变色。

陈八说完了,就请叶允雄立时回去,眼睛溜着他,那意思是:回去斗斗人家?你看看人家的枪法?再说你的来历,襄楚间的大盗叶英才,白石村的逃亡客叶允雄,就都是你。

此时,谢慰臣已然站起来,问:"什么事?什么事?镇海蛟是个何许人？"叶允雄说："是去岁在山东海边与我见过一面的，此人来找我，大概也没有别的事，还是比武。"遂镇定地向陈八说："他来了？正好，我正想会会他呢！不过今天的事大概你也晓得了，为了应付金镖焦泰，三天之内，我跟谢大爷彼此不能离身。你跟我虽不是朋友，但谢大爷跟你却是多年的交情，你应当讲些面子，别打搅我们的事。告诉鲁某人，过了三天，我必回店房，到那时随便叫他去找我，我也正要向他请教！"说毕落座，照常饮酒。

陈八的脸色一变，接着就说："好啦！好啦！既然只是三天，鲁大绅他总能等。他来这儿已然好几个月了，他也天天练枪法，可是还自嫌不精，所以听说你来了，才要跟你请教请教。既然这样，我就照您的话回复他去吧！好啦，三天之后再见！"说着，又向谢慰臣笑了一下，转身就走了。

谢慰臣惊慌着向叶允雄问说："是怎么回事？"叶允雄摇头，说："没有什么事。"谢慰臣又悄声问："莫非陈八他也跟你作对？"叶允雄笑问说："难道大哥不知道？"谢慰臣正色说："我真不知道！"叶允雄点头，说："这就是了！"又从容笑着说："这些事情都等到三天之后再谈，目下唯一就是金镖焦泰，据大哥所说的这人的厉害，只要把他对付了，那班人就全都好办。现在别分了咱们的心，除了焦泰之外，别的事都休谈。"于是，他就向谢慰臣详细打听薛中堂宅子的地址和房院的局势，随谈随饮随食。多时始毕，便一齐穿上长衫走出。走至前院，见那里冷冷清清，台上只有一个人在唱戏，所有的人无不注目向谢慰臣来瞧。叶允雄随着谢慰臣乘车先往韩三家中看了一番，然后便回到东安门谢府。

谢慰臣一到家里，时候已然不早了，他就先急急地吩咐府中的一切仆役今晚要加紧防贼。他请叶允雄到书房，这里有两张榻，谢慰臣就嘱咐仆人们，说："我今天跟叶老爷都在这里睡。"又叫仆人摆酒，可是今天却没有看见一个婢妾来侍酒。天色渐渐地晚了，暮鸦在房上哇哇乱叫，屋中已点上了灯。叶允雄白天提来的那杆枪和谢慰臣命人给他预备的两口单刀、一口宝剑、飞镖、弹弓子、绳子，全都拿了来。仆人们也个个神色都惊慌慌的，仿佛他们也都听说了，今天他们的大爷在杨制台的寿席上打了金镖焦泰,招惹了薛中堂,惹下了眉睫之前的大祸。

天愈晚,谢慰臣的脸色就愈白,可是他一说话总是笑,笑得又是那么不自然。叶允雄却从从容容的,连说:"今晚不要慌张,哪能白天才结下的仇,晚间他们就来报复?纵使焦泰不怕受嫌疑,我想薛中堂也要拦阻他,以免得弄出事来落闲话。"

谢慰臣却说:"你哪儿知道!焦泰虽是薛中堂的爪牙,可是有时他的主人也调不动他,也拦不了他,并且还得惧他三分,因为薛中堂有些隐私的事,全都被他把握在手里,万一要得罪了他,他就能够回头反噬。"叶允雄愤然道:"这是怎么一回事?怎会容留下这样的恶贼?"谢慰臣叹气说:"咳!别提了!所以我想,世间只有你还能敌得住他,制伏得了他。你之外,恐怕就再没有人了。兄弟,今晚我断定他一准来,无论谁拦他,他绝不能忍今天那口气。他今晚若是不来,即使明天再来,那他也算是在咱们跟前低了一头,他绝不能干这丢人的事。"叶允雄也默默不语。

少时,酒喝了些,又吃了些菜饭,就撤去了杯盘,二人全都身穿着短衣裳,在灯畔对坐,饮茶谈话。如此就直延到墙外更声已敲三下,叶允雄就叫谢慰臣到里间去休息,他将房门虚掩,屋中所有的灯烛全都吹灭,他在怀里揣了四只镖,手握着长枪,专专等候飞贼焦泰前来。

不觉三更已过,全府寂静无声,纱窗之外天色昏沉,星斗繁密,屋里的谢慰臣就悄声叫道:"叶兄弟!叶兄弟!"叶允雄赶紧掀帘往里屋看了看,就见谢慰臣蹲在床上,手中拿着明晃晃的一口刀。叶允雄问说:"什么事?"谢慰臣悄声说:"你听见了没有?"叶允雄生气说:"什么响动也没有,大哥你也别这么大惊小怪的,万一焦泰真来了,你千万别出屋,屋中也别点灯,你在暗处取着守势,外面自有我应敌,管保他们不能将你奈何!"谢慰臣说:"是,你看我这儿刀剑飞镖弹弓子全都有,也足能挡他们一气儿的!"叶允雄说:"好了!你就镇定一点儿吧!"他遂又走到外屋,将鞋也脱了,只穿着袜底,在椅子上坐了一会儿。

因为累了一天了,未免有些疲倦,刚打了一个哈欠,这时仿佛听见外面有点儿什么声音,叶允雄就不由得一个冷战。他急忙站起,退了一步,蹲伏在墙根,双手将枪举起,成为"落马金蟾"之势。但如此沉默地过了许多时,忽然,那扇门就从外面微微地推开了,毫无声响,推开了一条细缝,但是,外面的人见屋门没有关,反倒迟疑着不敢进来了。

此时,叶允雄连一点儿大气也不敢出,又待了一会儿,忽见有个明晃晃的东西从门缝探入,门缝随之愈开愈大,叶允雄就将枪向下微按了按,蓦然,双足腾起,向前一蹿,一枪刺去,这招数毒极了。但贼人已有防备,往后伏身,翻刀向上一挡,将长枪挡开,点步儿逃走。叶允雄急忙追出,"嗖"的一声,一镖就迎面飞来,叶允雄伸手就接住了,随之又转身下伏,枪成"地蛇"之势。那贼人一笑,转身上房,叶允雄扬手将镖打了回去,贼人"咕咚"落地。叶允雄又跃起,赶上前挺枪去刺,不料身后忽有刀声削来。叶允雄急忙伏身、闪躲、撤枪、翻腕,同时再握枪去扎,贼人有刀相迎,刀光枪影,在院中连战三五合,房上又有几个人跳下来,并且几支镖分前后左右上下,同时向着叶允雄打来。

叶允雄东躲西闪,此时却已有贼人往那书房中去闯,不料房中的连珠弹子打出,就有贼人怪声喊叫。书房里的谢慰臣也大喊,四下梆声锣声也紧敲,贼人都急忙往房上去跑,叶允雄从下面连将三镖打去,立时有个贼人又摔下房来。还没容叶允雄奔过去拴住此贼,房上早又有两个人跳下来,一个人抡刀来抵挡叶允雄,另一个就背起他的那受伤的同伴,蹿上房去走了。

这里的使刀的人十分猛勇,但他毫无战意,才转身要逃,却被叶允雄一枪刺到他的后腰上,他惨叫了一声摔倒。同时房上又有几只镖一齐打下,这受伤的贼人也忍伤紧跑几步,蹿上了房,房上有他的同伴拉住了他,背上他就一同跑了。

这时仆人们、打更的都一齐来到,有的打着灯笼,有的还拿着木棍,气势汹汹,叶允雄就摆手,说:"算了算了!金镖焦泰那伙贼已经多半受了伤逃跑了,你们还瞎长什么威风?你们这里说不定就有与焦泰勾串的人,不然如何焦泰他们一来到,就直奔这屋里来?你们大爷平常又不在这屋里住。"仆人们都彼此你望着我,我望着你,不敢说话。叶允雄大喝一声:"都在此好好待着!都不许动!"他飞身上房,提枪在前房后房各处搜查了一番。他脚踏着房瓦,如履平地一般,一直走往后花园,却见对面房上,"嗖"的一声,又有一只镖打来了。

叶允雄急忙伏身,就听对面房上发出来焦泰的声音。他冷笑着说:"姓叶的小子,今天算是有你的,明天咱再说,明天日落时你要敢到西山去,就算你小子能耐,好,再见吧!"话未说完,叶允雄掀了一片瓦向那边飞打了去,那边却将瓦接住,"哧"的一声笑,就走了。

叶允雄又回到前院,指挥着仆人在院中安设上灯笼,严守后半夜。各屋中却仍不许点灯。他进到屋中,就见谢慰臣手中的弹弓子还没有放手,叶允雄就说:"大哥你放心吧!金镖焦泰现在是专跟我斗了,他约我明天傍晚时去到西山,想明天,我们一定就可以分出来个谁生谁死!"

当日的后半夜倒是没有什么事情发生,天一亮,两人就放下心去睡觉,直到下午三点多钟方才起来。叶允雄向窗外看了看太阳的影子,就笑了笑,说:"天色又不早啦!昨天晚上在家里斗,今天应该到外面斗去啦。我想焦泰现在专斗的是我,他绝犯不上将我调开,单来收拾大哥。可是大哥也不可以不防备,今晚饬府中在各院落里面通宵点灯,严加防守。你也另换一个屋子去住,别叫别人知道,因为你府中所用的虽都是些老家奴,可是以昨晚的事看来,我绝断定你这里有人给焦泰通风。"谢慰臣抽着旱烟袋,露出发愁的样子,半天才摇摇头,拿手指摸着下颏,说:"我倒不要紧,家里的人还多,房子也多,他一时还摸不到我。只是兄弟!今天晚上要单枪匹马去闯西山?西山的路径你又不熟,你还能不吃亏吗?"

叶允雄微笑道:"吃亏也没有法子,我昨夜既然应了姓焦的,就无话说了,我明知道此时姓焦的已在那里摆好了阵势,但我也不能不去!"

谢慰臣吸了半天烟,说:"终究不大妥!我有个办法,你不是跟陈八也没有什么太深的过节儿吗?他的硬功夫是说得过去的,他又认识个什么鲁大绅,你们比武的事暂且不提,先彼此帮助。我派人把陈八请来,准保一说就行,他还能够给咱请上许多朋友。"叶允雄摆手,说:"用不着!"谢慰臣又说:"你要走,也得等一等,我已派出人打听焦泰他们的动静去了,等一会儿我派的人回来,咱们确实知道他那边是如何情形,往西山去一共有多少人,然后咱们斟酌斟酌,你再前去。"叶允雄笑说:"其实也没有什么要斟酌的,到时候我去就好了,我胜了,我把枪尖比着他们的胸膛要问话。我若败了,那就一两年之后再说。大哥,你不知道,我此刻办事之心甚急,恨不得立时就除去焦泰,救出来你的那位爱宠。因为你不知道,镇海蛟一来,无论比武的胜负如何,我也就在此留不住了!"谢慰臣听了,不禁又是一怔。

谢慰臣就问是什么缘故,叶允雄却摇摇头不肯说。待了一会儿,有这里派出去的人回来了,向谢慰臣报告,说:"金镖焦泰那一伙人今天忙得不得了,东直门大碗居茶馆叫他们给包下了,他们在那里商量事情,出来进去的足有二三十人。"叶允雄冷笑说:"二三十人我可不怕他们。"又问:"现在什么时候了?"谢慰臣掏出表来看看,说:"这时才四点三刻。"叶允雄说:"我这就去,大哥给我备一匹马吧。"谢慰臣还迟疑着,叶允雄却笑道:"大哥你不要怕!我去绝保毫无舛错。"谢慰臣又怔了一怔,遂叹了口气,就叫来了仆人,命给叶大爷备马。

叶允雄此时十分从容镇定,坐着慢慢地饮茶。谢慰臣又问说:"你想带什么兵刃去?"叶允雄说:"我只带我那杆枪,你这里有钢镖可以借给我几只,因为说不定他们使暗器,我就也要用暗器回击。"谢慰臣思虑着说:"金镖焦泰的拿手戏就是他的那几只飞镖,可是以昨天白日和夜晚的事来看,他是不能将你奈何的,不过,恐怕他们今天一定要趁夜放冷箭!"

叶允雄也不禁迟疑了一下,因为自己在泰山曾吃过冷箭的亏,但是想了一想,便摇头,说:"那可是没有法子,他们要像山贼似的乱箭齐发,我只有暂时躲避,并不算是我败。"

谢慰臣说:"我家里有一面旧藤牌,你带了去好不好?"说着就叫仆人去取。少时就取来那面藤条编成的,上面还糅着黑漆,裹着铁叶子的盾牌,虽然很旧了,上面且箭痕累累,但没有穿透。叶允雄颠了一颠,觉得还不算太沉,于是点头说:"好好!我就带去。"此时仆人进来,说:"马已备好!"叶允雄嘱谢慰臣不要送,他就握枪持盾出门,跨上了马,便往西去,自觉得真像一位走赴战场的勇士。

　　蹄声嘚嘚，走了多时，便来到了西直门，就见有两个人步行着迎他过来，离着很远就一齐抱拳，说："叶爷！你是上西山去吗？"叶允雄一看，这二人全像是街头的无赖汉，自己并不认识，遂勒住马，问说："是焦泰派你们来的吗？"

　　对面的人点头，回答道："不错！焦大爷怕你不认得西山，所以叫我们迎您，把您带了去。"叶允雄冷笑道："焦泰他倒真是细心，可是不知我姓叶的昨天即答应了他，就是约定的地方是鬼门关、酆都城，我也要找了他去，无论他在那里安排着刀山、油镬，我要怕他，当初就不惹他！"说着，提枪持盾催马走出了西直门。城门口出入的人看见了他，都不住地扭头、直眼，有的还私相谈说，以为他是个疯子。

　　叶允雄一抬头，就看见了远远有一脉绵延的苍翠山岭，马蹄已踏上往西北去的一股大道。叶允雄就将盾牌挂在鞍旁，一手持枪兼带揽辔，一手挥动皮鞭，马就"嘚嘚"地走去。一路夕阳柳影，小镇孤村，麦地里归着农人，水田中飞起鸥鹭，天上红云朵朵，暮鸦群群，那眼前的山色越走越青，峰峦越看越开展。一直走出来二十余里，来到一个桥边，桥下是一条小溪，流水湍湍，两岸生着茂芦丛苇。

　　叶允雄刚走在这里，忽然就听见"嗖嗖嗖"一阵急快的声音，原来有乱箭自芦中射出来。叶允雄急忙伏身，摘下盾牌掩护，只听盾牌上"叮叮叮"不住地乱响，头上、耳边全有弩箭掠过，座下的马扬首长嘶。叶允雄就急挥几鞭，马就如同飞龙似的跳起来很高，越桥而过。身后仍有箭追来，叶允雄回身以盾牌去挡，怒骂了两声。忽然间，见有四个人由路旁麦田之中钻出，每人手中都举着钢刀，连话也不说，向叶允雄就砍。叶允雄骂了声："什么东西？"将盾牌挂在臂上，双手挺枪，斜身就刺，三四枪，就有二人先后惨叫着受伤卧倒。

　　叶允雄催马紧紧去走，又走数里，还没有走到西山脚下，就见这里地旷人稀，清流缓缓，禾黍离离，暮霞如锦，地方十分的险恶，情景十分的凄凉。忽见由田禾的稍儿上露出来被霞光照得闪烁的刀枪，叶允雄急忙将马勒住，拿藤牌护住身，只见"吧吧"两只飞镖打来，但全被盾牌给碰回。

路前就转过来二十多个人，个个手中刀枪耀眼，在最前面走的就是金镖焦泰，他哈哈大笑，说："好小子！你带他妈的藤牌来了，难道你乌龟长了个盖子，焦太爷的金镖就穿不透你吗？"说时，又蓦地飞来了一镖，但这一镖也是无用，立时就被盾牌碰落在地下。

　　叶允雄真是气愤极了，就大骂道："焦泰你算是什么人？我看得起你，今天才如约前来。好汉子要一刀一枪地动手，你设了些埋伏，安排些弩箭，这算什么汉子？"焦泰拍着胸脯，冷笑道："太爷是你娘的汉子！太爷说要这么办！你来到这儿就不用想回去啦！""吧"的又是一镖。叶允雄催马挺枪奔了过去，焦泰那些人却都回身就跑。

　　叶允雄追了不远，就看见已然到了山根，山石都是黑魆魆的，如同狰狞鬼脸，叶允雄就赶紧收住了马。前面的焦泰等人却都站在山石上，一齐向叶允雄摇刀点手，说："来来！你要是汉子你就过来！"叶允雄气得肺都要炸，明知道他们前边必有埋伏，但自己忍不住气，就要往前去闯。他往前闯，那些人又转身向山上去爬。

　　叶允雄追过去几步，便不再追了，收住了马。他觉得手中的兵器不便，后悔未带来单刀，又觉得焦泰的人品这样的卑鄙，自己与他们惹气，实在是不值。刚要拨马回身，去寻归路，却不料从山上落下来一块巨石，起得很高，落得很重，叶允雄急忙拨马去躲闪，没有闪开，这一石头正打在马头，马就趴在地下不能再起。此时飞筺下落，其乱如雨，叶允雄赶紧去拿盾牌，不料又有一块巨石砸下，几乎正正砸在叶允雄的头上。叶允雄急忙滚下马去，顾不得盾牌，只提着长枪，伏着身向来路跑去。金镖焦泰等二三十人却自山上追下，一齐嚷嚷着，大笑着。

　　叶允雄两脚不停地去跑，少时钻进了路旁一处密林。这林中不但树木蓊然，地下的蒿草也很深，叶允雄走进二三十步，就将身向下一伏，草挡住了他。林外却听得脚步声和马蹄声越来越近，并听有人怒骂，说："快滚出来！不然我们可就要放乱箭了，把你射成个大刺猬的样子，可休来怨我！"叶允雄不语，外面的箭果然如密雨似的射入林中。

　　叶允雄藏在林中，有树枝树叶和乱草蔽覆着他，外面的箭射进来也不知有多少，却一支也没有伤着他。外面的人乱骂着，想要把他激出去,但叶允雄只是冷笑着,他趴在草中绝不动身。

半天,因为里面毫无动静,林外的人就疑惑了,有的说:"莫非他已经死在里头啦?"又有人说:"进去看看?"却有畏惧的声音说:"我可不进去!他在暗处,咱们在明处。"接着就有"叭叭"的打嘴巴之声,金镖焦泰的声音怒骂道:"快进去!我叫你进去!你敢不听吗?看看他死在林里了没有?"

叶允雄听见有脚步声进到林中,他就晓得他们有人进来了,外面就不至于再放箭,遂就慢慢地爬起来,提着枪绕着树,踏着草,慢慢地去走。那几个进来的人更是走得慢,都还彼此说:"小心!小心!"叶允雄躲避着他们去走,有枝叶遮着,林中又黑暗,双方谁也看不见谁。

叶允雄走到将出树林之时,却不再往前走了。他以树匿身,向外看了一眼,就见外面的二三十人,其中不仅有金镖焦泰,有赛薛礼、小彦章、猛罗成、气死马超,还有那胖子陈八。叶允雄不由更气愤,更忍不住气,就将枪尖向外一挑,树叶"哗啦"一响。焦泰喊问声:"是谁?"叶允雄没有答话,焦泰就一连向林中打来了几支镖。叶允雄以树匿身,只觉得两支镖落在草里,一支镖钉在树上。

叶允雄就将树上钉着的镖拔了下来,拿在手中,向外比准,就见焦泰在外面余霞暮霭之下,向林中指手画脚地嘱咐他手下的人要小心,并大骂叶允雄,说:"姓叶的,滚出来!你既是好汉,藏在林子里跟兔子一般,还算什么人?出来!焦太爷发誓,绝不拿箭射你,跟你一刀一枪!"叶允雄趴在树后看准了他,蓦地一镖向外打去,只听焦泰"哎哟"的一声惨叫,倒在地下乱滚。外面又弩箭嗖嗖。林中的三个人都说:"喂!别射箭!哎哟!"叶允雄却如猛虎似的跳出了树林。

金镖焦泰一伤,他手下的人就全都慌了,叶允雄一挺枪由林中跳出,这伙人就想要逃散,但陈八高高举着刀,大喊说:"怕什么?他不过是一个江湖的小毛贼,怕他什么?咱们跟他拼了!"立时箭如雨丝又"嗖嗖"地射来。叶允雄却枪花紧抖,将箭拨得纷纷落地,顺势又刺伤一个人,夺了一匹马。他飞身上马,直向东南奔去。身后箭响,并有陈八的大骂之声,叶允雄却马不停蹄,一下就走出了七八里。

此时，黑天沉沉，连颗星斗也看不见，野外也听不见更鼓，只见人家都如一个个的黑土堆似的，一点儿灯光也看不见。田禾"唰啦唰啦"地响，蹄声传到远处，就有村犬吠声相应。叶允雄收住马，喘了一喘气，暗想：今天这场斗实在无味！虽然将焦泰打伤，伤得很重，他多半已经死了，可以说是为京城中除了一大害，但是自己的藤牌丢了，马也换了另一匹，究竟是太不值！而且赌这闲气有甚意味？杀他们多少贼人也抵不过杀一个孟三彪，自己无论多么英雄，也算是辜负了鲁海娥，害了梅姑娘……一想到了这两件伤心的事情，他就又不由长长地叹气。

这时天色至少已过二更，想回到城里是不能了，那么可到哪里去投宿呢？四下连个有灯光的房子都看不见，不要说店房，就连座破庙也没有。晚风凄凄，前面的路仿佛越走越窄。转过了一条小径，忽然他心中一喜，原来前面看见了灯光，他赶紧用手捶马往前去走。及至把灯光认清楚了，看出来眼前是一座约三四十户人家的小镇，有短短的一条街，通着一股大道。铺户本来不多，这时全已闭了门，只有这一家，门半掩着，里面灯光荧然，并发出"呱嗒嗒！呱嗒嗒！"的声音，仿佛迟缓的马蹄之声。

叶允雄就下了马，一手提枪，一手牵马，往近去走，及至来到临近，隔着门缝往里一看，原是有小驴蒙着眼睛正在屋里转磨。一个人拿勺子往磨石上灌豆子，顺着磨盘往下流豆浆。旁边搁着许多竹箩，里面有已经做得了的豆腐。一个老头子坐在地下的一块石头上抽旱烟，还有一个二十多岁的小伙计蹲在地上烧火。叶允雄就把门缝推大了一些，向里边说："掌柜子忙啊？我是走迷了路的，找不着店房了，连晚饭也还没吃，求你们方便方便，叫我进去，喝你们一碗豆浆，我一定多给钱。你们这里养着驴，大概也有草料，我这匹马也得喂喂啦，有睡觉的地方没有？叫我歇半宵吧！"

那老头儿把烟袋离了嘴，就说："您要歇会儿倒行，喝碗浆给钱不给钱也不要紧，我们这儿就是没地方睡。"叶允雄说："马能牵进来吗？"老头儿点头，说："行，您牵进来吧，这儿有草筐箩，您自己喂吧！"叶允雄说："好！好！多谢多谢！"遂就将马匹慢慢牵进屋内。

屋子里因为养着驴,所以地方很大。三个卖豆腐的人对于这一个过路的人,本来不很留心,可是忽然看见了他手中拿着的长枪,就不由一齐惊讶,那烧火的小伙子就站起身来,问说:"喂!你是干什么的呀?"

叶允雄微笑答道:"我是耍枪卖艺的,这番是初次到京城来。听说北京城的钱好挣,可是头一天我来到就错过了镇店,大概这回的运气不能太好了!"一边说着就一边将马系在养驴的地方,捧了些草料放在笸箩里,这匹马就低着头吃草。这匹马是铁青色的,还很矫健,大概还许是什么薛中堂家养的,被金镖焦泰给骑来了。叶允雄心里想着:明天还不能骑着这马进城!不然被薛中堂家里的人认出,或是被焦泰的手下人扭住,还一定要出麻烦。

此时,那年轻的人给他舀了一碗很热的豆腐浆,他尝到嘴里觉着发苦。他看见地下有许多块石头,后院还有房屋,小驴"嗒嗒"地转磨,颇似人生的艰苦奔忙。叶允雄正在感叹,忽听外面自远而近来了马蹄声,来了人的杂沓的脚步响声。他大吃一惊,急忙放下盛豆浆的碗,绰起长枪来。又想:如果追来的是陈八那些人,自己在此枪抖不开,又无处避箭,岂不要吃亏?于是急忙向后院去躲藏。那老头子嚷嚷着说:"喂!别往后院去!后院有家眷!"

外面的人马已停滞在门首,板门被推开,有许多人乱说着:"一定是在这里!一定藏起来了!"并听有陈八的声音说:"小子你藏什么呀?好汉子走出来吧!"卖豆腐的人惊惊慌慌地说:"老爷们,是怎么回事呀?"陈八说:"你们别害怕!我们捉的是姓叶的小子,骑着这匹马来的那个人!"

叶允雄隐在通着后院的门后,也大骂着说:"陈八!你是什么东西?也敢称好汉?你敢再进两步,叶大爷就拿枪扎死你!"陈八由地下抱起来一块大石头向门上就扔,"哗啦"一声两扇木门全被砸倒。叶允雄已无物可以蔽身了,同时弩箭又"嗖嗖"地射至,他慌不择所,就一脚踹开了东边小屋的屋门,持枪进内。屋中黑乎乎的,大概有妇女正在睡觉,见有人撞进来,就"啊"的一声尖叫,叶允雄嘱咐声:"别害怕!"

此时,陈八已追到后院,把一块大石头又整个扔在屋内,"咕咚"一声,接着"哗啦"乱响,大概是砸坏了许多东西。屋中的妇女又惊叫,外面人语嘈杂。叶允雄胸头的怒火倍增,蓦然一枪隔着窗刺去,外面的陈八正在大骂,没有留神,这一枪,正正扎在他的头上,他立时倒地身死。外面的人却纷纷逃奔,少时倒显得清净了。

屋中的女人以为叶允雄是已然出屋去了,她惊惊慌慌地把灯点上。屋中的灯光一起,照出地下扔着的大石头、被砸碎了的凳子和握枪愤愤的叶允雄,这女人不禁又"哎哟"了一声。叶允雄扭头一看,他也是不胜地诧异。

第八回　鲁海娥花鼓走京城
　　　　叶允雄银枪惊汉水

　　叶允雄一看,这女子正是自己前几天遣走了的那红衣侍姬秦绛云,想不到竟在此突然相遇,绛云赶紧向叶允雄施礼,呼叫:"叶老爷!"叶允雄点了点头,说:"原来你住在这里?"绛云说:"这是我姨夫的家……"

　　叶允雄点点头,不等她往下再说,自己提枪往屋外就走,低头一看,陈八已死在地下,叶允雄拽着他的尸身就出了门。门前已无贼人的影子,叶允雄一手提枪,一手拉着陈八尸身的腿,拉出有一里多地,就推在一条小溪里,然后重又走回豆腐坊。

　　此时,绛云已把叶允雄的来历告诉了她的姨夫,她的姨夫原来就是那抽着旱烟袋的老头儿。这老头儿立时就对叶允雄十分地恭维,一口一声地叫着"恩人",并指着那刚才烧火的年轻人,说:"这是我的儿子,我们爷俩儿雇着个伙计,在这小镇上开着这家豆腐坊,近年买卖也还不错。绛云姑娘自被叶老爷给了银子打发了回去,一家人连亲戚们都是感恩戴德。本来她小的时候就说过,将来把她配给我这儿子,后来家中寒苦,没法子,把她卖到了谢府,两家姻亲就不能再提那旧话儿了。新近,叶老爷把她打发回家,可又想起来这件事,两家又是卖豆腐的同行,近年的生意又都不错,因此老亲又加上新亲,把她接了过来,可是还没有跟我儿子圆房呢!"

　　叶允雄听了,就点头笑着说:"很好!很好!今天我无意之中来此见到你们,本应当给你们贺喜,可是反倒搅闹了你们半天!"老头儿连说:"叶老爷哪儿的话,搅我们什么? 您受了惊倒是真的,叶老爷! 请歇一歇吧,叫我儿媳妇给您烧一壶茶!"叶允雄摇头,笑着说:"不用麻烦了!"他这时才看见,绛云果然是挽着头髻,她的那个表兄——也就是她的丈夫,人物也颇为年轻强壮,虽是都身着布衣,但确是天配合成了的一对。

秦绛云要去忙着为叶允雄烧水,叶允雄却摆手,说:"你不要麻烦了! 现在天也快亮了,我要走了,走到城门大概也就开城了。死尸我已移开了,明天若被官人发现,问到你们这里来,你们可以据实而言。我现住在谢公府内,就请官人到那里去传我,我一定去打官司。这匹马也暂时放在你们这里养着,一二日我再派人来牵走。"说毕提枪走出。

他仍恐跟随陈八的那些人再来到豆腐坊搅闹,所以他不敢立时就走。出门走了不远,他就在个墙角旁边立住,手持着长枪,就像是个守卫的兵士似的,孤零零地立于混沌的夜色之下。他脑中此时有许多愁烦,第一就是想着这件人命官司明天必要去打,即使谢慰臣愿替自己出头,自己也不能把个人做的事去累及他,但只要是被捉到官里,迟早也必勾起早先自己的那些事。其实自己对死并不惧,只是孟三彪那恶贼至今未再跟自己碰头,梅姑娘还不知下落,这却叫自己不能甘心。他越想越烦越恨,直见东方已发出了曙色,并没有个人影再来到这条镇街,他这才迈步往东去走。

他提着枪,走路时觉得脚步发懒,多时才到了西直门。这时城门才开,许多车马、行人、担子全都往城中去拥挤。叶允雄虽然提着长枪,枪尖上还沾着点血迹,但他杂在人丛之中,也没有人对他加以注意。

他进城就雇了一辆骡车,直回到谢慰臣的府中。原来昨夜这里虽然无事发生,可是谢慰臣也一夜未睡,这时他才要着枕,听说叶允雄回来,他赶紧又起来了。叶允雄直到书房中,将枪立于墙根儿,赶紧叫仆人打水净面。谢慰臣打着哈欠走过来,一看,叶允雄的周身衣裳虽已滚得很脏,但一点儿伤也没有,他就笑了,问说:"怎么样? 大奏凯歌了吧?"叶允雄说:"待会儿再说,大哥,你先叫人弄点菜饭来,我现在饿得很!"谢慰臣遂传命备菜摆酒,摒去了仆人,二人这才细谈。

谢慰臣先听了叶允雄镖打死焦泰,他不禁拊手称快,但听说枪扎死陈八,他却又感到些惊疑,说:"啊呀!我还不知陈八这些日也跟你作对,不过他的硬功夫实在不错,死了未免可惜!"末后听叶允雄又说到在豆腐坊巧遇绛云之事,谢慰臣便笑着说:"老弟!你把人家的事成全啦,你自己可怎么办呀?莫非找不到嫂夫人的下落,你就鳏居一生吗?"

叶允雄说:"现在哪还能提到这些事?今天我回来就是告诉大哥,京城的恶人已被我翦除了,该到什么衙门去打官司,我这就去出头!"

谢慰臣却摆手,笑道:"这个不算是一回事!只要焦泰死了,没有人再随时能蹿房越脊取我的首级,我就都不害怕。焦泰死后人心大快,衙门不会为他捉凶手,陈八的事我也有办法,咱们饮完了酒,我就出去。"于是,他高兴地与叶允雄痛饮畅谈,一面命人去套车。酒饭完毕,谢慰臣就到另个院落里去更衣,然后带着仆人就出去为叶允雄疏通官司。

叶允雄却在屋中睡觉,又一直睡到天黑,及至醒来,仆人已在屋中点上了灯。谢慰臣又过来,精神很大,也像是才睡醒的样子。他就说:"悟尘!今天我出去见了几个人,把昨天的事全都疏通开了,并听说金镖焦泰的那些余孽,也都各自敛迹惧祸远遁。赛子龙徐杰也向人说,姓叶的确实是当今唯一的好汉,他甘心退避三舍,绝不再与你作对。从今天起,你随便在京城溜达了,我也从此高枕无忧。只是,今天咱们就没法子消遣,贼是一定不能再来了,咱们两人又都大睡了一天,难道吃完了饭还睡吗?你又不会下棋,吟诗论文那些事更不是咱们会干的,'春宵一刻值千金',这就像说的是今晚,咱们怎样消磨它呢?"他说着话时,不禁地微笑。

叶允雄也看出来了,谢慰臣是这几天的紧张危险的时候过去了,又不禁犯了他那好色的毛病,这一定是又想主张一同出去嫖妓,便也暗笑着,专等着他的话。就听谢慰臣往下说:"没有女人,时候总不好消磨,我想咱们出去散散心?"叶允雄心说,猜对了!但是谢慰臣所提出来的却不是妓院,他说:"咱们也不去胡闹,只走几步儿。大街上有个落子馆,那儿有八角鼓、莲花落、相声、快书,还有小姑娘唱梅花调,并且听说真有一两个长得不错的。那儿的雅座也预备得很干净,人并不杂。我想咱们到那儿去消遣消遣，花上几吊钱，乐到十二点再回来，你说如何？"叶允雄却摇头说："何必出门？出门难免又要招事，我们只在家里谈一谈好了！"谢慰臣一怔，感觉到大煞风景。

旁边一个小厮送过茶来，呲着牙笑说："既然叶老爷不愿意出门，那就从外面叫一个串街唱大鼓的姑娘吧？昨天这时候就来了一个，背着个唱秧歌似的小鼓儿，两根鼓槌一边打，一边飞起来拿手去接……"谢慰臣说："那是凤阳花鼓，很有意思，北京城唱这个的很少，昨天既然来在咱们门首，你们怎么不告诉我呢？"

小厮说："昨天谁敢把她叫进来唱呢？叶老爷又走啦，大爷又正烦着。今天三四点钟的时候，她又来了一趟，在门前唱了半天，可是叶老爷跟大爷都正在睡着，我们不敢叫她进来吵！"

谢慰臣笑着问说："怎么样？那唱曲的姑娘，有多大年岁？长得好坏？"小厮笑着说："也就是十七八，长得是头顶头儿，玩艺要得更妙，就是唱的曲儿我有些听不懂，大概是个外乡人。"谢慰臣高兴着说："好！好！只要是她再来，你就把她叫到西院去唱，我跟叶老爷都想听听。"叶允雄却摆手，说："我可不想听！"

叶允雄既然不主张出门，谢慰臣只好叫人预备酒饭，在这书房中，以饮酒、谈闲话消磨灯台上的蜡烛。谢慰臣就说："我今天从外面听来一件喜信，因为事情还不知道能成不能成，所以我没有跟你提说，可是万一这件事若成了功，兄弟你真是前程远大了！"叶允雄就问说："什么事？你永远跟我说这些空话，却不把详细的原因说出来！"谢慰臣说："本来这也是我听来的传言，还未必是真的呢！就是今天我出去给你疏通官司，有个人对我说，那天你在饭庄里打了金镖焦泰，杨制台听说了，他很是留心，以为你是一位侠客。现在两湖地面不靖，杨制台很需要一位能干的人，往小说是个保镖的，往大了说，他就许保你做个总兵或协台。"叶允雄叹了口气，持起杯来饮酒。

此时，刚才在旁伺候的那个小厮已走出屋去了，换了一个三十来岁的人给添酒传菜，谢慰臣是谈上了话就没完，叶允雄却一语不发。待了半天，忽然那小厮又跑进来，问说："那个打花鼓的姑娘又来了，让她进来吗？"叶允雄摆手,说:"不必! 不必!"谢慰臣却站起来,高兴着说:"先叫她到这屋来! 叫人在西院支上风灯,待会儿叫她在那里耍! 可是,先叫来,我得问问她都会什么玩艺,快! 快!"小厮赶忙跑出去了。叶允雄却皱着眉,说:"不行!"谢慰臣说:"我今天是特别的高兴,可是我跟你说了多少话,你全都不答言,多么无聊? 我得想法子开开心!"

正说着话,忽听院中有女人娇滴滴地问说:"怎么? 还得进屋去吗?"叶允雄一听这声音,就不禁吃了一惊,立时站起了身,谢慰臣拍着他的肩膀,笑说:"你也开开心吧,别让鼓娘笑你是一个傻子!"说时房门忽然开了,那小厮已领进来一个千般旖旎万种风流的鼓娘。

进屋来的这个鼓娘是身穿月白布的小褂,头上蒙着月白绸子的手绢,鬓发低垂,压着一张艳若芙蓉的微胖脸儿。俏目睁得很圆,嘴角发着微笑,然而却是一种冷酷与愤恨的神态。她下身穿着青绸裤子,脚穿青绸小鞋,一进屋来,身子就如随风杨柳,袅娜着说:"二位老爷叫我来打花鼓吗? 可是价钱先得讲好了,我们女人家由梁山泊到京城不容易!"

谢慰臣诧异着笑说:"什么? 梁山泊来的? 哈! 你别是一丈青扈三娘的后代吧?来! 我先问你会耍什么玩艺儿,然后只要你能给我们这叶老爷开心,要多少钱全好说!"

叶允雄忽然"咚"地一跺脚,叹了口气。不料这鼓娘跳过来,"吧"的一下就打了叶允雄很脆很响的一个嘴巴。小厮大惊,谢慰臣瞪眼呵说:"你敢无礼?"鼓娘瞪眼说:"我敢无礼?我跟你们这叶老爷,丧尽天良的叶悟尘,就讲不着什么礼! 我非得先把他打够了,才能打花鼓!"抢手又连打了两个嘴巴,叶允雄却绝不还手。谢慰臣在旁一看这个情形,不由得怔了。叶允雄却扭住了鼓娘的胳膊,说:"你也得给我留点儿脸面!"

鼓娘却跺起脚来大哭,说:"你还要脸面吗? 我救了你的命,嫁了你,你却在梁山泊把我抛下一走! 我有什么对不起你的地方,叫你这样翻脸无情? 你说因为那高俊,可是高俊跟我屁相干也没有! 就因为大秀要嫁他,大秀又是我的姊妹,我才跟他说话,你就生把个乌龟盖子往身上背! 你还走?你能走到哪里?来到北京交了阔朋友,改了名字充好汉,你就以为我找不到你了吗? 好! 你别净叹气,也把你的理说说! 说完了我打鼓跟你们讨赏钱,我就走!以后我不但卖艺还要卖身,你走到哪儿我给你现眼到哪儿!”

叶允雄此时羞窘极了,眼看着就要变成了暴怒,被打红了的脸也渐渐发紫。谢慰臣早就用眼色将屋中的仆人驱走,这时他就先向鼓娘一摆手,然后把酒杯向桌上一摔,正色地说:“叶兄弟!我想不到你竟是这样的人?你前天跟我说,弟妹在梁山泊过得很好,这次是她劝你出来求出身,原来你说的都是瞎话呀!你出来时就是背着弟妹。你还跟我说,弟妹救过你的命,待你极好,你时时想她,所以连酒都喝不下去,你整天忧烦,但那就能弥补你的过失吗?原来你却是个负心之徒呀!哈!好兄弟,你这样的朋友,以后我可不敢再交你了!”

鲁海娥一听谢慰臣说的这话很是公道,她就更是哭啼抹泪,叨叨唠唠跟谢慰臣讲起理来,由水灵山岛相识之时起,直说到叶允雄后来犯案被捕,在郓城她冒险营救,山内成亲……

谢慰臣听到这里,就点头说:“弟妹不用跟我说了!这许多事我全都知道,因为叶允雄他对我说的比您说的还详细,只是……咳!你们夫妻的事我也不便多说话,弟妹可别走,他若能给弟妹赔罪,那我还交他这个朋友。不然,虽然他现在是名震京师的英雄,我也不愿再与他结交,衙门的事,我也不能再给疏通啦,官人爱怎办就怎办吧!”

鲁海娥听到了这话,却突然吃了一惊,又扬着泪眼看了看那郁闷无语的,英俊可是无良心的她这情人夫婿,她渐渐哭声小了,话也少了。谢慰臣便向叶允雄使了个眼色,暗笑着,但是又假作生气,顿顿脚就走出屋去。

院中还站着两个仆人,谢慰臣却用嘴“哧哧”地给赶开。他进到里院,就命侍姬预备着香衾,并悄声嘱咐说:“待会儿,你把这就送到书房去!那长得很漂亮,穿着月白小褂的,就是会耍枪的那位叶老爷的太太!”

过了许多时,谢慰臣就命这侍姬抱着一份锦衾绣褥送到书房里,并嘱咐说:“你看看他们夫妇在那屋里干什么了?”这侍姬答应着出了屋。去了一些时,便回来了,脸上带着些绯红,说:“人家俩人正在屋里低头说闲话呢!地下放着个小鼓,桌上搁着两根鼓槌。”谢慰臣就问说:

"你没听他们说什么吗？"

侍姬笑着说："两人的眼角都挂着泪，叶大爷说完一阵话，叶太太又说，可是，叶太太说话的时候，叶老爷又连声地叹气。什么话我可也没听清楚，因为叶太太说的话我不大能听得懂，我就听见什么：叶太太这次来，真不容易，是先到了什么白石村，后来才到了北京，又没有钱，她就沿途打着花鼓。她前几天就来到北京了，可是今天才见着面，叶老爷只直跟太太说好话儿！"谢慰臣听了，不禁哈哈大笑。

又待了一会儿，便自己又走往书房前，在门外先咳嗽了一声，然后拉开门进了屋。就见那夫妇正对面坐着，每人的眼前放着个酒杯。谢慰臣鼓掌笑着，说："这才好！这才好！千里夫妻巧相逢。"

鲁海娥脸红着站起身来，忽然又毫不客气地说了，她说："谢大哥！你别拿我们开玩笑！刚才我也听他说了，你有一个知心的女子吕月姑，是被什么薛中堂夺了去。这事你放心吧，现在不才二更多天吗？不到四更天，我准能叫她在这屋里跟你见面！"谢慰臣一听，倒不禁发了怔。鲁海娥抿着嘴笑，极度地风流放荡，令谢慰臣倒不敢用正眼看她了，就有点皱眉的样子，同叶允雄说："你替我劝阻劝阻弟妹！那件事早晚我是要拜托你们夫妇的，可是现在焦泰才死，衙门方面我才打点好，不可忽然又出事！慢慢说吧，慢慢说吧。"

叶允雄不表示态度，鲁海娥却瞪了谢慰臣一眼，说："无论如何我也得报你的恩！因为你能替他撒谎，还送过他一个小老婆！"

谢慰臣连连摆手，面红过耳地笑着，说："得了！得了！弟妹你别挖苦我啦！我送了他个小老婆，他并没要。他慷他人之慨，给打发走了，昨天晚上他们还见面了。"鲁海娥立时又瞪了叶允雄一眼，谢慰臣却笑着说："可是人家已经嫁了人！昨天他是跟人打架，躲避到豆腐坊里，无意之中才遇见了那女子。那是落花无意，流水也无情，我的撮合没做成，也就不必再提啦！开玩笑是开玩笑，真话另是真话，我与叶允雄相交多日，见他真正是一位正人君子，嫖也不嫖，赌也不赌，刚才我邀他去听大鼓，他也不肯去。再说一句话，今天要依着他，就不叫我往屋里招鼓娘，所以要真依着他，您二位还未必能相逢呢！请坐！请坐！我叫人给换酒！"于是就喊叫小厮，鲁海娥却连连摆手，说："我不喝！我把酒都喝够了！"又问说："那什么薛中堂的宅子在哪里？告诉我，反正早晚我要给大哥办那件事。"

谢慰臣笑着，想着鲁海娥也不过是个比较泼辣的女子，她打听薛中堂家，多半她也是想藉着打花鼓混进去，或者能与吕月姑见上一面。但若想救吕月姑出来，恐亦很难，于是就蘸着杯中的残酒，在桌上画出了由此往薛中堂家的曲曲弯弯的路线。画完了他就一拉叶允雄，说："你来！我还有几句话要审问你呢！"

他把叶允雄拉到了大客厅，就一半抱怨着说："兄弟！你为什么当初不跟我说实话？你本有两位太太，这位太太你一字也没跟我提。你抛妻远走本太不对，刚才若不是我撒了一套谎，消了她的气，这时她还得抽你的嘴巴呢！"叶允雄笑了笑，又叹息一声，遂把自己与鲁海娥的结合经过，及上次因误会出走的始末，简略地说了。

谢慰臣听罢，却不胜惊讶，说："原来这位令正竟是这样的奇女子！她的武艺一定比京城有名的女镖头徐飞燕还要高强，与你真堪称一对侠义夫妇！女人哪个不嫉妒？性情放荡也未必就是淫贱。如今她千里迢迢，沿途卖艺来寻你，见了面，多少怨恨，也一说就解开，实在不易得。你以后应当在她身上补补过，不可再耍脾气了！"

叶允雄点头，说："当然，我不能再抛弃她了！只是刚才听她说，那童五、杨七等人也将要往北京来，我们在此必定待不住，所以我们想赶快把大哥那件事办完了，我们好走。"

谢慰臣听了这话，却不禁有些发愁，怔了半天，就摇头，说："不要紧，你们自管在我这里住着，不要说杨七、童五，就是牛九、铁十，也不敢从我的府里抓人！那件事，自然呀，我还不愿早点儿跟月姑见面吗？可是因为焦泰才死，薛中堂正在怀恨着我，咱们倒得斟酌斟酌了！"又拍拍叶允雄的肩膀，说："明天再说吧！今天天色不早了，新婚不如久别，久别就算新婚，权且把我的书房充你们的洞房，你可小心再挨嘴巴！"

叶允雄笑了笑，但因听谢慰臣说到了洞房，却又想起白石村中的洞房之夜，自己与梅姑娘惜别之时。如今与鲁海娥见了面，但不知将来还能跟梅姑娘见面不能,他心中不禁又有些感慨。

与谢慰臣出了客厅,见书房中灯光灼灼,叶允雄还要让谢慰臣进屋去坐一会儿,谈谈闲话。谢慰臣先是有点儿不好意思,站着犹豫,但是,鲁海娥的模样自己虽然看过了,可是总有点儿遗憾,仿佛没大看清楚似的。而且刚才听叶允雄说她是一位侠女,正是"粉鳞小蛟龙",实在更得多看一眼才对,于是经叶允雄一让,他就又笑着走进书房来。但两人一进屋,却不禁齐都大吃一惊,因为屋中空洞无人,鲁海娥已不知何往,地下空留着花鼓,壁间却失去了一口钢刀。

谢慰臣说:"不用问了! 弟妹一定是给我办那件事去了,这可怎么办?老弟你只好去一趟!"叶允雄也很是着急,说:"其实以她的武艺,办这件事原富足有余,不过她这些日路上奔波劳碌,刚才又喝了两盅酒⋯⋯"谢慰臣就说:"那么你就赶紧快走!我叫人给你套一辆车,车上好放家伙。可是记住了!千万别把事情弄大发了!"叶允雄说:"你不要嘱咐,我这次去,就怕是她小题大做!"谢慰臣遂急喊来小厮,命往前面叫人赶紧套车,叶允雄是将衣服扎束利便,带上一口宝剑,就走了。谢慰臣送至门外,并悄声向赶车的嘱咐了一番。这赶车的好像是他的一个心腹人,就请叶允雄上了车,遂赶着车走了。

此时,夜色已深,路黑人静,只有车底下拴着个纸灯笼,在地下飘动着个淡黄的光圈。车轮"咕咚咕咚"地响,因为地下是坑坎不平。穿越着曲曲折折的小巷,走了半天,叶允雄就在车里问说:"还没有到吗?可不要把车赶到人家的大门口!"那跨着车辕的赶车的笑着说:"我知道!我们大爷刚才都跟我说明白了,您就放心吧!"叶允雄便不再言语。

又走了一会儿,车就进了一条小胡同,赶车的就叫骡子停住了,他悄声说:"请您下来吧!往东,见着一条横胡同就往南,不远那边有一片高房大厦,磨砖对缝的院墙,那儿就是薛中堂的家。我在这儿等着您,您记住了,我这灯笼上贴着个红纸条。"叶允雄一看,果然,心中就说:谢慰臣虽不会飞檐走壁,可是偷香猎艳的行为他一定是常干,不然他怎会有这么一个贼似的赶车的?

当下,他提着宝剑跳下了车,依言往东转南,走不远,果然看见一片高房,看这样子似比谢慰臣的府第还要煊赫,更鼓之声也很清切。叶允雄就暗想道:不知怎么样了?海娥她来到了没有?这里的房屋如此之多,谁知道他家的姨太太住在哪里?焦泰新死,他们能无防备?海娥恐怕也不易得手吧?

来到墙根,将宝剑插在腰带上,他就爬上了墙。由墙上房,听见更声正在下面的院落敲着,他就赶紧趴伏在瓦上,静静的。等更声走过了之后,他才站起身来,见下面是东西房,虽都有灯光,可不像是正院,姨太太不会住在这里的,他遂就伏着身往后院去走。只见后面那广大的院落中点着四盏风灯,东西北三栋房屋的纱窗上,都是灯光辉煌,人影摇摇,妇人谈话之声很多。叶允雄赶紧又伏在房瓦之上,剑压在身下,心说:这怎么行? 天到此时他们还都不睡,看这样子,不是家中有什么特别的事,就是故意如此防范;薛中堂又不是傻子,焦泰死了,他知道有比焦泰更强的人,他还不想到有人能乘夜而来吗? 这时除了直闯进屋去,持剑扭住薛中堂,叫他把吕月姑送出来,才能把事办到,但那不就把事情闹明了吗? 与强盗还有什么分别?

正想到这里,忽见北屋的帘子一启,袅袅娜娜地走出来一个女子,大概是个丫鬟,来到西屋下,就向窗户里发出来娇音,说:“大人叫陶妈去熬白木耳,怎么还没熬好? 于妈你快去催催! 还有,快点叫她们给五姨奶奶煎药! 你们别以为大人不理她,你们就都不管啦,顺着硬风儿去走,三姨奶奶的屋里这时又成了众星捧月啦! 小院成了冷宫,你们连去看看也不去。将来人要死了还好,万一不死,有朝一日拿上了大权,你们,都提防着点儿就得了!”

屋里一连走出两个仆妇,都笑声说:“双姑娘! 我们这就上茶房看看去就是啦! 我们在这儿抹小牌呢,这就去,双姑娘您别生气!”名字叫“双”什么的这个丫鬟,又使着脾气,说:“快去! 有说这废话的工夫,把事情办了好不好?”当下两个仆妇还互相支着,这个让那个去,那个又让这个去,结果是那个身材矮的仆妇往前院去了,还嘱咐这个仆妇别动她那几张牌。丫鬟却像个主子似的,气哼哼又走往北屋。

叶允雄正伏在这房上,他猜出那所谓的“五姨奶奶”必就是吕月姑。吕月姑现在是贬入"冷宫"了,可不知住在哪个小院?她一定是得了重病,这都是因隆庆饭庄花园里那天的事情而引起。

他由房上也往前院去爬,往下一看,就见刚才那仆妇嘴里还自己叨唠着:"浪货!五姨奶奶死了她袭缺不好吗?干吗还作这假惺惺?反正,这宅里就是丫头享福,只要把大人迷上了,什么事也不用干啦!当老妈子的倒霉,三更天还不准睡觉,拿起一把牌来得放下八回!早晨,天没亮又得伺候着大人上朝。她们可都睡在被窝里,养足了精神晚上好泛浪呀!"

她嘴里胡骂着,穿过了一个窄过道,又到了另一个院子。这里的东屋也是灯光很亮,有开水壶吹着哨子的声儿,大概是专管做开水、沏茶、熬白木耳、煎药的屋子。这仆妇一进去,就"喳喳"地又大骂了一场,屋中大概也有两三个仆妇,就加在一起谈论。

叶允雄翩然而下,院中无灯无人,他就蹲在窗下,听屋里的那三四个仆妇谈说。他才知道薛中堂人虽已老,好色的程度却比谢慰臣更甚,而且抽大烟,还离不开参茸和白木耳。今晚原来不是有什么防备,这里是夜夜如此。大概现在许多的姨太太和丫鬟都聚集在那北房里,非得她们一齐献媚,把那位中堂服侍得睡了,这些人才能够休息呢。屋里的仆妇又谈到小院的"五姨奶奶",都认为是:"活不了啦,可怜!那人平常怪不错的!比别的姨奶奶都和气!"末后又悄声嘀咕,大概是谈到金镖焦泰被镖打死之事。

叶允雄不暇细听,就又跃上房去,踏着瓦向各处寻找小院。果然让他找到了偏北的一所极幽僻的小院,院中只有四间房,两间黑暗,另两间的窗上微有黯淡灯光。院中无人,叶允雄就又跳下,慢慢走到那窗前,提剑侧耳去听,就听窗里正有女人之声急急地说:"你扎挣着点儿!我背着你,现在我就救你走!"这说话的人正是粉鳞小蛟龙鲁海娥,接着是一阵微弱的呻吟声音。

叶允雄挪了两步,将屋门轻轻拉开了一条缝,鲁海娥立时由床旁站起,手举钢刀。叶允雄却向屋里说:"怎么样了?"他叫屋中的灯光射出来,故意叫鲁海娥认出他的脸。鲁海娥当时把刀放下,走近两步,说:

"你也进来吧！她病得很重,我叫她跟我走,她不肯！"

叶允雄见地下还蹲着一个战战兢兢, 连魂都像吓飞了的仆妇,他就将一只脚迈进屋内,悄声向海娥说:"别管她应不应,也无论她能死不能死,把她快些背走就是,你背得动她吗?"海娥点头,说:"背得动!"叶允雄说:"越快越好! 在北边小巷里有一辆车,灯笼上粘着红纸条,那是咱们的!"说毕收回腿来,将门又掩上。

他刚要再上房, 去为海娥巡风,只听"吧"的一声,不知从何处飞来一物,虽然没打中叶允雄,可是把他也吓了一大跳,窗棂上显然插中一只钢镖。他急忙伏身,并向屋里说:"有人! 快走! 不用管她了!"说时又有一只镖飞来,却被叶允雄接住,并连窗棂上的都拔下了。钢镖第三只忽又打到,叶允雄闪身躲开,对面房上就有人说:"小子! 你好大胆,小心着!"叶允雄一低头,伸手去接,镖却没有打来。

叶允雄伏着身向院中心一蹿,房上又飞来一镖,叶允雄一闪身同时又跳起,第四只镖"当啷"一声落地。叶允雄已上了房,向着一条黑影一剑砍去,黑影以刀相迎,"锵锵"刀剑相磕,对方的人颇有几下力量。忽然又有三人从院墙跳过来,一齐舞刀向叶允雄砍,叶允雄以单剑力敌。

这时,前院梆声、锣声齐起,三个护院的前后夹攻,一面舞刀一面大喊:"在这院里! 快来!"叶允雄一剑就劈下去一个人,那人受伤摔下了房,还大声嘶叫。灯光、锣声、人声、足音杂乱地已将临到这小院里。突然见那房中的灯光忽灭,有一人背负着一个人出了屋就上房,敏捷犹如狸猫,转眼之间便已没有了踪影。

鲁海娥将月姑背负走了之后,叶允雄亦不愿再战,更见这里家丁、打手越聚越众,他也不愿伤这些人,遂踏着房瓦往前院走去。几个护院的人都大声喊叫着:"拿呀! 拿呀! 千万别放跑了他呀!"却无人敢紧紧追赶,就一任叶允雄从容走去。

此时已逾四更,叶允雄跑到了北边那小巷内,一看,那辆带着粘红纸条灯笼的骡车已然不见了,他晓得必是被海娥、月姑二人乘走。如今总算目的已然达到,他遂辨识着路径穿越着小巷,很快地走去。

不多时即回到了谢府门前,只见正从里面关闭那两扇车门,可见那辆车也是才回来。鲁海娥必已把月姑交给谢慰臣了。谢慰臣是如愿以偿了,可不知道将来的事情怎么收拾?叶允雄想着倒不禁觉得好笑。跳墙进内,见这前院除了打更的住的那屋有微微灯光,其余都是黑洞洞的,仿佛这府里突于深夜抢回来一个女人,所有的下人还都在睡梦里,并不晓得呢!

一进里院,见自己住的那间屋子倒还烛光辉煌,但是也是没有一个人,就不由得惊异。他将手中的兵刃放下,换了衣裳,自己斟了一碗温茶喝着,有些不放心,但在这深夜之间,也不好站在当院去大声喊仆人。

正在疑虑之间,忽然由外面跳进来一人,是罗帕蒙发、秀目娇躯,雪亮的钢刀尚插在背后。见了叶允雄她就嫣然一笑,解下头上的罗帕,露出云鬓,又企着脚儿将刀挂在壁间,然后她一扭身,与叶允雄同坐在一起。叶允雄就笑问说:"怎么样了?"

鲁海娥也笑着答说:"办完了!谢大哥此时是心满意足了,直向我作揖道谢,可是……"她皱了皱眉头,又悄声说:"恐怕她活不长久,因为病得太重了!我把她背在身上走了一段路,送到骡车上,车颠动得还不算太厉害,可是一到了家门口,搀她下来,她就已然人事不知了!现在才缓过来点儿,见了谢大哥她只是流眼泪,却不能够说话。"叶允雄叹息说:"那女子也是红颜薄命!假若她的模样长得坏一点儿,就许不至于有人这样争她!"鲁海娥听了这话,突然推了他一下,竟生着气走开了。

叶允雄见鲁海娥突然又发了脾气,自己还莫名其妙,就笑着说:"又为了什么?你的脾气可真难测!"

鲁海娥沉着俏丽的脸,晃摇着肩膀儿,说:"那个女的长得模样美,比我美得多!你们多少没骨头的男子都在争她,你也去争争,不好?我带着你去!她藏在后院里了,现在伺候她的那两个丫鬟,也都长得赛过貂蝉,准保比那个跟你做了一场露水夫妻,后来又被你假装正经拿银子打发走了,昨天又不要脸地去找了人家一趟的那个秦绛云还好!你去吧!谢慰臣也在那儿啦!好在你们是把兄弟,什么事情过不着?"说着,拿起才解下来的绸帕就往叶允雄的脸上摔,又狠狠地唾了一口吐沫。

叶允雄脸红着,笑说:"真真岂有此理! 你也太能吃醋了,咳! "

鲁海娥瞪着眼,说:"你倒烦起来了? 看人看脸,听话听音,你别以为我不知道你心里想的是什么事?"说着由地下绰起来花鼓向叶允雄去打,几乎打在了叶允雄的脑袋上,幸被叶允雄双手接住,"砰"的一声,鼓中装的铁丝也"当啷"一声响。叶允雄刚要发脾气,谢慰臣就进屋来了,此时鲁海娥已经又绰起来一把扫帚,叶允雄的手中却正捧着那个鼓。

谢慰臣这时反倒是愁眉不展,精神很不济的样子,进屋来向叶允雄夫妇拱手,说:"多亏兄弟跟弟妹,今天把月姑救了出来。她这些日子在薛家连伤心带受虐,已得了一种不治之病,可是说句叫你们笑话我的话,她是我心上唯一的人。她死在我眼前,我为她倾家荡产,我也愿意! 我并不是说'情之所钟,端在我辈',但人非太上,谁能忘情? 现在无论月姑的病能好不能好,她能活不能活,我也算了了一件心事! 你们夫妇二人这样帮我,我实在无法报答。所幸弟妹今天已然来此,你们夫妇重聚了。我想,你们江湖漂泊,也非久计。在北城清净的地方,我有一所房屋,倒还宽绰,明天我想派去两个人,并送银千两,就将你们夫妇迁移过去。以后咱们可时常往来,为贤弟的出身,我也一定极力设法……"

鲁海娥放下了扫帚,脸上萌出了笑色,看那样子她是极为欢喜。叶允雄却把鼓摇了摇,装出刚才本是看鼓,并没有打架,然后把鼓轻轻放在一边,就向谢慰臣摆摆手,笑着说:"这些话都谈不到! 你我既结了盟兄弟,我们为你办事,并不是贪图什么酬劳。"谢慰臣正色辩白,说:"不是那样! 我也不是给你们酬劳,我是想帮助你们成立一份家业。"叶允雄又摆手,说:"过些日再说吧! 我们还正年轻力壮,尚不需急急为家业打算。"

鲁海娥也笑着说:"得啦! 大哥您就再看看月姑姐去吧! 天也快亮了,给了我们房子,我们也不能立时就搬过去住,何必要这么忙着说呢! 我们今天可倒是做了一场好买卖,刚替人救出来一个人,立时就房子、佣人、金银全都挣来了,谢大哥,你可也把我们看得太小了! "

谢慰臣连忙摇头,说:"我不是那意思! 我跟允雄是自己兄弟,本不必客气。不过我刚才忽然想起了这个主意,就在心里搁不住,知道你们夫妇又还没有睡,所以我才来跟你们谈谈。"说着,带着笑。

鲁海娥也笑着说:"得啦!您既谈过啦,我们也就知道了!可是不能立刻就答应,就接房子接钱。天都这时候了,我们要睡觉啦!您快点走吧!"遂说着,遂用双手把谢慰臣推出去,然后掩上门,插上插闩,倚着门又向叶允雄娇笑,举起拳头来又假作打。叶允雄也不得不笑一笑,心中却对海娥这种风骚无顾忌的态度,不大喜欢。

此时,更声已敲了五下,窗上已发出惨白色,夫妇二人这才就寝,鲁海娥又一半娇一半怒地把叶允雄摆布了半天。叶允雄并由她的口中知晓了,那金钱豹高俊已在梁山泊因伤身亡,张大秀嫁了别人,老张七爷对他非常愤恨。叶允雄就自觉得今日自己在江湖上已尽是仇人,并无好友,除非依谢慰臣之言,托他保护,或能苟安一时,但将来仍然难料。可是这样一来,自己的侠义身份就要丧失尽了!这是绝对不可!

次日,叶允雄起床,天已近午,见谢宅仍然那样安静,仆人们都照常做事,并不像有个薛中堂的姨太太被背了来,藏在他家似的。晚间谢慰臣才露面,大概也是睡了一天,见了叶允雄,他就悄声说:"月姑的病还是不见轻,把家中所存的一种珍贵的丸药给她吃了,可还不知能否见好。现在外面的风声甚紧,薛中堂只说是昨夜他宅中闹贼伤人,已饬各衙门的官人加紧捕盗,但是未提说家中丢了侍妾之事,他也是要顾顾脸面吧?"叶允雄微笑着不语。他就在此住着,不常出门,海娥对他仍然是那般恋恋,并常因一两句话就翻脸,就打闹。翻脸之后,只要叶允雄能忍耐一会儿,不也发脾气,她自然会好,会对叶允雄更加亲爱。

一连又过五六日,外面并无什么事情。据鲁海娥看了吕月姑的病势,说是"已见好了,能够说一会儿话了。"所以谢慰臣的脸上也时带笑色,并已命人将北城他那所房子大加修饰,连家具他都命人订做了。叶允雄心中也犹豫无计,一方面不愿意这么办,怕辱了自己的身份,成了谢慰臣永远的奴仆,鲁海娥怀里的猫犬、玩物;一方面自己可又发愁无处去走。

金镖焦泰和那专练硬功夫的陈八都已死了,西直门外那豆腐坊派人将他那匹马也送来了，秦绛云少妇的丈夫也来这儿拜见了鲁海娥一回。赛子龙徐杰、老拳师刘岳，都自从败后就再未重来寻他作对，即使是以前传说在京的那鲁海娥的义父，在京已多日的镇海蛟鲁大绅，也是不见出头。

这一日，叶允雄忽由仆人的手中接过来一封信，信正是鲁大绅派人送到这里的。送信的人是把信扔在门房就走了，封皮上只写着"亲交鲁海娥姑娘"，并未注明鲁大绅现时的地址。叶允雄怀疑着，就背着鲁海娥将信拆看了，只见草草率率地写着：

海娥吾女见字：三彪二虎俱在襄阳开设镖店，生意甚好，要请你去保镖，以你武艺，足可出名，何必跟叶某在一处姘度？叶某心狠手辣，背义负恩豺狼不如……

叶允雄把信看到这里，他就气得面容发紫，见以下全是骂自己，劝鲁海娥快些与自己离开的话，叶允雄就将信撕扯了。站着发一会儿呆，心说：不必说，鲁大绅这些日都在京都，怀恨于我，可是他见我枪法无敌，他又不敢露面。如今他晓得他的义女在这里，便送来这封信，想将他的义女拐走。其实不知他的义女也不直他所为，今日已非他的义女了！又想：信上所言"三彪二虎俱在襄阳"，二虎不知是谁，但三彪一定就是自己生平最大的仇人孟三彪了！梅姑娘的生死存亡他必定知晓。我若到了襄阳，他必逃跑不开，我必要为那饱经艰难困苦、温柔婉秀，比鲁海娥强十倍的梅姑娘复仇。

当下，叶允雄在愤愤之下决定了主意，消灭了信并不给鲁海娥看，他只向海娥说："咱们在此住着实在闷煞人！将来即使搬到谢慰臣的那房子里，也就跟谢慰臣的奴仆差不多了，时时得受他的驱使，而且不好意思拒绝。咱们受过他的一点儿好处，如今已尽皆报答了，无欠于他。此时正应飘然隐去，叫他知道我们是侠义英雄，并非是依他保障，赖他豢养的江湖人。现在我想要往湖北去，那里还有我许多结义的弟兄，早先我虽在那地方吃过亏，受过辱，但现在我已不是昔时任人欺凌逼迫的叶英才！我要去，要以我的银枪镇压住汉水！不知你愿意随我去不愿？"

鲁海娥撇着嘴，笑说："我既然嫁了你，你到哪儿去，我还能不跟着你吗？不过你可先别吹，我知道汉水一带是童五杨七、高家九兄弟他们的窝子，你敢去，我倒很佩服你有胆气，可是你那杆破枪能镇得住汉水不能，我可……哼！还得到时候看看我才能信！"

叶允雄经此一激，越发急于往湖北去，遂先去告诉了谢慰臣。谢慰臣很是着急，极力挽留，可也留不住他们，便赠送了他夫妇一些银两，并为他们备下两匹健马。这一天，清晨，六月底天气十分炎热，叶允雄长枪随身，鲁海娥刀藏鞍畔，就一同离京南往。

第九回　沦风尘恶海飘孤芳
　　　见贞节驿途拒狂暴

　　叶允雄偕鲁海娥南下,鞍马既新,衣饰又整,路上的人都以为他是一位少年官员,携眷赴任。到了湖北地方,他不露出姓名,但心骄气盛,因为一来到这里,他就想起当年在这一带所受的侮辱逼迫和附近的高家九兄弟等许多仇人。他不由得不恨,所以睚眦必报,动辄挥枪。

　　鲁海娥也是威风得很,永远穿着短衣瘦裤,发上罩着手帕,那意思是说话就要动手打,随时就可拧身上房。她闻得高家九兄弟还有一个妹妹,名叫高小梅,外号人称"母豹"。小梅有个嫂子名叫楚云娘,外号"双剑女",这都是汉水一带驰名的女豪侠,都在武当山下均县会仙庄居住。她一入武胜关,就恨不得即时去斗斗那两个女子。可是叶允雄急急要往襄阳,他的目的是找孟三彪,而找孟三彪的目的又不仅是为复仇,且要追问出梅姑娘的下落。梅姑娘是他心中最思念的人,身畔的鲁海娥美虽然美,而且救过他的性命,但他实在厌烦她那泼辣、风骚,尤其是嫉妒。

　　这天,他们就到了襄阳地面。孟三彪在此早已得到了信,布置下了网罗。爬山豹高良、五爪豹高光、铁头豹高顺,这些与叶允雄结有血海深仇的人都已先后来此。原来这全是镇海蛟鲁大绅所使用的手段,鲁大绅在北京自知枪法敌不过叶允雄,所以才用一封信故意交到叶允雄的手里,激怒他,以使他自投于陷阱。

叶允雄银枪惊汉水，鲁海娥单刀斗群侠，这都是以后的事情，现在著者且将那天在泰山山麓遇盗罹难的梅姑娘，补叙于下。

原来，梅姑娘那天所乘的骡车从山上滚下，因为是倒退着下来的，所以车虽摔坏了，她却并未跌出，她立时就昏晕了，如同死了一般。后来似乎渐渐苏醒，但浑身疼痛，一阵阵的山风吹得很紧，就有人来抬她，也不知把她放在什么地方上了，耳边有许多杂乱的说话声，眼前黑雾沉沉，还有鬼眼似的可怕的灯光，接着是"哗哗"的马蹄之声，她的身子也被颠动着随着走了。她全身疼痛，像有许多条毒蛇附着她，在用牙咬。她呻吟着，但在这骤雨落下来似的马蹄声中，她这微弱的声音哪能被人睬理？她要大喊，仿佛已经喊出来了，可是也没有人理她。马跑得愈快，她的身子被颠得愈疼。

忽然，觉得有一只大手紧紧按着她的腰，她问说："你是谁？"那人把刺猬似的大胡子向她脸上扎了一下，笑着说："小亲亲！俺就是你当家的！"她啐了一声"呸！"就哭了。那人又用大手在她的脸上拧了一下，她骂道："狗……"那人"咚"地就打了她一拳，正打在她头上的伤处，一阵奇痛，头一晕，她又死过去了。

不知过了多少时，她觉得风更冷，身子底下却觉得稳了一些，原来是躺在乱草上了，眼前有一片光明，天色已亮了。她连翻身都翻不过来，身上还像有许多条蛇缠住她在咬，头上更像有一条最厉害的蛇在吸吮她的脑浆。有个大胡子又来扎她的脸，向她耳边吹着又热又臭的气，说："别害怕！他们都走远了，就剩下俺一个人了。俺是个好心的人，他们都要害你，俺却想救你。先歇一会儿，找个地方俺送你去养养伤，伤好了俺收你做婆娘。俺跟你真心真意，不能错待你，你看，俺还有的是钱！"说着把个冰凉挺沉的东西压着她的鼻子上，又把个同样的东西塞在她摊放在草地上的手里，又说："你睁眼看看，这全是银子！伤好了，俺拿这给你做花衣裳，买鱼肉给你吃！"

梅姑娘睁眼一看，这是个满脸胡子的方脸的强盗，她又啐了一声，说："你快滚！我不认识你，我要我的丈夫叶允雄！"又急急地喊着："叶允雄！允雄！哥哥！你快来！有人要欺负我！"这强盗却抡起铁锤子似的大拳头，向她的头上又是一下，她疼得叫了一声，又一阵儿发昏。

忽听有人骑马而至，接着是吵嚷声，又听"吧！吧！"的鞭子抽打声。她还以为是她的丈夫赶来了，急忙忍着伤痛，睁眼一看，并没有她的丈夫，却是另一个大汉。这人没甚胡子，抡着马鞭子正向那有胡子的强盗狠打，并骂道："你倒好！故意落在后边，拐了娘儿们要你自己享用，你娘的是错打了算盘！"

被打的这个人头上挨了两鞭子不敢还手，可是等到第三鞭子第四鞭子落下来，他的脸色渐渐发紫，一根根的胡子全都扎竖起来，像要跟那大汉拼命似的。那大汉的背后还有两个人，就拦住他的鞭子，一个就说："算了！算了！他没跑成，没把娘儿们拐走，就算完了，都是自家人，饶他这一次吧！"打人的这个大汉子这才放下鞭子，冷笑着说："你这黑脸鬼，还鬼得过我孟三彪吗？哼！我就想到你在马上抱着娘儿们，你的心就动啦！他娘的你故意在后边慢慢走，要捡这便宜？孟三爷费了很大力，弄来这么一头母鹿，能叫你独吞？好想头儿！"

他举起鞭子来又要打，但见那黑脸鬼也要抽刀，就放下鞭子，命他身后的人把黑脸鬼的刀抢过来，又叫一个人把他拉走，并嘱咐说："找一辆车来！就是个死娘儿们吧，可是咱们白天在马上抱着她，也不大像样子！"黑脸鬼拿衣袖擦擦脸上被鞭子抽出来的血，他咬着嘴唇，凝着恶眼，从旁边一棵树上解下来马，由地上拾起两锭银子，孟三彪还不住望着他冷笑。看那意思他还是有些惧怕孟三彪，就跟着那人各自牵着马走了。孟三彪又扭头冷笑着骂道："他娘的！跟三太爷的手底下要这个？他娘的，色迷了心！"

此时，这旁边只剩下孟三彪跟另一个牵着马的瘦子，孟三彪洋洋得意，蹲下身来，向梅姑娘笑着说："你不认识我了吗？"梅姑娘忽然想起，这孟三彪就是自己丈夫叶允雄常骂的那个人！有一次自己上山神庙为丈夫送米，走到半山腰里遇着两个人，将自己推倒了，剥去了一只红鞋，其中的一个凶徒就是他！不过那时他不像现在穿得这样阔。当下就更怕、更恨，心里紧跳着，不知他将要对自己行使什么恶行。可是孟三彪忽然坐在草地上了，从腰里掏出一个装酒的猪尿泡，松松系的绳儿,咂了两口酒,就向梅姑娘笑着说:"别害羞呀? 咱们是乡亲呀!"

梅姑娘这时心里的气比身上的伤还要难受, 她本来是个懦弱的人,但这时仿佛有一股勇气冲动着她,她恨不得伸出两只手撕碎了孟三彪这张可恨的脸,但是胳膊却无力抬举起来,她就怒骂着,说:"呸!你,你当是我不认识你? 呸! 快滚开!"

孟三彪往后微挪挪屁股,凶狠的脸沉下来,一点儿笑容也没有了,说:"你可要识抬举一点儿! 我跟你拉乡亲你倒啐我,你别跟三太爷面前摆你的贞洁烈女的架子! 别以为三太爷跟你不住在一个村里就不知道你的臭事! 三太爷都知道,你跟叶允雄就不是什么明媒正娶,白石村浪出名了的一个小丫头,嫁了一个强盗叶允雄,你他娘就装起正经来啦? 你得明白,你现在三太爷的手心攥着啦! 三太爷说这地方就是洞房,你他娘的还能不依?"说着他就将梅姑娘按住。梅姑娘大声喊叫,孟三彪却又放了手,哈哈大笑起来,说:"不错! 叶允雄那小子虽不是东西,他却娶了个好娘儿们! 我的乡亲到底争气,连女人都这么硬邦邦!"

他的脸上忽然堆起一团笑容儿来,说话的声音也和缓了,身子也离开了梅姑娘,说:"别害怕! 咱们是乡亲,我将来还得回海边混,我不能够欺负你。你放心吧! 叶允雄那小子是与我有深仇,他打过我,我不报仇,我就气不出,再说他本来就是个罪该万死的大盗,在白石村那时我不戳穿他的底,也是怕他一被拿去,就能连累你们村里许多人。你哥哥黄小三,我认识他,李小八更是我的好兄弟,冲着李小八我也不能欺负你。现在,我已派人雇车去了,我也回家,就顺便把你送回白石村,你愿意不愿意?"

梅姑娘含泪说:"你果然有这番好意,我回到家里一定忘不了你的好处! 可是叶允雄呢? 我求你们饶了他吧! 别叫他死啊?"孟三彪笑着说:"这可没法子了! 他的脖子太糟,这时候早进了鬼门关啦! 我叫不回来他啦!"梅姑娘突然一阵心痛,又昏晕了过去。

及至苏醒过来,身子已在车上。车有棚子,她的头向里,身子蜷着,车走起来颤动得她全身极为疼痛,她不住地呻吟、哭泣,但没有人理她。听车外似乎还有车响、马蹄声和不断的谈话声,像是走在大道上了。她想：孟三彪人虽凶恶，可是不像有杀害自己的心，只盼他能够心口如一，把自己送回白石村娘家。可是，听他说叶允雄已被他们害死，自己可还怎样独自往下去活呢？咳！我们这场姻缘所遇的迫害是太多了！结局还是这般的凄惨！遂想着她遂痛哭，把车里铺的很厚的棉褥垫都要湿透了。她想回到村中决为叶允雄终身守寡，但又愿意这时就死了。

她不知这里离着白石村有多远，也不知车是往哪边去了。走了许多时，觉着车停住了，两旁人声很杂，仿佛是已来到了一座热闹的市镇上。车帘外跨车辕的人，也都"咕咚咕咚"地跳下车去，又听有人嚷嚷着："掌柜子快下面！吃完了我们还要赶路呢！"似乎旁边就是一家饭铺，并有人拉着胡琴唱梆子腔。

梅姑娘此时忽然心生一计，她慢慢地将身子向外移动，想移动到外面就呼喊救人，或者有衙门的人能够出来管。但她的身子只要微微一动就疼得难禁，她才将两只脚伸出车外，呻吟着喊："哎哟！救……"忽然见有个人探头到车里，巨手掐在她的脖子上，说："你喊？你敢喊？我一下子就掐死你！我跟你发誓，不把你平平安安送回家，叫我将来翻船落海！"这是沿海渔民到着急时才发的恶誓，为是使对方坚信不疑。当下梅姑娘就相信了，便把喊声吞了下去。

孟三彪把巨手离开她的脖颈，退出身去，他似乎就坐在车辕上，急声催着他手下的人，说："快吃！快吃！"并又向车里问说："你饿不饿？"梅姑娘哭泣着不语，孟三彪又低声骂着。少时，车又走了，孟三彪的骂声渐高，说："狗娘儿们！你还会喊叫？今晚上看吧！三太爷准叫你知道知道！"

梅姑娘在车里吃了一惊，这时要再喊叫，但见孟三彪的钢刀半截在车帘外，那半截闪闪夺目的锋刃就放在帘里，紧挨着自己的腿，真是可怕。车外也没人吵嚷，没人谈话，只是车轮和马蹄声相配合着响着。梅姑娘晓得这四周不定是多么空旷了，在这里若被他们杀了，他们不怕，也没人知道，不如晚上住店时看他怎样，他们若真向自己强行无礼，自己就喊叫人，店家还能够不管事吗？即使那时被他们顺手杀死，他们也跑不了。因此，她只是微弱地呻吟，愁黯地落泪，却不敢喊出一声。

走了也不知有多少时间,多少里路,只觉得车窗上映照过一层惨红的光,后来又渐渐变为了黑色。外面群鸦叫过了一阵之后,又都不叫了。车走得更快,马蹄愈紧。又多时,忽见这辆车忽然高忽然低,"咕咚咕咚"地颠得她极为难受,仿佛是上桥又下桥似的,紧接着,听车窗外有人喊叫了:"住我们这儿吧!'李家店'是镇上最出名的!有好房子呀!"灯光在车窗上一闪一闪的。又听是孟三彪大声喊,说:"娘的皮!站住!娘的皮!你先进去看看房子!娘的皮!你舍不得下马啦?舍不得离开这车啦?车上有胶把你粘住了?你娘的傻了?""吧"的又是一声鞭子响,接着又喊:"分两个店住!一个店住不下!老李!我们又来搅你来啦!"

车已然停住了,外面人声杂乱,吓得梅姑娘哆哆嗦嗦的。过了一些时,忽然就有大胳膊伸进来了,抱起了她,把她抱出车去。外面的纸灯笼一摇一摇地发着光亮,看得出抱着自己的正是孟三彪。走到店门前,有个人问:"是谁?怎么啦?"孟三彪说:"是你弟妹,她得了伤寒病。"那个人听了反倒哈哈大笑。梅姑娘很吃惊,知道这座店也不是好店,店中的人一定与他们相识,也是贼人,就急得尖叫一声:"救人哪!我是叫他们抢来的……"孟三彪"呸"的一口吐沫整啐在她的脸上。接着孟三彪扯了喇叭似的喉咙,站在当院大喊:"诸位!各屋住的朋友!都是出门的人,谁也别多管闲事!这横桥镇的地方小,后面有水,前面有山,大家都少说话,多留心点儿脑袋!"

孟三彪这样一喊,一威吓,各屋中住的人谁也不敢发声,谁也不敢出来看了,四周岑寂,只有附近的河水和树林萧萧地响着。梅姑娘躺在这强盗的胳膊上仰着脸不住痛哭,孟三彪咧嘴狂笑,说:"你还哭甚?今晚给你换个老公还不好吗?"

有个人过来在他的耳边悄声说了两句话,孟三彪就忽然不言语了,急急地抱着梅姑娘到了一间屋内。屋内已点上了灯,孟三彪就把梅姑娘横放在炕上,扒下他的袖头来给梅姑娘擦脸,他的鼻子挨着梅姑娘很近,嘴里喷着臭气,悄声说:"别嚷嚷!三爷将是想收你,也绝不能叫你做二房。"

梅姑娘"呸"的一声,一口更多的唾沫又啐到孟三彪的脸上。孟三彪伸出舌头来舔着吃了,笑着说:"好香!"梅姑娘忍着疼痛抬起一只手,要向孟三彪的脸上狠抓。孟三彪的脸一抬,躲开了,他的脸色骤然下沉,压着声音嚷嚷说:"狗娘儿们!别不要脸!好好哄哄老子,老子还能饶你,不然,把你扔给我手下的人,你……"梅姑娘哭着说:"你送我回去就没事!要不然你杀死我吧!"

　　孟三彪"扑哧"又笑了,摸摸梅姑娘的脸,像摸蝎蛇似的,蓦地摸了一下,赶紧又把手缩回去。梅姑娘又要喊叫,孟三彪赶紧作揖,笑着求说:"真别喊!其实我倒不怕,这地方没有官人,可是没想到有一位江湖朋友,今天正住在隔壁店里,你要一喊,我的面子可就丢了。说实话,咱们现在是往西南走着啦,送你回白石村那话是冤你,我真舍不得你,在白石村时我就看上了你,你得可怜我这点儿傻心!叶允雄是我的对头,他死了,你正好嫁我……"

　　正说着,窗外有人叫说:"三哥,快来!"孟三彪答应了一声赶紧出屋,听窗外有人笑着说:"老哥你别忙呀,还没有打二更呢!在江湖闯了也这些年啦,真至于这样不开窍?"孟三彪说:"兄弟,叫你笑话,这狐狸精可真把我给迷住了。"又听那人说:"得啦,先跟我到柜房喝两杯喜酒儿去吧!"

　　孟三彪大概是被这贼店的主人给拉走喝酒去了,屋门大概也没锁,梅姑娘惊惊惧惧地要站起来逃,但因两条腿摔得太重,连坐也坐不起来,她只是伏在炕席上痛哭。

　　哭了半天,听窗外并无声响,但忽然门一开,溜进来一条大汉。梅姑娘斜着眼一看,原来这人正是那被孟三彪鞭打过的人——黑脸鬼,她就更吃一惊,又要喊。这黑脸鬼却蹲在炕下直摆手,说:"别喊!我是好人,我向天发誓,以后我要再跟你有坏心,我就叫人把脑袋打碎。我不平!孟三彪打我我不服气!你只要信我,我就能救你!别忙,现在不行,现在孟三彪手底下有六个人,眼前的黑水庄里还有他的师弟胡二虎。这店也是贼店,是他朋友"铁脖子李"开的,隔壁赵家店里又住着白面豹高英,他是会仙庄九弟兄中最小的,武艺谁也惹不起!你先耐着,得空儿我就救你,我救你去找叶允雄。叶允雄没死,孟三彪他们还正为这件事发愁呢！你信我的话，骗你我是忘八！我早先有坏心，现在可一点儿没有，将来我找着叶允雄，我还要跟他交朋友，我们得出气！得杀死孟三彪！"

梅姑娘哭泣着，低声说："你要能救我，我永远也不忘你的好处。你要不能救我，你就快去找叶允雄，叫他快来！"黑脸鬼摆手，说："别急！白面豹就在隔壁，那个人比这伙人都凶，叶允雄也敌他不过，慢慢来！"正在低声说着，忽然孟三彪又回来了，自黑脸鬼的背后闯入，手握尖刀，狠狠地向他扑来。梅姑娘大喊一声："啊！"黑脸鬼的肩头已迸鲜血，但他挺身还手揪住了孟三彪的胳膊。二人用力夺刀，忽然"哗啦"一声，将室中仅有的一张桌子给撞散了。黑脸鬼用牙一咬孟三彪的胳膊，孟三彪便将刀撒了手，二人狠狠地相扭着，如两头牛在对搏，"咕咚哗啦"一齐滚出了门外。

梅姑娘浑身乱抖，只听窗外传来二人的使劲声，喘息声，狠狠地相骂声，"咕咚咕咚"地相跌、相打、相踢声，并听足音杂沓，有多人跑来，齐喊着："别打！别打！"

孟三彪跟黑脸鬼滚到院中拼打，许多人都劝解不开，忽然，听得有人用一种洪亮的声音喊道："别打！自家人打架叫人耻笑，到底为什么事？"

孟三彪嚷嚷着说："高九爷你别管！这小子非杀了他不可！叶允雄的媳妇，我是给我自己预备的，她是俺乡亲，正配。这个东西他摸到屋里去，想要占我的……"

那黑脸鬼也愤愤地说："妈的！咱老子不服！那娘儿们你也配享受？不是俺跟胡二虎众兄弟帮助，在泰山你也打得过叶允雄？你也能抢人家婆娘？""咕咚咕咚"又打，接着又骂："叶允雄没死，你个娘！将来你提防他吧！"

忽然，那高九爷喝了一声："住手！"仿佛他竟把二人拉开了。那二人像牛一样地喘息，旁边又有许多人来劝，高九爷却说："我进屋看看，叶英才的婆娘到底有多般美貌？"说时屋门忽开，进来了几个人。

为首这人身穿一身蓝绸子衣裳，打扮得极为阔绰，短小精悍，貌如好女，两眼灼灼有光，原来这就是武当山会仙庄高家九弟兄之中最小的,也是武艺最高的白面豹高英,与他的妻子双剑女楚云娘,在襄汉之间是一对有名的侠义风流夫妇。他的长兄高正就是死于叶英才(允雄)的手中,如今他的三兄高猛、六兄高强、七兄高豪、八兄高俊,都随同名捕飞鹰童五、病虎杨七出来寻访仇人,半年多没有下落。他放心不下,才辞别了他的妻子,携带两个仆人,先走江苏后来鲁地,住在这里已然两天了。

因为派出去访事的一个仆人还没回来,他们住在这荒僻的小镇上,为铁脖子李、花腿赵这两个贼店的主人所款留。今天又来了孟三彪这些人,他得知三兄弟高猛又为叶所害,愤愤不已。叶允雄生死不明,童五、杨七及高强等都不知去处。他正在急躁不安,酒都饮不下,忽然因为来劝架,竟进屋来看见了仇人叶某之妻,一见之下,他不由惊讶,心说:这妇人好美呀!

梅姑娘的愁惨红颜伏在炕席上,乱蓬蓬的发如西子未妆时的样子,实为醉人,红鞋上绣的花朵,更使人心动。灯光之下,这简直不像是个受伤的难妇,倒像是个醉杨妃、病美人。高英心中一阵儿疼爱,转又撩起一阵儿复仇的念头,转身向众人说:"不是我高英好色,我得替我家兄复仇!叶允雄死了也不行,也不能消我的胸头之恨,我要收纳下他的老婆,辱一辱他!"又向院中站立的黑脸鬼跟孟三彪说:"你们两人都别争了!把人送给我吧,我有法子处置她。"

他这话一说出来,立时就有人捧场,说:"对!九爷这办法对,既然他们二人争,白伤了自己人的和气,还是叫叶允雄当个死乌龟吧!只是这娘儿们未免太走运了,能跟上你九爷这样的风流人!"白面豹高英眼睛直盯在梅姑娘的身上,连转也不转了。他对这些人是毫不客气,双臂向后一推,说:"诸位暂时出去!"众人遵他的命一齐出屋,并把屋门给推上了。

这时,梅姑娘见这年轻的白面阔绰的人,比那两个黑脸的强盗还厉害得多,遂就又喊了声:"呀!"白面豹高英摆手,说:"你不要嚷嚷!"忽然他低身悄声说:"我刚才说的那都是假话,我若不那样说,就解不开这个围。实在我是想救你,我的妻子楚云娘比你还美,并且会武艺,我用不着纳你为妾,她也不能允我。我的意思是,明天起身,先把你送往我一个朋友的家中,然后我出去访查叶允雄的下落,他死,就算了,你爱嫁谁就嫁谁。他不死,我把他请来,我们说开了两家的仇恨,就叫他把你带走!"

梅姑娘流着泪,说:"这是真的吗?"高英把眼睛瞪起来,说:"我能骗你?你安心就是了,好好调养身体,不必忧伤,我一定能想法子救你!"梅姑娘垂泪不语。

高英在这屋中并不多留,说完话就转身出屋去了。待了会儿,有个年老的店伙给送来了稀饭,梅姑娘强忍着身体的痛楚,把上身微抬起来,很费力地吃了一碗稀饭。那老店伙出屋,就把门锁上。一夜倒是很安宁,白面豹没再进屋来。因为有白面豹震慑着,那孟三彪和黑脸鬼也都没敢再来。梅姑娘想着:白面豹也许是个好人,并因知道叶允雄未死,心中也宽解了些,甚愿身上的伤早好,早日与叶允雄见面,夫妻二人好共诉这番痛苦,她心一宽便也睡了一会儿觉。

次日,天亮了,又是那年老的店伙给她送来菜饭,她也吃了。又过了一些时,高英进来向她说:"我派人预备下车了,你这就同我走吧!不过我的家离这里很远,需走十几天。你就放心好了,我盼你在路上能够伤愈,到我家里成个好好的人。你看看我的妻子还有我的妹妹,她们待你准保都不能错。"高英说毕话一笑,遂出屋去了。他这一笑,却又使梅姑娘觉得可疑。

又过了多时,进来那年老的和一个四十来岁的店伙,两人抬着她,把她抬出店门。就见白面豹高英已骑上了一匹白马,许多人都站在门外送他,那孟三彪脸被打得发青,向高英拱手,说:"后会有期!那件事千万求九爷帮忙!"可是他还偷眼溜了梅姑娘一下,脸上现出一种懊恼的神色。那黑脸鬼是躲在人的背后,扭着一张黑脸,肩头上还带着血迹。梅姑娘被放在车上,车上的坐垫铺得很厚,少时车就走动了,并不觉着怎样颠扑。高英是只带着一个仆人,他骑着马,仆人给他赶着车,似乎是往西走去了。

沿途上高英并不跟梅姑娘多谈话,到晚间投店住宿,他总要给梅姑娘找个单间。可是在吃完了饭后,他又必要到梅姑娘的屋里,梅姑娘躺着,他站在很远的对面,很客气的,带着点儿笑容跟她闲谈。他说他家里多么阔,他原来有两个妻,除了楚云娘之外,他还收下了一个婢女。他并说他对叶允雄的人才、武艺都很钦佩,只是对他走入歧途、行凶作恶却又极为可惜。谈一会儿话,他就走到另一间屋内去睡觉,对梅姑娘绝不打搅。天天如此,无时不恭谨、温和,因此,梅姑娘也觉得他是个好人。

连行多日,越走天气越热,梅姑娘的伤势已由渐轻而痊愈了。这一天,就已来到了均县武当山下。来到这里天尚未晚,梅姑娘忽见白面豹高英用鞭杆挑起了车帘,向里面说:"到了!我先叫车把你送到我的一个朋友家中,你在那里暂住着,等做好了两身新衣服,我再接你回家。好!你们去吧!"车往南走了,他的白马却一直往西驰去。西、南两边都是重叠的山岭,青翠的山被夕阳映照得发红。

梅姑娘心中很惊讶,暗想:我是被救来的,他原说把我暂安置在他的家里,等他寻着我的丈夫使我们团聚,如今怎么又说是先叫我做好了新衣,再到他家里呢?我一个落难的人,还用得着穿什么新衣裳吗?遂就坐在车上掀着车帘,向外问说:"赶车的!你们九爷到底是存着什么心?为什么还要,还要叫我做新衣裳?"赶车的人笑了笑,不言语,只管催着走。

车声辚辚走得极快,少时来到了山脚下,爬上了一股很宽的山路。此处遍山是树木与野草,鸟声喧噪,四顾无人,梅姑娘索性爬出车来,又向赶车的急急地问。赶车的一边摇着鞭子,一边笑嘻嘻地说:"奶奶你真傻!这件事你还没弄明白吗?我们九爷是一见着你,他就动了心!"梅姑娘变脸说:"胡说!"赶车的说:"我劝你也知足吧!我们九爷那样的风流人儿,财主少爷,江湖上头把交椅的好汉,再说性格多温和,你打着灯笼也没地方再找去啦!"梅姑娘气得身子颤抖,赶车的又笑着说:"我们九爷不像孟三彪那把子人,他最是怜香惜玉!你病没好,在路上,他绝不相强你。现在到了,先请您到我家里歇几天,索性歇好了,打扮打扮,再往家里去接。他的大奶奶双剑女,虽然有本事走江湖,可是知三从晓四德,绝不能容不下你!"

梅姑娘狠狠地啐了一声:"呸!"将身就向车下去跳,跳下车去身子随之跌倒。赶车的赶紧止住车,下来搀揪,并说:"奶奶!您别跟我过不去呀!我也是人家用的。您先将就将就,到我家里,我把九爷找来。您从不从、愿意不愿意跟他说,我,我又没安着什么心!"梅姑娘挣扎着,打骂着,爬起来就跑。

梅姑娘在前面跑,那赶车的就在后面追。到底梅姑娘脚小,跑不利便,就被赶车的把她追上了。他一把抓住了梅姑娘,嚷嚷着说:"你想跑可不行呀!叫我怎么交代呀?干脆!你上车,我把你拉到会仙庄,见了高九爷,他爱放你就放你,你那时再跑也就没我的事儿了!"他要强把梅姑娘揪上车去,梅姑娘却坐在地下号啕大哭,并央求说:"你放了我吧!你做件好事!我将来绝忘不了你的好处!"

赶车的急得也直跺脚,说:"我放你容易,可是待会儿九太爷他不放我呀!我倒得求你做一件好事,跟我见一见九爷去吧!"这赶车的急得直作揖,甚至于要叩头。梅姑娘挣扎着起来又要跑,又被赶车的揪住。此时忽听见身后有马蹄声,原来是那白面豹高英又来到了,身后并带着两个人,一个提着只木桶。赶车的大声喊道:"九爷快来吧!这位奶奶她可要跑!"

白面豹高英急忙赶到,来至临近他就下了马,推开赶车的,一手将梅姑娘扭住,问说:"为什么?已经到了这里,忽然你又想起逃来了?"

梅姑娘顿足大哭,说:"你别以为我不知道!在路上你说的全是骗我,为是使我不在路上嚷嚷求救!"高英点头说:"不错!"梅姑娘又哭着说:"你跟孟三彪原是一样的人,都是对我没怀好意!"高英说:"你多明白?我们把你弄到手里是为侮辱叶允雄,给我们惨死的兄弟报仇,如何能对你有什么好意?不过你放心,我只叫你做我的妾就是,我还绝不能够错待你!"梅姑娘说:"呸!休想!"高英一抡臂,就把梅姑娘推倒,头撞在石头上。

这白面豹倏然翻了脸,一脚踏着梅姑娘的身子,一手抡皮鞭紧抽。梅姑娘起始是叫骂哭号,后来渐渐呻吟微弱。白面豹停了鞭子,吩咐人将她捆上。原来车上的垫子下就藏有粗绳，高英带来的那个人，连那赶车的一齐上手，就把梅姑娘的手脚全都捆上，然后扔在车上拉走。拉到山谷中一个人家，他们就将梅姑娘扔在一间洞似的空房内，解开她身上的绳子，便将屋门锁上了。

这屋子在早先大概是堆草用的，地下有许多干草，四壁尽是灰土，也没有窗棂，只有那板门的缝儿透进一点儿光，所以屋中黑暗、潮湿，充满了恶劣的气味。梅姑娘捶了半天门，哭了半天，就听那白面豹高英跟一个老声老气的人，在院中自由自在地谈话，并不理她。又待了些时，听见有马蹄声，似是那高英走了。

梅姑娘坐在地下哭了多时，又爬起来捶门，向外面喊叫着救命。外面忽然有人答应了，待了一会儿，门开了，进来一个老太婆，手里端着菜饭。梅姑娘就跪着哭求，说："老奶奶！你把我放了吧！我丈夫叶允雄在山东没有死，我要找他去！在这儿，无论那高九爷怎么样，我也不能从！"

老太婆却叹气说："你倒是个贞节烈妇，可是我们不敢放你。高九爷刚才气急啦！他本来是兴兴头头地带来个裁缝，要给你量衣裳，又带来个裱糊匠要把这屋中糊白净了，安上窗子，就叫你在这儿住，没想你一要跑，把他的高兴劲儿打散了，他真气得要永远把你关在这儿，现在我给你这饭还是我偷着送来的呢！依我劝，你年轻轻的，还是想开了一点儿。九爷真是个难得的人，本来他的太太就很好，不是容不下人，九爷家里还有好几个呢，都跟他太太平起平坐，一天也不受气，可是他还怕你受不了，他要叫你在这儿住，叫我们服侍你。你别听他说占了你是为报仇，他真要是报仇，他不会杀了你吗？他那是说气话哩！我劝你，你就依了吧！"梅姑娘摇摇头，说："我绝不依！"说着把菜饭推在一边。

老太婆又叹气，说："其实我们也不愿家里弄这麻烦，你要死在这儿也是我们的事，可是谁叫我们吃人家的饭呢？咳，这么办吧！我劝你就暂时忍着点儿，先把饭吃了。九爷大概明天就走，他还得找他那几个哥哥去，这次去他可一个月半个月不能回来。等他走了，我想法把他的太太请来。他的太太楚云娘人最好，是位行善念佛的太太，她要来了，你一求她，她就能把你放了，高九爷回来知道了，也就没话说了。"

梅姑娘流着泪默默不语,她知道已然到了这里,就也得随机应变一点,遂叹了一声,擦擦眼泪,说:"要叫我跟他,是怎么也不成!可是,要叫我能见他太太一面,或是放了我,或是留在他家里,服侍他的太太,那我都愿意!"老太婆点头说:"这更容易说了!"又扒在梅姑娘的耳边说:"你等着,大概明天高九爷就走,只要他一走就好办!"梅姑娘问说:"他还能到这儿来吗?"老太婆摇头说:"他不能来了!他的事情顶多,还都没办,他的几个哥哥在外面都没有音信,他还得去找,这回要不是为你,他还不能回来呢!"

老太婆又蹲下来跟梅姑娘说闲话,听到梅姑娘的遭遇,她也很觉着难受、怜惜,连声地叹息。她自称姓秦,一家子全是高家的仆人,她儿子是给高家赶车。不过他们夫妇老了,就派在这儿看这一所房子和附近的一片果树。梅姑娘觉得这老太婆倒像是个好人,她就不哭了,拿起饭碗来吃着。老太婆又出去给她抱来一领席,铺在地下叫她歇着。梅姑娘见这老太婆很是疏忽,出来进去的都不锁门,她觉出自己很有逃出的机会;只是现在身受着很重的鞭伤,比前次在车上所受的跌擦之伤还要痛楚,她只有暂时忍耐着。她和这老太婆很和气地说话,叫这老太婆为"秦姥娘"。待了一会儿,这秦姥娘就拿着饭碗出屋去了,从外面又把门锁上。梅姑娘卧在席上呻吟,过了许多时,她就睡着了。

忽然听见屋门大开,投进来一大片阳光,有个人向她的身上踹了一脚。她惊惊,呻吟着爬起来看,就见是那白面豹高英,腰挂宝剑,手提皮鞭子,站在门首,怒气冲冲地问说:"你从不从?你要从,我就准你活;你要不从,我就叫你死!快说!"梅姑娘哭泣着不语,浑身抖栗。高英又踹了她一脚,愤愤地说:"刚才我得了信,我的六兄高强、七兄高豪,都被你丈夫叶允雄勾结梁山泊的强盗给杀伤了,我们两家的仇恨更休想解开!你等着吧!等我把叶允雄捉来,在没杀他之前,我要叫他看着你从我!哼哼!"说着"吧"地关上门,叫人上了锁,他就走去。

白面豹高英走去之后,梅姑娘就坐在地下的席上,哭一会儿又想一会儿,并暗中祷告着神明保佑自己早脱灾难。晚间那秦姥娘又给她送进来饭,跟她谈说了半天,就更觉得她可怜,于是把她搀扶到另一间屋里,这屋子就是秦姥娘自己住的。

秦姥娘的丈夫是个有七十岁的人,身体很健壮,胡子都白了,可是永远怀里揣着个砂酒壶,永远是醉醺醺的。他不赞成高英的这办法,气愤愤地说:"这不是没有王法了吗? 把人家的婆娘抢来,这不成了恶霸了吗?"可是他也不敢把梅姑娘放走。

他的儿子,就是那赶车的,名叫秦二,晚间回来就张张惶惶地说:"事情可了不得啦! 听说三爷、六爷、七爷全都死了! 八爷还不知道怎么样呢? 都是死在叶英才的手里了。叶英才可真厉害,听说还有个娘儿们帮助他……"

梅姑娘偷听了,不禁十分惊疑,就想着自己的丈夫为什么这样的狠呢? 冤仇本已很深了,为什么还要杀他高家的人呢? 至于那帮助他的妇人,可又是谁呢? 他在外边跟高家越结仇越重,自己在这里可怎么办呀?

又听秦二说:"九爷跟五爷今天走了,四爷、二爷大概是明天动身,十爷也要去,她要去斗斗那娘儿们,都要去了,叶英才那小子可真敌不住!"梅姑娘听了,又为自己的丈夫提着心。又听他们谈说高家的那位"十爷",原来"十爷"却是个女的,外号叫什么"母豹",梅姑娘就想:不定是个多么凶悍的女人呢? 恐怕与自己在娘家时常听说的那"水灵山上的鲁海娥"差不多了。

当下秦二说了半天,又嘱咐他父母千万把梅姑娘看严,说是"万一叫她逃跑了,九爷回来,咱们可真吃不住!"秦姥娘也很害怕,只叫梅姑娘在这里睡了一夜,第二天就又送回那黑屋子里,看守得更严,门锁得更紧,可是梅姑娘心中仍时时怀着一个逃走的念头。

过了三五日,梅姑娘身上的鞭伤和跌伤又渐渐痊愈了。她现在被磨练得有些聪明了,她把秦姥娘给哄得很好。秦姥娘天天给她送饭,她表示很过意不去,说:"姥娘这大年纪了,天天做了饭给我吃,我不像是在这儿受罪,倒是来这享福了!"秦姥娘也抱怨她的老伴,天天喝酒,跟个死人一样。又说她儿子,高家待她儿子太苛,去年想在高家讨个丫鬟为媳妇,高家都不肯给,后来那丫鬟被高七爷收下了,可是高七爷现在也死了,留下三房寡妇呢! 闲话越谈越近,秦姥娘就又把梅姑娘放出来了,叫她帮着做饭。梅姑娘处处殷勤谨慎,哄得秦姥娘很是高兴,暗地里叹息,说:"我要是娶来这么个儿媳可就好了!"

少时秦二回来了,看看梅姑娘的头,又看看梅姑娘的脚,可是他不敢接近。秦老头子虽然是个醉鬼,却早已瞧出他儿子的神气来了。有一天他蹲在地下喝酒,梅姑娘在旁边做饭,他就对他的老伴说:"把这个媳妇给咱们老二好不好?"秦姥娘却顿脚,说:"我倒是有这个心,可是咱们有这个福气吗?咱们现在是给人家看着的,瞧着好,可是敢自己伸手动吗?九王爷要是回来,谁惹得起他呀?咱们老二,就让他打一辈子光棍吧,我也没那娶儿媳妇的命!谁叫咱们是给人家当家奴呢?"

秦老头子抢着砂酒壶,骂着:"高家那群忘八羔子!一个人都搂着四五个婆娘,待底下人可一点恩儿没有!强盗!败家子!我给他们念咒,叫姓叶的把他们全都杀绝了!"他恨恨地说着,他的老伴却不住抹眼泪。

梅姑娘愈凛然感觉到此地之不可久留,她就狠了狠心,决定拼出来生死。有一天,秦老头跟秦二都没在家,她又在做晚饭。她先是跟坐在凳儿上的秦姥娘谈闲话,后来见秦姥娘不住地打盹,并且眼睛都闭上了,她就假作去提水。她拿着木桶走出了屋,战战兢兢地把木桶放在地下,才要逃跑,忽听屋里"咕咚"的一声。她也不顾得身后的声响了,急急忙忙地开了柴扉向外逃去。

那响声原来是屋里打盹的秦姥娘,她一个不留神连凳子一起都倒下了,把她的梦给跌醒了。她好不容易才爬起来,正恨着:这媳妇!我待你不错,你也不扶我一下?可是喘喘气,定定神,瞪大了眼睛一看,屋里哪有人呀?她出屋一看,地下放着木桶,柴扉大开,她就吓得"哎哟"了一声,赶紧往外去跑,可是她哪里跑得快?

出了柴扉,向西一望,金黄的阳光金黄的云,刺得她老眼昏花。喊了两声,才看出崎岖的山路之中,有梅姑娘惊慌的后影,她就一边追一边叫着:"回来吧!你要上哪儿去呀?哎呀!你别害了我呀!"相离虽不甚远,梅姑娘虽因脚小跑得不快,可是她也无法追上,喊得她都声嘶了。

这山谷之西有一条小径直通山下,崎岖不平,两边石缝里长着许多碍路的,牵人裤腿的带刺的小树,梅姑娘又惊慌,几次都要被挂倒了。火红的夕阳照在她的脸上,山风飕飕,飞鸟乱噪。她也不辨路径,只是逃。逃下了这座山,她已经气喘了,两腿也酸了,但她还不休息,还不回头,紧紧又跑。

这山后原来是一大片旷地,田禾稀少,地下的碎石还很多,磨得她的脚更痛。远处有袅袅的炊烟,有庐舍,还有一片苍绿的树林,梅姑娘就往那边去跑,想投到人家去求救,或是跑到林中去躲藏。她急急地走,走得夕阳渐堕,眼前的树林由绿变黑,已摆着自己的面前了。

忽见由林中冲出来一匹白马,梅姑娘一惊,腿一软,"咕咚"跌坐在地下。她颤栗着,想一定是白面豹又来了!她往起来爬,要再跑,但听蹄声嘚嘚如连珠,马已来到了临近。马上的人问说:"你是干什么的?为什么这样惊惊慌慌的?"

梅姑娘一听,这声音很细,却是个女人的声音。她赶紧坐起身来,仰头去看,就见马上的妇人年纪很轻,比自己大不过两三岁,细长的身材,圆脸儿,脸上虽有几颗浅麻子,倒显得极为俏丽,穿的是一身浅绿。

这个绿衣少妇下了马,一手提着皮鞭,一手搀起来梅姑娘,问说:"有什么人在后面追你吗,你这样惊慌慌地跑?"说的时候她向东边去望,就看见那秦家的老婆婆倒在山路上了,大概跌得不轻。她又急忙上马,飞驰往那边去看。

这里梅姑娘益发胆战心惊,知道这骑马的少妇绝不是好人。说不定就是那"母豹",所以她赶紧爬起来又跑,跑得更惊慌。她还没跑进树林,就听身后又响了一阵骤雨似的蹄音,那绿衣少妇又骑马追至。梅姑娘张着两手,喊了声:"哎呀!"绿衣少妇说:"别害怕!"遂就如清风似的下了马。她一手将梅姑娘拦住,说:"你不用跑!秦家那老婆婆已把你的事都跟我说了,你是高九爷弄来的。不瞒你说,我就是高九爷的正夫人,我叫楚云娘!"

梅姑娘更为惊慌,吓得脸色惨白。楚云娘却说:"你放心!我们不能伤你的性命。你要是别家的妇女,我能立时把你放走,我也不愿我丈夫弄那些小老婆,可是你是叶英才的妻子,这可没办法,你跟我到家里去吧!"说时便将梅姑娘抱起。她的力量很大,梅姑娘挣扎并且哭着,说:

"我听说你还是个好人，你怎么也帮助你的男人做这恶事呢？你快把我放了吧！"身子却早已被楚云娘放在了马上。

楚云娘抱着她，挥鞭就走，蹄声嘚嘚。梅姑娘哭啼着，楚云娘却笑着说："你别哭！只是你的命不好，为什么你嫁了叶英才？现在你就盼着我家的人把你丈夫杀死，报了我家的仇恨，那时我就能做主意把你放了！不然我就是可怜你，可也不能放你，这是没法子的事！"说时，马急急地走着，转过了山麓，就看见一大片屋舍，是一个住户很多的村庄。进村下马，早有人迎过来了，接去马匹，并问："这是谁？"楚云娘摇头，向她家的庄丁说："你们不必多问！"她连搀带架，就将梅姑娘带进了一个大门。

连进了几重院子，就有十几个年轻的妇女围上来，楚云娘说："你们来看看呀！这个美人是九爷弄来的老婆，他藏在秦二家里好多天了，可都没跟我说！"说时，突然翻了脸，一鞭子向梅姑娘打来。梅姑娘用胳膊去挡，没有挡住，鞭梢就抽在脸上，脸上立时起了一道红痕。楚云娘又摸了摸梅姑娘的脸，笑着说："你们看，多么美！怪不得九爷连仇都不报，把她弄了来，以后这个庄子里的人谁还浪得过她？"又踢了梅姑娘一脚，说："去吧！少来见我！"说时楚云娘转身进屋去了。

梅姑娘也被几个人拉到一间屋里，她就哭着说："我还听说她是好人！她刚才还说她可怜我，将来能够放我！谁知道她也是这么凶？你们索性把我杀了吧！"

旁边就有女人悄声劝她，说："你哭是一点儿用处也没有！云娘奶奶她是没准脾气的人，狠时是真狠，发了慈心，可又比菩萨还慈善。你看我们，都是摸着了她的脾气的人，所以她对我们还算好，你要是稍微拂了她的意，她可是杀人不眨眼。本来她娘家的人全是强盗，都被官方正法了，她也被卖为娼。幸亏这里已故的大老爷高正，拿银子把她赎出来，配给了他最小的兄弟，所以她虽是高家的奶奶，高家可是她的恩人。高九爷的本事不见得比她好多少，可是她怕九爷。这里的大老爷高正被姓叶的害死了，她比谁都恨，一半日她也许要走，等她走了，你就能够好一点儿了！"

梅姑娘自觉得是落在虎狼的窟里,她只有忍耐,一点儿也不敢违抗。好在这时候高家的几个男人都出去了,"母豹"也出去了,家中只留下二十多个女人。除了九位正太太,其余的各房侍妾简直跟佣人一样,每天分工,有的下厨烧火做菜,有的管理后园的菜蔬,有的跟长工一样,还下地去割麦。女人们都是成天没有闲暇,只有楚云娘极为闲在,有时在庭中舞练她的双剑,有时又在屋中诵经礼佛。她把梅姑娘抢到这儿来,仿佛她就把梅姑娘忘了。梅姑娘就如同是个佣妇似的,杂在女人群中操作,晚间跟一个名叫采芹的高英的侍妾在一个房中睡。这采芹也是高英强占来的良家妇女,她也是时时想逃。

梅姑娘因为有这采芹陪伴着,两人都是时时想逃,可又跑不了,所以倒能在此忍耐着,一连就住了二十余日。在这些日之内,常有人从外面回家来报信。第一次报说:三爷的灵柩停在青州府,六爷、七爷的灵柩是停在郓城县了。过了几天有人又来说:八爷金钱豹高俊也死了!并说叶允雄是隐在梁山泊内,他有一个妻子名叫鲁海娥。

这个消息一传到,高俊的妻子也是天天痛哭,梅姑娘却不胜惊异,心说:怎么叶允雄会娶了鲁海娥呢?他难道把我忘了吗?我在这里受苦,为他而受苦,他就在那里安心享福么?因此又时时地落泪,并且萌了寻死的念头。

又有一天,她在后园中帮助摘丝瓜,不料就有几个妇人在旁边骂她,后来又一齐上手来撕她、打她。她的脸都被人抓破了,但她也不敢还手,因为这几个女人全都穿着孝,都是高猛、高强、高豪、高俊这几个死于叶允雄手中的人的妻妾。她们思念丈夫,痛恨仇人,便拿着梅姑娘来出气,弄得梅姑娘的身上永远有伤。这时楚云娘似乎待她又略好一点儿,有一天就私自向她说:"你真可怜!其实你的丈夫已另娶了更漂亮的老婆,他也不要你了,你却替他天天在这儿受罪。这也是命,不知你前世跟我们是积下了什么冤孽!"

梅姑娘当即跪下央求。楚云娘却说:"你哀求我没有用!其实我现在也恨不得你死或者你走,不然将来我男人回来,无论他是待你好还是待你坏,我都看不下去。不过,这时我若把你放了,他们回来可又有了话说了,说我把他们捉来的仇人给放走了。现在倒是有一个去处,是我娘家哥哥那里,你要能由他带你去,我可以做主,他们回来时我也能有话对答。"

这个去处,梅姑娘实在也不敢答应,因为楚云娘的娘家哥哥时常到这儿来,只要一来,就到云娘的屋内,一坐能坐多半天,在屋中说说笑笑,简直不像是兄妹。采芹也说她们本不是兄妹。总之这高家就是一方的恶霸,江湖的豪强,家中有钱、淫乱,如今为了兄弟中惨死了多一半,刺激得全家都像凶神恶煞一般,梅姑娘在此实如身处地狱。

有一天,忽然庄外来了二十多匹马,庄中这群妇女之中,有的是含笑出迎,有的却躲在屋中堕泪,原来是高良、高光、高顺、高英,连同所谓"十爷"的高小梅都回来了,并带回来许多仆人、庄丁。爬山豹高良年有四十多岁了,高身材,黑连鬓胡子;五爪豹高光却是个黄瘦的大汉;铁头豹高顺是个黑脸的大胖子,像个判官似的人,他们一回来,有的大哭,有的暴躁,都说:"叶允雄不知逃往哪里去了,捉不着!"

他们闻说梅姑娘在此,便像提审犯人似的,把梅姑娘提到堂屋。兄弟几个人你一言我一语地审问,梅姑娘只是痛哭,说她嫁了叶允雄,原不知叶允雄是怎样的人,不过她至今仍觉得叶允雄不错,不是坏人。她求他们把她放了吧,她去找来叶允雄,给这里的人告罪求饶,高家弟兄们全都冷笑。

那母豹有十七八岁,是一个大眼睛梳着大辫子的黑胖姑娘,突然由腰间抽出短刀来,就要当场将梅姑娘杀死。白面豹高英却上前拦住,母豹立时跟她哥哥翻了脸,骂着说:"你那几个老婆还不够吗? 你还要把仇人的老婆当你的老婆吗? "高英说:"我也是要以此侮辱侮辱叶允雄,以此激叶允雄自投罗网。"母豹却唾了他哥哥一脸的吐沫,说:"你别拣好听的来说啦! 五个哥哥都叫人杀了,你还把人家的老婆养在家里,这件事我绝不能容! "兄妹二人眼看就要拼起来,后来算是楚云娘又上前劝解,央求她的小姑子,这才暂时没将梅姑娘杀死。

梅姑娘又被幽禁在一间房内,除了派采芹一天给她送两顿粗饭,绝不许她见人。梅姑娘愈弄得生不能生,死不能死,外面的事她也无法知道。不过有时采芹给她来送饭，看见两旁无人，便悄悄跟她说几句话。梅姑娘便知道这里曾举行过一次大祭，那天来了数十名江湖好汉，都一齐发誓要帮助高家的人为兄弟报仇。

梅姑娘时时替叶允雄提着心，她在禁锢之中，云鬟不整，终日以泪洗面，身体渐病。这一日，忽然听采芹惊慌慌地对她说："你的丈夫已被他们骗来了！听说已来到襄阳了！他们兄弟这就都要报仇去了！"梅姑娘听了，不禁惊忧欲死。

第十回　斗江边侠女逞钢锋
　　　入酒肆仇家飞巨瓮

　　襄阳城中现在是有孟三彪跟胡二虎,这两个人带着一帮山东的响马,来这里用高家的本钱开了一座镖局,字号是"聚杰"。他们这镖店做买卖是在其次,主要的是为召集各方会武艺的人,并分途向外去打听叶允雄的行踪。在这里官方、私方他们都打点得很好,飞鹰童五是往北京去了,病虎杨七也来到这里,大家就等待寻着叶允雄的下落,就群往争斗、捉捕以复仇。

　　这一日,忽然有镇海蛟鲁大绅派人骑着快马自京来到襄阳,报告说:"叶允雄确在京师,惟又改名曰叶悟尘。彼之枪法确非昔时可比,在京已镇服无数豪俊,名头极大,且有贵人谢某为之保荐,故我与彼虽近在咫尺之间,但我未敢同他会面,诚恐枪法不敌,反致遭人所笑也!今我已用计激他南往,旬日之内他必到襄阳。届时汝等须谨慎应付,不可依仗人多势大,使尔疏忽。此次与彼同行者有海娥,此无耻女子,忘恩负义,我实深恨。但她的武艺更不可轻视,不过不可伤她,只捉住就算了。信到,我随后就到,一齐协力,擒住此贼,以图痛雪冤仇,大快积愤。千万千万,要请来高氏兄弟预先埋伏,然后下手为要!"

　　孟三彪见了他舅父的信,就又是惊慌,又是高兴,急忙派人去请来了高光、高顺、高英、母豹高小梅,以及各方与他帮忙的人,布下罗网,就在此等候。附近几县的店家也都被他们买好了,所以叶允雄跟鲁海娥一来到湖北境地,他们就已得到了报告。

这天,听说叶允雄已往襄阳来了,离这里不过四五十里,不等天黑,便可来到。于是,大家更都紧张起来,就一齐出北门往汉水江边去迎敌。汉水江中波涛滚滚,船只无数,他们的马匹都藏在南岸的树林里,由孟三彪、高光、母豹高小梅先摇着一只小船渡过了江。等了一会儿,孟三彪就在岸上招手,惊慌慌地大声喊道:"来了!看!远远的那两匹马!那戴草帽的家伙就是叶允雄!"

此时天已傍晚,两岸泊着的船只都已落下了帆,在船板上烧饭,炊烟袅袅飘向天空。两岸的摆渡却还都载着许多人跟车马,都是赶着出城来的和往城中去的。云光霞影投于水面,被搅得发出万道的金光。远处有青色的山峦,金碧色的树林。古道之上稀稀的车马之中,便来了两个骑马的人,是一男一女,男的身穿蓝绸子的长衫,头戴宽边草帽,二十来岁,人极英俊,脸上仿佛带着一层愤怒之色,被阳光照得有些发紫,鞍旁挂有长枪;女的却还许不到二十,微胖的脸儿,娇媚流转的两只眼睛,脸上擦着鲜艳的脂粉,抹着猩红的嘴唇,穿的是月白布裥,红绸肥腿裤子,以一块花手绢包着云髻,极为艳美,但鞍旁却有刀和一份简单的行李。

此时,孟三彪早已钻入船舱里去了,五爪豹高光驾着小船,拦住正要驶过来的一只摆渡,高声喊着:"快拨回去!不许往这边岸上来。"船上的人齐声喊着:"为什么?"高光已亮出刀来,用刀尖向那边指着,说:"看见了没有?那边来的男女两人都是贼,等我们把贼捉住了,你们再渡过去!"这时又来了一只带篷子的小船,船头上站的是有名的捕役病虎杨七爷,他也过来拦这只摆渡。高光便把刀藏在船板下,他站在船头,由他妹妹母豹驶着船,就往北岸去了。

此时,叶允雄和鲁海娥已来到了江边,一齐收住了马。叶允雄很是惊异,眼望着那只载着许多人已走到江心,忽然又转舵回去了的摆渡。同时,那只小船上的病虎杨七,虽然是扭转着脸,可是他那瘦样子谁不认得呢?叶允雄就瞪起了双目,鲁海娥却向她的丈夫嫣然一笑,问说:"你怕吗?"叶允雄却皱皱眉。

此时就听近处有人高声叫着,说:"你们是要过江吗?"叶允雄低头一看,就见一只小船上站着一个黄瘦的大汉,这人虽跟自己没见过面,可是那模样就像是自己的死对头高家兄弟,船尾上是站着个黑胖女子,大眼睛,梳着大辫子,手执着一支篙,不住向岸上的鲁海娥来瞧。

早先叶允雄与高家结仇,杀死飞天豹高正,那时五爪豹高光是正在外省,母豹高小梅艺尚未成,所以独有这兄妹二人没跟叶允雄见过面,拼过命,如今才由这二人来打头阵。但叶允雄心里早明白了,他向鲁海娥使了个眼色,一同下了马,随船上的人怎样招呼、喊叫,他们也是不言语,连睬也不睬。

高光索性上了岸,他那一身黑茧绸的裤褂就不像是艄夫,他的笑也是极为狞恶的。他走过来,说:"大爷!你们是要过江吗?上我们这只小船吧!我们这船足能载两个人两匹马,钱并不能多要,因为都是老主顾!"叶允雄仍然不言语,眼睛只是去看那只驶回的大船。那船上的人很乱,都把脸对着他这里,仿佛在看这边的人怎样来捉他,叶允雄不由得生了气,心想:手段这么笨,还想要报仇?

此时,高光索性来到眼前了,指手画脚地说:"那只船出了毛病啦!又拨回去啦!现在要想上大船过去,可没有啦!不如上我这只船吧!"叶允雄冷笑了笑,并没理他。这时看见江面上又有四五只小船往这边驶来,鲁海娥就推了叶允雄一下,叶允雄牵着马同鲁海娥顺着江岸往东走了十几步,不想高光又追上来,叶允雄又止住步。高光还是说:"您快上我们那只船吧!够我们几个酒钱就行,钱绝不能多要,船还顶稳……"

话说到这里,忽然叶允雄翻了脸,说:"我们不愿上你那只贼船,你还啰嗦什么?"说着一脚踹去。不料五爪豹高光早有防备,"嗖"地一闪身避开了,他斜身摆出了拳势,反倒哈哈一笑,说:"别讲究用脚踢呀?江岸上这些只船随你便雇,只要你肯过江!只要你敢进襄阳城!"

此时,鲁海娥伸纤手抽出了刀,那母豹也手提双刀跑上岸来,交给她的哥哥一口刀。江中那四五只小船都已来到了这边,船上的人各执刀枪钩剑,都已来到岸上。叶允雄令海娥闪后,他把银蛇枪自马上摘下。这些人扑到岸上来,叶允雄一看,那白面豹高英原是自己的活冤家、死对手。白面豹高英看见了叶允雄，同时也看见海娥了，鲁海娥那风骚俏丽的姿态，尤其陪衬着矫矫的健马，艳艳的夕阳，滔滔的江水，闪闪的刀光，令他就不由得有点儿发怔。

此时，叶允雄已与五爪豹高光交起手来，枪影刀光战得甚紧，母豹就上前帮助她四哥，她的刀法更紧快，鲁海娥也抢刀去帮助她的丈夫。白面豹高英却过来将剑向鲁海娥一招点，说："你过来！"鲁海娥向旁闪了几步，撩起秀目来一看，见这年轻的短小精悍的白面人似笑非笑，似怒非怒，仿佛不是来拼命，竟像是来调情。鲁海娥就骂道："什么东西？死还有急着来抢的吗？"一跃向前钢刀直下。白面豹以剑相迎，寒光闪动，瘦铁掠腾。十余合之下，白面豹高英竟惊讶对方不独刀法精熟，而且气力极猛，他被迫得剑法几乎缓换不过来，身子不住地向后去退。

此时，病虎杨七、爬山豹高良、铁头豹高顺，一刀一枪，并一对双钩，三种兵刃齐向叶允雄进攻，那母豹高小梅就转过来帮助高英抵挡鲁海娥。母豹是凶悍绝伦，高英是剑法精巧，但都抵不过粉鳞小蛟龙。鲁海娥越杀越勇，只见她下面的莲足飞跃，一步逼前一步，白面豹高英便不住向后退，并说："妹妹留神！"他妹妹母豹也有些气喘刀弛。

斯时，忽然五爪豹高光惨号一声负伤倒地，高良、高顺、杨七一齐跑开了，叶允雄横枪，傲笑。高英也几乎被鲁海娥砍了一刀，他也急忙转身跑开，并招呼他的妹妹。但母豹绝不服气，愈加的悍勇，与鲁海娥相峙，又三四合，鲁海娥就一脚将母豹踢倒，同时刀如闪电般落下。母豹命在瞬息之间，那边高英、高顺想重来援救已来不及。不料鲁海娥的刀忽然被她丈夫拦住。叶允雄说："住手！我们来此并不愿伤一个女人！"

母豹由地下爬起来，浑身是土，大辫子也散开了，头发乱蓬蓬的，她拾起刀来还要跟鲁海娥拼命，却被高英上前把她揪回。地下躺着的那高光是左肩膀受了一枪，黄脸痛得惨白，他爬起来呻吟不绝，被高顺、高良给搀架到一边。叶允雄向妻子使了个眼色，二人都牵回马来，一齐扳鞍纫镫，病虎杨七却喊着说："喂！姓叶的！难道你们这就走了吗？事情就算完了吗？"

叶允雄态度从容，在马上提枪说道："我不明白什么叫完不完？你是官人，如果你要办公事，你可以率领官人提着锁来捉我。我现今已痛悔前非，对于你们，我若贪生我可以逃避，但绝不愿你们再有死伤，这就表示我绝非是不讲理的强盗。可是你若与他们高家的弟兄联合，想在此暗算，或仗着人多要想杀我、伤我，那我可就要还手了！刚才的一场争战，还是我手下留情，不然用我这杆枪将你们一个一个挑下汉水，绝非难事，这话是我对你说的。至于高英、高良，你们是这汉水一带的恶霸，你们做的恶事比我做的恶多得多。我们过去的冤仇，全是江湖上不值得一提的事！你们若自信武艺好，可以来，若是自己斟酌着敌不过，那就趁早不必前来以卵敌石。我对你们也能宽容，只要你们不对我逼迫过甚，我绝不还手，你们的手段不太卑劣，我也绝不能伤你们的命。话说完了，你们再商量商量去吧！反正我还是非入襄阳城不可！看你们有什么方法对付我！"

他向东走了几步，便呼喊渡船。鲁海娥跨着马跟随她的丈夫，她还不住扭着头向高家兄弟去望，只见那边有人已将负伤的高光用小船渡走了，其余的人还都不走，还都指手画脚地在商议。鲁海娥向他们撇撇嘴，冷笑着，低声骂着，又将一只手搭在她丈夫的肩上，表示出来亲爱。金碧流漾的江水之中，船只本来很多，船上的人，胆大的站在船头，胆小的藏在舱里，都把岸上的这场大武戏看完了，眼睛全都呆了。尤其是鲁海娥，漂亮、矫捷，加上她跟叶允雄那样卿卿我我的，谁不咂舌，谁不心里亦羡亦妒呢？

叶允雄叫了半天船，竟没有一个船夫敢应声。叶允雄冷笑着，正想要拨马带着鲁海娥向东去走，另找渡处，却忽见从西边驶来了一只大船，是向他们这边来了。叶允雄向海娥低声说了几句话，船只已来近了。船头上站着一个小伙子，说："大爷！您是要过江去吗？"叶允雄点头，问说："渡过江去要出多少钱？"船夫之中的一个就笑着说："那还不好说吗？大爷，凭您的武艺我们也不敢跟您多要钱。大爷您看，这江边这些船只，哪个敢载您过河？他们都是怕高家弟兄。咱们可不怕，强中自有强中手，襄阳城叫他们横行得也够了，也该有大爷您出来打一打他们了！"说着，把船拢到了岸旁，就搭上跳板。一个船夫跑了过来，说：

"大爷请上船吧！太太把马交给我牵上船去吧！"

此时，鲁海娥揪了叶允雄一把，叶允雄摇头不语，他就先牵马上船。鲁海娥手提钢刀跟着，顺着跳板也走了过去。船夫替她把马牵过了跳板，上了船，才一收跳板，撑开了船。不料那岸上就跑过来杨七跟高顺，手中都拿着兵刃，一齐向着船大声喊道："快把船拢回来！不许渡他们过江！你知道他们是干什么的吗？你没看见刚才他们杀伤了人吗？"两人全都瞪着大眼，气势汹汹的。另有许多只船上的人也齐帮助喊说："胡老二！你快把船驶回去吧！这个买卖可做不得！以后你不想在江边混了吗？"

这船上的胡老二却光着铁青色的脊背，撑着一根白木杆的长篙，篙上的铁头如枪尖似的，他微微笑着，说："咱做的是买卖，谁管坐船的是什么人？只要有钱就是财神爷！你们不做这笔买卖，也不能拦着我做呀？哥儿们！南岸上见！"说着他将船只悠悠地拨走了。鲁海娥也不禁笑着，叶允雄却又悄声说："留神！"

这只大船上，两匹马都拴在桅杆上，两个船夫，胡老二跟一个圆脑袋的小伙子，都撑着长篙，后边有个十来岁的瘦孩子管着舵。船舱里又出来一个短身子的汉子，手里拿着一双筷子，一碗粗米饭，就蹲在舱门口吃。忽然，这汉子站起身来了，惊慌慌地说："追来啦！哎呀！这可怎么好？"叶允雄却看出来这人是假惊慌，瞎喊叫，其实他的样子并不是怎么着急。

此时，只见从西边斜着追来了三只小船，在水面上都如箭矢一样的快。叶允雄又绰起他的长枪来，鲁海娥倚靠着她丈夫的身子，横刀，微微撇着嘴笑，说："岸上他们都不行，追到江上来可又有什么特别的本事？"叶允雄此刻的神态却极为紧张，迎着夕阳，他不但看出那三只船上是高英、高良、母豹和几个不认识的人，都手中有家伙，他并且时时顾虑到后面。

此时，胡老二等人仍然鼓篙前进，船已来到了江心，那三只小船也眼看就赶来了。不料忽由身后舱里钻出来一个人，这家伙就是孟三彪，他在这舱里已然藏了许多时了。如今这是杨七跟高英商量好了的计策,先把叶允雄跟鲁海娥诱到船上。船上的面积既狭窄,且有胡二虎跟几个人助势,他们从后面用小船追,故意使叶允雄跟鲁海娥专注意他们而不顾背后。

孟三彪手持钢刀就悄悄出来了,他走到叶允雄背后举起刀来,不想刀还没有落下,叶允雄早回手一枪杆,"吧"的一声正敲在孟三彪的头上。孟三彪"呵"地一叫,鲁海娥也回身抡刀砍他,他急忙以刀相迎。叶允雄此时大怒,说:"好!孟三彪!我来到襄阳找的就是你!"抖枪如毒蛇一般向着孟三彪的前胸刺去。

不料胡二虎把长篙离水,向叶允雄打来,说:"你别在我这船上动凶呀!"孟三彪乘空转身向船头就跑,叶允雄跳过了胡二虎的篙,就挺枪去追。孟三彪已跑到船头,回手抡刀招架,叶允雄将枪一抖,如梨花乱落。在枪影里,就听孟三彪一声叫,接着是"噗通"一声,孟三彪身受枪伤落于江中,溅起来数尺高的水花。

叶允雄喝声旁边持篙的人:"站住!"他还要静待水花平下去,浪头翻过来时,他再用长枪向下去扎,务必将恶贼孟三彪扎死。不想这时胡二虎忽将长篙抛向江里,绰了一口单刀跑过来又与他拼斗。叶允雄回枪迎斗,未三合,胡二虎忽然一翻身跳向江里,在江中游起泳来。这家伙不但是泰山麓的大盗,还是黄河中的水贼,水性甚好。还有三个船上的人一齐都跳下江去,他们在江水中翻浪掀波,狂笑着,大骂着,把两根长篙顺着江波给推出了很远。船上没有篙了,也没人管舵了,空剩有桅杆又没有帆蓬,船就滴溜溜地在江心转了起来。

那边高良带领几个人也都跳下了水,母豹站在小船头上尖声喊叫,说:"把船掀翻了吧!凿漏了吧!淹死他们这对狗男女!"叶允雄却冷笑着,便向海娥说:"把刀给我!我这枪在水中不能够使。你在此等着,让我跳下船去溯这群拙笨的东西!"

鲁海娥却顿脚,说:"你干吗呀?难道我就不行吗?"说着手抱钢刀将身向船下一跳,叶允雄说声:"小心!"只见一阵水花溅起,小蛟龙的艳影已投于江中,同时波翻浪滚,钢刀随纤手,莲足蹬碧波,蟒首蛾眉,一阵儿在水面出现,一阵儿又沉落下去。她是大海里的银龙,高良等这些小江里的鱼鳖如何能敌得过她？她在水里依然能将刀法展开，胡二虎一个不小心，把头向水外一露，只挨近她的刀不过二尺，吓得赶紧缩头入水。可是鲁海娥的刀斜向水中刺下去，水中的胡二虎仰着身子手脚乱动地挣命，水已红了一片。高良和别的人惊得就都浮水逃奔，有的爬上了小船，有的甲鱼似的藉水爬跑了。

鲁海娥便直扑向高英的那一只小船，高英跟他的妹妹母豹的水性都不大好，病虎杨七是一点儿水性也不会，他们三人不由得齐都惊慌。母豹拨着船急急地逃去，但鲁海娥已追上来，一手抓住了他们这只船的船舵，母豹就惊得大叫。

这只小船上的三个人正在危急之间，幸有高良由另一只小船上跳过来，挟起来他的妹妹向那只船上一跳，白面豹高英也随之跳到那只船上。杨七可没有人管了，鲁海娥已扳上了船尾。杨七惊慌着，也要向那只船上去跳，没想到没有跳利落，"噗通"一声就掉在江里了。高良鼓着桨，小船像逃命的飞鸟，顺波流去。红鲤鱼似的鲁海娥上了这船就提刀笑骂，喘了口气，便又跳下了江波。

她并不去追赶那些逃走的人，却一直奔向大船。来至临近，她就在水中将刀向船上一扔，船上的叶允雄说："找回一支篙来，你就上来吧！"鲁海娥的面上往下流着水，益为娇艳，她摇摇头，却在船后用力推船，如同船尾上有一只美丽的红鱼在衔着似的。

但她的力量毕竟是弱，把船推得极慢，幸而走了不远，就遇着一支刚才被抛在水里的长篙，她就将篙竖起来，上面叶允雄用手揪住，鲁海娥攀着这支篙就上了船。到了船上，她望着叶允雄一笑，娇媚地说："你瞧那些人有多么糊涂？他们还以为咱们不会水呢！"此时，她头上的绢帕已被水冲走了，迎着江风她抖散了头发，坐在船板上休息。

漫天的红云已变得全黑，银星乱迸，江风江流萧萧地作响，对岸船上已灯火离离。叶允雄使力鼓篙，流了通身的汗，这才将船拢到对岸。鲁海娥早将两匹马解下来了，她搭上了跳板，一手提刀，一手牵着两匹马，敏捷地就到了岸上。叶允雄也抛下了篙，提起枪来离了船。两人一齐上了马，鲁海娥欢笑着说："走吧！快走吧！"她的马在前，一边走一边挽头发,并向叶允雄旖旎地笑语。

在薄薄的夜色下、稀稀的灯光里走了多时,方到襄阳城的南关,找了一家店房进去。这座店很大,来投宿的客人很多,店伙计对他们也不大注意,也没生疑,就把他们的两匹马入厩,人让至了单间。叶允雄叫店伙去泡茶备饭,他坐在床头歇息,却不禁生起了许多忧烦。

忧烦的就是自己来此是为寻访梅姑娘的下落,但梅姑娘的下落唯有孟三彪才能知晓,可是孟三彪今天又被自己刺下江去了,并没得暇向他逼问出来一句话。不知孟三彪死了没有?他要是没死,倒好,且不必杀他,先向他问出梅姑娘的生死。然而,梅姑娘若是已然死了,那自己当然是伤痛的,可是那事情还好办,可是万一梅姑娘并没死呢?其实世人尽多妻妾,同时娶两个妻子的也不少。梅姑娘为人贤慧,即使叫她屈身做小,她也无不依从。只是,那样也怕为奇妒的鲁海娥所不能容,鲁海娥为自身的附骨疽。但是又回想刚才在江心,鲁海娥的勇敢、能干,直超过自己之上,并且她又是那么……

此时灯已上了,鲁海娥把门关严,就背着身换衣裳,换完了衣裳仰面在床上一躺,闪烁着星眸向着他笑。叶允雄也不得不笑了,但心中真是两面恋惜,两面钟爱,两面为难。后来他就一狠心,心想:梅姑娘死了吧?她岂能再活呢?一定是早已死了。死了倒也干净,省得我这懦弱的丈夫叫她伤心、受气!想到这里不由得就顿了一下脚。

鲁海娥可又立时翻起眼睛来,似怒又似笑地说:"干什么呀?你还烦?你娶了我这样一个老婆,今天给你出了多大的力,你还能上哪儿找去?不是说,谁能有你这么大的福?你可还像是不知足似的,老是皱着眉!"

叶允雄赶紧又笑着辩解,说:"我哪里皱眉了?我不过是脚自然地顿了一下。你的好,我难道还不知道?尤其是今日,有那母豹一比……"鲁海娥沉着脸儿,问说:"怎么?母豹比我强,比我漂亮,比我水性高是不是?"叶允雄说:"你怎么不容我把话说完?就是个瞎子,也能看出那母豹比不上你的一成!我言其是,我很幸运!我很光荣!"

鲁海娥突然坐起身来,把头放在他的腿上,脸对着他的脸嫣然地笑着,说:"你再夸夸我,我就爱听人夸!"叶允雄说:"你在水中是龙,在陆地上是锦毛的神兽，若到月亮里呢，你是赛过嫦娥！"实在鲁海娥这时倒像是一只小猫儿，被她丈夫这几句甜蜜的话给抚慰得贴耳垂毛，抿着小嘴儿微笑，惺忪着双眸，仿佛乖乖地睡着了。

此时店伙来推门，叶允雄把门开开，店伙拿着茶壶，端着盘子进来了，茶、饭、酒皆备。鲁海娥已然抬起头来了，但依然微微地妩媚地笑着，跟她丈夫依依偎偎的，叶允雄倒觉得难为情。店伙这时也有点儿注意，因为见这位少妇是太漂亮了，可是态度又太不庄重，倒像是个姨太太，或是妓女。店伙在一旁看得都傻了，后来又看见床里放着一口刀，墙角立着一杆枪，他又不由得咋舌，回身就要走，叶允雄却叫了一声："回来！"店伙赶紧站住，说："大爷！您还有什么吩咐？"

叶允雄由鲁海娥的手中接过一杯酒来，饮下一口，就说："我住你这家店，就先得把话跟你说明。我姓叶，我来此是闲游，但不想刚走到这里，忽然遇见了几个与我有怨的人，就是那高家兄弟和孟三彪，你晓得这些人吗？"

店伙听了，立时就有些害怕的样子，点头说："我知道，高家的哥儿们是……恶霸。"声音极小，又说："孟三彪、胡二虎两人更是无所不为，他们在城里开了一家'聚杰镖店'，是高家拿的本钱，开的日子不多，买卖也没做什么，可是城里的人就都怕他们了！"

叶允雄说："不要怕，我能为你们这地方除害，可是我们现在住在这里，不许你们对外人去说！反正店饭钱绝不能拖欠你们的，就是出了什么事，也与你们无干。"

店伙说："是啊！我们是开店的，无论是谁，只要有钱，就能在我们这儿住，就是出了麻烦，谁也问不着我们。您嘱咐我们别向外人去说，我们见了人不说是了。我们这店天天来往几十个客人，要叫我们记清了哪位客人的姓，哪位客人的名字，我们也记不清楚。"叶允雄点点头说："好！"遂叫海娥取出几两银子来，先存在柜上几两，给了店伙一两作为赏钱，店伙就喜滋滋地出屋去了，少时又打来了洗脸水。当晚叶允雄与鲁海娥就宿在这店里，门关得很严，刀枪都放在身畔，一夜静悄悄地过去，倒没有发生什么事故。

次日,清晨起来,店伙送来了洗脸水,叶允雄就托他到外边给打听打听,那聚杰镖店现在有什么事没有。店伙去了不多时,就回来悄悄地说:"高家的人昨天是有个受了伤,班头杨七爷掉在河里淹死了。孟三彪倒是回来了,听说他也受了伤,可是胡二虎没有下落,不知道是生是死。"说话的时候,他的眼不住"吧嗒吧嗒"的,瞧一瞧叶允雄,又瞧瞧鲁海娥,仿佛他早就都听说了,这二位都是怎样的人。尤其是鲁海娥,他想多看看,可是却连多一眼也不敢看。待了会儿,这店伙就又出屋去了。

鲁海娥今天换的是红绸袄,紧身箍儿,镶着花锻边儿,敞开两三个纽扣,露出葱心绿的抹胸、金练子。下面垂着丝线的裤腰带,白纺绸裤子,镶蓝边儿,陪衬上一双红缎鞋,仅露出小小的鞋尖,上面趴着一只绣的蝴蝶。他们路过保定府时停留过两天,这些全是那时买的、做的。她支起一面小镜子,梳挽云鬌,芳颊上轻轻涂了些脂粉,并时时扭转头向着叶允雄笑。

叶允雄是穿着一身青绸裤褂,他坐在旁边的一张凳儿上,喝着店伙才送进来的茶,也应酬着海娥。她向他笑,他也不敢不向她笑,可是自己的脑里还想着许多的事。他想着:孟三彪既然未死,那么梅姑娘的下落必要向他问问。可是,他的镖店开在城里,自己现又在城外,若是白天进城去找他,不但他一定要藏躲起来,还必又引起一场大争斗。若是晚上再去找他,可又隔着一道城墙。叶允雄在心中为此事来回地斟酌。

鲁海娥又跟他说闲话,海娥的意思是,除了愿意跟高家弟兄和那母豹再斗一斗,再显显她的武艺,她并不是太恨孟三彪,因为那是她义父的外甥。至于叶允雄的脑中时时未忘梅姑娘,因为未表现出来,所以她是一点儿也没有想到。

鲁海娥想要到城里去逛逛,买点什么东西去,叶允雄却拦住她,说:"咳!咳!你想想咱们昨天在江边闹的那件事,今天怎么能够出门呀?谁不认识你跟我?认识了岂不就是麻烦,难道咱们真在光天化日之下,在城里跟人大杀大砍去吗?"

鲁海娥瞪眼说:"怎么?怪啦,你离开北京来到这里,反倒又胆小起来了?"

叶允雄说："并不是我的胆小，是事情不同。在北京我与人多半是比武，少半才是拼斗，但也都是在城外，在夜间。如今来到这里，只要一遇着对头就非得拼命不可，所以我觉得应当谨慎。"

鲁海娥说："既然谨慎，可又何必在这儿住呀？不会往别处去吗？"

叶允雄说："我们来此不是为办事么。"鲁海娥说："我可不明白！你净说办事，可是见了高家兄弟你又放他们活命，连个母豹你还怕我伤了她！"叶允雄说："我来此第一是为孟三彪！"鲁海娥说："你为什么专专地恨他呢？难道你被擒起解路过梁山泊时，押着你的也有他吗？"叶允雄摇头，又顿足恨恨地说："不过我绝不能叫他活命！旁人不说，唯独他，实实在在地欺我太甚！他对付我所用的手段太狠了！"

鲁海娥愈为诧异，仔细一寻思，忽然她的脸色一变，叶允雄倒不禁一惊。可是鲁海娥只态度淡淡的，转过了脸去，拿了她的一块绸手帕，就着盆中净过面的残水去洗涤，低着眼皮，默默地不说一句话。叶允雄就想，她也许是没有猜到自己的心思，便没有太介意。

当日，鲁海娥除了上厕所，就连屋子也不出，只在床上盘腿坐着，由行囊里取出针线，刺绣一个装刀的绸套。叶允雄是除了发怔，在屋中来回走，就是躺在炕上歇着，跟海娥说笑几句。海娥虽然似乎有点儿不高兴，可是仍然不时地微微笑。

不觉天晚，叶允雄在短衣服上罩了一件青布长衫，不待用晚饭，他就出了店门。店外大街上，人乱车杂，城门十分的拥挤，他就挤进了城去。城里这时还很热闹，车辆里杂着镖车，行人里羼着官人。叶允雄又怕被人认出自己来，他只随在几个人的背后去走，脸是低着的时候多，抬起的时候少，但他的两眼时时翻起来偷看，一切的城中景象瞒不住他。

他只觉得这襄阳的地面实在不小，城市真繁华，简直是一座小北京。他在汉水一带曾走多年，但今天进这座城还是初次，街道都觉着很生疏。走过了两条街，方才看见道北有一个大栅栏门，白墙上写着"聚杰镖店"几个字，叶允雄看了，反倒赶紧转身，疾走几步，又见道旁有一家很高的大酒楼，里边刀勺乱响，他就走了进去，一进门就"咚咚"地跑上楼去了。

楼上喝酒的人很多，迎着街的那一排座位，全都坐满了人，有的在划拳行令，有的在吃饭餐鱼，这酒楼代卖炒菜。靠西墙堆着四五十只酒瓮，如同山似的，可知是个大买卖，来这楼上饮酒的人也都穿着得很整齐。沿着楼梯扶手有一张小桌子，叶允雄就撩撩衣裳在此坐下，有个伙计当时走过来招待，问说："大爷！您打算喝什么酒？"叶允雄说："你们这里的黄酒零卖吗？"伙计回答说："零卖。"叶允雄就叫拿一壶来。

少时，伙计把一壶酒和两碟酒菜、一双筷子摆上来，酒菜不过是炸小虾、豆腐干之属，叶允雄就斟了一杯酒慢慢地饮着。抬起眼来去看，见是四扇窗子，全都打开着，为通凉风。窗外就是后院，因为这是在楼上，所以往后院只是一片屋瓦，瓦上有几只斑鸠在那里走着，忽而落下，忽而飞上。回过头去再看，见那一排座上，倒没有什么眼熟的人，窗户也都敞着，外面挂着一排苇帘子，遮住了夕阳。楼外虽然是市声、车马声，十分的杂乱，楼下虽有人也大声谈话、划拳，但又有小鸟在笼里唧啾地叫着，在喧嚣之中也有些雅意。

叶允雄不敢招人注意，便转回头来，品评着酒味菜香，消磨着这近黄昏的时刻，并细细听背后坐的人谈话，听了一会儿，忽然有几句惊人的言语，就送入他的耳中。背后靠窗的那张桌，叶允雄早看见了，坐的是个矮胖子，有两撇小黑胡子，穿着黑绸子的裤褂，手里拿着个鼻烟壶，一把一把的红色鼻烟往鼻子里去抹。另一个是个二十来岁，很年轻强壮的汉子，辫子梳得很光亮，衣服也相当的讲究，这二人也是只饮酒，没有吃饭。只听那矮胖子说："这件事，我看是没法了结啦！冤冤相报，越积越深，将来还不知要出几条人命。我的意思是想把叶允雄找出来，把他的妻子给他……"

叶允雄听到这里，精神突然一振，又听那少年笑声回答道："就是把他的妻子还给他，我想他也未必要了！他早已另娶了，新娶的这个，那家伙……"

矮胖子又说："那不是外人，那是镇海蛟鲁大绅的干闺女，在东海有名的粉鳞小蛟龙。老孟不至于不知道她，昨天却想同她水战，那不是在张天师的眼前刮旋风吗？老孟是糊涂啦！活该他吃亏。大概一二日内镇海蛟就来到,我想他对他的干闺女一定有办法,粉鳞小蛟龙还真能够把她的干爸爸也拉到水里来一回水战吗? 哈哈! 我想不能。"

少年却说:"那可不一定,女心向外,何况又不是鲁大绅的亲闺女,她跟了叶允雄那小白脸,都许把她迷得疯了,她还能认识娘家? "

矮胖子又说:"可惜我是不认识姓叶的,不然,我愿意出头为他们两方讲和。姓叶的伤了人家弟兄几个人,也应当去给姓高的赔个不是,但姓高的可也得恭恭敬敬把人家原配送了出来。"

叶允雄听到这里,手拿着酒杯不住地发抖,真想要站起身去与那二人交谈,打听打听梅姑娘到底是在何处,却听那少年又微微地笑着说:"卢三哥! 我劝你不要出头管这件事,闲事管不成,倒许又弄出大祸来。今天不是听说有人去请高老九的媳妇去了吗? 那才好,咱们就等着看热闹吧,看看双剑女怎样大战小蛟龙? "

叶允雄听到这里,忍不住把酒杯一摔,愤怒地站起身来。他将要回身去向那二人质问,并想将那说话的少年饱打一顿,但忽然听得楼梯一阵响。他向楼梯扶手之下投了一眼,却见上来了一个连鬓胡子的高身大汉,原来正是爬山豹高良。叶允雄就吃了一惊,急忙又落座,扭转着头,专等高良上来,看他见了自己是怎么个办法。

楼梯的响声越来越沉重,爬山豹已然走上楼来,只见他穿着一身肥大的青布裤褂,腰间系着一条绸带子,上面插着一口尺许长的明晃晃的尖刀。他像是没看见叶允雄,只抱着拳向沿楼窗坐着的那一些人拱手。原来这些人全都与他相识,都恭敬地站起身来,说:"二爷! 请这边来喝一杯吧? "高良却拱手笑着,说:"不客气! 诸位请坐吧! "

那叶允雄身后的两个人特意走过去,矮胖子就拉着高良的胳膊,说:"我们正在这儿谈论你呢! 怎么啦,今天四弟的伤势可好了一些吗? 老孟怎么样? 不至有什么危险吧? "

高良却摇头,笑着说:"都不要紧! 江湖人身上受一点儿伤,就跟小孩子跌了一跤,算不得什么。卢三哥今天怎么这样闲在? 听说你的高徒姚云锦也到武昌保镖去啦? "

这个叫卢三的矮胖子就笑着说:"那不过是朋友拉拢,给我一点儿脸面！我们师徒就指的是众朋友们，没有朋友就不能混了，哪能像你老哥，家大业大名气大，手足们又多？"高良半笑半叹地说："不要再提！提起来惭痛死人。"又向那少年说，"你怎么也到这里来了？"

少年笑着说："我是今天晌午才从老河口赶回来的。刚才我到柜上看了看，二叔没在，我出来遇见卢三爷，卢三爷就拉我来这儿喝酒。他还说，打算出头给你跟叶……说合说合！"

高良听了这话，连鬓胡子几乎都要竖起来，他哈哈地大笑着说："卢三哥，你把这件事看得太小了！这不是小孩子们拿砖头打架，这是刀跟血，性命跟冤仇……"说到这里，他忽然把话止住，满楼的人目光全随着他盯在了叶允雄的身上。

此时，叶允雄仍在饮酒，也不说话。因为爬山豹高良手摸着钢刀冲着他怒视了一会儿，所以满楼上的人也全都看着他。伙计又走过来，带笑点头，问说："高二爷！您在哪里落座？"高良满脸发紫，指指卢三，说："我们坐在一起。"伙计遂搬了一把椅子，放在那张桌旁。高良倒并没立即发作，只默默地随着那二人走过去，一同在叶允雄身后不远的地方落了座。叶允雄周身的血液紧流，精神十分地兴奋，只注意防范着身后，身子却仍然不动。

此时，楼上众客人的划拳声，让酒让菜和争着会账之声，顿然全停，大家都像被什么事情震慑住了。有的悄悄付了账，就悄悄地走了。叶允雄只听身后高良等人的谈话，也声音很低。那高良说话粗哑，听不大清，却听卢三急急地说："不可！不可！这里是人家的买卖，掌柜的跟咱们又都有交情，怎好把他们也连累上？不可不可！"又听他说："要是那样办，事情可就没完了，我想不如招呼招呼他，面谈。"高良却用力一捶桌子，"咚"的一声，杯碗皆响，四周却哑然无声。

此时，却见那少年站起身来，他虽脸色也有些白，但还装作没事人儿似的，仿佛要下楼去走。他绕过了叶允雄的座位，刚要一手扶楼栏下去，还没迈腿下楼，叶允雄就突将一只酒杯飞来，正打在他光亮的头发上，喝一声："你别走！你要做什么去？"

这少年赶紧一手捂脸，身子往后去退，急急问说："为什么？你还能拦得住我走？你凭什么打我呀？"叶允雄挽了挽衣袖，这时忽然爬山豹高良抽出了尖刀向他的背后扎来。叶允雄翻回胳膊一拳打去，"当啷"一声，高良手中的刀就掉落在楼板上。

卢三上前来劝说："不要打！都是江湖朋友，好歹都先看在我面上，听我说几句话！"他居中一劝，叶允雄倒是住了手，不料那高良却绰起一把椅子来，向他就打。叶允雄急忙闪开，并推了卢三一把，说："朋友！我请你不必管劝！"

这楼上的地方倒还宽敞，二人就扭了起来，相持不下。叶允雄虽然拳法精熟，但高良的力也不弱，"咕咚咕咚"的楼板乱响，那卢三还在旁嚷说："这不对！你们如果真要拼个死活，可以到楼下打去，街上打去，这里是生意，买卖……"说话之间，高良一椅子向叶允雄盖顶砸下。叶允雄劈手将椅子夺过来往旁边一扔，就听"喀嚓"一声，椅子散了架了，旁边的酒座儿都惊得抱着头往楼梯下去跑。

那头已被打破流血的少年，弯身拾起来钢刀，高良喊了声："给我！"那少年将刀一扔，高良伸手去接，但又怕接着那刀刃，所以没接着，刀"当啷"一声又落在地下，叶允雄急忙用脚踏住。少年过来助拳，被叶允雄一臂打倒。高良又过去，绰起来一只酒瓮，向叶允雄砸去，又被闪躲开了，酒瓮扔在楼板上直转，撞倒了两把椅子。

高良又由桌上绰起一个瓷盘子，向叶允雄飞来，叶允雄倒是没躲，可是打偏了。酒楼的掌柜才上楼来要劝架，不料一盘子正打在他的身上，虽然没伤着，可是他吓得"哎哟"一声就坐在地下了，爬起来又喊："两位爷！住手吧！别伤了家什！"

卢三已然愤愤地下了楼，楼下却"咕咚咕咚"地一阵乱响，如急雷似的，上来了十多个人。手中有的提枪，有的拿刀，由白面豹高英领头，这全是聚杰镖店来的人。高良此时威风大振，双手又举起一只酒瓮，大声喊说："杀死他！休放他走！"白面豹高英的宝剑随身挑来，铁头豹高顺的长枪抖擞而至，母豹高小梅的单刀也如风一般地扫到。

叶允雄急忙向旁去跳，跳到一张桌上，脚踏碎了碟碗。刀枪剑进一步逼上了他的身，他急忙又一跳，跳到了酒瓮的堆上。此时他是居高临下,并举起一瓮酒来向下去砸,下面的人都纷纷后退。叶允雄一瓮砸下,正砸在高良的身上。高良被砸倒了不说,他此时也正抱着一只瓮,二瓮相撞在一起,就全都碎了,瓮里的酒就如汪洋大海般地流出。

酒瓮一破,楼板上成了泽国,许多人的脚都湿了,母豹的一双黑帮子绣白花的小鞋也都湿了,那藏在一张桌下的掌柜的几乎哭了出来。高良滚得一身是酒,由身后的人手中夺了一口刀,向酒瓮的堆上就蹿。他刚一蹿上去,可是叶允雄又将一只瓮砸了下来,高良就又从上面摔下,刀也撒了手。

高英等人又往后退,叶允雄却乘此时一纵身跳了下来,又一纵身子就跳出后窗外。不料他的长衣未撩利便,窗上又有一个钉子,一下就挂住了。母豹自后一刀砍来,叶允雄已把衣襟撕破走开了,母豹追出来又一刀,叶允雄却回身一抬脚,母豹连人带刀一齐滚下了房去。窗里又有几只酒瓮往外扔出,想要打叶允雄,但都没有打着,都顺着屋瓦滚下去摔碎了,后院里也是酒浆横流。各处嚷嚷之声搅成了一片,叶允雄却踏着屋瓦走去,随走随解下长衣扔了,少时他便没有了踪影。

这一场大闹,真是天翻地动。此时天已黑了,酒楼上的东西是乱七八糟,掌柜的放声痛哭,官人也来了。爬山豹高良的两腿已然摔伤,被一个人搀架着,但他仍是气势汹汹,大声嚷嚷说:"难道就这样把姓叶的放跑了吗?偌大的襄阳,就拿不住一个贼吗?"于是许多人又乱跑着去捉拿,并有的同着官人出城去搜店。

这时街上也乱极,可是聚杰镖店里,因为人都出去打架去了,店内反倒空虚,门也没关,许多屋里的灯也都没点上,柜房里只有两个伙计在那里闲谈,叶允雄就从外边偷偷地走进来了。他先由兵器架上绰了一口刀,闯进柜房里,威吓着命这二人说出孟三彪住的屋子,并追问梅姑娘的下落。这两个镖店的伙计就齐都战战兢兢地说:"叶老爷!这些事都不与我们相干,我们是在这儿混饭。孟三彪不敢在这儿住了,是到东边三官巷他的姘头家里养伤去了。叶老爷的夫人,我们也是听说,现在会仙庄高家里。"

叶允雄一听说梅姑娘现在高家,他就不由气炸了肺,赶紧又追问详情。这两个伙计本来一个是在这管账的，一个是跟镖车的，而且都是高家家里用过的人，虽然都是吃着高家的饭，可是也都受过高家的苛待，如今又在叶允雄的钢刀威迫之下，所以他们就把梅姑娘如何落在高英之手，高英如何要纳梅姑娘为妾都一一说了，不过他们并没说梅姑娘不从，却说梅姑娘已然成了高英的人了。

叶允雄愈为气愤，提刀回身就走。出了镖店的大门，本想去与高英杀斗一阵，将他杀死，却见街上的人正乱，官人也都出头了，他又不得不有些顾忌，遂就转进了一条小巷。好在他是从镖店里出来的，虽然有人看见他了，可也以为他是高家手下的镖头，是要帮助打架去，便没有人来追他，盘问他。

叶允雄顺着小巷走去，只见巷中家家闭户。他一直走到了城墙，看见四下无人，他就将刀插在背后，用手抠着城砖的缝子爬上了城。城上更是一个人也没有，他就坐下休息。繁星在他的眼前乱进，凉风从他的脸上吹过，他的心却如油煎一般。他暗暗咬牙，痛恨高英，并恨楚云娘，连梅姑娘他都有些恨，就想：你虽然是个弱女子，虽然无拳无勇，但你不会死吗？你就能甘心在高家做妾，玷辱我叶某的名声？他恨不得立时就去到武当山下会仙庄，看看实在的情形，如果属真，那高英夫妇连梅姑娘，全都不能叫他们得活。

他愤然站起身来，向城外下面去看，见灯光不多，护城河内却有许多星光的倒影。他就又爬下城来，泅过了护城河，此时他全身的衣服都已湿了，就辨别着路径回到了南关。至店房门首，他偷偷地进去，乘着无人察觉，就一直奔入里院自己的住房之内，只见灯光黯然，桌上放着一份残肴剩菜，鲁海娥躺在床上，掩着被，是已然睡着了。

叶允雄又低着头细看了看，见鲁海娥的两朵芳颐红得跟桃花似的，可见自己走后，她一个人又喝了一些酒。她的眼睛紧闭，长睫毛覆在眼下，更显得娇美。她微微地发出点儿鼾声，确实是睡熟了。刚才在城中一场凶殴恶斗，脱身归来之后，还能在这小宝灯下面对着娇媚的佳人，他的心中不由得感到一阵儿安慰，一阵儿爱慕。又抱歉地想：过去我真对待你不好！我一番弃你远走，你都对我不恨。这些日你以为我是对你很好,你很满足,但其实我的心里正时时怀念着别人。以后就好了!我把梅姑娘倒是得看个究竟,看她是个烈女,还是个惧威惜死的女人?反正,我同你可以终生结为夫妇了! 我不至于再在心里挂念别人了!

心里这样想着,他就将刀藏在床下,轻轻地从床里去取包袱,要将身上的湿衣裳换下,不料鲁海娥却突然伸着双臂,将他抱住了,又"咯咯"地一阵笑,倒把叶允雄吓了一跳。接着鲁海娥却又用力把他一推,他的后腰撞在了桌子上,桌上的杯盘也差点儿滚落在地。鲁海娥就用双手摸着他的两只胳膊,说:"哼! 真湿! 你到哪儿去了? 莫非你又跑到江里去了吗? 我的那身湿衣服还没有工夫晾,你又弄来了一身水淋的鸡毛,咱们真倒了霉啦! 我也是,从小儿在海岛上生长也就够啦,嫁么,也还嫁了个水王八!"

叶允雄赶紧摆手,说:"小声说话!"

鲁海娥却冷笑着,说:"咱们小声说话,人家可都站在院里嚷嚷够了! 刚才也不知是高家的哪只豹,不过我听出来其中有母豹的声音,他们在院里足一吵,口口声声要捉拿叶允雄,幸亏这店家还够面子,没说出咱们来。我赶紧藏在被里,我不是怕他们,我是不知道你在城里闹出了什么事,我也预备着了,只要他们敢进到屋里来搜,那我可就不客气!"说时一掀夹被,露出来她的那口寒光闪闪的钢刀。

叶允雄也不由得一笑,换上来干衣裳,又叫了店房伙计来沏茶。这伙计见了叶允雄,却不禁直眉瞪眼地发怔,叶允雄装作若无其事的样子,反倒悄声问说:"刚才是怎么回事? 我看见街上一阵大乱。"店伙却摇了摇头,说:"我不大清楚!"

他出去沏了茶送来时,叶允雄却又拿出一两银子来给他,说:"这是专赏你的,因为明天我要到夏口镇去一趟,至少也得三五天才能回来。我的女人大概还要留在这里,请你在意些,茶水饭食伺候得要勤一些!"

伙计的手心被银子压得很沉,就立刻不再直眼发怔了,笑着说:"大爷! 您是干吗? 哪有赏这些钱的? 我们在客店里当伙计的,伺候客人还不是本分事吗? 大爷您放心吧! 别说您三五天不回来,您就是十天半月不回来,太太在这儿也不能有一点儿舛错。我们这店是襄阳府的老字号,开了快一百年啦!我们掌柜的家眷也就在这西院住,您一走,这一排房,我们准保连个单身客人都不往里让,茶水饭食更不能有一点儿慢怠。"

叶允雄连连点头,说:"好!好!多多托付你了!"店伙又连声答谢,并说:"不要紧!您放心,无论街上有什么乱子,就是闹到院子里来,我们也绝不能让他们闹到这屋里来。"叶允雄又点头,说:"好!好!"店伙才出这屋。

此时,鲁海娥已披着衣裳坐起来,她只是微笑。叶允雄关上门,顺手插上了插关,就回身喝了一碗酽茶,遂向海娥说:"我想明天走一趟,你就在这里住着,可务要少出门。"鲁海娥就问说:"你要往哪里去?"叶允雄遂把刚才自己去酒楼所做之事说了,然后又说:"因为我知你义父已将来此,孟三彪现在高家养伤,并还勾结匪徒,要置我于死地,所以我要先去下手。但他们又全都与你相识,见了面,你自然不便破除情面来帮助我,所以我想,你就在这里等候我好了!"

鲁海娥听了丈夫的话,只是默默不语,她咬着嘴唇,翻着眼珠,沉思了一会儿,忽然又一笑,说:"也好!那么明天你就去吧!你既然逞强嘛,既然一定饶不了孟三彪和我的义父,那我也没有办法。反正,无论如何我不能帮助他们打你,可也不能帮助你打他们。"叶允雄点头,说:"我也不能叫你为难。"当下熄灯睡去,一夜甚安。

第十一回　会仙庄镖伤双剑女
　　　　荆紫关哭觅素心人

　　次日清晨,天才发晓,叶允雄就叫店家给他备了马,他就走了。离开襄阳往武当山去,当日可到。他的马顺着汉水河岸去走,马鞍之旁悬挂着一杆长枪,晨风吹动江水,朝阳射在江船的桅杆上,有江鸟追着船飞翔,烟尘随着他的马蹄滚荡。此时,他一腔怒愤,且杂着伤心。回想起在白石村与梅姑娘的情爱,只因自己结下仇人,竟使她落到这般地步,实在是可怜,但她若已甘心在高家卑贱地活着,可又太可恨了!

　　马很快地走着,至中午时已过了谷城县,他在道旁找了一家饭铺,匆匆地用毕饭,再往下走。又走了一些时,远远之处就看见了苍翠绵延的武当山岳,他就拨马转路,迎着山色去走。这股路上行人稀稀,车马更少,天气虽还炎热,可是田禾已都染了些焦黄之色,野地里群鸟乱飞,小溪流淌,这般风景却不能使他稍停马蹄。

　　正在走着,忽见前面有一道小河,上有木架的横桥。过了桥,有一行扶疏的柳树,翠丝千缕,迎风作舞,风景更为绮丽。忽见那柳树下来了三匹马,是两匹铁青色,一匹白色的。白马在中间,上坐的人身穿浅红色的衣服,似是一个妇人,叶允雄就很是注意。少时,双方的马都已来到了桥头,叶允雄是勒马停在小河的东岸,那三匹马却都停在西岸,仿佛是彼此让路,谁也不肯先走过桥,但双方的人目光却隔着水波瞪在一起,脸色也都渐渐变了。叶允雄由对方的白马下佩戴的双剑就晓得了，这少妇必是楚云娘。

双方隔着桥看了一看，那楚云娘就发出一声冷笑，遂催马奔了过来。叶允雄却按马不动，昂然地看着她，只见楚云娘由鞍旁掣出双剑，向左右一分，真如白鹤彩鹭将双翅展开似的。叶允雄也急忙摘枪，作托塔枪之式，眼看枪尖，正对敌心。那楚云娘收马站住，一张俊俏的可微有些麻子的脸儿沉下来，她厉声说："叶允雄！到现在你还要逞能吗？我家里的几个大伯都死在你手，你还敢携带一个刁妇，找到襄阳去大闹！你以为高家就没人敢惹你了吗？我现在是得了信正要去找你，好！不想你倒来了，你是打算怎么样？快说！是叫我立时把你杀死？还是你下马扔了枪……"

叶允雄的银枪却蓦然向前一翻，直刺对方的手臂，楚云娘急将右剑高抬，左剑向枪杆磕去。叶允雄将手腕向下一翻，枪饶了半圆圈，封住对方的剑，蓦然又一枪刺去。楚云娘的身子向后一仰，斜跃下马来，马连跳几步跑回桥那边去了。

那边的两个庄丁也都催马过来，一齐向叶允雄抡刀来砍。叶允雄用枪横拨开二人的兵刃，将枪花乱摆，紧凑急快。那楚云娘莲步飞腾又舞剑扑奔过来，喝住那二人，说："你们闪开！"那二人本已架不住，闻声后退，一齐拨马要走，但叶允雄一枪戳去，便有一人闪躲不及，受伤落马。

楚云娘狠狠地要用剑削叶允雄的腿，叶允雄一枪虚刺，乘势转马走开，楚云娘舞双剑直追马尾。叶允雄引楚云娘走出数十步远，他就将脚离镫，飞身下马，先将马放过去，然后以左点步立在道旁，静待敌人。楚云娘双剑高举，飞一般地来到，叶允雄以砍月枪法迎敌。但楚云娘也实在不是好惹的，她双剑急展，左盼右顾，光腾气舞，变幻无穷。叶允雄虽枪法绝佳，但紧战三十余合之后，自己并不能得手。

叶允雄觉得楚云娘的剑法越战越紧，他就晓得这妇人的武艺比高家兄弟都强。她手中这一对兵刃尤为厉害，舞起来就像手中持着两个轮子飞转，又像是开了两朵花似的，遮住她的脸，护住她的身子。叶允雄的枪寻不着破绽去戳，反倒不得不往后退。他便也转变枪式，忽而扑地如蛇，忽而跃起如猫，扎沉虚晃，回身猛刺，将他在山神庙中所研习的枪法尽皆拿了出来。就见楚云娘一个筋斗翻倒，叶允雄乘势就一枪刺去。

不料楚云娘并没负伤，剑也没撒手，待叶允雄伏身刺戳之时，她就忽然腾跃起来，双剑舞得更紧。叶允雄也一步不让，勇向前逼，楚云娘却回身就跑。叶允雄挺枪急追，并喊着说："刁妇你别去！你把我妻子放出来便没事！"楚云娘一双莲足跑得飞快，一霎时追上了她的马，扳鞍上去，向西就跑，按马桥头，举剑冷笑，说："你要你的妻子也行，你跟我来！我把个破烂货割碎了给你！"

叶允雄气得肺都要炸了，赶紧回身，将马牵住，也上马去追。此时，楚云娘和她带着的那两个人已然一齐过桥，照着她来时的道路逃去。叶允雄紧追，他们的三匹马也急跑。但他们之中有一个是右臂已受了枪伤，屁股且摔了一下，所以跑着跑着，这人就"哎哟"一声惊叫，又由马上翻下来了，摔在地下便不能起。叶允雄的马追到临近，由这人的身上跃了过去，又向下追，却见路径向北转去，楚云娘和另一人的两匹马影已然消逝。面前峰峦迭翠，漂浮着片片白云，原来已经来到武当山下了。

叶允雄因见楚云娘败走得可疑，恐怕她在前边设有什么埋伏，就不敢一勇向前，遂收枪策马，缓缓地向前去走。走了一些时，就到了会仙庄，只见树木郁郁，石垣巍然，却没看见一个庄丁，也不知楚云娘逃回来了没有。叶允雄就一直策马进村，有几只狗迎着马来乱吠，他以枪驱狗，不料忽然觉得背后一痛。他赶紧斜身向后去看，见一棵大树的后面正藏着楚云娘。

楚云娘肩后插着一支剑，手中还拿着一支剑，另一只手是握着镖，她还要向叶允雄来打。叶允雄就将枪交在自己的左手，冷笑着说："这就是你们会仙庄婆娘的本事？不敢战了就跑，如今可又藏在树后以暗器伤人？"说时将右手向背后去摸，将打中的镖拔了出来。他咬着牙忍着痛，手中已尽是血，扬手将镖反向楚云娘打来。楚云娘急忙一蹲身，"吧"的一声，镖插在树上。楚云娘又往起一站，又一镖飞来，叶允雄将镖接住，却"啊呀"一声，故意跌下马来。楚云娘手挺宝剑，转到树前，狠狠地飞奔过来，不料叶允雄抬手一镖打回去，楚云娘也没有提防，就"呦"的一声，仰身倒在地下，痛得滚了一滚，这次她可将宝剑也撒手了。叶允雄跃起来，如飞鹰一般地扑过来，先按住了楚云娘，将她肩后插的剑也拔出，扔飞到远处，然后将楚云娘夹起，就上了马。

此时那庄里已跑出来十多名手拿兵刃的庄丁，叶允雄一手按着楚云娘，一手摇枪说："不许往近来！往近来我的枪下可不容情！"庄丁们立时全止住了步，叶允雄又说："我就是叶英才叶允雄，听说我的妻子黄氏被拐到你们这里？"庄丁们齐都说："你的媳妇现在不在这儿了，已然打发到别处去了，不信你进来搜！"

叶允雄吃了一惊，他手下按着的楚云娘还极力挣扎，同时他也觉得背上的镖伤甚痛，恐无力应付这些庄丁，遂就冷笑一声，说："这是高英的妻子，他把我的妻子抢来，我也把他的妻子抢去作押账，几时你们把我的妻子找来送出，我几时才将他的妻子送回。"众庄丁齐都大怒，一齐舞刀抡棍，扑奔过来，叶允雄却拨马就走，马如飞龙。楚云娘先前还挣扎、喊叫，后来渐渐就没有声儿了。叶允雄怒愤添胸，奇痛附骨，催马紧走，出了村转过了山麓。

叶允雄本是想找个人家将楚云娘放入，向她逼问出梅姑娘的下落，但这深山旷野之地，只有远处钟磬之声，没有人家，也看不见庙宇。他又想：挟着人家的女人算怎么回事？遂就将楚云娘向马下一推。楚云娘"哎哟"一声，身子卧在了地下，倒显得楚楚可怜。叶允雄就坐在马上，低着头厉声说："快说！你把我妻子藏到哪里去了？我知道，我妻子是被你跟你丈夫抢了来的，你快说实话！不然我一枪刺死你！"

楚云娘的镖伤在左乳之处，她惨切地呻吟着说："她……不怨我，谁叫你跟高家结下那样的深仇……我还护着她呢，不然她早被他们害死了！"叶允雄又逼问说："你快说她在什么地方？"楚云娘说："她跑了，被人拐到荆紫关当妓女去了！"叶允雄又吃了一惊，心中更急，赶紧又逼问是被什么人拐去的，楚云娘说是被她家的庄丁，姓屠的。叶允雄就喘了一口气，遂弃下卧在地下的妇人，鞭马走去。

出了山道，略辨了辨方向，叶允雄就一直向北去走，渐渐离开武当山已然甚远了。他背上的镖伤实在非常疼痛,就不得不下了马,将枪放在身旁,将马放开去吃草。他坐了一会儿,背痛得仍然支持不住,就也卧在地下,心中却想:楚云娘在危急之时被逼问出来的话,谅不能假。梅姑娘的命太苦了!若说她在高家已经做了高英的妾,她可怎又偷逃了呢?既然偷跑,怎么又是叫人拐了去当妓女呢?莫非她根本是个愚懦的妇女,我认为她是个坚贞的人,是认错了?好在荆紫关离此不远,我倒要去访问个究竟!于是,他又忍着背痛,起来上马再走。走到傍晚时就找了个小市镇投店住下。

当夜,他背上的镖伤十分疼痛,痛得他睡不着觉。次晨起来,简直连右臂都难以抬起,让店家请来本地的一个伤医,敷了一些药,贴上一个膏药,依然止不住疼痛。他又怕高家的人追赶下来,所以不敢在此停留,他只好启程往荆紫关去。荆紫关距他现住的这个小镇不过半天的道路,但因为他背上负着伤,马走得不能快,所以直到天黑方才到了,而且他已疲惫不堪。

在稀稀的灯火里,他又投入了店房。这荆紫关面对着高山峻岭,是由汉中达襄楚的孔道,也是陕南跟襄北的门户。商县在其西,老河口在其东,江南的各种货物,汉中的桐漆、紫阳的茶叶,都由此来往、出入。所以这地方有个市镇,铺户虽不多,可是有钱庄、有店房,买卖还都非常隆盛。在这镇上歇足的以客商为最多,还有就是保护客商的镖头。总之,由这儿往来的十之九是壮年的单身儿汉,大都只是在客店里停留一天或半天,有的是为转运货物,有的是为稍息路途的劳苦,开开心,花钱也不打算盘。因此,这里有一条胡同,本名儿叫米家巷,俗名叫"迷人馆",巷子里有十来户人家,大概有三二十个操"神女生涯"的妓女,本地人很少,多半是由别处来的。她们是过往客商的调剂,也是这险要的关山、僻陋小镇之间点缀的几朵鲜花。

叶允雄投宿的这家店房,字号是"平安栈",在镇上是最大的了,马有马厩可容,房有单间。叶允雄因为背痛,脸上就仿佛带出不高兴的样子,店伙计以为他是个保镖的,就称呼他说:"老师!就只是一个人吗?叫个人来陪陪吧?"叶允雄摇头,只叫伙计拿来茶饭。

他独自对着灯吃饭,忽然屋门一开,一阵秋风儿吹着叶允雄受伤的脊梁。他赶紧回头,却见是个三十来岁的胖娘儿们,红衣裳绿裤子,油头粉面,一张妖怪的脸,向着叶允雄一笑。笑时她以为是娇媚,其实叶允雄恨不得紧闭上眼睛,就知道这一定是妓女,只听她说:"喝!一向少见哪!哪阵风儿又把你吹来了?来了又不招呼招呼人,非得叫人来看望你老人家吗?"叶允雄心说:奇怪!我几时到这里来过?她是不熟假充熟?

妇人扭动着身子就进屋来了,叶允雄本气得要将她驱逐出去,但又想:我到这里是干什么来了?不是为找梅姑娘的下落吗?梅姑娘如果真是已堕娼门,那么,我不跟这种人接近,可怎能够访得着她?遂就脸色平和了。

妇人一看桌上只一盘菜、半碗饭、一双筷子,就又笑着说:"喝!真是为一个人吃的,越发财倒越打算盘了!省下那些银子钱干什么呀?净在家里买房子置地哄老婆啦?"叶允雄也笑了笑,说:"你来叫伙计给添菜吧!"妇人遂就尖声儿笑着叫来了伙计,叫给添菜来酒,再拿一份筷子。

她把肥大的身子向叶允雄一靠,叶允雄立时背痛如刀割,用手一推,妇人便摔在炕上,脸色也变了,说:"哟!是怎么回事呀?"叶允雄咬着牙,忍过了一阵背痛,就说:"我脊背上长了个疙瘩,疼得厉害,你别挨!"妇人做出关心的样子,说:"怪不得我看你的脸色没有上次来的时候好呀!"

店伙已送来酒,叶允雄就向妇人摆手,说:"不要再假充熟,我实是头一回来到这儿!你既然来了,那么咱们就谈谈,也省得我寂寞。"妇人说:"哎哟!原来你不是马三爷呀?"叶允雄:"向来我没姓过马。"妇人拍着手儿笑着,说:"好!幸亏我没慢怠,原来是新来敝地发财的大老爷。那更好啦!我又多了一个新相好的,以后您得多担待,多关照!我来敬您一杯吧!"说着就伸着她那手心很红,戴着包金戒指跟镯子的手,满满斟了一杯酒,要送到叶允雄的口边,叶允雄却用手接了过来。

妇人又问:"老爷贵姓?在什么宝地发财?现在是往东迎福神,还是往西迎喜神?"叶允雄说:"我哪里也不去,就来到这儿办一点儿事,我是吃行伍的。"妇人更恭敬,说:"原来是贵人!"叶允雄就说:"我姓张,你贵姓?"妇人笑着说:"哎哟!张老爷可真折寿死我啦!我们还贵呢?因为您是张老爷,我的姓倒不能说出来了,我就把名字告诉您吧,求您多关照,我叫金喜。"

叶允雄就叫这金喜拉了个凳儿在旁坐了,叶允雄是一本正经的态度,金喜反倒不敢过分地献媚。叶允雄就先问到金喜在这里混事几年,金喜说:"我来到这儿年数可多了,我从十二岁的时候,就跟着妈妈来到这儿,到现在……八年了!"

叶允雄不相信这女人只有二十岁,但也不计较,遂就向她询问这里的娼妓情形。金喜就一边陪着他饮酒,吃饭用菜,一边就把"迷人馆"里大概的情形都说了。哪个姑娘最出名,谁认得什么阔掌柜子,谁家门里进的钱多,谁最没脸,她全都晓得。叶允雄就知道这里的妓女跟别处的一样,也多半是被人拐卖来的,受虐的事是很普遍,妓女的身子是领家的,只要混上这种事了,就一辈子也很难逃得出来。

叶允雄想到梅姑娘现在陷身此中,不由得痛心感叹。乘着店伙没在屋,金喜说得有些勾起愁来的时候,叶允雄就低声说:"我来这儿所办的事,正是在你所说的那什么迷人馆里。因为我有个朋友,他在外经商,他有一个小婆子,于日前被人拐走了,听说是被卖在这里。"

金喜就一惊,也悄声问说:"你问的这个人她姓什么?长的什么模样?年纪轻还是年纪大?"叶允雄见问,真有些难以说出口去,而且心头就跟背上的伤似的,一阵儿一阵儿的痛,迟了一迟,才说:"这妇人姓黄,在娘家时名叫梅姑娘,说话是山东口音,她嫁给的我的一位姓叶的朋友。"金喜听了,脸色又变了。

叶允雄低头感叹着,灯光照在桌面上,桌面上虽然没有油漆,但仿佛浮现出来梅姑娘的容貌。他就说:"这叶家的媳妇不过十九岁,生得很是好看。她……我可以跟你实说吧,她是在山东路上遇着了强盗,将她抢走,后来辗转到了武当山下会仙庄的高家,由高家听说又被个姓屠的人拐卖到这里,这不过是半月以前的事情。我受了朋友之托,来这里寻找。我还带来钱,预备赎,并不依仗势力强索回人,你若能给出力,将此人找着，我还必有重谢！"

叶允雄说毕了话，就注意金喜的面部表情，只见她脸色一阵儿一阵儿的发白，手持着的一杯酒摇颤得都要洒在桌上了。她笑了笑，说："张老爷可真问着了！我不能说我不知道这件事，屁股大的荆紫关，镇上统共就是这么几个人，米家巷共合十一家，要有个芝麻大的事情，我也不能不知道，实在是没有，这半年多就没添什么新人。路不靖，往来的客人少了，连我们都不容易混，还不瞒您说，别处要有一条路，连我也去了，哪还有什么新人儿卖到这里来呀？张老爷，您许是听错了，这地方真没有，不信您问别人，别人也是不知道！"

叶允雄怔了一怔，又看看金喜的容态，他就说："你不要多疑呀？我只是替友找人，叫人家夫妻团聚，并不是找着了就打官司，就追究那拐带犯呀！"金喜"噗嗤"一笑，说："我又不是拐带犯，我还怕张老爷追究吗？再说这是件好事，我自己是认了命啦，可是干这行儿的姊妹们，果然能逃出一个去，我还能够不喜欢吗？真没有！真没有！张老爷如若不信我的话，可以去问别的人！"叶允雄点了点头，愁闷不语，把一杯酒喝完了，他就给了金喜一些钱，打发走了。自己在灯下思索了半天，伤也痛，又困倦，便关上了屋门，熄灯睡去。

次日，他觉得伤势愈发沉重。他把店伙叫进屋里来，问了问，店伙的话也是吞吞吐吐的，仿佛不肯实说。叶允雄知道这里面必有缘故，若不赶紧进行，唯恐此处人多疑、惧势，又将把梅姑娘拐匿到别处去了。他因为所穿的衣裳虽然整齐，但背后有被镖穿破的一个洞和一片血痕，便拿出银子，叫店家给买来了两件衣服换上，他连伤也顾不得请医治疗，就出了店门，往那米家巷去了。

米家巷真可谓为狭斜的小巷，两个人若是并肩，都走不开。一片土墙土房，对列着破板门，都虚掩着。墙上都有拿墨胡画的什么姓、什么堂，还有的画着似像不像的一朵花。

叶允雄来到这里，时间不过在上午十点钟左右，妓院中这是最清净的时候，没有人这么早来此冶游。于是，他徘徊了一会儿，把每个小门儿全都看到了，就怔走进一家的门里。这院里极其窄小，只是对面的南北小土房，每一间屋门前都挂着褪了色的，上面有补丁的门帘。说它的颜色是红的又不红，是白的又不白，就跟地皮的颜色一样。一共是四个门帘，大概这院里共有四个妓女。叶允雄喊问了一声："有人没有？"

南屋里有妇人的声音，说："什么事呀？"当时一条门帘就从里边撩开了，露出来一个半老的婆子，仿佛才起来的样子。一看见叶允雄穿章很阔，就赶紧出屋来，问说："这位老爷，我怎么瞧着眼熟，可称呼不出来呀？这位老爷是前两天来过的吗？找小三儿还是找小六呀？"

叶允雄倒怔柯柯地说不出话来，他把眼睛往各处扫了一扫，就装出嫖客的气派，说："我也不记得啦！前天我来到这巷里玩过一回，大概就是你们这儿，有个姑娘是山东口音。"婆子笑着说："那可不是啦！我有俩女儿，都是我的亲女儿，老爷听我说话是什么味儿，她们说话也就是什么味儿了。"叶允雄怔了一怔，就说："一定是错了。"遂就转身出去，又进了隔壁的一个门儿。

这院子比那边多两间房，门帘稍稍新一点儿。院中有个穿短衣裳的人，光脚趿拉着鞋，小辫儿盘在头顶上，正在扫地。叶允雄头一句话就问说："你们这里有个山东口音的妓女没有？"这人把头抬了抬，依然抢扫帚扫地，说："没有！"非常的不和气。同时，南屋子的一条门帘掀起了一角，露出一个穿红衣裳的女子的半身，手里还拿着头发篦子，看了叶允雄一眼就退回去了。叶允雄不由起了疑，心说：也许是昨天那金喜把我来此找人的话，告诉了他们，所以如今我来了，她们就都说是没有？心头引起点儿气来，他就站在院中说："我要把你们这里所有的人都看一看！"

那个扫院子的人，听了这话就扬起了眉毛，看叶允雄的脸色虽不大佳，可是气派不俗，不像是普通的商人，尤其穿的是崭新的缎子夹袍。他就停住了笤帚，勉强带点儿笑，说："大爷你要找谁，你就说吧！"叶允雄说："我找的这个姑娘，我也不知道她的名姓，只是前两日在街上见着了她一回，听她说话是山东靠海那一带的口音。她长得很好看，我想找着她，我有一些银子要花给她的身上。"说出这话，他自信全是嫖客的口吻，但心中却感愧、滋痛，暗想：我未免太污蔑她了，她是不是已经落溷,甘愿在此,还不知道呢?

扫院子的人却更和气了,说:"我们这儿的红玉,她这两天可常出门,也许这位老爷你看见的就是她吧?"遂高声喊着:"红玉呀!出屋来见见呀!"北屋子的红门帘一启,蹦出来一条小金鱼儿似的一个妓女,一身粉红,大眼睛乱转,不过有点儿龇牙子,她故意咬着牙抿着嘴儿笑,袅袅娜娜地迈动小金莲,伸着手要来拉叶允雄,说:"进屋来吧!前天,我早就看见你盯上我啦!"叶允雄赶紧往后退,说:"不是她!我看见的那个比她还年轻。"扫院子的人说:"那么是翠凤?"翠凤早已一边挽头发一边出屋,就是刚才扒帘子看的那个,叶允雄又摆摆手,说:"不是!"

他要怔掀开翠凤屋子旁边的那个门帘,自己去查看,扫院子的人却跑过来拦住,急急地说:"别往那屋里去!那屋里有客还没起来啦!"叶允雄止步发呆了一会儿,转身就走,才出门,听身后的扫院子的人低声骂着:"大早晨的,来这儿打耍人!什么东西?"那个红玉又说:"让他上别家找去吧!他要能找着他的娘,我才佩服他!"叶允雄一停步,回身要发发脾气,但又一想:犯不着!

他不甘心,怔怔柯柯地又闯进对门的一个妓院,才迈步一进门坎,不料里边走出一人,正跟他撞了个满怀。若是平时,叶允雄将胸一顶,对方就得摔倒在地下,但今日叶允雄却觉被撞得背上发出一阵奇痛,身子赶紧往下弯,脸色变得惨白。那个撞他的人身穿灰布大褂、青背心,像是个小商人,说声:"这怪你不留神!"匆匆慌慌就走了。叶允雄胸中涌出怒气,但已无力回手去抓住那人。

他忍了半天,方才将这一阵儿奇痛忍了过去。定了定神一看,这家院子是比刚才去过的那两家阔得多,屋子也多。所挂的门帘都是新的,有的窗上还嵌着小块的玻璃,里边有粉绿各色绸子的窗挡,院中还摆着两盆石榴树,石榴都已结的不小了。有个身穿土色衣裤,辫子在头顶上挽成一个疙瘩的强壮汉子,双手交叉按在两肩之上,走过来就问说:"找谁的?"

叶允雄依然发着怔,直着眼向东瞧,往西看,半天才说:"我来你们这里找人！有个山东人，姓黄的媳妇，被拐卖到这里，我朋友托我来寻找，并不是强找，找着了是不计银子的多少把她赎回的，我看看你们这里有没有？"

他急匆匆怔走到南屋，那汉子随后赶来，说："别怔来呢！我们这儿哪有你朋友的老婆？"

叶允雄已经把一条红门帘掀开，往屋里一看，见一张板床上放着绿缎被，被窝里有个妓女穿着红兜肚儿，刚坐起身来。叶允雄一看不是梅姑娘，他赶紧又把门帘放下，身背后那汉子却用力抓住了他的左臂，说："喂！你要找人也不是这么个找法！各屋里的姑娘都有客，你不能乱撞！"叶允雄又觉得背后一阵疼痛，他想：来到这地方，就不应当讲理。他遂用力一抢臂，那汉子放了手，他又一抬脚，那汉子"咕咚"一声坐在地下。

他又去硬掀第二个门帘。这屋中有个穿紫衣裳的相当娇美的妓女，正跟个衣饰阔绰的嫖客在打闹、玩笑，忽然看见有人掀帘子往里探头，他们立时住了手，沉下脸来。这个妓女瞪着眼，说："做什么的？找谁？找你妈还是找你祖爷爷？"叶允雄也瞪眼说："你不可骂人！"

这间屋里的妓女的模样，的确比刚才看见过的那几个要好得多多，屋里有床、梳妆镜，乌木的小桌，桌上有细瓷的花瓶、茶壶茶碗，壁间的字画也都相当的款式，可见必是此地的名妓。但是这个名妓的脾气也不小，也真泼辣，她蛾眉直竖，杏眼圆睁地骂上了叶允雄就没完。叶允雄也真气恼，身后那个汉子又爬起扑过来打他，被他回手一拳又打得倒退了三四步。他索性进到屋里，向这妓女问说："你怎么能开口骂人？你这儿是花钱的地方，我来此也是花钱来啦！"妓女撇着嘴冷笑，说："你花钱呀，姑奶奶还有个卖不卖啦？看你这一脸晦气，是哪儿赶来的？枪底下逃出来的？刀刃下跑出来的？到荆紫关你来欺负人，你来摆阔，你没睁眼看看姑奶奶的屋子？你兔小子……"

叶允雄跳过去要打这妓女，旁边的嫖客却把妓女护住，由桌上绰起一只花瓶，向叶允雄飞来。叶允雄一伸手就接住，向梳妆镜上一砸，"吧"的一声，镜子和花瓶一齐碎裂。妓女立时就哭了，说："哎哟！毁了我的镜子啦! 死强盗! "又向外边喊:"快请屠三爷去吧! "

叶允雄顿然一怔,心说:屠三爷? 莫非就是楚云娘所说那个拐走了梅姑娘的姓屠的? 于是他索性不讲起理来,就把嫖客揪着,一拳一脚打出了屋去,然后抓住了这妓女。这妓女像杀猪一般地喊叫,并拿双手抓脸,把才擦好粉的脸上抓出几条血痕。叶允雄把她的双手揪住,说:"你不要撒泼,撒泼吓唬不住我! 我问你,你说的那屠三爷是什么东西? 他是从武当山会仙庄来的不是? "妓女又喊了一声:"快去找屠三爷去呀! "叶允雄也向外说:"你们把姓屠的找来! 今天他不来,我就不离开这屋子。"

他把这妓女按坐在床上,说:"不干你什么事! 我找的只是那姓屠的,毁了你的镜子花瓶不要紧,我出钱赔你! "说着由腰里掏出一大卷银票叫她看了看,又收起来,妓女却立时就不撒泼了。

妓女皱着眉说:"你放开我的手! 你既是个有钱人,为什么这么莽撞? 你等我的客走了,你拿着钱来,我还能够不接你吗? 谁能够把财神爷往门外推呀? 你这样疯了似的,一进门来乱打乱闹,可真把我给吓死啦! 你不知道我胆小吗? 得啦,外边别去请屠三爷,为这点儿小事又惊动屠三爷干吗? 话只要说开了,都是相好的,得啦! 我脾气不好,我嘴该撕,骂了你啦,可是我也替你抓了我的脸,你就别生气啦。杨东家也被你打出去啦,那家伙本来我就腻烦他,昨儿他在这儿住的,到现在还不走,我也正盼望有个人把他打出去呢。"又朝窗外叫道:"妈呀! 沏茶来呀! "转过来又向叶允雄笑着说:"你贵姓呀? 我瞧你一定姓怔,你是怔头青怔大老爷! "她嫣然地笑着,配上脸上几条不太重的血痕,倒真是风骚、娇美。

叶允雄却说:"还是把那姓屠的找来吧! 我寻的就是他。"

妓女却低声说:"他要一来了,可就不好办了! 我要是不出头去拦他,你可就得受苦。你既然来到荆紫关,你不能够不知道他! "

叶允雄点头说:"我知道他的, 他是武当山会仙庄高家的家奴,一定仗着高家的势力。"

妓女摇头,说:"不是,他是高家的舅爷,其实哪是真正的舅爷呀?

高家的九爷白面豹高英的媳妇,不是双剑女吗? 双剑女早先在荆紫关这儿做过我们这个买卖,屠三爷,"风流夜叉"屠永庆就是她的熟客。那时屠三爷还走江湖,没有现在这样阔。后来双剑女嫁到高家了,屠永庆也改了行,拿他的武艺镇住了荆紫关。我们这米家巷的人全是他的人,每月都得送他银子,可是出了事情有他管。街上的买卖、店房,也跟我们一样,都得把银子孝敬他,不然有了麻烦就挡不住。他常到会仙庄去,到了那儿他就是舅爷,其实双剑女可爱舅爷,不爱自己的男人。高家九弟兄虽然都是豹子,可是也不敢得罪他。你今儿幸亏遇见我,不然……"说着做出一种很严重的表情来。

叶允雄听了微微地一声冷笑。妓女又问他贵姓,他直称姓叶,又问妓女,妓女却笑着说她叫丽仙,在本处不是自己夸口,她可以说是最美貌、有名、最能挣钱的妓女了。她又说她认识多少多少的富贵人,刚才说的那位屠三爷屠永庆,也对她是特别有点儿面子,不然刚才那一套话,这地方无论是谁,胆包了天,也是不敢说。今天的事若不是她瞧着叶允雄是个正人君子,有钱,这件事可就不能轻轻过去。她又说屠三爷在这地方杀过人,打断过人的腿……

这时,有个婆子送进茶来,也劝叶允雄不要生气,事情过了,就像云收雾散,来这儿的老爷们都是财神爷,总不能叫我们白受损失,总能担待我们。叶允雄立时叫这鸨母估计出来那打坏了的镜子和花瓶的价目,拿出银票来照价赔偿。他遂又问那个屠三爷为什么还不来,鸨母却笑着说:"我们哪能为刚才那点儿小事就去惊动他呢? 找了他来,没有我们什么益处,倒把花钱的老爷们得罪了! 再说屠三爷又没在家,昨天晚上就叫他亲戚高家来的人给找走了,说是那儿有急事。"

叶允雄晓得必是楚云娘把姓屠的找走了,一定还是为自己的事情,乘着姓屠的没在此处,更得把这件事办了。于是,他也装出来笑容,把梅姑娘的事又说了一遍,仍然说梅姑娘是友人之妻。鸨母和那丽仙听了,却齐都惊得变颜变色,互相在使眼色表达意思。

叶允雄就说:"你们不要害怕,我来此不是讲横的,是要拿钱赎出来这个人。再说你们不要怕屠永庆,高家九兄弟现在已被一位江湖有名的人杀得死去了一半，双剑女楚云娘也身负很重的镖伤，眼看就不能活了，屠永庆他这次去也是自找送死。不瞒你们说，那位江湖有名的人就是我的好友，拐到这里来的那个女子就是他的妻，他托付我来，什么事情全都好办，若等到他自己来时，那连你们这些为屠某人隐瞒的人，他全不能饶！"

鸨母吓得脸更黄了，说："哎哟！这件事你得去问丁四爷！"

叶允雄听到了丁四爷的名字，他就又是一阵惊愕，遂问说："丁四爷是个怎样的人？"

鸨母说："丁四爷是在关西边住，这些年谁也不知道他的家是在哪儿，有人说他住在南山顶儿上。他年岁很大了，可是会武艺，连屠永庆全怕他，全得叫他为老师傅。他常到镇上来买东西，镇上的人没有不认识他的。前些日，屠永庆，不错……"说到这里，她把声音压得极小。

丽仙向她直使眼色，并且暗中摆手儿，拦阻她，不让她说，鸨母却说："不要紧！话不说出来，这位老爷一定是以为咱们故意瞒着，其实这一点儿也不干咱们的事。"遂又说："屠三爷弄来那个媳妇，就给送到这南边'五美堂'去接客。"叶允雄立时就精神集中地往下去听，鸨母又接着往下去说："可是那个媳妇，我没有见过那么硬的脾气！屠三爷派了四个大汉子，把她连抬带抱送到五美堂。她见着墙就撞头，哭啼抹泪，连饭也不吃，见客更是不干。五美堂的苗妈妈是出名的母老虎，可是鞭子、板子、藤子棍，都制不住她……"

叶允雄听到这里，心中十分疼痛，眼泪不禁落下，他忧愁地问道："那以后怎么样了呢？这媳妇一定是死了？"鸨母点头说："可不是？"叶允雄陡然吃了一惊，脸色变得惨白。

可是鸨母又往下说："除了脸，遍身都是伤，简直无论多么狠心的人也不敢用眼去看。她在五美堂住了两天，就剩了一丝气儿还没有断，离着鬼门关已然不远了。可是命里有救星，丁四爷从来不管我们这巷里的事，可是那天他来到镇上，在茶馆喝茶，也不知听谁说了这件事。说起来也是个笑话，他那么大的年纪竟跑到五美堂去看了看，遂问明了情由，就去找屠三爷。屠三爷说是不知道有这件事，立时将那媳妇接出,交丁四爷带去,另安置在别的地方。可是屠三爷虽然在丁四爷的眼前不承认,他却觉出在别人的面前他是丢了人,就派了人传出来话儿,说是镇上无论什么人,敢明着或背地里再提说这件事,要叫他知道了,他就不饶!"

叶允雄此刻心里感动到万分,一阵流泪,又一阵叹息,本意强梁暴虐之下,竟见贞洁,陌路风尘之中,乃出侠士,自己算得什么?自己不过惯会打架寻衅,夸强斗胜,而且停妻再娶,遇事猜疑,实在惭愧!这还是近二年改过以后,若是以前,那自己的人品,更不足道了!当下他长叹了一声,就摆手说:"你们不要害怕!你们对我说的这些话,我绝不能跟旁人去说,你们放心。只是,现在我要去拜见那位丁四爷,你们告诉我,到哪里才能见着那位老人?"

鸨母说:"丁四爷的脾气也很怪,他虽然知道人都认识他,可是他不愿意别人招呼他,外来的生人他更不愿意理,有时候他还装聋,他是一个怪老头子。要想找他,可是没处找他去。他倒是常到街上来,现在就许在街上的茶馆里呢!"

叶允雄一听,便要走。鸨母又说:"你到街上茶馆悄声向人一打听,只要他老人家在那儿,必定有人能够指给您。"叶允雄点头,说:"好好,多承你们指点我,我心中非常感谢!"遂就特意取出两张银票来给了丽仙。

丽仙站起来拉住他的手,献媚地说:"今儿晚上你可想着来!办那件事你不是还得两天才能走了吗?别不来,你要是不来,那可就是你还没忘刚才的事儿!"叶允雄笑着说:"我一定来的,刚才那点儿事儿,谁也不要再提!"说着,他就走出了屋,丽仙还倚着门掀着门帘向他笑。刚才跟叶允雄打架的那个人也过来赔罪,说:"大爷!别计较我呀!我刚才还没睡醒,是糊涂啦!大爷管教得我可也不轻,我的屁股到现在还疼着,大爷有工夫来呀!"丽仙又媚声儿喊了句:"一定来啊!晚上我可等着你!"叶允雄点点头,心里哪在此处?

他出了门,见胡同里有许多妓女、毛伙、鸨母,都站在各家的门口等着看他,这么一会儿的工夫他竟在此地出了名。但他的背却仍痛得很,心中涨着苦液,眼里含着泪水。他直走到街头,去找茶馆,要想见见那位晓得自己妻子下落的侠义丁四爷。

叶允雄出了米家巷走到市场上，见这条街很短，但却有三四家茶馆，都是临街搭有芦棚，因为这时天气已渐凉了，所以芦棚下的人很少，棚柱子都成了专为系驴马之用。人都在屋里，三五个人聚集在一起，喝茶的，吃饭的，谈天的，颇为乱杂。叶允雄就找了一家人最多、最乱杂的茶馆走了进去，里边有一个掌柜的、一个女老板、一个伙计，还有一个十岁上下的男孩子，两只手提着一把大水壶，往来着给人沏茶，这好像是那四十来岁的掌柜的儿子。

大家正忙着，客人们都在纷纷说话，所以叶允雄走进来，也没有人理他，他想在这里找个座位都难，找了半天，才在一个桌角坐下。旁边有三个人正在吃饭，一边吃一边谈，都谈的是汉中府的买卖的事情，可见这是过路的商人，本地的事他们必不知道。待了会儿，那提着水壶的孩子由他的眼前走过，叶允雄就拉了他一把，带笑说："小孩，给我也泡一壶茶！"小孩点点头，少时就拿来了茶壶、茶碗，泡了一壶。叶允雄的目的不是为喝茶，他只是细听周围的人谈话，想要找个本地的人，再和蔼一些的，就过去跟他攀谈，好打听那位丁四爷的行踪，可是他还没物色着这样的一个人。

此时，就见从外面进来个披小褂的，手里拿着两个鸟笼，一进茶馆，他向许多人都招呼，并向掌柜的开玩笑。他把两只鸟笼悬在高处的横棍上，就向几个喝茶的人说："你们知道不知道？ 刚才咱们这镇上差点儿就出一件大乱子！ "

听话的人齐都诧异着，说："什么事？ 我们不知道。"这个人就把刚才叶允雄在米家巷里所闹的那件事情说了，最后说："那家伙，大概有两下子，也很有些钱，不然怎么会打坏了东西，说赔就能拿出钱来赔？丽仙那迷人精，见着了银子也就忘了打啦，也不问问他是哪儿来的？ 可是，幸亏屠三爷没在这儿，他要在这，还能叫那小子拿着腿走回去吗？"旁边的人一齐纳闷，说："真的吗？ 咱们镇上会来了这么个人？ 可不知道他在哪家店住？ "

这几个人虽然说着叶允雄的事，可是都不认识叶允雄。说了半天，这些人全一眼看见了他,仿佛就看出他的行迹不大对似的:穿得很新很阔,脸发黄,精神不振,腰有点儿弯,稍微一动身,就紧紧地皱眉,独自对着一壶茶,并不喝,身旁没有行李,又不像是个路过的单身客人。于是他们彼此溜溜眼色,努努嘴,又悄声地谈了几句话,那个提鸟笼的人就披着衣裳走过来,向叶允雄点点头,递了个和气的表示,笑着说:"天气凉了!走路倒是舒服多啦!这位大哥是从这儿路过吗?"

叶允雄也欠欠身,带笑抱拳,说:"不错!兄弟是从这儿路过,住几天,想要在这里访一位人。"这人就又点点头,依然态度和蔼,说:"哦,原来您是在这里有朋友,不知是哪一位?现在会着了没有?"叶允雄摇头,说:"我还没会着,我访的这位是一位老侠客,人称他丁四爷!"

这个人听了,突然脸色一变,把叶允雄又打量了一番,就问说:"你跟丁四爷有交情吗?"叶允雄说:"没见过面,但久闻其名,如今特由襄阳来拜访他老人家。这位兄弟,你若见着他老人家,可以指告一下,叫兄弟我会会此人。"对方的人又问:"你贵姓?"叶允雄先犹豫了一下,然后就说:"免贵,兄弟姓叶,老兄怎么称呼?"对方这个人说:"我叫画眉李,荆紫关的街面上没有人不认识我,丁四爷见了兄弟的面,也时常叫声老侄。"

叶允雄赶紧站起身来拱手,说:"这就好极了!烦劳李兄带我去见见丁四爷吧!"画眉李却拦住他,说:"别忙!别忙!丁四爷见面容易,你要叫他理你可太难。第一你得先说明来历,因为有许多绿林响马都常来投奔丁四爷,丁四爷向来不愿意理。"叶允雄说:"我绝不是那样的人,我是镖行的,如今见丁四爷是有事拜求。"画眉李就问:"有什么事?"叶允雄却不愿说出,犹豫了一阵儿,又勉强笑了笑,说:"等我见了他老人家之面,再细谈吧!"

这个画眉李听了,把叶允雄一拉,叶允雄的脊背又是一阵痛,但却不能发作,就随着画眉李到了那边的座位。那边的三个人都看得他直了眼了,画眉李就给引见,说:"这位原来是来这儿找丁四爷的!"那三个人更现出诧异,一齐说:"请坐!请坐!"遂就让他在画眉李的那个凳儿上坐下。

三个人之中，一个姓刘，一个姓赵，一个姓冯，都是本地游手好闲的人，都对叶允雄十分的客气，给他斟茶，姓冯的还装了一袋旱烟要让他抽，叶允雄却摆手，说："不会抽烟！"姓刘的又问叶允雄来找丁四爷是有什么事，叶允雄依然说："只是慕名来访而已！"

此时画眉李说是出去解手儿去，就走了，这里的三个人依然跟叶允雄闲谈。叶允雄本来背伤疼痛，如今听这些人都不晓得丁四爷的住处，他更是灰心，就站起身来，拱拱手说："三位兄台，改日再会吧！因为我现在身体不大舒服，还要回去休息休息。我就住在西边，以后我没事时就要到这里来，兄台们若遇着丁四爷，千万代我提说一声，我想丁四爷必会想到我是谁，他老人家自然肯和我见面。"三个人听了这话，却又齐都有些发怔，就都站起来，说："再见！再见！茶账你老哥不必管了，记在我们的账上好了！"叶允雄却笑着摇头，说："彼此不让，以后要天天见面呢！"他给过了茶钱，腰背疼得不由得不弯着，走得很慢。才一出门，他回头看了看，见许多人都正用目盯着自己，他又不由有些生疑，便迈步走开。

街上车辆很多，都是由汉中往东去的货物。有几个保镖的，腰带上插着刀，扬眉吐气地牵着马跟着车走。叶允雄却不敢跟人挤着过去，他想在路旁站着等车过去再走，不料就忽然有个很大的东西，从后边向他的背上猛力一撞。这一下把他疼得差点儿没晕过去，他"哎哟"喊了一声，咧嘴磨牙，并且直吸气，身后却有人说："谁叫你在此挡碍着路？"

他忍着疼痛回头去看，见是个人牵着一头黑身子白嘴的小驴，原来是驴头撞在自己的伤处，怪不得这样的痛，又兼赶驴的人说话不讲理，饶他撞了人，他倒怪人碍着路，不由气得暴躁如雷，也没看清楚赶驴的是什么样子，他就回身一脚，冲着牵驴的人用力去踢，骂着："你瞎了眼？撞了我你倒有理了？混蛋！"不想他的一脚没踢着人，人家反一脚踹着他了，正踹在他的肚子上。他觉得有一种山塌海卷之势，立足不住，"咕咚"一声就躺倒了。正躺在车辙里，一辆骡车几乎轧着他的头，脊背又正向下，疼得他爬不起来，旁边却腾起来一片嘲笑之声。

叶允雄是威震京师、名压汉水的英雄，如今哪堪在此地丢人？他不顾伤痛,一跃而起,先扑向那赶驴的人,一把抓住,眼睛瞪起。他这时才看出来,这个赶驴的原是一个身躯瘦弱、满面皱纹、须发皆白、乡下佬儿打扮的老头儿。叶允雄一惊,倒抽了一口凉气,赶忙放了手,刚要问:"你是……"不料老头儿又向他胸头一拳,攂得他又几乎摔倒,老头儿却骑上驴向西去了。

旁边又有许多人哈哈大笑,叶允雄看见笑的人里就有那画眉李。叶允雄气极了,蓦向他一拳,画眉李"哎哟"一声来了个大仰颏儿,脚朝天。旁边的笑声更大了,叶允雄却追着那老头儿跑去。

老头儿的驴跑得非常快,叶允雄也追得不慢,少时就离开了市镇,走向了荒郊。荒郊之上有一股小径,曲曲弯弯的,接连着北边的山脉。越走四外越无人,前面的老头儿却把驴赶得更快,叶允雄背上伤痛,不能再跑了,就站住了,高声喊道:"前面的是丁四爷不是? 我是叶允雄!我知道拙荆是被你老人家所救,请你老人家驻足,我要向你老人家道谢!"前面的老头儿却连头也不回,小驴越走越远,影子越小,少时就爬上了西边的山岭。

西边的山岭就是商山的余脉,青石重迭,绿树丛生,有几只鹞子在那边的天空上翻飞着,老头儿和那头小黑驴已没有了踪影。叶允雄反倒十分生疑,暗想:这老头儿的武艺如此高强,必是那丁四爷无疑了。但此人是个侠客,或是个老奸巨猾的人,还不一定,梅姑娘到他的手中也不知道是生是死,是福是祸?不然为何他能与那屠永庆相交?刚才不用说,是画眉李先溜出茶馆找到他,已告诉他了。他晓得我是叶允雄,才故意在街头辱我,然后他急忙逃走,也许他不是个好东西?他把我诱上山去,想要设下埋伏陷害我吧? 想到这里,就不能不加一些防备,把长衣脱了,搭在肩上,并挽了挽袖口,然后就忍着伤痛踏步向前去走。

走了半天才来到山脚下,向上一看,路窄坡陡。他就在道旁折了一支很粗的树干,捋去了枝叶,拿在手里,一半为拄着上山,一半预备到时作为他的武器。往上走,山鸟惊飞,岭上并无一个人,好像山上没有住户。他不死心,仍然往上走,又走多时才到了岭上。秋阳晒着他的头顶,秋风吹着他的脸。向下一看,山谷之中却有一片树林,绿中发黄的树叶,已显得很稀,林中就有几幢用茅草覆盖的庐舍,山坡上就放着刚才老头儿骑的那只小驴。叶允雄心说:原来他在这儿住,这里离着市镇并不太远,为什么竟无人晓得他的居处?遂用棍拄着石头往下走着,渐渐来到山谷之中。村舍看得更是清楚,并且有狗迎上了山坡向他来咬。叶允雄决定少时见了丁四爷,态度还是要恭敬为是,但见了梅姑娘可应当如何呢?怎样把自己娶了鲁海娥的事对她说呢?因此不禁心中酸痛,脚步更慢。

这时,就见林中走出一个少年人,手里拿着一只柴耙,仰着脸向他高声问说:"做什么的?"叶允雄急忙止住步,向下抱拳,说:"我姓叶,是追随丁四爷来的,请带着我去见见他,因为我听说我的妻子黄氏被救在此!"

这个少年的农夫,听了叶允雄的话,他更把叶允雄打量了一番,就问说:"被丁四爷救的那个在关里米家巷混过事的小媳妇,就是你家里的吗?"叶允雄不由得满面通红,但由这话却又喜梅姑娘已经有了确实的下落。他遂就叹着气点头,又说:"烦劳大哥,你领我去看看她吧!"那农人却向叶允雄撇了撇嘴,表示出一副轻视的样子,沉着脸,说:"来吧!你先跟我去见见丁四爷,你媳妇没在这儿,她前些日来到这儿又往别处去了。"叶允雄又一阵儿惊讶,就又问:"她又往哪里去了?"

农人摇摇头,说:"我不知道,你见了丁四爷再去问吧!告诉你,你幸亏遇见了我,我就是给丁四爷家做工的。我这个人最好心,无论你这个人多么坏,我也愿意你们夫妻早些团圆。你要遇见了别的人,休想让别人理你。你一个堂堂男子,听说你还自命是一条英雄,却保护不住自家的婆娘,你算是个什么东西?我们这座山谷,向来不许奸淫邪盗无耻小人前来!"

叶允雄简直是被人大骂了一顿,但是不敢生气,并且心里觉得十分惭愧,只长叹了一声,把长衣穿上,手中的树棍儿也扔了。

那农人肩荷着柴耙,在前带路,还像很生气的样子。叶允雄低着头跟着,就进了那山谷中的小村。这个村子统共人家不到五户,其中一家的院墙较整,门较新,可是里边不过三开间草屋。这农人就叫叶允雄在门前等着,他推门进去了。待了一会儿,才叫叶允雄进去,到屋里,见陈设的尽是些沉重的红木桌椅,壁间悬着宝剑及"风尘三侠"图。那位丁四爷就坐在里屋的木榻上,盘着腿,像道家打坐的样子。见叶允雄进来,他连眼皮也不抬。叶允雄就深深地打躬,表示了自己的来意及感谢之意。丁四爷却转过脸来瞪大了眼睛,说:"别是你给弄错了吧,我救的那人绝不会是你的夫人!"

叶允雄赶紧又打躬,老头儿却说:"我久仰你的大名。平生我最佩服三位好汉,一位是当年横行楚汉之间的豪杰叶英才,第二位是在山东大大有名的叶允雄,第三位那更了不得,在北京城单枪压群英,忠勇保住了小公爷谢某,还替谢某夺回个姨太太的叶悟尘。你也姓叶,我想以你今天在米家巷的豪举来看,恐怕你的本领还在那三位叶君之上,你的夫人如何能够丢呢?如何能被高家抢去那些日子呢?如何能卖到米家巷呢?又如何到我这里呢?你弄错了!"

叶允雄见这老头儿说的全都是反话,是冷嘲热笑,不由更是惭愧得无地自容,就辩解说:"自己当年失身绿林,是因为年轻无知,后来在白石村娶妻隐居,原想是安分守己,改悔前非,不意又为仇人所追。至于泰山,是因中了孟三彪之计,以致梅姑娘失踪,后来自己因伤被擒,为人所救,但已无力去顾及妻子梅姑娘了,也无处去寻找她了。至于自己在北京帮谢慰臣,那是为酬答他一番知遇之情,在京与人争斗也多因为不得已!"

丁四爷却瞪起了眼睛,这老头儿的年纪虽迈,但气却很盛,他就摆手说:"你不必再争辩了!我恨的就是你这个人无良心。黄家的姑娘为你,真受尽了欺凌逼害,苦处真难言,她的贞节真可敬!比你这丢了妻子不急于寻找,反向他人称雄逞强的人真强得多!再说,我听说你在外面已经另娶了,这回你带着你的那新夫人来到襄阳还不可一世,如今你又来见你的原配,我问你还有什么脸?那样的贞节烈女,你把她带去做你的姜,叫她跟着你们再受江湖的颠险,你新娶的那个还不定能容得下她不能?我不能叫她再去受苦!"

叶允雄听了心中不禁辛酸,同时觉得丁四爷所忧虑的也对,贞节贤婉的梅姑娘,诚然未必能为那嫉妒泼辣的鲁海娥所容。但是丁四爷把话问得很急,不容叶允雄犹豫,叶允雄只得爽快答复,说:"那鲁家女子,我本不欲娶她,是因为她救过我的命,她要嫁我,我不能峻拒。这一年来,许多仇人环围着我,即使我极力忍耐,也不能一日得以安生,幸亏有她辅助我。不过她与我的性情究竟不大投合,我见着我的原配妻子,使她们一定能够平和相处,不分尊卑大小,以后只要无人逼迫我,我也绝不愿再在江湖上流浪了。所以,请丁四爷赶快指给我她住在哪里吧!这半载来,她自然是为我受尽了艰难,但我到处寻找她,也是不容易!"

丁四爷见叶允雄很情急,态度也诚恳,便消下了一些气,遂说:"前些日我把她救了,因为我在这里只是孤身一人,并无家属,我用着的那两个人也都是单身汉,她在我这里住着不便,我就把她送到山阳县严员外之处。严员外是我二十年来的好友,他的长嫂马夫人也是个很慈善的人,你妻子住在那里已然不少日子了,你要想去,我可以派个人把你带去。"

叶允雄赶紧又打躬,说:"请丁四爷就派个人领我去吧!山阳县大概也离此不远,我现在是恨不得立时就跟她见面!"

丁四爷把脚垂下炕沿来,找着鞋穿上,就站起身来。原来这老头儿虽然瘦,精神却非常的矍铄,他向外喊了一声:"左奎!"就是刚才领叶允雄来此的那个年轻的农夫,又进屋来了,他恭恭敬敬地听候吩咐。丁四爷就说:"带他到山阳县严家去!"这左奎就答应了一声。叶允雄又打躬向丁四爷辞别,他的躬深深打在地下,丁四爷连头也不点。叶允雄觉得这老头儿也太为傲慢,但自己现在是什么气都得受了。

出了门,左奎就带着他顺着山路走去,他又向左奎表示感谢。左奎倒是不像刚才那样看不起叶允雄了,不过他对于山径极熟,走得非常之快,也不管叶允雄跟得上跟不上。叶允雄却悲痛在心,创伤在背,走这崎岖坎坷的道路觉得十分艰难。

山阳县是在商山之阳,属于陕南兴安府,由荆紫关骑马当日可到。但他们是步行,又走的多半是山路,所以直走到天黑,虽然已出了山,可是据左奎说,"离着山阳县还很远呢!"

天上有朦胧的月光,左奎主张找个地方吃了饭,再往下走。叶允雄因为背上的伤,已实在支持不住,就走到一个极小的市镇,找了一家很小的店房,两人住在一间屋。叶允雄背痛得连饭也吃不下去,卧在炕上不能翻身,左奎才知道他的身上有伤,就说:"你早说岂不好?丁四爷那里有出名的刀创药。你的媳妇本来被那高家,被五美堂的老鸨,已然打得体无完肤,丁四爷把她送到山阳县严家时,就带过去一包刀创药。前天有严家来的人说,你媳妇的伤已然全都好了,你信丁四爷的那药灵不灵?你如果真是痛得厉害,那你就在此住一宵,我这就走,给你去取刀创药,不到天亮我就能回来。上了那药,保准不痛了。"

叶允雄摇头,说:"不用不用!叫老哥你连夜回去取药,我于心何安?因此又得耽误一天工夫。再说,我们久走江湖的人,受这一点点的伤又有什么要紧?老哥你不必挂心!"说毕话微微地一笑。左奎却真佩服了他,跟店家要来了被褥,垫在炕上,叫叶允雄好好地躺卧,又斟了酒喂给他喝。

叶允雄连声道谢,遂又问到那丁四爷到底是怎样的一个人,为什么脾气那样的古怪?左奎却笑着说:"丁四爷是陕南川北楚汉这些地方有名的人物,不过早先他或许不姓丁。二十年前,陕南有两位绿林英雄,一个叫"金眼"张德,一个叫"铁臂"韩宁,曾做过许多轰轰烈烈的事情。后来就跟你一样,得罪了仇家,招恼了官人,所以立足不住了,金眼张德逃走了,铁臂韩宁也不知去向。十年之后,这里就出来了一位丁四爷,有上年纪的人认识他,说'丁'字就是'宁'的尾,他老人家就是当年的铁臂韩宁。"

左奎说完了铁臂韩宁的历史,接着又说那金眼张德。他说:"张德原跟我们丁四爷是盟兄弟,丁四爷改了姓名,现已没有多少人知晓他的来历。张德却于十几年前抛下他的太太,带着个女儿逃走了,有人说他逃往大海里的岛子上住着去了……"

叶允雄听到这里,突然想起了一件事,心中一动,越发注意地向下去听。左奎又说:"可是从没见他回来过,也不知他是生是死。他的太太是在那时因为不能带走，就藏在山阳县严员外的家里。严员外是山阳县的大财主，当年曾有数十名强盗抢光了他的家资，金眼张德凭仗单刀直捣盗窟，将他的家资一文不少全都索回。有这样大的好处，所以张德逃走之时，就把太太马氏送到他的家里。他对外人说马夫人是他的寡嫂，也无人查究，就算在他家里长住了，大概只有丁四爷认识她是谁。你的那位太太，现就住在她那里。"

叶允雄更觉得惊愕，怔了半天，才问说："左大哥，你怎么会知道这些事情？"

左奎笑着说："我怎么不知道？这些话都是我爸爸告诉我的。我爸爸是当年金眼张德、铁臂韩宁手下的老伙计，不然丁四爷岂能这样信任我？现在我是他的大管事，他的什么事都由我给办理。他自改名为丁四爷之后，性情大变，虽仍行侠仗义，但把江湖绿林人恨得入骨。他不愿别人认识他，更不许别人到他的村里去。那村里住的没有外人，一家就是我跟我的老婆，另两家都是老实的乡民，都受过他的救命大德，从别处搬来的，也就都跟他的儿子孙子一样……"

左奎的这些话，叶允雄却不大注意去听了，他只是呆呆地发怔，不知是思索着什么事情。忽然，他问说："镇海蛟鲁大绅你晓得不晓得？"左奎摇头说："我不晓得。"叶允雄又问："鲁海娥呢？"左奎发怔说："我也不知道！你说出这两个人的名姓来干吗？"叶允雄却不再言语。

此时，叶允雄心中想着：那金眼张德必是鲁海娥的亲父！当年他们父女逃走天涯，不知如何到了水灵山岛上，张德死了，海娥便归鲁大绅抚养。她只知道她的生母是在汉中，不用说，即是现在收容梅姑娘的那位严家马夫人了。如果这事属真，那可真是天缘巧合，海娥可以认了她的母亲，她与梅姑娘之间也不至于有什么不能兼容了。他这样一想，心里又很是喜欢，愈急于去到山阳县。左奎只顾了喝酒，也顾不得问叶允雄忽然提出那两个陌生的人名来是什么意思。待了一会儿，叶允雄闭上了眼睛，仿佛已经睡熟了。左奎吃喝够了，就也吹灭了灯睡去。

不觉到了次日，一早叶允雄就起来了，歇了一夜，他的精神非常充足，就催着左奎快些带着他走。左奎却一点儿也不慌忙，在店里吃完了早饭,才带着他走出店门,两人一边走,一边谈。昨天叶允雄是嫌左奎走得快,今天他却又嫌走得慢。

走到中午,又来到一个市镇上,左奎又要打尖儿吃饭,叶允雄却显出急躁的样子来,左奎摆手说:"你别急! 这就算到了,这地方就归山阳县管。"他向西一指,说:"你看! 那边不是有个高旗杆吗? 那就是本地有名的关帝庙,庙南边就是庙前村。严员外是那里的首户,你媳妇就住在那里。别忙! 吃完了饭咱们再去,反正准能叫你见得着。"叶允雄向西望着,觉得那地方距这市镇不过二三里,有一条迂回的小径可通,那村里若走出一个人,在这里都能隐隐看得见。他的心情更急,就想昔日远隔天涯,而今近在咫尺,他不知少时见了梅姑娘,应当说什么话才好,更不知鲁海娥的母亲是怎样的一个人?

此时,左奎在旁边找了家小饭铺,照旧喝茶叫饭,并笑着说:"吃饱了再去! 人家严家把你的媳妇养活了那些日,难道咱们还去赶斋吗?"叶允雄点点头。左奎又看看他的脸,笑着说:"你就预备着点儿眼泪吧!"

第十二回　聚鸳鸯小村添喜事
　　　　战江湖侠女逞雌威

　　吃完了饭,左奎才带着叶允雄往西去。小径上没有什么人往来,左奎因为吃得饱,心里开心,就一边走,一边打嗝儿,嘴里还吹出来小曲儿。叶允雄却心情很紧张,走得慌忙,连累得背上的伤也一阵儿一阵儿地发痛。走了不多时,就来到那座庙后,看得旗杆和红墙全都很新,左奎就说:"这座庙就是严员外修的,严员外是这一方有名的善人。"说着话,转过了庙,就进了那庙前村。

　　村子人家不少,其中一家石垣广大,瓦房甚多,门前是打麦场,有十几个长工在那里操作,这不用说,就一定是严员外家里了。叶允雄至此把衣裳拍了拍,脖领上的扣子系了系。此时,左奎就赶忙跑过去,见了一个穿着一身土布衣服,连小辫全都白了的老头儿,鞠躬行礼,并回手指着叶允雄,向那老头儿说话。

　　那老头儿跟长工们在一处,他比长工穿的衣裳还破旧,谁知道他就是严员外?左奎把叶允雄唤过去,给向严员外引见。叶允雄原想着这个老头儿也一定要大大申斥自己一顿,可不料这老头儿倒是很和蔼,跺着脚叹息,说:"你怎么不早来呀?尊夫人思念你,终日落泪,我们家里的人百般劝她也是不成。你再迟来几日,她一定要病了,你快去见她吧!"说着,这老头儿亲自在前带路,叶允雄于后面恭恭敬敬地跟随。走进庄院,就见院落很大很深,严员外家里的人和小孩们也很多。

一直进到里院，里院的北房很高大，玻璃窗里都有蓝布的窗帘，严员外一边走就一边大声说："黄大姑娘！你快出来看看吧！你看谁来了？你的当家的来了！"这时，屋里已有仆妇推开了门。叶允雄脚头很紧，随走随抬头看，就见从屋中姗姗地走出来一位身穿蓝布衣裙，端丽清愁的少年妇人，正是梅姑娘。

经过了多次灾难，长久的分离，如今才得相见的一对少年夫妻，彼此见着了反倒全都呆了。梅姑娘的眼泪如急雨一般地流下，她倚在门里，不禁呜呜地痛哭。叶允雄的眼睛也觉得湿润，心背俱痛，恨不得抢过去夫妻相抱痛哭一场。但仆妇又在旁边，严员外并且唤来了他的儿子儿媳、孙子孙媳、重孙子们，都来看看叶允雄，现在又是在人家的家里，哪能放声大哭呢？叶允雄就往屋里走着，一边叹息，一边向梅姑娘问说："你还好吧？过去的事我都知道，你为我太受苦了！也幸亏有许多位恩人救护我们……我们现在见了面就很好，不必再难过了。将来，我们患难都已渡过，必可以否极泰来，我们再报恩公们的深恩厚德。至于早先在泰山麓设计陷害我们的那些贼人、仇家，我已都替咱们报复了！"

他说到这里也进到屋里了，不想从里间却出来一个六十多岁的老太婆，一手拿着旱烟袋，一手指着叶允雄大骂，说："你还有脸见她？不是神仙保佑，不是遇见了丁四爷，还把她送到这儿，有几个她也就早都死啦！"

梅姑娘赶紧止住泪，给引见说："这就是严老奶奶，你见见！"叶允雄一躬打到地下。但严老奶奶还只管指着他大骂，并说："丁四爷听外边来的人说，你在外边另娶啦？娶了个贼女人，帮助你来到襄阳，还胡乱地杀人！现在你带来了没有？要带来让我看看那贼女人，看看比得过我这干孙女比不过？"原来梅姑娘在这里已认了她为干祖母。可是叶允雄知道她必是鲁海娥的母亲，就又低头打躬，说："我在外娶了那女子，也是有许多原因，当初我也是不得已，那女子也颇有来历……"严老奶奶却更大声嚷嚷着，说："丁四爷也跟我说了，我也知道你们的来历都是了不得！可是现在你要想把我的干孙女带走，去受你、受那贼女人的气，那可办不到！"

严老奶奶生着气,恨不得拿烟袋打他,叶允雄却不敢分辩。当着许多人,严老奶奶的来历别人还未必知道呢,自己又怎么敢说"您所骂的那嫁了我的贼女人,就是您的女儿"呢?

此时,梅姑娘拉着他的胳臂不住哭泣,严员外又拍着他的膀子,说:"请坐吧!"叶允雄的身子被人一动,背上的镖伤就疼得他几乎叫出来,他咬牙吸气,但是口中还连声谦逊,不肯落座。严员外又大声嚷嚷说:"得了!得了!老嫂子你也就别抱怨人家了,人家夫妻相聚,本是一件大喜的事情!无论他两人谁好谁坏,究竟是夫妻,咱们都是外人,别胡乱责备人家啦!"

严老太太依然跺脚,说:"不是呀!我听说他在外边又另娶了一个,泼辣得很,要叫黄大姑娘跟着他们去受罪,还不如当初咱们不救呢!"

严员外仿佛这时才听明白,他怔了一怔,又说:"那也不要紧,一夫二妻的人也有的是。黄大姑娘是先进到他门里的,当然不能做小,我看这位叶老侄也是满面诚实,绝不能错待了他的贤妻。"他又大声喊叫仆人,叫在东屋里摆酒,并叫人去请邻居于老伯、唐老太太等等的人,说是:"快请他们都来!就告诉他们说,黄大姑娘的当家的来了,叫他们都来喝黄大姑娘的一杯喜酒吧!"

原来,梅姑娘在这儿住的日子虽不算多,可是她艰苦的遭遇,及贞节的名儿,早已轰动了全村,大家对她这个稀见的女子,全都啧啧赞叹。她体伤未愈,卧在床上之时,邻居的老妇人、嫂子姊妹们就天天来看慰她。她痊愈了之后,为人又温婉和蔼,所以人缘极好。尤其是拜了严老奶奶马氏为义祖母,与本村的感情更亲近了一层。如今不必严员外派人去请,因为左奎早在外面给嚷嚷开了,所以都扶老携幼地争着来看这位黄大姑娘的姑爷。梅姑娘倒是已收住了眼泪,伯伯婶婶的都给向她丈夫引见,叶允雄却更加羞愧。

严员外督促着家人在东屋摆好了座位,设酒上菜,大家全都喜气腾腾。梅姑娘也微微地笑着,脸上泛起了红云,并时时偷眼去瞧她的丈夫。叶允雄本来是满面风尘,背上的伤又阵阵地发痛,使得他的表情极不好看,而且他的心里还有事呢,却不能得机会倾诉出来。而许多老伯伯们、大叔们都问他在外面做什么生意,家中还有多少田地,这些话都令他很难回答。二三十个村中的少女又都站在院中,向屋里偷眼来看,而且彼此笑着悄语,仿佛是在评头论足,他就更觉得难为情了。

屋里的座位只是两把椅子,叫他们夫妇并坐,严员外领头儿给斟酒夹菜、说笑,还夹杂着许多吉庆的话儿。叶允雄仿佛又做了一回新郎似的,但这回做得却十分不安。梅姑娘也很忸怩,两人都用了不多的酒跟菜。严员外又说:"让人家小夫妇慢慢地饮酒谈心吧!咱们都别在这里搅了!"又向叶允雄很诚恳地说:"叶姑爷!你既然来到这里了,就得多住几天,不必忙着走。你的夫人在我们这里也住熟了,你若把她一带走,这里不定得有多少人想她呢!"叶允雄连忙站起身来,答应着:"是!是!"又说:"既蒙老员外这样恩待,我们真是感激莫名,一定要遵老员外的话,要在此多住些日!"严员外又笑着说:"你们贤夫妇随便饮酒吧!莫要拘泥!"说毕,这员外就同着一些邻居都出了屋。

屋中只剩下了他们夫妇,叶允雄扭头看了看妻子,就见梅姑娘也正抬起来泪眼看他,当下,悲痛的情爱撼震着二人的心,二人相握着痛泣起来。良久,倒是梅姑娘先擦了擦眼泪,温柔地低声说:"你也不必再为我难过!我受的苦既都已过去了,也就不必再去细说细想了。只是我见你的气色仿佛不大好似的,是为什么呢?莫非是你病了吗?"说着,歪着脸儿看她的丈夫。

叶允雄微叹着,就把分离之后半载以来,自己所遭逢的事情都说了,然后又说到鲁海娥,仍然是说自己之娶鲁海娥实在是无法,因为她救过我的性命,她的武艺比我又强很多。梅姑娘听了,咬着嘴唇儿,低着头不语。

粉鳞小蛟龙对她并不是什么陌生人,她在白石村娘家居住之时,就常听胞兄黄小三跟人说:水灵山岛上有一个美貌的水性精通的女子,武艺颇为难惹。叶允雄就是因为被她打败了,才一个人跑到山顶庙里去练枪。自己受了多番艰苦,时时盼望见着丈夫,可是前几天就听丁四爷来说,丈夫已然另娶了一个女人。自己因为想着过去夫妻的恩情,不信会有这样的事,如今,却由丈夫的亲口中证实了!她心中未免有些伤悲，然而人家既然救过丈夫的性命，又帮助丈夫渡过了许多危险，仿佛她嫁了自己的丈夫，也是有理的，自己也不能发出什么怨言，因就忍泪说："不要紧的！你也应当有个好本事的人帮助你，我是太不行，我只能做你的一个累赘！"

叶允雄说："不是这样说，究竟我们二人才是患难夫妻。这许多日子，我的心仍然是怀念着你，我绝不能待她比待你还亲爱，她只是救过我的命，帮助过我，我虽不大喜欢她，可也不能得罪她。"

梅姑娘点点头，说："我知道！将来我见见她就是了，我可以做她的妹妹，我不能再使你为难……"又站起身来，说："我看你背上的镖伤一定很重，丁四爷给过我一包很好的药，我没有用完，现在我还收着，你等一会儿，我给你取去，只要一敷上，就能够立时止住疼。"

她要走，叶允雄却把她拉住，摇头说："你且不要忙着去取药，我背上的伤并不算什么，现在还有一件要紧的事我要跟你说！"梅姑娘听了一怔，俊眼望着她的丈夫，叶允雄便悄声说："你去问问那严老奶奶，问她是否有个飘零在外，将近二十年未见面的女儿？"

梅姑娘听了这话，不由得更是发怔，真觉得丈夫许是疯了。第一次见着那严老奶奶，而且严老奶奶还把他责问了一顿，他怎么竟说人家在外边有个女儿呢？遂就摇头，说："没有吧？严老奶奶对我无话不说，她说她十五年前就死了丈夫，膝下也无儿无女。她是严员外的长嫂，但听说她在年轻时也很受过些苦，她的男人很不务正……"

叶允雄说："这就没有错了，她的难言之隐，当然不能够对你说，可是若遇着旁边无人之时，你向她问，她也许毫无隐瞒地告诉你。我为什么叫你问她这话？就是因为那鲁海娥，我疑她是严老奶奶的亲女，严老奶奶本来不姓严……"

他遂悄声地告诉梅姑娘，鲁海娥曾对自己说过：她本不姓鲁，她是张某的女儿。张某是个绿林中人，因为逃避缉捕，才带着几岁的小姑娘走往水灵山岛。在岛上他结识了镇海蛟鲁大绅，后来他就死在岛上，女儿才归鲁大绅抚养、授艺，起了名字叫鲁海娥。鲁海娥知道她的母亲是在汉中，可是十多年了，已不知确实住处，更不知她母亲尚在人间没有,所以她也没急着来寻找,省亲……

接着,他又把左奎对自己所说的那金眼张德与严家的交谊,及丁四爷、严老奶奶的历史,说了一遍。两事相证,叶允雄就断定,这里的严老奶奶必是鲁海娥的母亲。

梅姑娘听了,她是既惊讶又欣喜,就说:"真是这样吗?那可真太巧了!"叶允雄说:"你快去问问严老奶奶,但千万要等着旁边没人时你再问她!"梅姑娘点头,说:"我知道!你等等,待会儿我把这话问了,就取药来给你治伤。"说着,她走出屋去,两只莲足走得很急。

梅姑娘走到了北屋的里间,见严老奶奶又坐在屋里抽烟,有个仆妇在旁。她先把仆妇支出去,然后笑着叫了声:"奶奶!"就说:"我要告诉您老人家一件事。"

严老奶奶突然听了梅姑娘这话,不由得一怔,就问说:"什么事你要告诉我?你那男人现在怎样,他说了痛快话没有?他到底是打算怎么办?难道叫你倒去做小婆子?叫那贼老婆把你踩在脚底下?"

梅姑娘摆手,说:"不是!这其中有原由,也不是他办了这事我反倒护着他,是……"她回首看看这里屋外屋全都没有仆妇,她就悄声问说:"干奶奶!允雄他叫我来问您,当年有一位金眼张德张老爷,您可晓得吗?"

严老奶奶一听,脸色突然变白,并且所有的面部皱纹也全都平了。她莹莹欲泪,点点头,发着颤音问道:"为什么他叫你来问我这话?莫非他知道张德的下落吗?"

梅姑娘一看这情形,就知道丈夫所说的话并非是假。为了人家老夫妇和母女十多年的分离,却又触起自己过去的苦痛,她就落了几点同病相怜的眼泪,哭声儿说:"实告诉奶奶吧,请奶奶不要伤心!张德老爷十年前带着他的小姐,逃到我们白石村附近海中的水灵山岛,到了那里,大概张老爷就病故了……"听到这里,严老奶奶不禁老泪直流,拿袖子掩着脸不禁抽搐。

梅姑娘又说:"张小姐就由水灵山岛上的好汉镇海蛟鲁大绅抚养,改名叫鲁海娥,学了一身好武艺,水旱皆通。她也知道她自己的来历,她知道她有位母亲在汉中，只是她找不着。她，后来救了允雄的性命，帮助允雄战败了许多仇家，她就……允雄就娶了她，现在她在襄阳！"严老奶奶一听，这些事真出乎她意料之外，尤其心痛女儿，她就不禁呜呜地痛哭，说："我的女儿呀！你好苦呀！"

这时，仆妇在窗外闻声进来看视，梅姑娘急忙止住了话。严老奶奶也止住了悲声，她把仆妇又支出屋去，不叫再进来，她就向梅姑娘说："你快把他叫来吧！我要当面问问他，我那女儿现在长得有多么大了？"

梅姑娘拭着泪又急急地出屋，院中，那仆妇已把严员外的儿媳找来，是要进屋去劝解严老奶奶，因为她们不晓得为什么严老奶奶突然会伤起心来了。梅姑娘却连连地摆手，走近前去，悄声儿说："你们不要进屋去！她老人家不是为别的事，只是为我的事，也不是为她自己伤心，还是为我伤心！"

严家的媳妇就说："这位老太太也是！你的当家的已然来了，她应当为你喜欢才是，怎么反倒哭起来了？莫非是舍不得叫你走？据我们想，你也就不必走了，凭你当家的本事，也能在城里找一碗饭吃。就是你们夫妻都住在这里，也绝没人多嫌你们。你们别叫她伤心，老年人没儿没女是可怜的！"梅姑娘点头答应着，她却急匆匆地到屋里去见叶允雄。

这时，叶允雄正在屋中来回地踱着，梅姑娘进屋来，说："果然是！我跟她一说，就把她十多年的伤心事全都勾起来了！她哭得很厉害，她叫你过去呢。"又嘱咐说："你见了她，说话可要谨慎些，别猛然一下全都说出来！"叶允雄点头，梅姑娘就把他带到北屋去见严老奶奶。

严老奶奶现在见了叶允雄，已不像刚才那样急躁发怒了，她只是拭着泪，指着她对面的一个凳儿，悄声说："你坐下！我的来由除了这里的老员外跟丁四爷，再没有第三个人知道。十六年前，那天半夜里，我的男人金眼张德带着我，坐着一辆车来到这里。那时我抱着个两岁的孩子，我四十五岁时才生的那个女儿，我叫她小娥。那时我男人因为打不平伤了个恶绅，在此实在住不住了，才把我送到这里来，他好去逃命。那天我们深夜敲开了庄门，见了这里的老员外。老员外非常惊慌，我男人也没把详情细说，就叫我进来在此住。他走后，不想当夜四更天时他又回来了,他跳墙进来,站在院中把我叫起来,他就由我的怀中抢去了女儿,就又走了。"

严老奶奶说到这里,她是又悲伤又愤恨,就说:"我那男人金眼张德,他的性情暴烈极了!他打惯了江湖,跟我也是那样,一个事不顺心,他就向我瞪眼。三十年前我嫁了他,替他担惊害怕,受尽了苦,我见了他就像老鼠见了猫似的。那天临走时,他几乎杀了我!他要把女儿抱走。他说:'你是个半老的婆子了,你在这儿住着绝没人来害你,可是这孩子留在这里可不行,被人晓得了,就得有人来害她,再说留养在这里,将来长大了,她一定跟你一样的愚笨。我要叫她将来成一个女侠,教给她通身武艺,将来叫她嫁一个江湖有名的少年英雄,好叫他们两人给我报仇、出气,我得把女儿带走!'我舍不得把孩子给他,我知道他这一走,不定还回来不回来,我就哭。他拿刀吓吓我,一脚把我踹倒,抢过孩子去,他就上房跑了。这件事没有别人知道,那夜别人只知道是来了强盗,闹了一场,却都不知道详情。

"那天我就病了,病了多日才好,就在这儿住下了。严员外向外人说我是他的族嫂,因为家里的人都死净了,才由远方投奔他来。好在我也不常出屋子,我又待严家的媳妇们都很好,这十年来,我就跟严家的人一样了,或也忘了张德。直到丁四爷把你妻子救了送来,因为她我才想起我那女儿,我想我女儿现在若是活着,长得大概也有她这么大了!刚才我听她说,原来你另娶的那就是小娥。哎!现在倒叫我真难处理了!我偏向着她们谁才好呢?"

梅姑娘说:"奶奶您不必难过,赶紧叫允雄把我那……若按照这儿理论,您是我的奶奶,她就是我的姑姑,但若私下论,我可以叫她为姐姐!"

严老奶奶叹息说:"咳!那都使不得!她还是得认你在先。她是在大海里生长大了的,一定是又粗又野,我见了她,还许瞧着她不顺眼呢!"

叶允雄现在想着:无论如何也得把鲁海娥找了来再说,有了严老奶奶从中调处,她们两人分大小不分大小,全都不成问题,海娥也许因此能杀一杀她的妒焰。只是自己这么个飘零沦落,到处都有仇人的人,如何配有两个妻子？而且一个是贞洁贤慧，一个又是勇武绝伦，自己哪一点儿配？如今无话可说了，只好赶紧将海娥叫来，使她们母女重逢，也算是自己对她过去那些好处的报答！于是他站起身来，说："请老夫人不要再难过了！我现在就走，到襄阳把你的女儿接来。往返路有五天足行，五天之内，就可以叫您的母女相见。只是我的马匹现存在荆紫关店房内，若去取了再赶路，是太麻烦了，这里有马没有？先借我一匹骑走。"

梅姑娘已然找出那包刀创药来了，就问说："你先把药上点儿，再走好不好？"叶允雄把药接到手里揣在怀中，他就说："沿路我随走随上药，到了襄阳我的伤若不好，我还许要在那里歇息一二日呢，可是我一定叫海娥连夜到这里来。"

梅姑娘出屋去请严员外，少时给请到屋里，严老奶奶把这件事也跟他说了。严员外听了又惊诧，可又拍手称贺，他并说："不但有马，车也现成，叫他们备一匹马你骑着，再派一辆车，派个仆妇跟去，把张姑娘接来就得了！"

叶允雄摆手，笑着说："用不着车，车太慢了！就说这里的老奶奶能等候，可是海娥听了她必定着急，必不愿坐车。她有快马，高山大河，都拦不住她，在大海里她也如履平地，倏刻便能飞到，请老奶奶跟员外放心吧！我这便去找她。"

当时，严员外出去叫人备了一匹好马，叶允雄就出了庄门，上马走去。走出村，就见那左奎正在庙后墙跟几个村人蹲在地下赌钱，一见他，就诧异地高声问说："喂！你怎么倒走啦？"叶允雄拱手，说了声："再见！"就马不停蹄地走去。

叶允雄支撑着疲惫的负伤身体，飞马去奔襄阳。穿山路，过雄关，除了用饭，及投店小憩之外，绝不耽误时刻。第一是他的心急，精神兴奋。第二是他忽然发生了一种预感，想着鲁海娥在襄阳绝不能够安安分分地在店房住着，说不定她已一个人去独斗高家群雄去了，因此愈急。

果然不出他之所料，鲁海娥在襄阳又闹出了很大的纠纷。是自叶允雄走的那一天，鲁海娥就毫无顾忌，她也明白她丈夫的心里是惦记着什么,但是她想:梅姑娘到了孟三彪的手里那些日,就是幸而没死,可也不定已然到了什么地步啦,由着他去找吧!找到了看他能怎么样?他难道还把个已经被许多人抢去、拐卖、霸占过的老婆,再弄回来见我吗?我倒要在这儿等着他,我倒愿意他们两人一块儿回来……如此想着,她就发着冷笑,并决定进到城里去找找麻烦。趁着叶允雄没在这儿,自己把他的那些对头冤家全都赶走,他回来时叫他吓一跳。他若把他那个旧老婆找回来了更好,让他看看,那个老婆哪一点比得上我?

因此,她就支起了镜子来梳妆打扮,把黑长的头发打开了重新梳。行囊里就有小罐的桂花油,她把头梳得比镜子还亮,挽得极精细,是最时兴的"盘龙髻",前面剪成了孩儿发。在脸上她把粉跟胭脂擦得极匀,望镜中自己的双颊,真比桃花还娇艳,红嘴唇真似珊瑚雕成,在双眉之间她故意点了一个小红点儿,这是特为加强她的妩媚风流而引人注意的。她戴上一转头就乱摆的金耳坠,抬手就叮当响的金镯。粉红的绸袄镶白边,水绿的裤子肥裤腿,勾儿似的小红鞋上绣着金凤。手里拿着一块紫手绢,就如随风杨柳,袅娜地走出了店房。她不带兵刃,但要叫红鞋尖今天踏着高家弟兄等人的鲜血。

这时天色还早,不过上午十来点钟。城门口的一阵拥挤倒是已然过去了,人稀稀地出入着,有推车子的、挑担子的,老太太骑着毛驴进城瞧亲家的,大夫坐着小轿下乡看病。也有走着的,都是倒背着手的老头儿,拄着明杖的瞎子,提着香烛的半老妇人,可是绝没有第二个像她这样穿着打扮,长得这么漂亮的小媳妇。仿佛这么大这么古的襄阳城,从来也没有过似的,所以路上的人全都扭转了头,两旁铺户里的人也都跑出来看,守城门的官人全直了眼,就如同降下来一位仙姑,不,仙姑也没有这样风流,可以说是忽然飞来了一只孔雀或彩凤。

她脚儿虽小但走得很快,少时就进了城。襄阳城里的居民人等,这时正是吃饭的时候,饭铺酒楼全都正上着满座,卖菜的、赶车的也都把车子担子放在小面铺的门前,他们进内用午餐去了。所以街上往来的人也不多,艳妆的鲁海娥姗姗走在街头更是招人注目,因此就有许多人扭头驻足地看她。尤其有几个城市少年,三三五五的,都穿着很阔绰的衣履，谈谈笑笑，暗随在她的身后，都用眼死死地盯着她。

鲁海娥却情目流波，顾盼风流，走一走，停一停。布店门前，香粉铺的招牌畔，她都要停一停。她并进了一家绒线铺，仔细地挑选了几样绒线，又挑选篦子、木梳，拿起来试着往头发上拢，几个少年都直眉瞪眼的往里来看，等着。

少时，鲁海娥买好了几样东西，就都裹在手绢里拿着。才一出绒线铺，就见一个年轻的人上前来招呼，说："小嫂！你买的是什么东西？刚才我看见你买了篦子，那是真的杭州篦子吗？我想也买几把，小嫂你拿出来先叫我看看吧。"说话时递着笑容，翻着眼睛，旁边的两个少年也都露着牙，色眯眯地笑着。

凡是大城市中总有这种轻浮少年，他们专门调戏孤单的妇女，但今天这几个人可碰在钉子上了。鲁海娥就如同一朵美丽的玫瑰花，香艳诱人，可是一触就扎手；又如蜜蜂儿，长得是那么好看，遍体沾着花香，可是藏有毒针。这少年上前一调戏，鲁海娥就把脸儿沉下来了，这种娇怒，使几个少年更着了迷。鲁海娥并没有立即发躁，只冷冷淡淡地说："你不会到铺子里去看吗？哼！"她一摔手，姗姗地走开。

刚才的那几句燕语莺声，尤其那一声"哼"，使得这个少年简直如痴似醉，他赶上一步去，说："小嫂！你别走！我问你在哪里住？你贵姓？"鲁海娥却蓦然回手一拳，"咚"的一声，正打在那少年的脑门子上，少年就"哎哟"地一声叫，身子倒在地下。两旁的人都"啊"地惊叫。鲁海娥却头也不回，眼也不向旁看，一手拿着包着篦子的紫手绢，一直向北去走。

这附近有酒楼，楼上的人都推窗往下看，有饭铺，正在吃着面的人也都跑出来，就有人说："啊呀！这不是那天在汉江水里的那个……"鲁海娥听了，毫不惊惧，并且挑衅地、骄傲地走着。

此时，已有人跑去报告了聚杰镖店，鲁海娥还不知不觉，袅袅娜娜地向北走着。眼看就快到北门了，她就转身再往回走，却见迎面来了一匹黑马，马上一人跳将下来，扔了马就手挺钢刀迎过来，怒喝着，说："站住！你个贼女人！在江边你杀了我的哥哥，你丈夫是强盗，你还敢大模大样进城来？"

鲁海娥把脚步儿稍稍停住，神色不变，掠起眼睛来看了看对方。只见是一个十七八岁的大姑娘，穿着一身青，雄壮得跟个男子似的，黑胖脸，大眼睛，头上盘着大辫子，这正是母豹。她便冷笑着，傲然地说："嘿嘿！你还敢找我来？在江边我的手下若是不留情，你还能活得到现在吗？"

母豹的来势极猛，蓦然上前，一手持刀，另一只手就要来揪海娥，海娥却用手一推，母豹就退后了两步。海娥咬了咬嘴唇，狠狠地瞪了她一眼，说："我劝你，还是快点儿滚开！我是进城来买东西来了，我并没想找你，你们趁早儿可别来找不自在！"

两个女人气势汹汹地要打架，旁边就聚了许多人，但都站得很远，谁也不敢近前。此时，南边又有一阵儿马蹄之声，来了白面豹高英、爬山豹高良、铁头豹高顺，还有许多的镖头、打手。这些人可都到了临近就将鲁海娥围住，高英一手提剑，一手拿着马鞭子，上前来拦住他的妹妹母豹，并向鲁海娥拱拱手，说："不必争吵！这大街上也不是咱们拼命的地方，何况我们的仇人只是叶允雄，与你无干。你是一个女人，我们也不愿与你一般见识。再说，你的来历我也晓得，你是镇海蛟鲁大绅之女，鲁大爷与我们也是慕名之交……"

他的话才说到这里，鲁海娥就把他止住，脸儿红中透白，冷冷地一笑，她把四周围持刀拿棍的人环视了一遭，但并不放在眼里。白面豹高英又说："现在叶允雄住在哪里？你可以领我们去会一会他，我们再向他理论理论，绝与你无干。"鲁海娥摇头，说："我不知他住在哪儿，我们本不住在一块儿，他的事我也不管。只是我现在要问你打算怎么样？我来逛大街买东西，没找你们，你们为什么拦我？"

高英说："请你到聚杰镖店里，我们谈一谈。"

鲁海娥笑着说："有什么可谈的？我又何必到你们那儿去？你们快些让开路！我还要买点东西去呢！"她摆着手儿叫众人躲开。不料这时母豹突然抡刀砍来，鲁海娥身子向旁一闪，莲足飞起，正踢在母豹的手腕上，母豹的刀就"当啷"一声坠地。旁边又有木棍打来，鲁海娥就夺过来一杆木棍，连蹿带跳，用棍向旁边人的头上乱敲。

白面豹高英用剑去挡她的棍，口中还直说："不要打！不要打！有话好说！此地也不是打架的地方！"旁边，他那两个哥哥高良跟高顺都说："什么不是打架的地方？难道今天还能够放走这个女贼？跟这个贼婊子还讲什么理！"说时，一齐抢刀向海娥来砍。海娥却抖棍如飞，"梆梆梆"专打人的头顶跟手腕，打得众人皆不能近前，而街头立时就乱哄哄起来。

鲁海娥独斗群雄，将手中的木棍都打断了，但她又由高顺的手中生夺过来一口刀，狠狠抢动。这时她的头髻已经散乱，双目怒瞪，已不似刚才那样的风流妩媚，而是如女妖一般。街上的一般看热闹的人都已远避，刚才那几个轻狂少年此时早不知跑向何处去了。同时，衙门中的官人也被惊动，襄阳府的知府大人立时派来了十多名官人，都抽出了腰刀，乱抖着锁链，跑来拿这群互相殴斗的人。

高家兄弟见官人来到了，他们全都大喜，高顺就嚷嚷着说："好了！好了！衙门里的老爷们来了，咱们打官司去吧！"但鲁海娥却舞动钢刀，杀得众人乱跑。

她也乘空儿跑进了街东的一家人家。很巧，闯进门来时，正有一个矮胖的中年人从屋中走出来，手中提着一对护手双钩。鲁海娥突吃一惊，以为这人也是要来捉自己，她就抢刀去砍，不料被这人用双钩架住。这人的力气很大，神态虽然匆慌，却还和平，他就说："不要打！不要打！我叫卢三，襄阳城的人都知道我是个朋友，我是正要出门给你们去劝架。你快躲到我屋中，屋中无外人，只是我的女儿。你不要出来！我去把他们挡走，不然你必要吃亏。"说着他就放下了双钩，毫无恶意，只摆手叫鲁海娥快些躲到他的屋内。

那屋内窗里有个年轻的姑娘正扒着窗往外看，鲁海娥却怕屋内有什么埋伏，她仍然不敢进屋，却飞身上了房，站在屋瓦上往外去看。只见那高英、高顺等人刚要闯进门来，就被卢三拦着了，卢三抢着双钩代替他劝架的双手，连说："不必不必！你们众人欺负一个女子，就不算是英雄了！"

就有人嚷嚷着，说："什么英雄不英雄？三爷你看，那娘儿们把我们打成这样子！"卢三说："因为打成这样子，这件事就更别闹大了，不然要叫江湖朋友笑话！"高家兄弟又齐都愤愤地说："卢三爷你别管！她是个女贼！你敢窝藏她吗？"卢三摇头，说："绝不是！她绝不是！"

鲁海娥在房上隔着墙看得很清楚，她见这个卢三为人很是慷慨，他的嗓音非常大，嚷嚷着说："她男人既没在这里，咱们就不可与一个女人为伍。你们把她捉到衙门判了罪，又于你们的面子上有什么光荣？再说殴斗互伤，各有不是！"他又向众官人说："诸位请回，我敢担保那女人绝不是贼！以后她要在本城再闹出了事，你们可以找我。诸位请回吧，上复府台，就说这是我们江湖人常有的事，官家要管也没法管，因为太多了！现已有我卢某人出头给调停，大事化小，小事化无，就算完啦！诸位请回吧！"官人们便一齐将腰刀入鞘。

高良和高顺还都愤愤不息，仿佛还要跟他打架似的。高英却似懂些情理，就拦住两个哥哥，又跟卢三细说情由。卢三把两只劝架的双钩放在门旁，他又指手画脚的跟他们兄弟说了许多的话，仿佛他的话言之有理，高家兄弟齐都点头了。一会儿，连官人带高家兄弟就全都走了，卢三又进来，掩上了门。

此时，鲁海娥已跳下房来进到屋里，原来这院中统共只有三间房，卢三的家里只有一个女儿，雇用着一个仆妇。卢姑娘的床上还扔着绣花活计，连着针线。她是个不俊也不丑，比海娥小两岁的姑娘。海娥进屋来，喘吁吁地笑着说："惊扰你啦！"卢姑娘也笑着，悄声说："不要紧，您请坐！"海娥就坐在床头，刀放在旁边，叠着腿儿歇息。

还没怎么说话，卢三就进屋来了，他把双钩挂在墙壁间，就笑着向海娥说："他们都已走了！这件事，姑娘你跟他们争斗得不值，他们高家兄弟与知府都有交情，万一闹到了官衙，你必定吃亏！"鲁海娥却冷笑，说："我不怕他们！谅他们也捉不着我。今天是他们以多欺寡，又有你劝解，我才暂时饶了他们。可是，这件事不是就完了，明天再看我的吧！"卢三却摇头，说："不必！"

这卢三本也是襄汉之间有名的镖头、江湖的好汉，他向鲁海娥说："你们不必再斗气了！这样仇雠相拼，绝无了时。叶允雄，我也很佩服他。你，咱们谈起来更非外人，你的父亲镇海蛟也是我的好友，当年我走江湖时曾与他相识结交。最近他是因与叶允雄作对，要到襄阳来，刚才我已跟高家兄弟说了，叫他们去迎接。他如若来到，再请出你丈夫来，我可以设宴，为你们两家调解，我想看着我的面子，必可将两家的冤仇解和。”

鲁海娥一听，义父鲁大绅将要来此，她心中不由有些愧对，就脸红了，摇头说：“我不见他！卢三爷，我们这件闲事，劝你不要管了！”

卢三笑着说：“天下人管天下事，我如何能不管？再说这里边还有个情由，就是，鲁姑娘，你可晓得你的丈夫叶允雄他还有原配吗？”

鲁海娥听了这话忽然绷住了脸儿，不觉得心头又生出一阵儿嫉妒，她就“噗嗤”一声冷笑，说：“那，你们更管不着了！叶允雄他有原配，用不着别人吃醋，别人也不能就着这个原由，来挑拨我们夫妻！”

卢姑娘听了这话，她不禁就脸红了，躲到了外屋，卢三爷也觉着很不好意思。鲁海娥却一点儿也不羞涩，只大模大样坐在炕头，叠着腿儿把手绢打开，拿出新买来的篦子梳整她散乱的头发。她就又说：“我知道，我爸爸鲁大绅他一定很恨我嫁了叶允雄，但他不是我的亲爸爸，他管不着我！我本来姓张，我的亲爸爸叫金眼张德……”卢三吃了一惊，说了声：“噢！”鲁海娥又说：“我嫁叶允雄是我自己愿意！他待我并不好，但我爱他。他本来有个妻子，可是被孟三彪他们给害死了。”

卢三说：“但我听说他那原配的妻子，并没有死。”鲁海娥点头，说：“我也猜着是，而且那老婆必离着这儿不远。我故意放允雄找她去，我在这儿要显一显本领，不为别的，就是为让我的男人看看我！”

卢三一听，觉得这女人的想头实在奇怪，不由笑了笑，又听鲁海娥急急地说：“其实高家兄弟跟我没有一点儿仇！孟三彪，说来他还是我的表兄呢！但我都要把他们杀死，我就为是叫叶允雄看看，看看是我能干，还是他那个老婆能干？是我配做他的妻，还是他那个老婆配做他的妻？”

卢三一听，原来是这么一回事，他就更不由得要笑，遂说：“原来是这个理由，这个纠纷我可就好排解了！不瞒你说，那叶允雄的原配黄氏，现在是在高英的手里。高英本来要纳她为妾，这也并不是图她的姿色，却是要藉此以羞辱叶允雄。”

卢三说出了这话，本想海娥一定要称心，因为可以免去了她的嫉炉。不料鲁海娥听了，却更是生气，她往起来一跳，顺手绰起来钢刀，骂着说："他们高家兄弟是什么东西？打不过人家的汉子，却抢了去人家的老婆，这就能够报了仇吗？我去找高英问问！"

卢三又把她拦住，同时赞佩说："鲁姑娘，如今我一看，你实在是一位豪侠刚烈的女子，我在江湖二十多年，还真没见过。叶允雄是一条汉子，但他也不配做你的丈夫。"鲁海娥瞪眼，说："你配？是不是？"卢三正色说："岂有此理！我管你们的事原是为两家好，我的女儿都有你这么大了，我岂能对你有什么轻视？更无意拆散你们夫妻！高家弟兄所为，连我也不平，但徒事争斗，也无了局。我想等到鲁大绅来，还是由我给你们和解，你们赌气而与高家兄弟作对也太不值！"

正在说着，忽听外面有人打门，卢三赶紧命仆妇开门去看，只见进来的原是受伤很重的孟三彪，由两个人搀扶着，鲁海娥倒不禁一怔。

少时，孟三彪被搀进来了，一进到里屋，他就向鲁海娥跪倒，大哭着说："海姑娘！什么事都不跟高家的人相干，你要杀就先来杀我吧！"

鲁海娥不由退后一步，将刀也放在床上。她虽然也恨孟三彪的阴险狠恶，但无论他怎样坏，鲁海娥却不忍杀他。七八岁之时，鲁海娥的父亲病殁于水灵山岛，她便由鲁大绅抚养。孟三彪那时也才十几岁，尚是个顽劣的孩子，这些年鲁海娥就呼他作表兄。孟三彪虽然是个坏人，但他见了海娥，总是十分恭敬。如今，海娥见他这个样子倒觉着可怜，便皱着眉，说："表哥你起来！你不要给我跪着。"

孟三彪被两个人揪着胳膊跪着，他的头都抬不起，乱蓬蓬的胡子上面，沾着许多鼻涕跟眼泪，他依然痛哭着，说："我也没脸起来了，什么事都是由我而起！我与叶允雄作对，就是因为他在黑狼庄酒店里打过我一回。其实现在一想，那也是一件小事，可是那时我就气不出。我烧了山神庙，逼迫梅姑娘，挑唆我舅舅跟他作对，又招了飞鹰童五、病虎杨七他们去拿他，逼他离了白石村。我又勾结人害他们夫妇，并把那梅姑娘抢走，送到高家，我督催着高家报仇，都是我。我现在身受重伤，命必不久，无论是你是叶允雄，要杀就来杀我吧！我死也该！可是你千万别再帮助叶允雄跟人家高家的人作对！

"我舅舅大概明后日就来，来的时候他一定是住在聚杰镖店里，我盼你也去见见他。现在高家弟兄，连他们的妹妹，都已晓得你武艺高强，他们都佩服你了，情愿在你跟前认输。今天晚上他们在镖店里摆酒，请你前去。可是这事千万别叫叶允雄知道，乘着我的伤还没太重，人还没死，我叫他们都给你赔罪，从此你跟他们就别再纷争，他们再跟叶允雄打成什么样，你可也别管了。因为你跟叶允雄虽是夫妻，但咱们也是表兄妹，我舅舅今明日就来，处处的情面你都应当顾全！"

　　鲁海娥被孟三彪这样的跪哭哀求，她心肠顿软，就说："你起来吧！叶允雄他现在也没在这里。他此次到襄阳来原是有别的用意，如今我才知道，他一定是往武当山高家找他的那个妻子去了。他回来之后，我们两人也许反目……"说到这里，她心中不由得又生出来一阵儿悲惨，就决然说："既然高家兄弟肯在我的跟前服输，我也就不能再说什么了！由现在起，我不再与他们为难了。"

　　卢三听了，又点头赞佩，他说还要待叶允雄回来，他再给高家、叶允雄双方解和。孟三彪被两个人搀扶起来，他却摆手，说："叶允雄回来，见他的妻子不跟我们为难了，他至少也得减低点儿威风！我也跟高家的人说好，他不去找高家，高家也不再找他。可是，倘若他弄回来那个娘儿们，把我的表妹踏在脚底下，咱们可不能依。"鲁海娥说："那事你们不要管！"孟三彪连连答应，又翻着眼睛，迷嘻地笑着，说高家兄弟要请她去吃酒，鲁海娥却摇头，说："我不去！"

　　孟三彪又说："白面豹高九爷很佩服表妹你的武艺，他的太太楚云娘也快要到襄阳来了。楚云娘外号叫双剑女，人物颇为俊俏，武艺也很是了不得。"

　　鲁海娥听了却不加以理睬，又见孟三彪虽然身上像是有伤，被人搀着时时地皱眉，但是他的精神却不像要死的样子，此时不但不哭了，反倒直笑。鲁海娥已然明白自己是上了一个当，这些人使完了硬手段又使软手段，无非是为叫自己疏远叶允雄，原因是他们并不怕叶允雄，反倒是怕我。可是我已应允了他们，以后当然不能再跟他们作对了。她这样想着，心里有气，并且烦乱得很。孟三彪还要请她到聚杰镖店去，卢三父女要留她在这里多歇一会儿，她却摇头，连钢刀也不拿，只将篦子用手绢包好，也不向谁告辞，就沉着脸儿抑郁地走去。

鲁海娥出了卢家的门，顺着大街又往南走。刚才，她以一女子独斗群雄，那件事已然哄传开了，闹得无人不认识她。这时又见她出来了，在街上行走，大家更是注目地看她，可是又都不住地闪躲，仿佛都怕了她似的。有两个官人也看了她一眼，在窃窃私语着。鲁海娥却不看别人，她只是急急地走。她进城的时候是风流婀娜，像故意撩引人似的，如今出城来，却沉着脸，含愁蕴愤，使人一点儿也不敢逼视她了。

她回到了店房，进了屋子就往床上一躺。其实她刚才与人争斗，并没用了多大气力，而且虽未杀伤什么人，但毕竟是她占了上风，总算在襄阳府出尽了风头，使与丈夫作对的那些人尽皆拜服了，但她的心里却很不痛快，像堵着一块铅似的。因为她在昨日还不知梅姑娘确实在人世，丈夫确实是去寻她，今天听卢三那么一说，可都证实了。她不由得发恨，心说：噢！原来他到这儿来，也不为找什么高家弟兄、孟三彪，还是为他的那个心上人呀！怪不得他永远是神不守舍的，无论我对他多么好，他也不觉得，今天早晨说走就走，毫无留恋。想起自己待他有多么好，救过他几次命，竟换不来他一点儿真心，未免使自己太伤心了……

这样想着，鲁海娥不禁垂下泪来，在屋中直哭了一日，连茶饭也懒得咽。本想要追到武当山下，看叶允雄见了梅姑娘是怎样？他的媳妇被人抢去了这些日，他难道还跟她好？可是又想：我何必去？看了他们，也许要把我气死！因此又伤心又生气，一天也没有出屋子。

次日晨起，她不像昨天早晨那么高兴了，连头发都懒得梳，就坐在床上发呆。这时，就听窗外有人叫着："海娥女儿！你在屋里了么？"海娥吃了一惊，不知是应声好还是不应声好。这时屋门开了，进来的是水灵山岛的好汉镇海蛟鲁大绅，半年多未见面，他的胡子已然苍白。

鲁海娥见她义父进屋，不禁脸红，赶紧挽挽头发下了床，叫了声："爸爸！"鲁大绅点了点头，接着就叹道："我们父女今天还能够见面，就算不错。你的过去的事，我全晓得，现在也就都不必提了，只是，叶允雄他把你一人抛在这里算怎么回事？他前天在襄阳闹下那样大的事，他还敢回来吗？我劝你不如跟我走吧！你爱繁华，我们可以到武昌或到北京去住。你若还喜欢往日的生活，那我再带着你回水灵山岛，你别忘记了咱们是父女，你从七八岁时就由我抚养。"

鲁海娥却坐在床头低着首流着眼泪，摇头说："我不走！爸爸你一人走吧！我还要在此等他。"鲁大绅听了这话不由得气愤，就瞪大了眼，问说："他是谁？"鲁海娥突然又跳起来，也瞪着眼，说："他就是叶允雄，他是我的丈夫！"

鲁大绅探着头，问说："他是你的丈夫？"接着又一声冷笑。鲁海娥却也气得芳颊发紫，话也噎住了，半天才说："是！我嫁了他，是他在梁山泊明媒正娶的我……"鲁大绅益发哈哈大笑，连苍白的胡须都颤动着。

海娥却流下泪来，说："爸爸！你的年岁也不小了！应当宽宏大量，究竟你与叶允雄有什么仇？不过是早先在水灵山岛上争斗过一回，而且那次他并未取胜。后来他在白石村刻苦练枪，你应当嘉赏他才对，你不该纵着孟三彪去陷害他！后来，你避他的锋芒躲避到远方，他也并没有追了去寻你，也就算完了。"

鲁大绅却又冷笑，说："他怎么没去寻我？在京师时他住在东城谢宅，我住在西城，他只是没遇见我罢了。若是我们走个对面，他能不挺枪与我死斗才怪？"海娥摇头，说："不能！绝不能！告诉你，叶允雄比你的器量宽得多！何况你既是我的义父，就也是他的丈人，他是你的干女婿。"鲁大绅听了这话，却不住地跺脚，连说："羞死我！羞死我！"

鲁大绅是将叶允雄恨入骨髓，海娥向他无论怎样劝解，他也是不听，并且越来越气。他坐在床头，喘息着，先叫海娥莫忘十多年养育之情，并且说："你爸爸金眼张德，若不是我收留他，他早已死了，你也活不到现在。他死的时候托我抚养你，我用柏木棺材将他的尸身盛殓，并派人驾船由灵山卫请来石匠，给他的坟前刻了一个碑，这些事你一定都还记得。现在你若不愿再认我，你可以说一句话，我是立时就走，随你去下流，否则你立时跟我走，从此不再见叶允雄，至于过去的事，咱们全都不提！"

鲁海娥见她义父这样，简直是逼迫，除非跟他翻脸才行，但割断恩

义,自己却又不忍。想来想去,她蓦然省悟,暗道:自己的义父原是帮助
高家兄弟那面的!他们已然得我允许,不再与他们作对,可还要找了我
父亲来,逼迫我投到他们那里。他们一定是要等叶允雄回来时使他孤
掌难鸣,那时他们再一齐下手收拾他,好为高家兄弟报仇,为孟三彪和
自己的义父解恨,这一定是他们商量好了的主意。因此,心头更觉着不
平,就略一凝神,遂决定了主意,她点点头,擦擦眼泪,说:"好吧!"

鲁大绅听了,颜色立变,就说:"你快些收拾东西吧!我去叫人来搬
你的东西,你先随我到城里去。"鲁海娥至此时,也觉着无话可说。当下
鲁大绅就出屋去了。

鲁海娥在屋中又发了半天怔,忽然一咬牙,她就动手收拾自己的
行李,匆匆忙忙的,少时就收拾好了。鲁大绅就从外面叫进来两个人,
这两个人都是短打扮,一见了鲁海娥,全都贼眉鼠眼的。海娥见他们的
头上还有被棍子打的青痕和破伤的地方,就晓得他们都是聚杰镖店的
伙计,跟自己打过架的,不由得倒要笑,鲁大绅却说:"东西交给他们收
拾,绝短少不了,你先随我走吧!"

鲁海娥随着她义父进了城,到了聚杰镖店里,她面不改色,行踪一
点儿也不慌张。这时爬山豹高良、铁头豹高顺、白面豹高英全都正在客
厅里,他们都穿着长衣裳,很是整齐规矩。鲁大绅带着海娥进内,就拱
手说:"我带来你们的侄女,给你们几位赔罪来了!"

高家兄弟一齐拱手哈哈大笑,高英并笑着说:"俗语云'不打不成
相识',我们若不跟海娥姑娘交手,还不知天地间竟有这样的侠女!鲁
大哥还有这么武艺高强的一位千金!真是使我们钦佩,也使我们羞得
慌。本来我们并不想招这位姑娘生气,实在都因鲁大哥你不早日前来,
不然哪至于我们这里的人,全都落得鼻青脸肿?"

鲁大绅也哈哈大笑,又说:"却是哪位被她得罪了?都请了过来,我
要命她一一给赔补。"高顺却摆手,说:"算了算了!如今都是一家人了,
还赔补什么?往事不提,只要姑娘不计较我们就是了!"又向旁边的仆
人说:"快把十爷请来!"

高英特意拉了座位,笑着请海娥落座。鲁海娥这时只是微微地笑

着，她父亲还正跟高家兄弟对面站着谈话，她就大模大样地坐下，翘着一条腿儿，双手整理着她的云鬓。

这时，那高家的"十爷"母豹高小梅就怔怔仲仲的进屋来了，她的大辫子也梳得不整，上身穿着红缎子的小夹袄，下边是跟练武的男人穿得一样的黑布肥裤子，系着腿带子，可穿着花鞋。她一进屋来，眼睛就盯住了鲁海娥，海娥却连身子也不起。倒是母豹先走过来，笑着说："怎么？你还计较着我吗？咱们俩到底是谁应当先给谁赔不是？"说着她就过来要拉鲁海娥的手。鲁海娥却站起身来，摆摆手，勉强地笑着，说："算了！算了！谁也不用给谁赔补，事情一说开了，也就完了！"

这时高家兄弟跟鲁大绅，又在旁恨恨地谈论着叶允雄，海娥一听，她的脸儿忽又沉下。就听高良在旁愤愤地说："当然你的姑娘不能再跟叶允雄了！跟了他，是丢你老哥的脸！"高英又说："他若本来没有妻子，那还好说，看在你令嫒的面上，我们跟他把旧恨都不提也可以。但他本来有妻室，你令嫒是被他骗娶的，你老哥也是天下闻名的英雄，绝不能将女儿嫁给匪人为妾！"又回头看了看海娥，笑着问说："姑娘你说是不是？你曾救过他的性命，嫁他为妻，他却对你无情。第一次在梁山泊他抛了你，他走到京师，而且改了名字，那件事我们也知道。如今，他又将你一人抛弃在这里，可见他实在是毫无情义。姑娘你这样的好人才，跟着他真冤！"鲁海娥觉着气往胸头上直顶，同时又伤心得几乎堕泪，但她极力隐忍着，不说一句话。

这时，鲁大绅见女儿如此的听话、柔顺，他心中对叶允雄的气恨倒渐渐地消了，且极为感慨，就说："我的女儿当然不能嫁他，可是，我的女儿若再事他人，我也不愿意。我想等他回来，我要会会他，连这件事带以前的事都得提一提，他若能跪在地下服输认罪，再把他那个妻子抛在一边，我就……"

高顺冷笑说："他如何肯给咱们下跪服输呢？再说他杀我哥哥的冤仇，也不是磕一两个头就能了事的，你老哥怎么忽然又心软起来了？"

高良又嚷嚷着说："我们在这里谈他，他这时不定在我们家里闹成什么样了！我们派了去的人，至今还没有回来，真叫人急躁！"

高英却摆手，说："那倒不用发愁！我想他若到了咱家里，云娘必然还没动身。即使已动身，半路上她可以与他遇见。叶允雄那点儿本领，到她的手里可是……"他故意瞧了瞧海娥，表示他有个武艺高强的妻子。接着又冷笑着说："那可是他自找送死！"海娥听了，又不由气愤，真有心要撞门而出，帮助叶允雄去斗斗那楚云娘。

鲁海娥两耳听人纷纷谈论着、骂着她所亲爱的人，并知道那亲爱的人此时就许已遇见了一个劲敌，就是那双剑女楚云娘。这若是在往日，自己是绝不能忍耐得住，但是此时，自己的心实在是伤了！她胸头的怒气忽然升起，如烈火一般，但才升起来却又降下，降得跟冰一样的凉。她这时的感情是复杂极了，心中是甜酸苦辣，亦嫉恨，亦恋慕，又解恨，却又担心。要叫叶允雄败在双剑女的手里，自己倒很是愿意，也叫他知道知道没有我帮助他行不行？可是，倘若双剑女的手下毒辣，把他伤了呢？自己可又心痛。自己的心急，恨不得立时去看看他怎样大战那双剑女，但是要叫自己去帮助他救他那老婆，可又犯不上。他若侥幸能够回来，自己当然愿意他跟义父和高家兄弟解和，但他若真是给人家磕头赔罪，自己可又得气死……

想到这些，她的脸色一阵儿白又一阵儿紫，那母豹在旁跟她直拉近，一说话总是跟她笑，那笑的模样真难看。她恨不得给那母豹一个嘴巴，但她极力忍抑着自己的性情，咬着嘴唇儿，不说话，也不笑。

这时，有人摆上酒席，并请来了卢三父女。鲁大绅跟卢三在上座，海娥、卢姑娘、母豹三个女的是推在一起坐着。高家兄弟陪席敬酒，尤其对于海娥，他们是特别的殷勤周到，但海娥却连一滴酒也不喝。

席间，大家的话题当然是又谈到了叶允雄。高家兄弟依然愤愤，卢三却也主张讲和。那高良喝了几盅酒，简直就拍着桌子把姓叶的祖宗奶奶老婆的大骂了起来。鲁海娥实在忍不住气，就"吧"的一声把筷子一摔，高英赶紧把他哥哥拦住。高良虽然醉，可是心里还明白，他见鲁海娥突然发怒，又像要抢起棍子来打他的头似的，他也就吓了一跳，拿起酒来低着头喝，不敢再言语了。

第十三回　刀光剑影旅店兴殴
侠骨柔肠娇娥抱恨

　　这一场酒筵几乎又演出了武戏，但鲁海娥在她的义父面前，胸中虽有气也不好发作。等到卢姑娘也吃完了，母豹就拉着这一文一武两位小姐，到她的屋里去。原来母豹在这镖店里单有一间屋子，屋中没有什么设备，只是有放茶具的桌子和放卧具的床榻。鲁海娥在店房里的那些东西也全搬到了这里，她就想：马匹也一定被牵到这里来了，此时叶允雄就是回来，他到店房中也一定找不着我了。

　　她坐在床头，闷闷地发愁，卢姑娘问她针黹，母豹又问她武艺，倒都把她看成圣人似的。她却心不在焉，旁边说的话都没灌入她的耳里，她只想着自己的事，想得她的脑里都"嗡嗡"作响。她烦恼了，就说自己的身子倦困，倒在床上闭上了眼睛。也不知卢姑娘何时走去的，母豹也半天没在屋中，更不知高家兄弟与自己的义父又在商议什么对付叶允雄的方法。

　　当时她就住在母豹的屋里，虽然她是临时支了一张床，并没跟母豹同在一张床上睡，但是母豹的面上虽好，可是谁知道她心里是在想着什么？仇人同室而居，究竟不得不严防。所以临睡之时，她就由壁间摘下了一口刀，藏在自己的褥下，睡着觉还时时提防，母豹也仿佛没睡安稳，一夜倒是没出什么事。

　　次日，鲁海娥在这里依然抑郁，依然提着心，但见高良却极为着急,在院中大声嚷嚷着,说:"为什么派去了的人还不回来? 家里到底怎么样了? 咱们在这里呆等叶允雄,这时他都许把咱家的人杀光了!"高英也着了急,便要请鲁大绅父女跟着他们一同回会仙庄。鲁大绅是不肯,海娥当然更不理这件事,没有帮手他们明知道回到家里也斗叶允雄不过,所以只得在这儿干着急,就又派了一个人回去打听消息。

过午,又有人把那孟三彪挽来了。孟三彪依然呻吟要死,磕头乞怜,求他舅舅跟表妹去与叶允雄作对。鲁大绅之意已为所动,便问鲁海娥,说:"我若与叶某人拼起命来,届时你是帮助他,还是帮助我呢?"鲁海娥听了她义父的话,她只是惨然地笑了笑,并不说话。

鲁大绅发了半天怔儿,便愤然说:"我个人与叶某人的旧嫌可以不报,但朋友的事我却不能不帮忙! 我想在此等他们派往高家的人回来,倒要听一听是怎么回事。如果叶某人到了高家,再伤了他家的人,或是胡作非为,那时我可就要出头了,自量我那口刀还能够敌得过他。那时我们相拼起来,劝你不要管。不用说你帮助他,只要你从中一劝,我也立时与你割断父女之情!"说毕,匆匆地走开了。鲁海娥仍然不言语,仍然一阵阵地发着冷笑。

她在此一连住了三日。她并不专在屋里,没事时也到这屋里走走,那屋里串串,又常在镖店门首倚门卖俏。她打扮得永远是干净漂亮、妩媚风流,不跟别人闲谈话,可也不对任何人扭怩。即使是伙计们在一起开玩笑,满嘴胡说之时,她也在旁边听着,脸上一点儿也不红。前两天,伙计们都不敢正眼看她,可是到第三天大家就都跟她熟了。虽然还不敢跟她攀谈,可是只要她走过去,就有人拿鼻子嗅空气,向他们的同伴笑着悄声说:"真香! 真香!"有的还在背后挤鼻子弄眼儿。有人就警告他们,说:"你们这样可得留点儿神! 让她一回头看见了,轻者头上吃一棍,重者把你踹到江里头洗个澡,再重一点,你们可就留神脖颈吧! 再说要叫那老家伙瞧见了,也是不得了!"

老家伙指的是镇海蛟鲁大绅,他天天由兵器架上绰起一把长把的"金背砍山刀",在院中舞过来,练过去。他的腰腿强健,精神矍铄,刀法精熟,大家就加赠了他一个外号,叫他"赛黄忠"。赛黄忠镇海蛟鲁大绅天天这样准备着,倒并不慌忙,高家兄弟三个却整天如热锅上的蚂蚁一般。母豹急得不耐烦,她就要骑马赶回会仙庄。

但是她还没有走,这天傍晚之时就有几个人来到,是他们家中的几个庄丁,还同来了屠永庆。屠永庆带来了楚云娘受伤甚重的消息,高英不由吃了一惊。原来高英在襄阳多日,连他家里梅姑娘已然出走的事他都没有听说。他的爱妻楚云娘,如今竟为叶允雄镖伤,叶允雄还会打镖?他不禁既惊且恨,又悲伤又害怕。高良、高顺全都暴跳如雷,那受伤的高光、孟三彪也都在此,都说:不行,叶允雄这样的凶,以后咱们连在江湖上走路都不敢了!

屠永庆又说:"叶允雄一定是往荆紫关找我去了!可是我不在那里,他也不能将我奈何。我倒盼望他在那地方闹一闹,闹得厉害了,自然有人出头替咱们管教他。"

因这句话,高英又想起来荆紫关上有名的人物丁四爷,就说:"咱们去请丁四爷帮一帮忙好不好? 咱们众人一起去央求他,他也许肯管。"

屠永庆却摇头,说:"咱们千万别去碰那个钉子!连他住的那座山,我都从来没敢上去过。现在的事情也不难办,云娘在家里养伤,家里有好刀创药,有人服侍,她也不至于死,叶允雄也不会再去了。咱们若是去扑他,他倒许到这边来了,反正他在这里还扔着个媳妇儿,他早晚必归。咱们在这里以逸待劳,并且愿意他把那梅姑娘找回、带来,咱们好使她们醋海生波,设法叫鲁海娥跟他们打起来,然后咱们再从旁边放冷箭,管保叫叶允雄活走不开襄阳。"他说这些话时,鲁大绅父女并未在场,于是大家就依了屠永庆的妙计,在此耐心等候。

屠永庆是个三十来岁,年少风流但非常奸坏的人,他在这儿住了一两日,就把鲁大绅捧得很是高兴,并且他见了鲁海娥的面,总是笑眯眯地点头,鲁海娥也不大理他。见他们终日密谈,知道他们是预备着陷害叶允雄的奸策,她心中更是着急,盼望着叶允雄速归。她的手下永远预备着一口钢刀,眼、耳时时观察着动静,听候着风声。

一连又过了三日,这时叶允雄已由山阳县连夜赶至此处,他已然疲惫极了,背上的镖伤,在路上虽然上了丁四爷的那药调治了,但依然不时地疼痛。他来到南关店房中,此时天色已然不早,他上前一推自己住房的门,只见屋中已很黑,却有一个客人光着脚丫在床上躺着,鲁海娥却没有了踪影。他不禁一怔,心想:她也许换了屋子了?遂就把门关上,站在院中,一手牵着马,喊叫道:"店家!店家!"

店伙跑了过来,看见了叶允雄,他就不由得一怔,然后笑嘻嘻地走过来,说:"大爷你回来啦?你的太太……"叶允雄就问说:"她往哪里去了?莫非她已离开襄阳,往别处去了?"店伙摇头,说:"没有!是……"他磕磕绊绊的,又带着点儿笑,说:"是叫城里聚杰镖店给请了去啦!"叶允雄立时吃了一惊。这店伙又说:"听说她现在还没走,还在城里住着呢!那天是因为您那位太太的娘家爹来了,他老人家跟高家几位爷原是好友,所以把小姐给请了去了……"

他正说着,却有另一个伙计过来推了他一把,说:"快把大爷的马牵到棚里去吧!你还在这里啰嗦什么?"又向叶允雄递着笑脸,说:"大爷!我再给您找一间干净的屋子吧?您那间屋子已让给别人了。"

此时,叶允雄已然跟呆子一样,马让那个店伙刚牵走,他却突然赶上前去,大声喊道:"马不要牵走!"把那个伙计吓了一大跳。

这个店伙也吓得脸发白,说:"大爷您别着急!您的太太要跟娘家爹到城里,我们开店的也不能拦。现在,我们先给您找一间房子,您先歇歇,喝点儿茶,洗洗脸,我们再进城去请您的太太,您觉得怎么样?"叶允雄是恨不得立时进城去找鲁海娥,但自己的手中又无寸铁,遂就点头,说:"好!你快去叫她!就说我已然回来了,叫她立时就来!"店伙连声答应,赶紧转身走了。

另一个伙计就把马缰绳绕在院中的一只水缸上,他给叶允雄另找了一间房子,打脸水、倒茶。叶允雄胸中仍气愤不已,心想:海娥是鲁大绅的义女,他们父女的感情自己不能反对,但鲁大绅却是向来与我作对的人,她不可以见了义父就忘却了丈夫,而且住在仇人高家的镖店里,也未免太无心肝了!并且显见得是,已与她义父和高家众人联了手,专要对付我一个人!

他气恼不息,便先将衣服脱了,上了许多刀创药。这种药很凉,一敷上就疼痛立止,他把衣服又穿上,只可恨的是自己手中并无一口兵器。他又把店伙叫过来,问了问,那店伙说:"您的太太走的那天,随后聚杰镖店里的人就把您的单刀,连那匹马,全都拿走了。"

叶允雄越发气愤,想着:鲁海娥她知道我一定回来,竟然跟随我的仇人走去,莫非她变了心?遂在屋中来回地走,可是竟找不到一件兵器。他又要到院中去找,心想:只要找到一根木棍,我就不怕他们,即使鲁大绅拿着他的大刀来到,我也敌得过他!但是院中却连一根竹竿也没有。

这时,那去城里的伙计就回来了,他说:"大爷,我到城里去了,聚杰镖店里的人说:今天天太晚了,不能出城,明天再叫您的太太出城找您来!"叶允雄一听,心说:这是什么话?便问:"你是见着了我的女人,听她亲自这样说的吗?"店伙摇头,说:"不是,是高英高九爷跟我说的,说着的时候他还直笑,还告诉我说,您的太太这几天在那儿住得也很好。"叶允雄听了,更是大怒,就想:我那个妻子梅姑娘被高英几乎霸占了,如今他又要霸占去海娥吗?这真欺我太甚!他当时便说:"我找他们去!"遂急急往外去走,店伙却从身后将他一拉。叶允雄反倒吃了一惊,心有疑惑店伙也是被高英他们收买了的,便握拳要打,店伙却说:"大爷,您这时去还成吗?我刚才急急忙忙出的城,那时城门就已经关了半扇了,这时一定城门全都关了!"

叶允雄发着呆,将气忍了一忍,心想:要凭自己的本领,就是城门全都关了,自己也可以由城墙上爬过去,只是现在自己的身体实在是太疲惫了,而且还不知道海娥在那里的情况如何,也须得先打听打听再想办法。或是讲理,或是用武,总之,今天须得好好地歇息一夜。他这样一想,遂就反嘱店伙说:"既然这样,那么,如有人来问我,你就说我还没回来。你们并且替我去打听打听,聚杰镖店里现在除了姓鲁的之外,还住着什么人?我的女人这几天她在那里住着,都做些什么事?"店伙就又拉了叶允雄一下,悄声说:"大爷您到屋里来,我再跟您说。"叶允雄遂回到屋里。

店伙同他进来,就说:"您的那位太太很是能干,您走的那一天,她就进了城。就在大街上，也不知是为了什么事，她一个人打聚杰镖店里二三十个莽汉，把那些大汉子打了个落花流水！"叶允雄听了，更是觉得诧异，又听这店伙说："后来，聚杰镖店里觉着这件事情难办，您的那位太太太不好惹，他们就派人迎来了您的老泰山。"

叶允雄气愤地说："那不是我的岳父！"店伙说："可是我听您的太太管那人叫爸爸。那人可比高家哥们儿还凶，听说他成天在镖店院里耍大刀，镖店里也天天有人来这儿打听您。"叶允雄又问："打听我什么？"

店伙说："不过是打听您回来了没有。刚才我进城去找您的太太，可是他们已都知道您已回来了。高九爷那一笑，我就看出他是没怀着好意。依我看，不如您今天歇一晚上，明天一早起来赶紧走！"

叶允雄冷笑了一声，说："我将我的妻子留在他们那里，我若一人逃了，那还算什么英雄？我想连你也不能忍受这种气！"

店伙说："可是，这口气咱们斗不了！高家的哥几个还好说，那母豹可真不讲理。听镖店里的伙计们说：这几天您那位太太就天天跟她在一个屋里睡觉，两个人跟姊妹一般的亲热，真要是您跟他们动起手来，您的那位太太可还不定是向着谁呢？女人的心可是没有一定。我劝您，好汉不吃眼前亏，明天您急速躲开，我们这座店房又小……"

叶允雄说："你放心！我是久在外边闯的人。"店伙点头说："我知道！"叶允雄又说："你们开店的是买卖生意，咱们见了面就是朋友，我将来离开此地，也不是永久就不来了。"

店伙说："这我也知道！你是贵人达官，过路的君子，以后我们求您帮忙的地方还多呢！您或是您的朋友来到这儿，我们绝不能慢怠。我姓何，这个店就是我管事，所以我才敢说这话。就是求您，不必理他们，他们都是一群小人，您大爷跟他们合不着！"

叶允雄冷笑着，说："但我也得见了我的女人我才能走！你们就放心吧，无论如何，我也绝不能跟他们在你这店里打架，绝拆不了你这座店房。只要他们来找我，你不指出我在哪间屋子住就行，你去吧！"说完拂手令店伙走去，他就关上了门。店伙也没给他点灯，他又已在路上用毕了晚饭，所以他就躺在了床上，歇宿。

此时，才打过了头一更，各屋里的客人都说说笑笑的，还都没有睡。叶允雄却十分的疲惫，但心中紊乱，又睡不着，对鲁海娥的武艺是更为钦敬，但她的人品、行为，却又使自己很生疑，心想：我正喜欢着她们母女可以团聚了，不料她又做出来这事！真真是盗贼的女儿，江湖上跑惯了的丫头，竟如此全无情义，不识羞耻！

叶允雄正在屋中似睡非睡，忽然院中有人声将他惊起，脚步很是杂乱，是有许多人从店门外走进来了。其中且有个人在唱着，唱的是当地的浪漫小调："妹子妹子你别急，小生给你作一揖，昨夜相约我没去，买些花绒送给你……"又听有人说："别唱别唱！"同时有几个人大声嚷嚷着，说："姓叶的在哪屋里？院里的这匹马不是他骑来的吗？好！你们知道他是什么人？你们这店里胆敢窝藏大盗？"

叶允雄一听，这是官人的口气，便不禁越发吃惊，他急忙蹬上鞋，扒着窗纸上的破洞往外去看。就见院中的人约有七八个，倒都穿的是便衣，手中有的提枪，有的拿刀拿棍，高良、高顺、高英全都在内，另外，还有那身躯雄伟，长髯飘洒，曾与自己在水灵山岛上见过面、交过手的鲁大绅，他的手中倒无兵刃，可是身边有个人拿着一杆金背砍山刀，就像他是关老爷，那人是周仓。

只见镇海蛟鲁大绅把旁边的人都推在他的身后，他就高声叫来了店伙，昂然地问说："那姓叶的住在哪间屋里？请他出来！"他还说出来一个"请"字，叶允雄不由在暗地里冷笑。就见各房中的客人们齐都走出屋来看，三四个店伙连掌柜的带刚才那姓何的，一齐来央求，说："算了吧！诸位老爷，不必惹气啦！"

高良抬起脚来就把一个伙计踹到，骂着："什么叫惹气？你们快把强盗交出来！"那姓何的哆哆嗦嗦地说："真不瞒众位老爷，我进城的时候他也就走啦！马放在这里，他也忘了骑去啦！"高良又一个嘴巴打在这姓何的脸上，高顺并大骂："姓叶的！你藏在屋里不出来，就算是好汉子了吗？今天，咱们得算算账啦！七八条人命，五六个受伤的人，都得叫你小子给抵！"镇海蛟鲁大绅也望空冷笑，说："叶某！你这样软弱，也不怕丢尽了你在京师时的名声！"

此时,叶允雄在窗里气得肺都要炸裂了,但他还极力地忍耐着,又将衣袖、衣襟都挽利便了。又听鲁大绅在院中说:"叶某,你若出来,我们尚可理论,若是你萎缩不出,待我们将你抓获,那可就没有什么可客气了!"正说到这里,叶允雄蓦然将屋门一开,如狸猫一般地扑了出去。高良等人齐都举刀拧枪,鲁大绅也从他的身后将金背砍山刀绰在手内。叶允雄已从一个人手中夺了一杆花枪,这家伙到了他的手中是最中用,他将枪花一抖,势若银蛇,立时就有两个人应枪而倒。店掌柜和伙计全都吓得大叫,看热闹的那些客人也齐都奔回到屋里。

叶允雄一边抖动了蛇枪,一边大声喊着:"我们到外面再斗!不要惊扰了人家店家!"高家兄弟哪听他这话,立时刀、枪、剑、棒,五六个人将他团团围住,兵刃齐上,尤其是鲁大绅的大刀十分凶猛,一下连一下地向叶允雄头顶砍来。叶允雄只仗着手中的一杆银枪遮护,他疾疾地抖着枪花,犹如一只银龙护着他的身,立时风声、刀枪接触之声连续不断,一连交手了二三十回合。

这院子本来不大,又有一只水缸和一匹马占着些地方,所以叶允雄的枪法竟然施展不开,又加着两臂连连摇动,同时后背的药力已消,伤处又疼痛起来。更加着鲁大绅的刀极为凶猛,他一个人顶得住高家弟兄十个,而高良的凶悍,高顺的毒狠,高英剑法的巧妙,也使得叶允雄全须面面顾到,不敢有一丝懈怠。如此一连又战了十余合,外面来的聚杰镖店里的打手就更多了。叶允雄手中的枪已被鲁大绅的大刀砍成了两截,他可仍在手中拿着,又扎倒了一个人,就抢过来一口刀,他就一只手抡着单刀,另一只手舞着半截枪,拼命地厮杀,但怎奈人家是越来越众,眼看他就命在顷刻之间了。

叶允雄陷在重围里,他寡不敌众,正在危急之间,忽然有一个人从店外冲入,手抡钢刀,尖声喊叫着:"住手!住手!不要打!不要打!"立时众人都吃了一惊。那鲁大绅更是大怒,他喝止住了众人,令众人齐都后退了一两步,他用大刀将叶允雄的兵刃挡住,扭头一看,见来者正是他的女儿鲁海娥!

此时,叶允雄也藉着摇摇的黯淡不明的灯光看见了,见鲁海娥穿着一件红色的小夹袄,玉色的绸裤,弓鞋飞跃,跃到了临近。叶允雄就也住了手,心说:我看她怎么样?她到底是向着我,还是向着他们?于是定睛瞧了瞧,就见海娥芳容发紫,不住地喘气,她就急急地说:"不要打! 你们许多人打他一个人,算是什么英雄?"

叶允雄觉得她这句话说得很是硬, 但是高家的弟兄此时却都呆了,高英并且说:"既然这样,那就算了! 鲁大哥,现在你的令媛出头劝阻你来了,你也不可以为了我们,便伤了你们两家亲戚的和气。大哥你还是退后吧,或是跟你令媛先回去吧,让我们跟姓叶的算个总账! 我们今天必要决个生死,但你老人家千万别牵涉在里边了。"旁边那个屠永庆也说:"对! 鲁大哥年太老了,万一有什么舛错,当着姑娘的面,我们也实在担当不起……"

不料他才说到这里,鲁大绅勃然大怒,把大刀一抢,先向叶允雄去砍。叶允雄往右边一闪,躲开了,当着鲁海娥他不愿意还手,却不料他的身后就是屠永庆,屠永庆打算买一个便宜,蹑着脚上前半步,抢起刀来就要砍下。这时鲁海娥已然看见了,她就一跃过来,举起钢刀向着屠永庆的刀上去磕。她将屠永庆的刀磕开,然后又狠狠地一反腕子。屠永庆本也有相当的武艺,鲁海娥的手腕虽然翻得快,刀法虽然来得猛,但他一缩身退臂,就避开了。鲁大绅却抢动了大刀往他女儿的身上来砍,鲁海娥急忙横刀相迎。高良、高顺一齐舞刀来杀叶允雄,高英与屠永庆却自叶允雄的背后来取。叶允雄已将半截枪扔开了,只凭仗着一口单刀,身子前后的翻腾,鲁海娥却只顾招架她父亲的大刀。

鲁大绅此时如同凶神附了体,抢刀仍向女儿来砍,并且怒声骂说:"你这无耻的丫头! 我先把你杀死!"鲁海娥却顾不得他父亲砍过来的刀了,她又拼命奋勇地帮助叶允雄去斗高英等人,鲁大绅就一刀砍在了鲁海娥的左肩之上。幸亏他还没有杀女之心,是用那厚厚的刀背砍的,但鲁海娥也几乎摔倒。屠永庆毫不客气,乘机一刀就向她的头顶削下,幸仗叶允雄用脚向后一踹,屠永庆"咕咚"一声就坐在了地下。高良赶紧上前来救,鲁海娥却翻臂一刀,当时将屠永庆结果了性命,只见红光迸溅,惊得人乱喊。

叶允雄敌住了鲁大绅,鲁海娥又与高良拼起命来,不料这时候高英就自她背后刺了一剑。鲁海娥觉得背后一阵奇痛,急忙咬牙翻身,刀如凤翅,"嗖嗖"地乱砍,高英就也受了伤。叶允雄尚在与鲁大绅厮斗,鲁海娥却大喊道:"你还不快跑吗?"这喊声尖锐、紧急,并带着些凄惨。但叶允雄已陷在重围之中,鲁海娥的头发也已散乱了,她跳跃起来,如同女魔一般。

此时,鲁大绅也已为叶允雄所刺伤,但叶允雄也累得气喘吁吁,力气垂尽,而高家兄弟中的高顺依然凶猛。他们的那些伙计有的跑了,可又有来的补充,刀枪如林,依然使叶允雄夫妇难以招架。此际,只有鲁海娥凶猛泼悍,奋力争斗,才把叶允雄救出了重围。叶允雄并且自水缸旁边割断了缰绳,牵马而出。那高顺等人还自后面追杀,鲁海娥却舞刀断后,她就把叶允雄保护着出了店房。

在店房门外,叶允雄却一手横刀,一手牵马,他并不走,只向海娥喊着说:"你快上马走吧!让我去跟他们拼!"海娥却摇摇乱披散着的头发,尖声喊着:"什么话?你走你的吧!"说话的时候,却见她的身子向前一栽。叶允雄吃了一惊,赶紧扶她上了马。高顺自后面奔来又一刀,叶允雄以刀磕开他的兵刃,反腕去刺,高顺向旁一闪,不想鲁海娥在马上并未放下兵刃,她趁势一刀,高顺就也惨叫一声倒在地下了。叶允雄便也飞身上马,一马双驮,冲破了黑雾沉沉的肃肃市街,疾疾走去。

身后还听有许多人乱喊着,乱骂着,还见有稀稀的灯光,照着黑压压的一群人,向着他们追来,叶允雄却催马疾走,蹄声嘚嘚,少时就走出了南关的街道,奔向了黑茫茫的旷野。鲁海娥是在他的身后揪住他的腰,把头贴在他的背后,两人都顾不得说话。如此往南走了二十余里,忽然见鲁海娥"咕咚"一声摔下马来。叶允雄不由吃了一惊,马又向前跑了十余步,才被他勒住,遂就跳下了坐骑,过来向起拉海娥,并问说:"怎么啦?你是因一时失神摔下去的吧?今天,多亏是有你来救我!否则我一定要遭他们的毒手。你起来吧!我们慢慢地再行几步,找个人家先歇歇,我还有一件大喜的事情要告诉你,是你绝想不到的事情……"

说这话时,他原是带着笑音,一手拉着海娥的手,一手托着她的背就往起来搀她,却不料海娥发出两声凄惨的叫唤,接着就哼哼地呻吟着,叶允雄吓得如冷水泼了头。同时,他托着鲁海娥的背的这只手,觉着有些发湿发黏,并且觉出鲁海娥随着呻吟全身都在紧紧地抖颤,他的手也不禁抖颤了,就赶紧问说:"怎么?你受伤了吗?"

海娥却忽然停止了呻吟,笑着说:"没有!我是不愿意走了!你一个人骑上马快走吧!我还有点……事儿。"她的牙咬得"咯吱咯吱"地乱响,可见她是极力忍受着伤痛,不愿呻吟出来,使叶允雄听了难过。叶允雄却不由得流下泪来,说:"我如何能弃你而去?你因救我才受伤……"说到这里,听海娥又呻吟起来,而且哭泣。叶允雄就长叹了一声,说:"你先忍耐一些痛苦吧!我们且找一个地方去歇息歇息,你不要发愁,我现在有很好的刀创药。"海娥用呻吟代替着答应之声,叶允雄就把她抱上了马,令她在马上半骑半卧着,自己却步行,一手扶着她,一手握着辔头,就缓缓地向前行走。

此时,鲁海娥的那口刀早已丢了,但叶允雄的刀仍在腰带上插着,他一步一步地走着,马蹄也"嘚嘚"地发出轻缓的声音。鲁海娥却呻吟啜泣着,并且问说:"你……你可找着那个人了?"叶允雄叹着气,说:"找着了!但是……咳!等待一会儿我再细细对你说吧!总之,你放心,只要你的伤能够快点好,有一件大喜的事情现在眼前等着你呢!"

海娥发急地说:"什么事?你快告诉我!"叶允雄摇头,说:"我暂时不能跟你说,因为你听了必然又悲又喜,而且这不是一句话半句话所能说完了的。至于梅姑娘……"海娥又问说:"梅姑娘怎么样?"叶允雄说:"梅姑娘只是个柔弱的女子,我找她救她,是因为我怜她,我绝不能看她比看你还重。你累次三番舍身救我,如今且为我受了重伤,过去,我是很有对不起你之处,今后我必要补报,只盼望你宽心,伤快些好!"说到这里,叶允雄也不禁以袖拭泪。

他们这匹马又走了一些时,就见道旁有灯光黯淡的庐舍。虽然这靠近大道的人家,居住有些不便,明天易为人找到,但现在叶允雄是顾不得了。他就叫马停住,嘱咐海娥坐稳一些,他上前去叩打柴扉。门中便有犬吠,待了一会儿,里面有人问:"外边是什么人?"叶允雄想了一想，便回答说："我们是行路的，因为在半道出了事，遇见了强盗，我的妻子受了点儿伤，倒还不算太重，求贵府上多行方便吧！让我们进去歇一会儿吧！天明我们就走。"里面的人叫叶允雄在外边略等一等，似乎他还不能做主，还得进屋里去问谁。叶允雄听着身后海娥的呻吟，身前柴扉里的犬乱吠，他的心里是真急。

待了半天，才见柴扉开了，庐舍中的主人很客气地延请他们进去。马牵进了柴扉，系在一棵树上，海娥就被叶允雄抱进屋里，放在床上。当时众人不由全都愕然，连叶允雄也吓得面如土色，因为鲁海娥的整个后背完全染满了血迹，小夹袄儿也被血迹染得更红了。她的鬓发松散，脸色如白纸，平时那一双风流美丽的眼睛此刻都不能够睁开了。叶允雄急得说："你暂且在这里歇息一会儿，我赶紧回去找刀创药！"这家里的主人夫妇俩却都吓得说："哎呀！看这样子她的伤很重呀！"

叶允雄看了看，这夫妇俩都是老实人，问了问，据称是姓姜。男的是个穿长袍的斯文人，年有四十多岁，案上灯边放着书卷，可见是个老秀才；女的也有三十多岁了，衣服朴素，态度诚恳。叶允雄就连连拱手，拜托他们暂时看顾海娥，他却慌慌地往外去走。他又骑着马跑回去，想找自己遗在店房里的那包梅姑娘所赠的刀创药。

他的马很快，少时又闯入了襄阳南关。他原想聚杰镖店的那些人还未必散尽，自己回来，必定还有一场凶殴恶斗，藉此自己还可以为海娥复仇，但没想到回到这里一看，竟是十分的凄凉、冷落。原来这时候聚杰镖店的那些人已然散去，死的、受伤的那些人也都被抬走了。刚才这里发生的一场群殴，把各家都吓得慌了，所以如今连平日闭门很迟的几家店房也齐都关上了门。

叶允雄来到刚才自己住的那店门前，就连气儿地敲门。敲了十几下，里面才有三四个人，打着灯笼开门出来，其中有一个就是那姓何的伙计。这伙计一见叶允雄回来了，他就惊讶着说："哎呀！大爷……"吓得他几乎把灯笼扔了。

叶允雄却将刀亮出来，先指挥一个伙计为他看住门前的马匹，一面悄声问说："他们全都走了吗？"三个店伙都一齐战兢兢地说："都走了！连衙门的人也都走了！"何伙计又问说："大爷！您还想在这儿住吗？"叶允雄拿刀晃摇着，说："不！我只是进去取一件忘下的东西，少时就走，绝不再搅你们店家。你们三个人就在此站着，不许动一动！"三个店伙齐都翻着眼睛看他，点着头。

叶允雄急匆匆地跑进里院刚才住的那屋内，就见半包刀创药扔在地下，虽然被人脚踏得全都扁了，可是还没有丢失。他赶紧拾起来揣在怀中，又急急地跑出了店门，就收起了刀，接过马来骑上，并且向三个店伙拱拱手，说："多有打搅，容日后再谢！明天如再有他们的人来，请你们三位还是不要告诉他们，我又回来了一次才好！"三个店伙又齐声答应，叶允雄就催着马走了。

此时，他的心更急，马更速，少时又来到那姜家门前。他也顾不得去打门，由马上就跳到短墙内，开了柴扉将马牵入。这时那只狗又汪汪地乱吠，姓姜的书生又出屋来看，叶允雄就烦他将柴扉关上，自己将缰绳在院中的树上绕了一绕，就急忙进屋。一进屋就听见了鲁海娥的呻吟之声，如同一刀一刀地扎着他的肺腑，黯淡的灯光照着海娥凄艳的容貌和惨红的血迹，叶允雄不由又流下泪来。鲁海娥此时的伤势像是愈重，姜家的妇人就在旁边说："你快来吧！这位太太刚才已然昏死过一回啦！现在才渐渐苏醒过来。她的伤这么重，在我们这儿也是不好休养，我劝你还是带着你的太太上别处去吧！"

叶允雄皱着眉，点点头，说："只要她的伤好一点儿，我一定带她走，我们也不愿在你府上久住，只是她如今这个样子，我怎敢移动她？"

此时，那姓姜的人进来了，他却连连摆手，说："不要紧！只要你们贤夫妇的来历正大……"叶允雄赶紧说："你们不要错疑了我！我姓叶，名……我是京城中的镖头，与谢公爷是结拜兄弟。"姓姜的点头，说："既然这样，就请令正在此处调养，住个十日八日的都不要紧。俗语云'与人方便，自己方便'，兄弟虽是个读书的人，但性喜交游！"叶允雄连连拱手。

他走近前去，看出来鲁海娥背后的伤处，就将药包打开，捏了药往海娥的伤处去敷。海娥还不住地呻吟着，并微睁着星眸向叶允雄看了看。叶允雄将药一把一把地向海娥背上去洒,同时自己背上的伤也疼痛起来,夫妇二人愁苦的容颜相对着。

那姜书生看出他们必定大有隐情,觉得在旁边待着有些不便,遂就向他的妻子低声说了几句话,他妻子就收拾收拾东西,他们夫妻就搬到了另一间屋里。这屋内只有叶允雄和鲁海娥了,桌上的灯光黯黯地照着,窗外秋风飒飒,院中树上系着的马只管"噗噜噜"地嘘气,配上室中的呻吟声和叹息声,境况真是十分的凄惨。而这时,叶允雄却对鲁海娥说出了实话来。

叶允雄胸中的话壅聚了多时,见鲁海娥的伤势极重,神志渐昏,他实在不能不对她说了。他便坐在海娥的身旁,握着她的手,说:"你不要发愁!你的这一点儿伤势绝不至有什么大碍。不瞒你说,我现在的背上也有伤,是这次在会仙庄,被高英的妻子楚云娘所打的……"海娥听了,立时睁开了眼睛,关心地问:"重吗?"说完了这两个字,她却又呻吟起来。

叶允雄摇头,说:"不重,我们走江湖的人哪能净将人家打败?自己难免有时也吃一点儿亏,也受一点儿伤。我在会仙庄虽然遭到楚云娘的暗算,受了她一镖,但是我也用镖将她打得更重,并由她的口中,逼问出来梅姑娘被屠永庆拐卖至荆紫关的话。我想无论如何,我总跟梅姑娘结配过一回,岂忍目见她沦为娼妓……"说到这里,却又见鲁海娥的眼睛一斜怔,脸色沉了下来。

叶允雄又继续说:"我赶到了荆紫关,但向人一打听,梅姑娘却已为关中的一位著名的老侠客丁四爷给救走了。丁四爷是谁呢?丁四爷就是十五年前的铁臂韩宁。"鲁海娥听到这里,忽然又一阵儿发怔,似乎她觉得这个名字很熟。

叶允雄就又说:"铁臂韩宁原与金眼张德张老侠客,是盟兄弟……"鲁海娥蓦然想起来,在她小的时候,她父亲曾跟她提说过早先的事,她不由得面容一阵儿发惨。

叶允雄接着又说:"我去见了丁四爷,丁四爷却说,他已将梅姑娘安置在山阳县严老夫人之处。严老夫人人极慈祥,身体也颇健康。她老人家名为严老员外之嫂，其实她却是张德张老侠客之妻，当年是这么回事……"他刚要往下去说，却听鲁海娥已经哭出声来，悲切切地说："那就是我的母亲！"

鲁海娥哭着叫妈，叶允雄先劝住她不要悲伤，然后把严老奶奶口中所述的她们母女分别的经过，一一地重述出来。鲁海娥越发悲泣不胜，叶允雄又劝慰她，说："我由山阳县连夜赶回来，就为的是找你，带着你去，多年分散的母女好得团圆，但没想到又出了事，使你也受了伤……"

鲁海娥一边哭泣，一边呻吟，并且恨恨地说："这都怪我，我不该那么听鲁大绅的话，我是念在十载育养之情，不想他一翻了脸却全不顾恩义。我不该在他们的镖店里住了那几天，我应该早就跟随你去，找了你去……"

海娥这样地说着，她的全身都不住地颤动，叶允雄的心里更加难受，就说："我之所以不敢立时告诉你，就是怕你一伤心，伤势更重了！现在你只有好好的养伤，如若明天没有人来此搅闹，你就再在这儿调养两日。待你伤好一点儿时，我们再雇一辆骡车，把车上垫厚一点儿，就叫车慢一些走，我们一同到山阳县去。"

鲁海娥痛哭着说："我是恨不得立时就去见我的妈……"叶允雄摆手，说："现在就不必忙了！你安下心去养伤。等你好一些，我们就去见她老人家，同时，梅姑娘……"鲁海娥却说："这你也放心吧！她既然认了我母亲，别管是干奶奶吧，干妈吧，她总也算与我是姊妹了，我不会再嫉妒她了！"

叶允雄又叹了口气，说："现在，你就是好好地养伤吧！什么事你也不要往心里放。"见鲁海娥似乎是点了点头，叶允雄又说："你记住了，就是无论到什么地步，我也不能对你负心！唯有我们，才是真正的患难夫妻！好夫妻！"鲁海娥又呻吟了两声，忽然"噗嗤"一笑，说："废什么话！"他们夫妻俩，此时是一点儿感情上的阻碍也没有了。只是，鲁海娥背上的剑伤不同于叶允雄背上的镖伤，这一夜之内，她竟昏晕了三次。

次日，她气息益微，连话都说不出了，襄阳城内倒是没有什么人来此搜查。外面的风雨很大，秋风飒飒，秋雨潇潇，天色暗得如愁人的面孔似的。院中树上系着的那匹马,因为畏寒,不住地悲声嘶叫,而室中的叶允雄只剩有流泪了,海娥却是连呻吟都微。这位纵横南北从未见过敌手的年轻女侠,当年在东海中翻波逐浪,在郓城县单刀横行,在北京花鼓寻夫,在汉江威震群敌,她真是一个天下无二的女侠,而且是姿容绝代的佳人,但在这个时候,她却像一只受了伤的彩凤,将落的彩霞,垂谢的鲜花。叶允雄将半包刀创药都已为她敷上,几乎尽了他所有的力量,然而他的力量使枪是可以,震惊江湖也富足有余,但却救不了他这爱妻,也可以说是义友,简直可以说是三番累次救过他的命的恩人!

延至午后二时许,鲁海娥忽又惨呼着:"妈!妈!快来……"叶允雄急忙走到她的身旁,以自己的手握着她的手。鲁海娥虽然紧闭着眼睛,但是脸色泰然,像是很得了安慰。叶允雄的眼泪不住地簌簌滚下,他全都不自觉,但是却觉得海娥的手渐渐地发僵了,发凉了。立时就如眼前一座玉山,忽然轰隆一声倒下,一颗至宝贵的珍珠,一下掉在汪洋的海底下了;又如多愁的文士见他所爱的花,梅花或桃花,忽为大风所吹折;更如侠士见他随身多年的宝刀一旦断废。叶允雄不由捶胸大哭,痛不欲生,而外面此时愈加风急、雨骤。

第十四回　海水春花难忘痛事
京尘小巷寄匿侠踪

这时姜姓的夫妇闻了哭声也一齐赶进屋来,一见人已死了,他们不禁一齐都忧愁。叶允雄也不管人家房主人愿不愿意,他只是大哭上没有完,都也要哭死了。

这时邻舍的人忽闻了哭声,还以为姜家出了什么事,姜家只有两口人,要是再死上一个,不是糟心吗? 所以就有几个人来到这里探头。他们向屋里一探头,可把叶允雄吓了一跳,他还以为又是襄阳城里的那些人找到这里来了呢! 他就立时止住了悲声。瞪起泪眼一看,见进屋来的三个男子和两个妇人,都悄声跟他谈话,问是怎么一回事,他才知道这都是这里的近邻,才放了心,便赶紧擦擦眼泪,和蔼地,并且打躬,要求这几位邻居帮忙。

这几位邻居为姜家着想,也不愿意死尸永远停在这里,所以都答应给叶允雄帮忙,一个人并且说:"我们那里有一块空地,风水还顶好,可以借给叶爷用。"叶允雄连连拱手,说:"这可好极了!"他先拿出银钱来分赠众人,众人都喜不自胜,连说:"叶爷太客气了! 您一个外来的人走到这儿遭了事,太太病故了,我们当地的人帮忙是应该的,哪敢还接您的钱呢? "

叶允雄见众人都很诚恳,他就索性把自己的来历,大概地说了出来。这几个人听了更都惊讶不止,并有个壮年汉子愤愤地说:"高家那几个弟兄,不但是襄阳府的恶霸,他们简直是湖北一省的魔王!还有那孟三彪,他来到襄阳不久,就做的坏事多极了,幸亏有你大爷替一方除了害。可是你的太太死得未免太惨,难道咱们就这样便宜了他们吗?"叶允雄长叹了一声,别无话说,只说:"求诸位快些进城代我妻办来衣衾棺椁,并求诸位进城时不要对人说我在这里。"

几位热心的邻居都拿着银钱各回各家,取了雨伞往城里去了。当然,有叶允雄的托付,他们在棺材铺、寿衣铺里,不敢道出叶允雄现在何处,及鲁海娥身死之事。同时聚杰镖店里的那些人,因高家弟兄已十有九伤,所以也都没有能力再往各处寻找叶允雄了。

叶允雄这时两眼只呆呆地看着窗纸,泪水如窗外的秋雨,好像没法让它停住。头是绝不敢回的,身后那具凄艳的死尸,他如何敢去看呢?他想到造物无情,弄人太甚,譬如自己若早晓得梅姑娘是在严老奶奶之处,若知道严老奶奶就是海娥之母,那自己何必又来到襄阳,更何必到会仙庄去那一回?想起来真不禁地惆恨。又想起自己当年未娶梅姑娘之时,初见海娥之后,心中曾有过一阵儿犹豫,觉得两美难并,两爱难兼,其后又发愁她们不能相容。如今,海娥倒是对梅姑娘谅解了,但她又惨死,今后只有梅姑娘一人伴随自己了!自然她也有海娥之美及贤德,然而,自己要再走江湖,再遇仇家,恐已再无那样有力的亲近的人相助了!他越想越心窄,而窗外的雨又急流。

待了许久,那几位邻人才回来,并有人抬来了棺材,当下就又来了几位邻居家的妇人,来帮助给死尸换衣服。男人都躲了出去,叶允雄也掩着面哭泣着走出屋,站在檐下,发呆地听着雨流。又少时,屋里的妇人说:"装裹好了。"男人们才将门打开,棺材抬进屋,将鲁海娥的尸身装在棺内。叶允雄欲见海娥最后一面,他就随进屋内,见海娥身穿缎子的衣裙,直挺挺躺在棺内。那些助办丧事的邻妇把她的头发梳得油光,脸上且擦了些脂粉,容颜如生,竟似在梁山泊里新婚时那般的艳丽。

叶允雄对着死尸自然又痛泣了一番。本来因为风雨太大,是不能安葬的,但因为房主姜姓夫妇不愿死人跟棺材久停在他的家里,直恳求邻居们帮忙安葬,所以便于大雨之下,将棺材盖好钉好,又抬到院中。叶允雄也不忍多看这口凄凉的棺木，就也叫人赶紧给抬出去。在离着这里三里地远，一个有高高的白杨树的地方，打了很深的坑，可怜的粉鳞小蛟龙鲁海娥，就一棺附身放进去了。然后众邻人一齐下手，锄镐齐动，掀起来泥土、雨水、青草和娇艳的野花，齐往坑里去填。少时坑就填平了，大家依然继续动手，便在平地上垒起了一座高高的坟堆，雨水顺着坟头依然不住地向下流，似流着眼泪。天地溟蒙，雨水汪洋如海一般，叶允雄的脸上全湿，已经辨不出是雨是泪。他又连连向帮忙的人拱手称谢，几个帮忙的人全都笑着说："不客气！"就都走了。

叶允雄可仍然站在这里发呆，良久眼前一阵儿昏黑，他几乎摔倒，幸亏扶住了旁边的一棵杨树。他垂着头又悲泣了半天，才渐渐将眼睛睁开，将坟又看了两眼。回身走了几步，将坟的周围，在雨烟弥漫下仔细地辨识了一番，他这才慢慢地跋涉着雨水，走回到姜书生那里。他结了姜书生谢银，姜书生还执意不收，勉强了半天方才收下。姜家夫妇还要留他在此歇息几天，叶允雄却惨然地摇头，就解下了湿淋淋的马，湿淋淋的骑上，随身只有一口钢刀，就别了姜书生离开了这里，在大雨倾盆之下顺着大路走去。

叶允雄也不辨方向，不知时候，直到天黑了，方才找市镇投宿。他本来伤未愈，加以劳顿、刺激、悲痛，已病得不成人样。在这店里一连住了七八日，大雨也整整下了三天。及至他的精神休养过来，心中的痛楚渐渐强压下去，背上的伤也快好了。

天已大晴，这一日他就算清了店账，离了店房，骑马又往北奔回了鲁海娥的坟边，于秋阳枯树之畔，徘徊泣泗了一会儿，便决然离去。寻着了向西去的大路，他催马紧走，又行了几日，就来到了山阳县庙前村严老员外之家。

此时，严老奶奶正急盼着她的女儿，这多日不见叶允雄回来，她已然忧虑得快病了。梅姑娘见叶允雄回来了，便欢欢喜喜地要出去迎接鲁海娥，她以为叶允雄是把海娥带了来了，谁想叶允雄什么也没带来，带来的只是他的两行悲泪、一片伤心，还有简直不敢向严老奶奶说的……鲁海娥的死耗。但这么重大的事情如何瞒得住呢？所以终于被那位老人家知道了,她哭啼加病,一连半个月未能起床。

又过了些日,严老奶奶借村后庙中的地方,请了僧人给她女儿超度了一番。从此,这位老奶奶就永远身体不适,时常地哭泣,卧床的时候多,起床的时候少。梅姑娘越发离不开了,总要不离左右地伺候着她的干祖母,叶允雄因此缘故就也不能离开这里。他住在外面,一天很少与梅姑娘见面。不过左奎倒是常来,在一起与他谈论武艺,及述说金眼张德、铁臂韩宁他们生平的逸闻琐事,并由他的口中知晓那鲁大绅与屠永庆,还有高家的什么人,都已因伤死在襄阳了。

叶允雄倒是放了心,因为冤家均已除去,并且身体渐泰,背伤已痊愈。只是他仍难忘鲁海娥:雪花降落如海娥的衣裳,梅花开放如海娥的娇颊,但江湖噩梦皆消散,人间难觅小蛟龙,逝去的恩情飘去的梦……他的心真因此而伤透了!

快到旧历年了,严老奶奶因病体屡次反复,她越想女儿的一生越是可怜,病势也就越来越重,竟于腊月二十四日那天,奄然长逝。严老奶奶临死时嘱咐将她埋在这里,将海娥也移到这里来,并要叫写一个她的亡夫张德的牌位。于是就先依照严老员外长嫂的身份,设祭开吊,梅姑娘身穿重孝,泣不成声。叶允雄带着左奎和几个人往襄阳,将海娥的棺材起出,运了回来,于万众欢腾的新年之中,他们却凄凉地下了葬。

葬后,那丁四爷也来了。他和严老员外都主张叫叶允雄在此长住,丁四爷并劝叶允雄不要再在江湖上去乱走。叶允雄对这一点倒是满口答应了,而且坚决地表示自己绝不再与人寻仇作对。但是他想送梅姑娘回到娘家去看一看,而且他要往北京去访访旧友,丁四爷和严老员外就也没有怎么拦阻他。

到了灯节,村子里的人正预备着晚间看龙灯,叶允雄却简直不忍得听人家提说到"龙",他就雇好了一辆车,他仍然骑着马,别了这里的一切人,他们夫妇就走了。由陕南到山东沿海,这是一条数千里的长途,需换车十多次,投宿歇息的次数简直计算不清。沿途叶允雄是处处谨慎小心,无论对待什么人总是温和低蔼。

走了一个多月,方才回到了白石村。原来李大爷爷已于本年死了,黄老婆婆倒还健在，黄小三的渔业也很发达。邻居们都来看梅姑娘，并且带着些怀疑问慰叶允雄。早先，叶允雄教他们念过书的那些学生，一年不见，就像都已长得很高了，也都来看老师。黄铁头挑得顶好的鱼送来，并到镇上沽来酒，给叶允雄接风，并说："水灵山岛由着咱们跑啦！那鲁家的爸爸、女儿都不知哪儿去啦！"叶允雄听了，又不禁黯然。

除了那曾经鞭打过他的那李小八，是总躲避着叶允雄，不敢照面，其余，全村的人莫不把他们当作贵客、故人，是给地方增光的一对夫妇。梅姑娘就在这儿住着，不觉又到了阳春天气，村中山里的海棠又都开了，风尘漂泊一载有余的梅姑娘，依然似去年那般的美丽。

大珠山、小珠山依旧青青，春风袅袅，还是惹人爱，引人思，勾人愁，莺声似谁的娇嗔笑语，燕影又似那位侠女的快掠疾飞。附近平坦的沙滩，硬矿的岩石，激荡的浪花，广漠无涯的海水，远处如美人螺发一般的岛屿，在在都能使叶允雄凄然落泪，他现在已经变成另一个人了。

春风渐暖，海棠花落，遍山满村的落英如同惨死的娇娆女人一般，越发使得叶允雄的心里难过，他就催着梅姑娘跟他离开这里。一天，又雇好了车，就由白石村又动身西去。沿途春景盎然，走到济南又遇着连绵的阴雨，叶允雄对之，益发愁眉不展，多亏有梅姑娘在旁温情安慰着他，他的心才稍稍地宽解。但是在由济南北上这一条路上，叶允雄想起这正是去岁鲁海娥身背着花鼓，北上寻夫之途，他更不由得伤悲起来。叶允雄天天跟梅姑娘叙说鲁海娥的生情侠义，她的模样，她与自己当初的误会，及她为自己所受的种种艰苦等等，有时说得梅姑娘也不住地伤心落泪。

又十余日，就到了京都，京都繁盛依然。叶允雄骑着马在街上随着车走，就有不少人招呼他，第一个就是赛子龙徐杰，向他拱手，说道："久违！"叶允雄也拱手，想起来去岁自己在京师时银枪无敌的威风，不由又有些振奋。

车到了东安门，一看谢慰臣的府门依然煊赫。梅姑娘坐的这辆本来是个跑长趟子的破车，两个车轮都已沾了很多的黄土，来到门前，那门洞里坐着的几个仆人全都很诧异，都心说：怎么？这又是谁送老妈儿来了吧？因为那时贵族人家所用的仆妇，都是外县来的。随着车辆就来了一匹马，马上的人虽然衣服不新，风尘满面，但是仆人们却都认识，这就是那位相别已将一载，他们小公爷的好友叶悟尘。当下齐都迎接出来，请着安，问说："叶大爷！您是由哪儿来呀？"

叶允雄含笑点头，下了马，立时有仆人将马接过去。前边的车也打开了车帘，梅姑娘由车上下来，众仆人却齐都不禁地发怔，因为他们看见叶太太变了，不是去年打着花鼓找来的那位了，而是一位模样也很美，但不是那么风流的少妇。仆人也都不敢冒然称呼什么，只往里边让叶允雄，叶允雄便问说："你们大爷现在家吗？"仆人说："没有，上西城梁老爷家里下棋去啦！您先请到书房里歇会儿，我们叫人骑着快马请我们大爷去，管保待不了半点钟，我们大爷就得来。"于是前呼后拥地就将叶允雄夫妇请到了里边书房之中，梅姑娘车上带着的一些行李，当然早就有人给拿进来了。

叶允雄向四壁看了看，又不禁想起来去年在此居住之时的情景，鲁海娥的娇嗔、薄怒，以及一切的音容笑貌都宛在目前，他不禁心中又撩起了一阵儿难过，但因怕梅姑娘忧心，就没有表露出来。里屋有床，梅姑娘就坐在上面歇息。她本来是个生长于海滨乡村中的女子，虽然在去岁因为多逢灾难，在会仙庄高家住过，也在山阳县严家住过，但是那都不过是乡村中的富户，哪里比得这公爵府中的一切豪华？因此她就有些惊讶了。梅姑娘一边发呆，一边看着她的丈夫，叶允雄却在一把椅子上坐着，闷闷地不语。

待了一会儿，就听窗外足音跫然，有人没进来就大笑着，说："兄弟！你来了？真好！真好！"叶允雄起身相迎。谢慰臣已进了屋，他满面红光，精神比去年更为畅旺，见了叶允雄就亲切地拉手，说："你要不来，再待一个月，我可真要往襄阳找你去了！"

叶允雄听人一说到了襄阳，他的心里又仿佛被针刺了一下，他就微微地笑着，又叫梅姑娘过来见谢大哥。谢慰臣只向梅姑娘深深地还礼，并不细看梅姑娘的容貌，因为他已经听那找他去的仆人说了，所以并不惊诧，只是代叶允雄有些忧愁。看了看叶允雄的脸色，他就嗟叹了一声，说："光阴真如白驹过隙，你自去年新秋时走后，如今又半年多了，可是我看你的精神较前更好……"

叶允雄却惨笑，说："大哥你不要说了，你应当说我精神颓唐，面目枯焦，那倒许是实话。因为我们自分别后，我到楚中遇到了一些猪狗不如的小人，而……"他愤慨地说出了高家兄弟，及楚云娘、孟三彪、鲁大绅、屠永庆与自己作对，恶计侵害的种种详情，连梅姑娘被他们抢走，及卖在娼寮的事情全都说了，又说到海娥如何帮助自己和她怎样因伤惨逝，说到了末后，他就不由得语音凄惨，泪落纷纷。

谢慰臣也不禁紧拢着眉，因为他只想是叶允雄又跟鲁海娥反了目，夫妇二人为了什么小事，或者就是为梅姑娘与叶允雄破镜重圆之事，又分离了，自己还想着派人将那位太太请了回来，给他们再撮合撮合。如今一听，原来去年的那位娇娆女侠已然香消玉殒，他也不由得发了呆，结果也长叹了一声，顿足说："真真是想不到！"但是，事既如此，谢慰臣只好就安慰叶允雄。

同时，去年被鲁海娥所救的那吕月姑，现在深处宅中，不常外出，但是日益健康艳丽，已然做了他的金屋里的宠姬了。他原是想将月姑唤出来，见一见梅姑娘，但是听说了海娥之事，他却又不敢再提月姑，唯恐由自己的得意，又引起来叶允雄的伤心。他只是向叶允雄劝慰着，并说："兄弟！自你走后，虽然没有人再来找寻我，但是我已没有什么朋友了，而且稍微差一点儿的朋友我也不敢结交。现在跟我常来往的老朋友，除了韩三少之外，只有在西城住的一位梁二爷，我们常在一块儿下下棋。今天我们摆了一盘棋，我输了许多子儿，正在着急，人就找了我去，说是你们夫妇来了，我这一喜非同小可，就赶紧回来了。现在我听完了你的话，我也很替你难过，但是人死不能复生，徒悲无益，何况你这里还有一位贤慧的夫人。这位夫人为你的事也很受过些苦，你为了人家，也得把事情想开展点儿，也应当精神点！快乐点！"

叶允雄默默地点了点头，随后就说到自己此次来京，一来是为看望谢慰臣，二来也是想在此长住，不打算再走了，那么就请谢慰臣给他找一个教拳的，或是什么闲散的事做，以便维持生活。谢慰臣听了这话,却正色说:"兄弟,你这话说得可是太外道了! 咱们两人是八拜之交,而且共过患难。你也知道,我也不是没钱的人,不是没房子叫你们住的人,就是叫盟兄养活一辈子,也不算就辱没了你叶某的名声! 你这回想要走我还不放你走哩,还说什么别的话? "叶允雄也笑了笑。谢慰臣就又点上他的烟袋吸着,高兴地笑着说出了为叶允雄夫妇将来生活的种种计划,叶允雄一一首肯,并拱手致谢。谢慰臣就站起身来,说:"你们夫妇先歇息歇息吧! 我先到里院去一趟。"说着便走出了屋,并暗中嘱咐仆人预备酒筵。

从此,叶允雄夫妇二人就在谢府书房中居住,由里院派来两个仆妇专伺候他们。叶允雄就天天与谢慰臣盘桓,他也学会了下围棋,两人几乎每天要摆一盘棋,他心中的忧思也因此渐渐解开了。

住过一个月之后,叶允雄便觉得在此不便,因为谢慰臣虽是一个大闲人,可是他的父亲却是朝中的一位显贵,终日上朝下朝,亲友们往来不断。叶允雄夫妇毕竟是外人,而且又是在山村生活惯了的,居此颇多拘束。谢慰臣也看出来了,便把在城内的属于他们的许多处房产,都告诉了叶允雄,叫叶允雄随便挑选。叶允雄却挑了一处房屋少的,就搬了过去。谢府的两个仆妇照旧拨过去,在那边做事,在这边领工钱,一切家具、饮食、费用,当然都是由谢慰臣供给。

叶允雄虽觉得交情过得着,可是究竟这样仰仗于人,也未免有些自惭,便叫谢慰臣给他找了个事情做,是在一个王府内教拳,也不必每天去。那王府不过是为了谢慰臣的情面,而且需要这么一个会拳脚的人,以防万一有什么事,其实叶允雄仍同没事一样,每天闲散。梅姑娘现在虽然生活优适了, 但她还不忘在山村居住时的勤俭朴素的习惯,每天她的操作比两个仆妇还要忙,所以虽然夫妇恩爱,但叶允雄却殊少乐趣。

一日,他与谢慰臣一同策马郊游,到西山游玩了些时,归来时经过了一个小镇,于夕阳绿柳之下,又看见了那在豆腐坊中已作了新妇的,当年他遣去的丫鬟秦绛云。他策马疾疾走过去,谢慰臣骑着马追随着他,还不住地跟他开玩笑,叶允雄却生发无限感慨,心中非常不快,从此他也不常至郊外了。

他住的是一条很僻静的胡同,很窄小的房子,出入他也是粗布的衣裳,与人绝不再争强斗胜。谢慰臣虽又送给他一杆银尖、红缨、白蜡杆子的长枪,但他从不使用,放置在壁角,如一条直挺挺的死蛇。

转瞬又过了一年,梅姑娘已生了个女孩,家庭之乐,顿又增多。叶允雄闲居日久,也就惯了,他把江湖之事不再忆起,鲁海娥的旧事,不过偶然触想起来,难过一阵儿,但也为时甚暂,不再耿耿于怀。

但此时因为赛子龙徐杰来拜访过他两次,他也回拜了一次,二人的交情渐深,叶允雄也就常见见几个镖行中的人。他与这些人交结是有用意的,因为高家兄弟虽然十人之中已有八九死亡或负伤,可是他仍恐有人来找到京师图报旧日之仇。同时在京师他也结过不少的冤家,不能不防备。跟镖行中的人常往还,不但能听到点儿关于南北江湖豪杰的行踪及意图,并且若遇着人往汉中去,或往山东去的人,他还可以托人带去一封信,问慰山阳县严家或是白石村黄家。他每日的生活就是如此地过着,熟识的人都呼他为叶二爷,少数人知道他名叫叶悟尘,就私下称他为"银枪叶",但绝无人知叶允雄及叶英才之名。

此时闻得山东苏北一带,出了一名侠女,名叫张大秀,随着她的丈夫某人保镖为生,威名颇为不小。而在襄阳附近闹了两年多的大盗孟三彪,后来闻听也被官方捉获,正了法了。叶允雄对于这些事,表面上似是不注意,其实他的心里却感想万端,由此益发厌倦了江湖,安分闲居,不再踏江湖一步。

几十年之后,叶允雄已老,而为人愈是恭谨和蔼,有人道他的枪法更精。梅姑娘又生了两个男孩,长到十岁时,叶允雄就送他们去学买卖,绝不令他们学武。但是他的屋角总是竖着一杆枪,枪之外尚有一根短棍,那是他护家保身的兵器。至于刀,他绝不使用,而且不忍目睹,因为他曾将长枪譬作银蛇,而刀则譬为凤翅,于今银蛇依然,而彩凤之翅早折,那绝代的美人,盖世的侠女,早已与落花同尽,败叶齐埋了。

附录一

为《王度庐武侠言情小说集》而作

张赣生

我第一次读度庐先生的作品,是四十多年前刚上中学的时候,做梦也想不到今天为《王度庐武侠言情小说集》写序。

度庐先生是民国通俗小说史上的大作家,他的小说创作以武侠为主,兼及社会、言情,一生著作等身。最为人乐道的,自然首推以《鹤惊昆仑》《宝剑金钗》《剑气珠光》《卧虎藏龙》《铁骑银瓶》构成的系列言情武侠巨著,但他的一些篇幅较小的武侠小说,如《绣带银镖》《洛阳豪客》《紫电青霜》等,也各具诱人的艺术魅力,较之"鹤-铁五部"并不逊色。

度庐先生以描写武侠的爱情悲剧见长。在他之前,武侠小说中涉及婚姻恋爱问题的并不少见,但或作为局部的点缀,或思想陈腐、格调低下,或武侠与爱情两相游离缺少内在联系,均未能做到侠与情浑然一体的境地。度庐先生的贡献正在于他创造了侠情小说的完善形态,他写的武侠不是对武术与侠义的表面描绘,而是使武侠精神化为人物的血液和灵魂;他写的爱情悲剧也不是一般的两情相悦、恶人作梗的俗套,而是从人物的性格中挖掘出深刻的根源,往往是由于长期受武德与侠道熏陶的结果。这种在复杂的背景下,由性格导致的自我毁灭式的武侠爱情悲剧,十分感人。其中包含着作者饱经忧患、洞达世情的深刻人生体验,若真若梦的刀光剑影、爱恨缠绵中,自有天道、人道在,常使人掩卷深思,品味不尽。

度庐先生是一位极富正义感的作家,这在他的社会言情小说中表现得格外鲜明。《风尘四杰》《香山侠女》中天桥艺人的血泪生活,《落絮飘香》《灵魂之锁》中纯真少女的落入陷阱,都是对黑暗社会的控诉,很能引起读者的共鸣。度庐先生自幼生活在北京,熟知当地风土民情,常常在小说中对古都风光作动情的描写,使他的作品更别具一种情趣。

度庐先生是经受过"五四"新文化运动洗礼的人,他内心深处所尊崇的实际上是新文艺小说,因而他本人或许更重视较贴近新文艺风格的言情小说和社会小说创作。但从中国文学史的全局来看,他的武侠言情小说大大超越了前人所达到的水平,而且对后起的港台武侠小说有极深远影响的,是他创造了武侠言情小说的完善形态,在这方面,他是开山立派的一代宗师。几十年来出版的中国现代文学史,无例外地排斥通俗小说,这种偏见不应再继续下去,现在是改写中国现代文学史的时候了。

已知王度庐小说目录

1926—1937

作品名称	始载时间	连载报刊 / 署名 / 备注
半瓶香水	1926.9 之前	小小日报 / 王霄羽
黄色粉笔	1926.9 之前	同上
红绫枕	1926.9	小小日报 / 王霄羽 / 同年报社出版单行本
残阳碎梦	1926.12	小小日报 / 王霄羽
侠义夫妻	1927.1	同上
琪花恨	1927.3	同上
孀母孤儿	1927.4	同上
飘泊花	1927.5	同上
红手腕	1927.8	同上
护花铃	1927.8	小小日报 / 霄羽
青衫剑客	1927.10	小小日报 / 王霄羽
蝶魂花骨	1928.3	同上
疑真疑假	1928.4	小小日报 / 葆祥
双凤随鸦录	1928.7	小小日报 / 王霄羽
战地情仇	1929.6	同上
自鸣钟	1930.4	同上
惊人秘柬	1930.4	同上
神獒捉鬼	1930.6	同上
空房怪事	1930.7	同上
绣帘垂	未详	同上
玉藕愁丝	1930.7	小小日报 / 香波馆主
烟霭纷纷	1930.7	同上
鳌汉海盗	1930.8	小小日报 / 霄羽
缠命丝	1931.8	小小日报 / 王霄羽
触目惊心	1931.8	同上
燕燕莺莺	1931.8	小小日报 / 香波馆主
黄河游侠传	1936.10	平报 / 霄羽
燕赵悲歌传	1937.4	同上
八侠夺珠记	1937.7	同上

作品名称	起止时间	连载报刊 署名	出版时间、出版社／署 名
河岳游侠传	1938.6–1938.11	青岛新民报 王度庐	
宝剑金钗记	1938.11–1939.7	青岛新民报 王度庐	1939年青岛新民报社，1948年上海励力出版社（改题《宝剑金钗》）／王度庐
落絮飘香	1939.4–1940.2	青岛新民报 霄羽	1948年上海励力出版社，分为四册：《落絮飘香》《琼楼春情》《朝露相思》《翠陌归人》／王度庐
剑气珠光录	1939.7–1940.4	青岛新民报 王度庐	1941年青岛新民报社，1947年上海励力出版社（改题《剑气珠光》）／王度庐
古城新月	1940.2–1941.4	青岛新民报 霄羽	1949–1950年上海励力出版社，分为四册：《朱门绮梦》《小巷娇梅》《碧海狂涛》《古城新月》／王度庐
舞鹤鸣鸾记	1940.4–1941.3	青岛新民报 王度庐	1941年（？）青岛新民报，1948年（？）上海励力出版社（改题《鹤惊昆仑》）／王度庐
风雨双龙剑	1940.8–1941.5	京报（南京） 王度庐	1941年南京京报社／王度庐，1948年上海育才书局／王度庐
卧虎藏龙传	1941.3–1942.3	青岛新民报 王度庐	1948年上海励力出版社（改题《卧虎藏龙》）／王度庐
海上虹霞	1941.4–1941.8	青岛新民报 霄羽	1949年上海励力出版社，分为二册：《海上虹霞》《灵魂之锁》／王度庐
彩凤银蛇传	1941.5–1942.3	京报（南京） 王度庐	
虞美人	1941.8–1943.10	青岛新民报 霄羽	1949年上海励力出版社，分为数册：《琴岛佳人》《少女飘零》《歌舞芳邻》等／王度庐
纤纤剑	1942.3–1942.10	京报（南京） 王度庐	
铁骑银瓶传	1942.3–1944.?	青岛新民报 王度庐	1948年上海励力出版社，改题《铁骑银瓶》／王度庐
舞剑飞花录	1943.1–1944.1	京报（南京） 王度庐	1949年上海励力出版社，改题《洛阳豪客》／王度庐
大漠双鸳谱	1944.1–1944.7	京报（南京） 王度庐	

（接上表）

寒梅曲	1943.10-？	青岛新民报 霄羽	1948年（？）上海励力出版社，分为数册：《暴雨惊鸳》等／王度庐
紫电青霜录	1944-1945	青岛新民报 王度庐	1948年上海励力出版社，改题《紫电青霜》／王度庐
春明小侠	1944.7-1945.4	京报（南京） 王度庐	
琼楼双剑记	1945.4-1945（？）	京报（南京） 王度庐	
锦绣豪雄传	1945.5-？	民民民 王度庐	
紫凤镖	1946.12-1947.7	青岛时报 鲁云	1949年重庆千秋书局／王度庐
太平天国情侠传	1947.5-？	民治报 鲁云	
清末侠客传	1947.4-1948.？	大中报 鲁云	1948年上海励力出版社，分为二册：《绣带银镖》《冷剑凄芳》／王度庐
晚香玉	1947.6-1948.1	青岛时报 绿芜	1948年上海励力出版社，分为二册：《绮市芳荫》《寒波玉蕊》／王度庐
雍正与年羹尧	1947.7-1948.4	青岛时报 鲁云	1948年上海励力出版社，改题《新血滴子》／王度庐
粉墨婵娟	1948.2-1948.7	青岛时报 绿芜	1948年元昌印书馆，分为二册：《粉墨婵娟》《霞梦离魂》／王度庐
风尘四杰	1948.2-？	岛声旬刊 佩侠	1949年上海励力出版社／王度庐
宝刀飞	1948.4-1948.9	青岛时报 鲁云	1948年上海励力出版社／王度庐
燕市侠伶	1948.7-1948.10	青岛时报 绿芜	1948年上海励力出版社／王度庐
金刚玉宝剑	1948.9-1949.2 1949.2-？	青岛公报 联青晚报 王度庐	1949年上海励力出版社／王度庐
香山侠女			1949年上海励力出版社／王度庐
春秋戟			1949年上海励力出版社／王度庐
龙虎铁连环	1948.9-1948.10	军民晚报 王度庐	1949年上海励力出版社／王度庐
玉佩金刀记	1949.1-1949.？	民治报 王度庐	

王度庐年表

徐斯年 顾迎新

说明:

1. 本表曾在《西南大学学报》刊出,此为补订本,包括增补史料及其说明、考证,并订正了个别疏误。

2. 本表包含许多新发现的资料,特别是在辽宁省实验中学档案室发现的王度庐档案,从而补正了徐斯年《王度庐评传》的一些误判和部分欠缺。

3. "度庐"实为 1938 年启用的笔名,为了统一,本表用为表主正名。

4. 由于史料不全,历年行状、著述依然详略不一,有待继续挖掘、补充史料。

5. 表中所记日期,阳历用阿拉伯数字,清、民国年份及旧历日期用汉字。

6. 表中所系年龄均为虚岁。

7. 由于旧报缺失严重,所以连载作品肯定不全。表中所录者,始载时间和结束时间多难确认,一般仅记月份,有线索可资考证者在按语中加以说明。

1909 年(清宣统元年,己酉)　1 岁

正月,清帝爱新觉罗·溥仪改元"宣统"。清廷决定消除"旗""民"界限,旗人不再享受"俸禄"。是年七月廿九日(9 月 13 日),王度庐生于北京"后

门里"司礼监胡同四号一户下层旗人家庭,原名葆祥(后曾改为葆翔),字霄羽。父亲"在清宫管理车马的机构里当小职员"。家庭成员除父母外还有一位姐姐、一位未嫁的姑母和一位叔祖父。一家六口,全靠父亲薪金维持生计。

　　按: 后门即地安门,后门里位于地安门内,属镶黄旗驻地。司礼监胡同,得名于明代位于该地之司礼太监署;后改称"吉安所左巷",则得名于清代宫中嫔妃、宫女卒后停尸之"吉祥所"(后改"吉安所")。毛泽东青年时代曾租寓于本胡同8号。

　　关于父亲职务的记述引自王度庐手写简历,其父任职机构当系内务府下属之"上驷院"。内务府为管理皇家事务的机构,成员均为满洲上三旗(镶黄、正黄、正白)"从龙包衣"。"包衣",满语,意为"自家人",一定语境下也指"奴仆""世仆"。据此,王氏当属编入满洲镶黄旗的"汉姓人"(不同于"汉人""汉军"),这一族群不仅属于"旗族",而且也被承认为满族。

1912 年(民国元年,壬子)　　4 岁

　　1月1日孙中山宣誓就任中华民国总统。2月2日,清宣统帝宣告退位。根据清室优待条件,宫内各执事人员照常留用,王度庐父亲依然可以领受部分薪金,家庭生计勉得维持。

1916 年(民国五年,丙辰)　　8 岁

　　1月,王度庐父亲病故。2月,遗腹弟出生,名葆瑞,字探骊。家境日蹙,主要靠母亲为人缝补浆洗维持生计。

　　是年2月2日,王度庐夫人李丹荃生于陕西周至。

　　按: 葆瑞出生时间据人民日报社1991年1月3日印发之《谭立同志生平》。葆瑞(即谭立)为遗腹子,由此可知其父当卒于1月份。周至,离西安甚近。

1918 年(民国七年,戊午)　　10 岁

　　是年王度庐始入私塾读书。曾与姐、弟同染重症,母亲变卖家当为之治疗,终得转危为安,而家庭经济更加贫困。

1919 年（民国八年，己未） 11 岁

五四运动爆发。王度庐仍在私塾就读，至 1920 年。

1921 年（民国十年，辛酉） 13 岁

是年王度庐入景山高等小学就读，至 1924 年。

1925 年（民国十四年，乙丑） 17 岁

是年 1 月，宋心灯在北京创办《小小》日报（后改《小小日报》），自任社长、主笔。王度庐从景山高等小学毕业，先在精精眼镜店当学徒，后在《平报》和电报局任见习生，可能已经开始向《小小》日报投稿。

按：宋心灯（？—1949），字信生，原籍河北大兴（析津）。新闻专科学校毕业，也是北京早期足球运动和羽毛球运动的发起者之一。《小小》日报即注重刊载体坛信息，后来发展为综合性小报。

又按：辽宁实验中学所存退休人员档案中的王度庐登记表，"文化程度"一栏填为"九年"，当系虚数。

1926 年（民国十五年，丙寅） 18 岁

是年《小小日报》先后刊载王度庐所撰侦探小说《半瓶香水》《黄色粉笔》和"实事小说"《红绫枕》，均署"王霄羽"。《小小日报》馆印行《红绫枕》单行本，标类改为"惨情小说"。12 月，《小小日报》连载社会小说《残阳碎梦》，亦署"王霄羽"。12 月 24 日，《小小日报》刊出宋信生所撰《本报改版宣言》，"将旧有之八小版易为四大版"。

按：由于存报缺失严重，《半瓶香水》《黄色粉笔》未见，不知确切发表时间。因《红绫枕》内文提及它们，故知连载于《红绫枕》之前。由此亦不排除其一已于上年开始见报的可能。又据李丹荃女士回忆，早期作品还有《绣帘垂》《浮白快》两种，均未见。《残阳碎梦》，现存第十次载于是年 12 月 20 日，由此推知当始载于 12 月 1 日；现存第三十三次载于次年 1 月 21 日，末注"（未完）"。

1927 年（民国十六年，丁卯）　19 岁

是年王度庐始在宽街夜授计民小学任职，先当会计，后任教员，直至
1929 年。同时继续卖稿和自学，包括到北京大学旁听，往三座门北京图书馆、
鼓楼民众图书阅览室阅读。

1 月，《小小日报》连载武侠小说《侠义夫妻》，署"王霄羽"。3 月，《小
小日报》始载社会小说《琪花恨》，署"王霄羽"。4 月，《小小日报》连载社
会小说《孀母孤儿》，署"王霄羽"。5 月，《小小日报》连载社会小说《飘泊
花》，署"王霄羽"。6 月，《小小日报》连载侦探小说《红手腕》，署"王霄羽"。
8 月，《小小日报》连载侠情小说《护花铃》，署"霄羽"。10 月，《小小日报》
连载武侠小说《青衫剑客》，署"王霄羽"。

按：《侠义夫妻》，现存第八次载于 1 月 31 日，当始载于《残阳碎梦》
结束后；连载结束时间当在《琪花恨》始载之前。《孀母孤儿》仅存 5 月 2
日第十一次，由此推知始载时间在 4 月（《琪花梦》结束之后）。《飘泊花》，
现存第六次载于 5 月 30 日。《红手腕》，现存第十一次载于 7 月 9 日，可知
始载于 6 月末。《护花铃》仅存十四、十七次，载于 9 月 2 日、5 日，是知始
载于 8 月，标类"侠情小说"，写当时题材。《青衫剑客》，第四次载于 10
月 9 日，至 11 月 9 日犹未结束。

1928 年（民国十七年，戊辰）　20 岁

是年北京改称"北平"。3 月，《小小日报》连载侦探小说《疑真疑假》，
署"葆祥"。3 月，《小小日报》连载社会小说《蝶魂花骨》，署"王霄羽"。5 月，
《小小日报》连载社会小说《揉碎桃花记》，署"王霄羽"。7 月，《小小日报》
连载"讽世小说"《双凤随鸦录》，署"王霄羽"。

按：《疑真疑假》，第四次载于 3 月 12 日，当始载于 8 日。《蝶魂花骨》，
第三十四次载于 4 月 11 日，当始载于 3 月 9 日，与《疑真疑假》同时，故用
两个笔名。《双凤随鸦录》，第四十二次载于 8 月 21 日。

本年存报缺失严重，当有不少连载作品至今未知。以下类似情况不再逐
一说明。

1929 年（民国十八年，己巳）　21 岁

6 月，《小小日报》连载社会小说《战地情仇》，署"王霄羽"。

按：《战地情仇》，仅存 7 月 4 日一次（序号未详）。本年几无存报。

1930 年（民国十九年，庚午）　22 岁

是年王度庐离开宽街夜授计民小学，改任家庭教师，不久认识李丹荃。

按：李丹荃在所遗手稿《王度庐小传》中说："我在北京读中学时，在一个同学家里认识了王度庐。那时，他正给我的同学的弟弟补习功课。记得他曾送过我两本书，一本是纳兰容若的《饮水词》，另一本是《浮生六记》。我不喜欢《浮生六记》，却很喜欢那本词，有些句子至今仍能记得，如'摇落尽，有发未全僧，风雨消磨生死别，似曾相识只孤灯；情在不能醒……''瘦狂那似肥痴好，任他肥痴好，笑他多病与长贫，不及衮衮诸公向风尘……'"（按文中所记纳兰词句与原句略有出入。）

3 月，《小小日报》连载侦探小说《自鸣钟》，署"王霄羽"。

按：《自鸣钟》残存连载文本至三十一次告"全卷终"，次日接载《惊人秘柬》第一次。故暂系于 3 月。

是年，王度庐始用笔名"柳今"在《小小日报》开辟个人专栏"谈天"，每日发表短文一篇，纵论国事、民生、世态、人情、风习、学术、艺文等。"柳今"在这些短文里经常述及"自己"的"经历"，多属杜撰；但是，这位论说者的心态、性格、气质又与当时的王度庐十分相符。

按：因存报缺失，"谈天"开栏、终结时间未详。所载杂文均署"柳今"，以下不作逐篇标注。

4 月 1 日，《小小日报》"谈天"栏刊出杂文《世态》。4 月 4 日，《小小日报》"谈天"栏刊出杂文《荒芜的青年》。

按：4 月 2 日、3 日报纸缺失，或漏杂文两篇。以下类似情况不再加注按语。

4 月 5 日，《小小日报》"谈天"栏刊出杂文《中等人》。4 月 6 日，《小小日报》"谈天"栏刊出杂文《架子》。4 月 7 日，《小小日报》"谈天"栏刊出杂文《性的广告》。4 月 8 日，《小小日报》"谈天"栏刊出杂文《笑》。4 月 9 日、10 日，《小小日报》"谈天"栏连续刊出杂文《永垂不朽》（一）（二）。4 月 11 日，《小小日报》"谈天"

栏刊出杂文《女性的教育与生育》。4月12日，《小小日报》"谈天"栏刊出杂文《一位平民文学家》，赞赏满族鼓词作者韩小窗。文中说："世界本来是平民的世界，尤其是文学家，更要有一种平民化的精神，他才能够用文学的力量，来转移风化，陶冶民情；否则琢句雕章，自以为是，至多不过只能得到少数的文蠹的几遍诵读罢了。"韩小窗"这人确实是位有天才、有词藻、有思想的文学家。他能把他这种才学，不去作八股，不去批试帖，而能用来编大鼓，他的平民思想可见了，他的环境可见了，而他的清高也可见了。"

按：韩小窗（约1828—1890），辽宁开原人，满族，子弟书（即鼓词）作家。其代表作有《露泪缘》《宁武关》《长坂坡》《刺虎》《黛玉悲秋》《红梅阁》及影卷《谤可笑》《金石语》等。

4月13日，《小小日报》"谈天"栏刊出杂文《绝顶聪明》。4月14、15日，《小小日报》"谈天"栏连续刊出杂文《道德》（一）（二）。

4月17至23日，《小小日报》"谈天"栏连载杂文《伦理与中国》。全文分为五节：一、伦理的产生；二、伦理的优点；三、伦理被利用以后；四、伦理存亡与中国之存亡；五、伦理的蟊贼。

4月25日，《小小日报》"谈天"栏刊出杂文《小难》。4月26日，《小小日报》"谈天"栏刊出杂文《女招待》。4月27日，《小小日报》"谈天"栏刊出杂文《落子馆》。4月29日，《小小日报》"谈天"栏刊出杂文《麻醉剂》。4月30日，《小小日报》"谈天"栏刊出杂文《万寿寺》。

4月，《小小日报》连载侦探小说《惊人秘柬》，署"王霄羽"。

按：《自鸣钟》残存连载文本至三十一次告"全卷终"，次日接载《惊人秘柬》第一次，具体日期均难考定。

5月1日，《小小日报》"谈天"栏刊出杂文《赘泽品》。5月2日，《小小日报》"谈天"栏刊出杂文《童子军》。5月3日，《小小日报》"谈天"栏刊出杂文《女腿》。5月4日，《小小日报》"谈天"栏刊出杂文《颠倒雌雄》。5月5日，《小小日报》"谈天"栏刊出杂文《歌舞剧》。5月6日，《小小日报》"谈天"栏刊出杂文《招与待》。5月7日，《小小日报》"谈天"栏刊出杂文《恢复北京》。5月8日，《小小日报》"谈天"栏刊出杂文《野鸡》。5月9日，《小小日报》"谈天"栏刊出杂文《女招打》。5月13日，《小小日报》"谈天"栏刊出杂文《署名》。5月14日，《小小日报》"谈天"栏刊出杂文《迷》。5月15日,《小小日报》"谈天"栏刊出杂文《恶五月》。
5月16日,《小小日报》"谈天"栏刊出杂文《送春》。5月17日,《小小日报》
"谈天"栏刊出杂文《哭》。5月18日,《小小日报》"谈天"栏刊出杂文《雨天》。
5月19日,《小小日报》"谈天"栏刊出杂文《名士派》。5月20日,《小小日报》"谈
天"栏刊出杂文《小算盘》。5月21日,《小小日报》"谈天"栏刊出杂文《自行车》。
5月22日,《小小日报》"谈天"栏刊出杂文《穷北京?》。5月23日,《小小日报》
"谈天"栏刊出杂文《服从》。5月24日,《小小日报》"谈天"栏刊出杂文《奴
隶性》。5月28日,《小小日报》"谈天"栏刊出杂文《澡堂里》。5月29日,《小
小日报》"谈天"栏刊出杂文《安慰》。5月30日,《小小日报》"谈天"栏刊出
杂文《中国剧》。5月31日,《小小日报》"谈天"栏刊出杂文《游民》。5月,《小
小日报》连载侦探小说《触目惊心》,署"王霄羽"。

按:《触目惊心》未见,据《空房怪事》前言列入,连载时间在《神獒捉鬼》
之前,故系入5月。

6月1日,《小小日报》"谈天"栏刊出杂文《端午节》。3日,《小小日报》"谈
天"栏刊出杂文《打麻雀》。4日,《小小日报》"谈天"栏刊出杂文《谋事》。5日,《小
小日报》"谈天"栏刊出杂文《无聊的北平》。6日,《小小日报》"谈天"栏刊出
杂文《病》。同日开始连载侦探小说《神獒捉鬼》,署"王霄羽"。

按:《神獒捉鬼》共连载二十五次,当结束于6月30日(7月1日始载《空
房怪事》,参见《空房怪事》引言)。

7日,《小小日报》"谈天"栏刊出杂文《造化儿子》。8日,《小小日报》"谈
天"栏刊出杂文《疯人》。9日,《小小日报》"谈天"栏刊出杂文《阔事》。10日,
《小小日报》"谈天"栏刊出杂文《骗术》。11日,《小小日报》"谈天"栏刊出
杂文《财神 阎王》。12日,《小小日报》"谈天"栏刊出杂文《画中人》。13日,
《小小日报》"谈天"栏刊出杂文《醉酒》。14日,《小小日报》"谈天"栏刊出
杂文《夫妻间》。15日,《小小日报》"谈天"栏刊出杂文《不开壳》。16日,《小
小日报》"谈天"栏刊出杂文《憔悴》。17日,《小小日报》"谈天"栏刊出杂文
《伤心人》。18日,《小小日报》"谈天"栏刊出杂文《情书》。19日,《小小日报》
"谈天"栏刊出杂文《琴声里》。20日,《小小日报》"谈天"栏刊出杂文《☯》。
21日,《小小日报》"谈天"栏刊出杂文《什刹海》。22日,《小小日报》"谈天"

栏刊出杂文《凶杀案》。23日,《小小日报》"谈天"栏刊出杂文《关于裤子》。24日,《小小日报》"谈天"栏刊出杂文《三件痛快事》。25日,《小小日报》"谈天"栏刊出杂文《诗人》。26日、27日,《小小日报》"谈天"栏连续刊出杂文《贵族学校》(一)(二)。28日,《小小日报》"谈天"栏刊出杂文《穷　住》。29日,《小小日报》"谈天"栏刊出杂文《妙影》。30日,《小小日报》"谈天"栏刊出杂文《罪恶场中之未来者》。6月,《小小日报》连载社会小说《烟霭纷纷》,署"香波馆主"。

　　按:现存《烟霭纷纷》第三十六次连载文本复印件上有副刊"编余"一则,云"今天这版算作'七夕特刊'"。查1930年七夕为阳历8月30日,由此推知《烟霭纷纷》当始载于6月27日。

　　7月1日,《小小日报》"谈天"栏刊出杂文《吃饭问题》。5日,《小小日报》"谈天"栏刊出杂文《平民化》。6日,《小小日报》"谈天"栏刊出杂文《面子》。7日,《小小日报》"谈天"栏刊出杂文《醋　忌讳》。8日,《小小日报》"谈天"栏刊出杂文《文士与蚊士》。9日,《小小日报》"谈天"栏刊出杂文《人品与装饰》。12日,《小小日报》"谈天"栏刊出杂文《消夏》。13日,《小小日报》"谈天"栏刊出杂文《财神爷》。同日,《小小日报》始载惨情小说《玉藕愁丝》,署"香波馆主"。

　　按:《玉藕愁丝》始载日期据预告图片背面报头推知。

　　14日,《小小日报》"谈天"栏刊出杂文《妓女问题》。15日,《小小日报》"谈天"栏刊出杂文《杨耐梅　朱素云》。

　　按:杨耐梅,生于1904年,中国早期影星,曾出演《玉梨魂》《奇女子》《上海三女子》《空谷兰》等无声片。当时北平讹传她已"香消玉殒",作者故撰此文悼念。实则杨在1960年卒于台湾。朱素云,京剧小生演员朱沄之艺名,生于1872年,卒于1930年。

　　16日,《小小日报》"谈天"栏刊出杂文《难民返国》。17日,《小小日报》"谈天"栏刊出杂文《灯下人》。18日,《小小日报》"谈天"栏刊出杂文《捧》。19日,《小小日报》"谈天"栏刊出杂文《快乐人多?》。20日,《小小日报》"谈天"栏刊出杂文《西游记》。21日,《小小日报》"谈天"栏刊出杂文《火警》。22日,《小小日报》"谈天"栏刊出杂文《人体美》。23日,《小小日报》"谈天"栏刊出杂文《穷　光　蛋》。24日,《小小日报》"谈天"栏刊出杂文《抵抗力》。25日,《小小日报》"谈天"栏刊出杂文《香艳文章》。26日,《小小日报》"谈天"栏刊出杂文《雨夜柝声》。27日,《小小日报》"谈天"栏刊出杂文《爱河》。28日,《小小日报》"谈天"栏刊出杂文《调戏》。29日,《小小日报》"谈天"栏刊出杂文《"嫁"的问题》。30日,《小小日报》"谈天"栏刊出杂文《阎罗王》。31日,《小小日报》"谈天"栏刊出杂文《知音》。7月,《小小日报》连载侦探小说《空房怪事》,署"王霄羽"。

　　按:《空房怪事》共连载二十九次,残存文本图片均无报头,难以确认具体时间。(第一次疑载于7月3日,见图片背面;结束于第二十九次,当为8月1日。)

　　8月2日,《小小日报》"谈天"栏刊出杂文《战》。

　　3日,《小小日报》"谈天"栏刊出杂文《时髦》。4日,《小小日报》"谈天"栏刊出杂文《人逛人》。5日,《小小日报》"谈天"栏刊出杂文《跳舞场里》。6日,《小小日报》"谈天"栏刊出杂文《奸杀案》。7日,《小小日报》"谈天"栏刊出杂文《阴阳电》。8日,《小小日报》"谈天"栏刊出杂文《办白事》。9日,《小小日报》"谈天"栏刊出杂文《眼光》。10日,《小小日报》"谈天"栏刊出杂文《无与偶　莫能容》。11日,《小小日报》"谈天"栏刊出杂文《喜新厌旧》。12日,《小小日报》"谈天"栏刊出杂文《洋化的话》。13日,《小小日报》"谈天"栏刊出杂文《发财学》。14日,《小小日报》"谈天"栏刊出杂文《儿童　成人》。15日,《小小日报》"谈天"栏刊出杂文《英雄难过美人关》。16日,《小小日报》"谈天"栏刊出杂文《交际》。17日,《小小日报》"谈天"栏刊出杂文《呻吟》。18日,《小小日报》"谈天"栏刊出杂文《枇杷巷里》。19日,《小小日报》"谈天"栏刊出杂文《捕蝇》。20日,《小小日报》"谈天"栏刊出杂文《殉情》。21日,《小小日报》"谈天"栏刊出杂文《人死不值钱》。22日,《小小日报》"谈天"栏刊出杂文《癞蛤蟆　天鹅肉》。23日,《小小日报》"谈天"栏刊出杂文《作时评》。25日,《小小日报》"谈天"栏刊出杂文《马路》。26日,《小小日报》"谈天"栏刊出杂文《女朋友》。27日,《小小日报》"谈天"栏刊出杂文《跳楼者》。28日,《小小日报》"谈天"栏刊出杂文《蟋蟀》。29日,《小小日报》"谈天"栏刊出杂文《古城返照》。30日,《小小日报》"谈天"栏刊出杂文《惹气》。31日,《小小日报》"谈天"栏刊出杂文

《活得弗耐烦》。8月，《小小日报》始载武侠小说《鳌汉海盗》，署"霄羽"。

　　按：《鳌汉海盗》连载文本基本完整，但原件图片无报头，难以确认日期。共连载四十二次，当结束于9月间，时《烟霭纷纷》仍在连载。

　　9月1日，《小小日报》"谈天"栏刊出杂文《由线订书说起》。2日、3日，《小小日报》"谈天"栏连续刊出杂文《"娶"的问题》(一)(二)。4日，《小小日报》"谈天"栏刊出杂文《罂粟味》。5日，《小小日报》"谈天"栏刊出杂文《忏悔》。6日，《小小日报》"谈天"栏刊出杂文《想当然耳》。7日，《小小日报》"谈天"栏刊出杂文《标奇与仿效》。8日，《小小日报》"谈天"栏刊出杂文《复古》。9日，《小小日报》"谈天"栏刊出杂文《野草闲花》。同日同报又载影评《看了〈故都春梦〉》，署"柳今投"。10日，《小小日报》"谈天"栏刊出杂文《倡门》。12日，《小小日报》"谈天"栏刊出杂文《乞丐》。13日，《小小日报》"谈天"栏刊出杂文《心》。9月15日，《小小日报》"谈天"栏刊出杂文《短　小　经济》。9月16日，《小小日报》"谈天"栏刊出杂文《性的文章》。9月17日，《小小日报》"谈天"栏刊出杂文《逢场作戏》。9月18日，《小小日报》"谈天"栏刊出杂文《浮云变幻》。9月19日，《小小日报》"谈天"栏刊出杂文《敲钗小语》。20日，《小小日报》"谈天"栏刊出杂文《俗礼》。21日，《小小日报》"谈天"栏刊出杂文《何不当初》。22日，《小小日报》"谈天"栏刊出杂文《醋的考证》。23日，《小小日报》"谈天"栏刊出杂文《劲秋》。28日，《小小日报》"谈天"栏刊出杂文《柴　米　油　盐　酱　醋　茶》。30日，《小小日报》"谈天"栏刊出杂文《烛边思绪》，叙述阅读《朝鲜义士安重根传》的感受，抒发爱国情怀及对国内现实的愤懑。

　　10月1日，《小小日报》"谈天"栏刊出杂文《吵嘴》。29日，《小小日报》"哈哈镜"栏刊出杂文《团圞月照破碎国家》，署"柳今"。

1931年(民国二十年,辛未)　23岁

　　是年，王度庐应聘担任《小小日报》编辑员。5月，《小小日报》连载哀情小说《缠命丝》，署"王霄羽"。同时连载社会小说《燕燕莺莺》，署"香波馆主"。9月18日，沈阳发生"九一八"事变，日本加紧侵华。

　　按：《缠命丝》仅存第九〇次，内文曰"全卷终"，图片有"31, 8, 1"标注，据此倒推，当始载于5月；《燕燕莺莺》仅存第六二次，未完，图片注"31, 8"。

又按:耿小的在《我与〈小小日报〉》中说,自己进入《小小日报》任编辑是在"1933年后","之前似乎赵苍海编过很短时期",却未提及王霄羽。若其记忆无误,则王之去职,当在赵前。

1934 年(民国二十三年,甲戌)　26 岁

是年,李丹荃随父亲离北平去西安。不久王度庐亦往西安,任陕西省教育厅编审室办事员,《民意报》编辑员。

3月10日,陕西省教育厅在西安民众教育馆举办西安中小学讲演竞赛会;28日、29日,又在西安民乐园举办西安中小学第二届唱歌比赛,均派王霄羽任记录。

3月20日,西安《民意报》"戏剧与电影周刊"第一期刊载《中国戏剧生命之革新》第一节"九一八后的中国戏剧界",署"柳今"。文中慨叹中国剧坛进步缓慢,以至"今日远东国际纠纷之病菌集于中国,而我国之戏剧仍然如沉睡,如枯死,反使他人——俄国——高呼曰:'怒吼吧中国!'"27日,"戏剧与电影周刊"第二期续载《中国戏剧生命之革新》第一节"九一八后的中国戏剧界",署"柳今"。文中续论中国戏剧的觉醒与"推翻""旧剧势力"之关系。同期又载《电影是应合大众所需要　真不容易利用它》,署"潇雨"。文中说:"艺术只要不是'自我'的而是'大众'的,那就当然要被利用成为一种工具。电影尤其要首先被人利用的,不过常常又见人们弄巧成拙,利用影片作某种宣传,结果倒被观众利用,"从而形成与国外影片亦步亦趋的种种题材热,当前已由伦理片、武侠侦探片演进为民生片。当局于"九一八"后号召影界多制作"关于唤起民族精神的片子"固然不错,但是"现在的民众,只是恐慌他们的经济穷困,生活惨淡,实在没有充分的力量去供给到民族上。或者,现在的电影也只走到了替穷人呼吁,次一步,才是民族精神"。

4月3日,西安《民意报》"戏剧与电影周刊"第三期未见,当续载《中国戏剧生命之革新》第二节"新旧戏剧之检讨"。10日,"戏剧与电影周刊"第四期续载《中国戏剧生命之革新》第二节"新旧戏剧之检讨",署"柳今"。文中认为,"中国旧剧虽然不能追随时代,但确能利用科学,亦缘近代科学文明多供给于资产阶级之享乐,旧剧靡靡之音当愈适合于人之享乐。新剧

□□□□,自难免在比较之下落后也"。(原件有四字无法辨认。)同期并载《伦敦公演〈彩楼配〉的问题》,署"潇雨"。文中认为,在伦敦由中国人与外国人用英语同演旧剧《彩楼配》,只能像《蝴蝶夫人》那样,迎合一部分外国人的扭曲了的东方观,"但是歪曲的东西在现代剧坛上实在没有它的地位,何况这《彩楼配》国际性质的公演"。

按:(1)王度庐档案中的履历表填:"1934—1935 年 西安民意报 编辑员","1935-1936 年 陕西省教育厅 办事员"。而从文章刊出情况判断,任《民意报》编辑员应该在后(报馆编辑不可能受厅长派遣去任竞赛记录),或者同时兼任二职。

(2)西安《民意报》"戏剧与电影周刊"仅存一、二、四期,日期据打印稿说明(周刊第四期为 4 月 10 日)向前推算而得。4 月 3 日报缺失,内容可据前后两期推知(不排除 3 日还有其他文章刊出)。4 月 10 日以后报纸缺失,当有其他未知史料。

5 月,《陕西教育月刊》第五期发表《陕西省教育厅举办西安中小学讲演竞赛会经过》和《陕西省教育厅举办西安中小学第二届唱歌比赛会经过》记录,均署"王霄羽"。

10 月,《陕西教育旬刊》第二卷第廿九、卅、卅一期合刊"论著"栏刊出《民间歌谣之研究》,署"王霄羽"。全文五章:第一章"歌谣之史的发展";第二章"歌谣的分类法";第三章"歌谣价值的面面观";第四章"歌谣技巧的研究";第五章"结论"。文中有这样的论述:"贵族化的文学在'五四'时就已被人打倒,现在一般人都提倡大众文学。真正的'大众文学'在哪里?我们离开了歌谣,恐怕再没有地方寻找了罢?"

1935 年(民国二十四年,乙亥) 27 岁

是年,王度庐与李丹荃在西安结婚。婚后李父卒于三原,王度庐前往料理丧事,曾遭歹徒劫持。

按:王度庐后来在《〈宝剑金钗〉序》中写及"频年饥驱远游,秦楚燕赵之间,跋涉殆遍"当有所夸张,实则未离陕西。

1936 年（民国二十五年，丙子）　28 岁

是年王度庐夫妇返回北平。10 月 13 日，《平报》刊载《献于〈平报〉——十五周年》，署"王霄羽"。同日，《平报》开始连载武侠小说《黄河游侠传》，署"霄羽"。12 月 12 日，发生"西安事变"。

按：李丹荃在遗稿中回忆返京前后的生活说："我有晕眩症，那时常犯，昏迷中常听到王叨念：'谢家有女偏怜小，自嫁黔娄万事乖……'后来我知道了这是元稹的悼亡诗。我就说：'你老叨念什么，我又没有死呀！'现在回想当时情景，如在目前。"

1937 年（民国二十六年，丁丑）　29 岁

是年春，王度庐夫妇应李丹荃二伯父伊筱农召，同赴青岛。4 月 17 日，《平报》连载《黄河游侠传》结束。18 日，《平报》开始连载武侠小说《燕赵悲歌传》，署"霄羽"。4 月末，王度庐回北平料理"文债"，于端午节后返青岛。不久，弟探骊与北平进步青年同来青岛，王度庐夫妇送他们取道上海奔赴陕北参加革命。

按：李丹荃在所遗手稿中说："弟弟到了青岛，我们大家分析了当时的形势，都赞成他去内地找出路。他们兄弟一向感情很好，分手时不无留恋。最后王度庐慨然说：'你就放心走吧，我们以后会团聚的，母亲的生活，家里的一切，有我呢。'他把自己的怀表给了弟弟。"

7 月 7 日，卢沟桥事变爆发。9 日，《平报》连载《燕赵悲歌传》结束。10 日，《平报》开始连载武侠小说《八侠夺珠记》，署"霄羽"。30 日，北平、天津失守。

12 月底，青岛守军撤离。

按：伊筱农（1870—1946？），广东法政及警察速成学校毕业。1912 年来青岛，创办《青岛白话报》（后改名《中国青岛报》），在当地颇有影响。"伊"为满族所冠汉姓，可知李丹荃家族亦有满族血统。

《八侠夺珠记》殆未载完。

1938 年（民国二十七年，戊寅）　30 岁

1 月 10 日，日寇全面占领青岛。伊筱农博平路宅第被日军作为"敌产"

没收，王度庐夫妇与伯父同往宁波路4号租屋居住。生计陷入极度困难之时，王度庐偶遇在《青岛新民报》任副刊编辑的北平熟人关松海，应约向该报投稿。

5月30日、31日，《青岛新民报》发布《本报增刊武侠小说预告》，称"已征得名小说家王度庐先生之精心杰作长篇武侠小说《河岳游侠传》"，即将刊出。是为"度庐"笔名首次见报。

按：《青岛新民报》和后来的《青岛大新民报》在刊出王度庐作品之前都先发布预告，下不一一列载。

6月1日，《青岛新民报》开始连载武侠小说《河岳游侠传》，署"王度庐"。2日，《青岛新民报》刊载散文《海滨忆写》，署"度庐"。

11月15日，《河岳游侠传》连载结束。共20回，未见单行本。16日，《青岛新民报》开始连载武侠悲情小说《宝剑金钗记》，署"王度庐"。配图：刘镜海。

按：刘镜海，时在海泊路23号开设"镜海美术社"，除为王氏作品配插图外，在生活上与王度庐夫妇也经常互相照顾。

1939年（民国二十八年，己卯） 31岁

是年春，王度庐长子生于青岛。4月24日，《青岛新民报》开始连载社会言情小说《落絮飘香》，署"霄羽"。配图：许清（刘镜海笔名）。7月29日，《宝剑金钗记》在《青岛新民报》载毕。30日，《青岛新民报》开始连载武侠悲情小说《剑气珠光录》。

是年，青岛新民报社印行《宝剑金钗记》单行本，前有王度庐自序，谓"频年饥驱远游，秦楚燕赵之间跋涉殆遍，屡经坎坷，备尝世味，益感人间侠士之不可无。兼以情场爱迹，所见亦多，大都财色相欺，优柔自误。因是，又拟以任侠与爱情相并言之，庶使英雄肝胆亦有旖旎之思，儿女痴情不尽娇柔之态。此《宝剑金钗》之所由作也"。

按：《宝剑金钗记》自序仅见于青岛新民报版单行本，也是至今所见王度庐为自己著作所写申述创作意图的唯一自序（其他著作连载时虽或亦加引言，均系说明性文字，出版单行本时皆被删除）。

1940 年（民国二十九年，庚辰）　32 岁

2 月 2 日，《落絮飘香》在《青岛新民报》载毕。3 日，《青岛新民报》开始连载社会言情小说《古城新月》，署"霄羽"，配图：许清。22 日，《青岛新民报》刊载《〈落絮飘香〉读后》，作者傅珊琳系关松海之夫人。文中介绍霄羽"曩在北京主编《小小日报》时，以著侦探小说知名"，并且透露"霄羽""度庐"实为一人。

4 月 5 日，《剑气珠光录》载毕，随后亦由报社印行单行本。7 日，《青岛新民报》开始连载《舞鹤鸣鸾记》，署"王度庐"，配图：刘镜海。此日所载为该书"序言"，出单行本时被删却，全文如下："内家武当派之开山祖张三丰，本宋时武当山道士，曾以单身杀敌百余，因之威名大振。武当派讲的是强筋骨、运气功、静以制动、犯则立仆，比少林的打法为毒狠，所以有人说'学得内家一二，即足以胜少林。'此派自张三丰累传至王咸来，咸来弟子黄百家，又将秘传歌诀，加以注解，所以内家拳便渐渐学术化了。可是后因日久年深，歌诀虽在，真功夫反不得传。自清初至近代，武当派中的侠士实寥寥无几，有的，只是甘凤池、鹰爪王、江南鹤等。甘凤池系以剑术称，鹰爪王专长于点穴，惟有江南鹤，其拳剑及点穴不但高出于甘、王二人之上，且晚年行踪极为诡异，简直有如剑仙，在《宝剑金钗记》与《剑气珠光录》二书中，这位老侠只是个飘渺的人物，如神龙一般。而本书却是要以此人为主，详述他一生的事迹。又本书除江南鹤之外，尚有李慕白之父李凤杰，及其师纪广杰。所以若论起时代，则本书所述之事，当在李慕白出世之前数十年了。"

8 月 16 日，南京《京报》开始连载《风雨双龙剑》，署"王度庐"。配图：刘镜海。

按：南京《京报》为汪伪时期出版的四开小报，原系三日刊，1940 年 8 月 16 日改为日报，终刊于 1945 年 8 月 16 日。该报约得王度庐文稿，当亦出诸关松海之介绍。

介绍王度庐去市立女中代课的是潘思祖，字颖舒，河北邢台人，1930 年毕业于河北大学国文系，时在青岛市立女中任教。李丹荃在回忆手稿中说："潘先生常来我家，一坐就是半天。他善谈吐，知道的事情多，打开话匣子什么都说。""潘先生是王度庐那时唯一可以谈得来的人，只有和潘先生在

一起，王度庐才肯毫无顾忌地说话。在有些言情小说里，故事情节也是取自潘先生的谈话资料。"王子久则在《王度庐和他的小说》（载于1988年1月9日《青岛日报》）中说，"下课后学生常常把他包围起来"，要求他别把《落絮飘香》《古城新月》里女主人公的下场写得太惨。

1941年（民国三十年，辛巳）　33岁

是年王度庐任青岛圣功女中教员。3月15日，《舞鹤鸣鸾记》在《青岛新民报》载毕，随后亦由报社印行单行本。16日，《青岛新民报》开始连载《卧虎藏龙传》，配图：刘镜海。4月10日，《古城新月》在《青岛新民报》载毕。11日，《青岛新民报》开始连载《海上虹霞》，署"霄羽"。配图：许清。5月9日，《风雨双龙剑》在南京《京报》载毕，共17回。随后即由报社印行单行本。10日，南京《京报》开始连载《彩凤银蛇传》，署"度庐"。配图：刘镜海。8月27日，《海上虹霞》在《青岛新民报》载毕。28日，《青岛新民报》开始连载社会小说《虞美人》，署"霄羽"。配图：许清。

按：《风雨双龙剑》连载本与后来的上海育才书局重印本相比，在回目、内文上都略有差别，后者当经作者修订。

1942年（民国三十一年，壬午）　34岁

是年王度庐曾任青岛市立女中代课教员一个多月。

按：青岛王铎先生之母当年为市立女中教员，他听母亲说，王度庐担任的是培训社会人员的课程，上课地点在市立女中附小（即位于朝城路5号的今朝城路小学）。

3月1日，《彩凤银蛇传》在南京《京报》载毕，共13回。2日，南京《京报》开始连载《纤纤剑》，署"王度庐"。配图：刘镜海。3日，南京《京报》刊载读者傅佑民来信《关于〈彩凤银蛇传〉鲁彩娥之死》，对《彩凤银蛇传》女主人公因伤重死于中途而未见到自幼失散之生母的结局提出异议。该报副刊编辑在《编者谨按》中说："王先生写鲁彩娥之死，才正是脱去中国武侠小说的旧套……给读者一种'此恨绵绵无绝期'的尾巴……这才是全书的力量。""读者越是这样着急、气愤，越是著者的成功，越见王先生文笔感人之深。

6日，《卧虎藏龙传》在《青岛新民报》载毕。同日，南京《京报》又载读者陈中来信，再次对《彩凤银蛇传》写鲁海娥之死提出商榷，以为固然"不必'大团圆'或带'回令'"，而"'见娘'似为必要"。信中还提及"某日路过平江府街，闻一擦皮鞋者与一少年，亦在津津然预测鲁海娥之未来"，可见读者关心之一斑。7日，《青岛新民报》开始连载《铁骑银瓶传》，署"王度庐"。配图：刘镜海。17日，南京《京报》再载读者王德孚来信，认为虽然鲁海娥之死写得好，但是还应加上一些交代后事、劝导爱人走正路的临终遗言。24日，南京《京报》刊出王度庐《关于鲁海娥之死》一文，回答读者批评，说明"在写该书的第一回之前，我就预备着末了是一幕悲剧。""向来'大团圆'的玩意儿总没有'缺陷美'令人留恋，而且人生本来是一杯苦酒，哪里来的那么些'完美'的事情？'福慧双修'的女子本来就很少，尤其是历史或小说里的'美人'。古人云：'自古美人如名将，不许人间见白头。'西施为千古美人，原因是她后来没有下落；林黛玉是读过了《红楼梦》的人一定惋惜的，原因也是她早死。近代的赛金花就不够'绝代佳人'的条件，她是不该后来又以老旦的扮相儿再登台。'好花不常开，好景不常在'，美与缺陷原是一个东西。本此种种理由，于是我更得叫我们的'粉鳞小蛟龙'死了。""因为这样的女人决不可叫她去与人'花好月圆'，度那庸俗的日子；尤其不能叫她跟十三妹一样去二妻一夫的给男子开心。"

10月31日，《纤纤剑》在南京《京报》载毕，共10回。

是年，《青岛新民报》与《大青岛报》合并，更名《青岛大新民报》。

1943年（民国三十二年，癸未）　35岁

是年王度庐曾任《治平月刊》编辑员一个多月。1月23日，南京《京报》开始连载《舞剑飞花录》，署"王度庐"。配图：刘镜海。

10月5日，《青岛大新民报》刊出《寒梅曲》广告，其中说："名小说家王霄羽先生自为本报撰《落絮飘香》《古城新月》《海上虹霞》《虞美人》等数篇之后，篇篇脍炙人口，远近交誉，百万读者每日争先竞读，投来赞誉之函件无数。盖王君文学湛深，复精研心理学，对于社会人情，观察最深；国内足迹又广，生活经验极为丰富；并以其妙笔，参合新旧写法，清俊流畅，细

腻转宛；描写之人物，皆跃跃如生，令人留下深深印象。其所选之故事，又皆可悲可喜，新颖而近情合理，章法结构，亦极严谨，无懈可击。即以现刊之《虞美人》言，连刊二年余，若换他人之著作，恐早已令人生倦，然王君之文，日日有新的描写，故事有新的发展变幻，令人如食橄榄，越嚼其味越长；如观大海，久望而其波澜无尽。是以每日每人争相阅读，并常有向本社函电相询者。此均系事实，凡读者皆能信而不疑者也。故虽饱学之士，极富人生阅历之人，对王君之著作亦莫不称誉，谓之为当代第一流之小说家。今《虞美人》即将终篇，新作已由王君开始动笔，名曰《寒梅曲》。系由民国初年北京极繁华之时写起，先述女伶之生活，但与一般的俗流写法迥异；次叙一好学上进的女子，于艰苦环境之中不泯其志气，不失其天真。渐展为一段恋爱，男主角为一音乐家，于是《寒梅曲》遂写入本题矣。其后则此女主角遭境改变，如寒梅之遇风雪，花片纷落，然不失其皓洁。中间穿插许多新奇而合理之故事，出现许多面貌不同、心情各异之人物，但人物虽多而不杂乱，每个人又都是在前几篇中未见过的，可也就许是读者眼前常见的。写至中段，则情节极为紧张，能不下泪、不感动者恐少；斯时又写一洁身自爱、有为之少年人，排万难立其身，颇富伦理知识，且有教育意味。至篇末结束之时，写得尤为高超，读者到时自然赞佩。并且此书与前几篇不同，王君之作风稍加改变，简洁流丽，不作繁冗之藻饰，不用生涩的字句，更以悲哀与滑稽相衬而写，非但令人回肠荡气，有时亦令人喷饭。总之，王君之作品早已成熟，已至炉火纯青之候，已有挥洒自如之才力，此《寒梅曲》尤最，不待多加介绍也。"6日，《虞美人》在《青岛大新民报》载毕。7日，《青岛大新民报》开始连载《寒梅曲》，署"霄羽"。配图：许清。

　　按：因存报缺失，《寒梅曲》连载结束时间未详。

1944年（民国三十三年，甲申）　36岁

　　是年《铁骑银瓶传》在《青岛大新民报》载毕（具体月、日未详）。1月18日，《舞剑飞花录》在南京《京报》载毕，共19章。19日，南京《京报》开始连载《大漠双鸳谱》，标"侠情小说"，署"王度庐"。配图：镜海。7月3日《大漠双鸳谱》载毕，共6章。4日，南京《京报》开始连载《春明小侠》，标"侠

情小说"，署"王度庐"。

按：《舞剑飞花录》后由上海励力出版社印行单行本，改题《洛阳豪客》，被压缩为 16 章。连载本之章题与单行本完全不同，文字出入也较大。

又，本年上海《戏世界》报曾刊出武侠小说《铁剑红绡记》，署"王度庐"，现仅存 4030、4031、4032、4033、4034、4035、4036、4038、4039、4040 十期（即十段连载文本，分别属于第一、二章，时间为 3 月 20 日至 30 日）。待辨真伪。

1945 年（民国三十四年，乙酉）　37 岁

2 月 18 日，王度庐之女生于青岛。25 日，《春明小侠》载至第 20 章。5 月 1 日，南京《京报》连载《琼楼双剑记》第二章，署"王度庐"。同日，青岛《民民民》月刊连载《锦绣豪雄传》，署"王度庐"。是年夏秋之际，《青岛大新民报》停刊。8 月 15 日，日本正式宣布投降。10 月 25 日，青岛举行日军受降典礼。《青岛时报》等老报复刊，《民治报》《民众日报》等新报创刊。

按：《春明小侠》于本年 2 月 25 日载至第二十章，改标"武侠小说"，以下报纸缺失，连载结束时间当在 4 月末。《琼楼双剑记》亦因报纸缺失而不知始载时间；至 5 月 27 日，所载内容仍为第二章，以后殆未续载。《锦绣豪雄传》亦未载完。

1946 年（民国三十五年，丙戌）　38 岁

是年王度庐为维持生计，曾任赛马场办事员，于周日售马票。12 月 2 日，《青岛时报》开始连载王度庐所著武侠小说《紫凤镖》，署名"鲁云"。

1947 年（民国三十六年，丁亥）　39 岁

5 月 1 日，青岛《民治报》开始连载王度庐所撰武侠小说《太平天国情侠传》，署"鲁云"。19 日，青岛《大中报》开始连载王度庐所撰武侠小说《清末侠客传》，署"鲁云"。6 月 11 日，《青岛时报》开始连载王度庐所撰社会言情小说《晚香玉》，署"绿芜"。7 月 18 日，《紫凤镖》在《青岛时报》载毕。19 日，《青岛时报》开始连载王度庐所撰武侠小说《雍正与年羹尧》，署"鲁云"。是年王度庐收到弟弟来信，得知中共即将获得全面胜利。

按：《太平天国情侠传》仅见一节，未知是否载毕。《雍正与年羹尧》《清末侠客传》当于次年载毕。

李丹荃在回忆文中说："1947年，我们忽然收到分离多年的弟弟的信，那信是经过几个人辗转捎来的。信中大意是：我在外买卖很好，我们不久即可团聚，望你们放心。信虽很短，但却是莫大喜讯。信中真实的含义，我们是明白的，知道多年的战争是将结束了。只是这时他们在北平的母亲已故去，没有来得及知道，是终身遗憾。"

1948年（民国三十七年，戊子）　40岁

是年王度庐曾任青岛摊商工会文牍。1月31日，《晚香玉》在《青岛时报》载毕。2月1日，《青岛时报》开始连载《粉墨婵娟》，署"绿芜"。4月29日，《青岛时报》开始连载武侠小说《宝刀飞》，署"鲁云"。6月，上海育才书局出版增订本《风雨双龙剑》。7月10日，《粉墨婵娟》在《青岛时报》载毕。15日，《青岛时报》开始连载侠情小说《燕市侠伶》，署"绿芜"。9月17日，《宝刀飞》在《青岛时报》载毕。9月20日，《青岛公报》开始连载武侠小说《金刚玉宝剑》，署"王度庐"。

按：《金刚玉宝剑》之"玉"字当系"王"字之误，参见丁福保主编之《佛学大辞典》：【金刚王宝剑】（譬喻）临济四喝之一，谓临济有时一喝，为切断一切情解葛藤之利剑也。《临济录》曰："师问僧：有时一喝如金刚王宝剑，有时一喝如踞地金毛狮子，有时一喝如探竿影草，有时一喝不作一喝用，汝作么生会？僧拟议，师便喝。"《人天眼目》曰："金刚王宝剑者，一刀挥断一切情解。"又：【金刚】（术语）梵语曰缚罗。……译言金刚，金中之精者，世所言之金刚石是也。……又（天名）持金刚杵之力士，谓之金刚。……【金刚王】（杂语）金刚中之最胜者，犹言牛中之最胜者为牛王也。……

9月24日，青岛《军民晚报》开始连载武侠小说《龙虎铁连环》，署"王度庐"。10月，上海励力出版社将《清末侠客传》分为两册印行，分别改题《绣带银镖》《冷剑凄芳》。11月，上海励力出版社出版《宝刀飞》。同年，上海励力出版社还出版或再版了王度庐的以下作品：《鹤惊昆仑》（即《舞鹤鸣鸾记》），《宝剑金钗》（即《宝剑金钗记》），《剑气珠光》（即《剑气珠光录》），《卧虎藏龙》（即《卧虎

藏龙传》）,《铁骑银瓶》（即《铁骑银瓶传》）,《紫电青霜》,《新血滴子》（即《雍正与年羹尧》）,《燕市侠伶》,《落絮飘香》《琼楼春情》《朝露相思》《翠陌归人》（此为《落絮飘香》连载本的四个分册）,《暴雨惊鸳》（此为《寒梅曲》连载本的第一分册,以下分册未见）,《绮市芳荟》《寒波玉蕊》（此为《晚香玉》连载本的两个分册）,《粉墨婵娟》《霞梦离魂》（此为《粉墨婵娟》连载本的两个分册）。

按:《燕市侠伶》之后集为《梅花香手帕》。后集未见连载,励力版《燕市侠伶》亦未见,该版当不包括后集。

1949 年（己丑）　41 岁

是年,王度庐之弟谭立（即王探骊）出任中共大连市委副书记。1月1日,青岛《民治报》开始连载《玉佩金刀记》,署"王度庐"。未完。2月,《金刚玉宝剑》改由《联青晚报》连载。4月,上海励力出版社出版《金刚玉宝剑》,共三册。6月29日,王度庐幼子生于青岛。

是年秋,王度庐夫妇携长子、女儿同由青岛迁往大连（幼子暂留青岛）。王度庐任旅大行政公署教育厅编审委员。李丹荃先在市教育局初教科任科员,后任教于英华坊小学和大同坊小学。

本年,重庆千秋书局出版《紫凤镖》。上海励力出版社还出版了王度庐的下列作品:《朱门绮梦》《小巷娇梅》《碧海狂涛》《古城新月》（此为《古城新月》连载本的三个分册）,《海上虹霞》《灵魂之锁》（此为《海上虹霞》连载本的两个分册）,《琴岛佳人》《少女飘零》《歌舞芳邻》（此为《虞美人》连载本的前四个分册,以下分册未见）,《洛阳豪客》（即《舞剑飞花录》）,《风尘四杰》,《香山侠女》,《春秋戟》,《龙虎铁连环》等。

1950 年（庚寅）　42 岁

王度庐在旅大行政公署教育厅任编审委员。

1951 年（辛卯）　43 岁

王度庐调入旅大师范专科学校任教员。

1953 年（癸巳）　45 岁

是年夏，王度庐调入沈阳东北实验学校（现辽宁省实验中学）任语文教员，李丹荃任该校舍务处职员。

1955 年（乙未）　47 岁

5 月，《人民日报》公布《关于胡风反革命集团的材料》。在清查"胡风分子"时，王度庐曾经受到无端怀疑。

1956 年（丙申）　48 岁

1 月 13 日，文化部发出《关于续发处理反动、淫秽、荒诞图书参考目录的通知（56）（文陈出密字第 9 号）》，其第二条称："有一些人专门编写反动、淫秽、荒诞的图书，如徐訏、无名氏、仇章专门编写政治上反动的、描写特务间谍的小说，张竞生、王小逸（捉刀人）、蓝白黑、笑生、待燕楼主、冷如雁、田舍郎、桑旦华专门编写含有反动政治内容或淫秽、色情成分的'言情小说'，朱贞木、郑证因、李寿民（还珠楼主）、王度庐、宫白羽、徐春羽专门编写含有反动政治内容或淫秽、色情成分的神怪、荒诞的'武侠小说'。为了肃清反动、淫秽、荒诞的图书，请各省市文化局在审读图书时，对于徐訏……徐春羽等二十一人编写的图书特别加以注意。但决定是否处理和如何处理，仍应按书籍内容而定。"（见中国出版科学研究所、中央档案馆编：《中华人民共和国出版史料》第 8 辑，中国书籍出版社，2002。）

同年，王度庐加入中国民主促进会，并任该会沈阳市第五届市委委员；又曾被选为皇姑区政协委员和沈阳市第六届人民代表大会代表。

按：以上政治身份据辽宁省实验中学所存退休人员登记表及李丹荃回忆文。加入民进当在本年，其他事项或在其后，因无法查实年份，姑均暂系于本年。

1957 年（丁酉）　49 岁

实验中学也掀起"反右"运动，王度庐没有受到大冲击。

1966 年（丙午）　58 岁

"文化大革命"爆发。王度庐受到冲击，被贬入"有问题的人学习班"，接受"清队"审查。

1968 年（戊申）　60 岁

王度庐仍处于"逍遥"状态。

1969 年（己酉）　61 岁

王度庐当在是年被结束"审查"，获得"解放"，即被宣布没有查出问题，恢复原来的政治身份。

按：依照"文革"程序，"有问题的人"被"解放"之前，仍需召开一次表示"结案"的批判会。李丹荃在回忆文中写道："……开了一个小型批判会。也不知从什么地方找来一本《小巷娇梅》，批判者念一段，批判一番……当批判者念到生动有趣处，听者笑了，王度庐也忍不住笑了，当然要招来申斥：'你还笑？你要端正态度！'批判者们又从我们家拿走了我们的一本相册，里面有两张全家照片。一张中有我抱着 1949 年初生的幼子；另一张是我穿着在旅大行政公署发的女干部服装，王度庐穿着他兄弟给他的呢子干部服装。批判者举着照片说：'你们穿得这么好，可见你们过去生活多么优越！你爱人还穿着裙子！'……对他的批判只是一种虚张声势的形式。那些老师并未认真对待。"

1970 年（庚戌）　62 岁

是年春，王度庐以退休人员身份，随李丹荃下放到辽宁省昌图县泉头公社大苇子大队，不久转到泉头大队。

按：王度庐幼子在一封信里这样回忆父母被"下放"的情景："……我在农村'接受再教育'，得知后立即赶回家。前往农村时，年迈的父母坐在卡车顶上，一路颠簸。爸爸当时身体就很不好，加上这一折腾，半路解手时，站了半天也解不出来。妈妈晕车，走一路吐一路。那情景我现在回忆起来都止不住要流泪。"

　　其女则曾在一封信里回忆到昌图看望父母的情景:"听说他们下乡了,我很急,不久就请假找去了。他们一辈子住在城里,父亲更是年老体弱,手无缚鸡之力,忽然到了农村,借住在人家的半间小屋里,怎么生活?""我还没走到家,就远远地看见父亲坐在一棵繁茂的大树下(很像一幅中国山水画),我的心顿时平静下来了。他永远是那么心平气和,不知是怎么修炼的。""我女儿小时候跟我父母在农村住过。有一次闹觉(困了,不睡,哭闹),我很烦,可我父亲说:'世界多美好啊,她是舍不得去睡觉啊。'""有时,父亲用手比成一个取景框,东照一下,西照一下,对我的小孩说:'快来看,这边是一个景,那边也是一个景。'(父亲原本喜欢摄影,在小说《海上虹霞》中曾写到购买'莱卡'照相机,就颇内行。)他还常让母亲下地干活回来时带些野花野草。那时父 亲走路已不太方便了。"

1972 年(壬子)　64 岁

　　王度庐在昌图。其幼子考入迁至铁岭的沈阳农学院农学系。

1974 年(甲寅)　66 岁

　　1 月 14 日,长子突然亡故,王度庐夫妇不胜哀痛。

　　同年,幼子毕业于迁至铁岭的沈阳农学院农学系,留校任教。李丹荃于下放人员"落实政策"时也被安排退休。

1975 年(乙卯)　67 岁

　　王度庐夫妇迁往铁岭与幼子同住。

1977 年(丁巳)　69 岁

　　2 月 12 日,王度庐因病卒于铁岭。

　　按:李丹荃在回忆手稿中这样记述丈夫逝世的情景:"儿子工作的学校已放了寒假,这天正是旧历年末。晚上儿子去办公室值夜,女儿远在几千里外工作。我们住在一间很小的宿舍里,暖气不热,电灯不亮,风吹得屋外树枝簌簌地响，偶然能听得到远处一声声犬吠。他病已重危，该说的话早已说完，他静静地合上双眼去了。我不愿惊动他，也不想叫别人，坐在床前陪伴着他，送他安静地走完了人生最后的旅程，时年六十八（周）岁……我遵从他的遗嘱，没有通知很多人，没有举行一切世俗的仪式，没有哀乐，没有纸花，悄然地由他的儿子和几位热情的青年同事用担架（把他）抬到离我家很近的火葬场。"

（承张元卿博士协助查阅南京《京报》并发现、提供有关陕西教育月刊、旬刊资料，特此致谢！）

2016 年 1 月修订

《王度庐作品大系》书目一览表

武侠卷第一辑（2015 年 7 月已出版）
1. 鹤惊昆仑（上、下） 2. 宝剑金钗（上、下） 3. 剑气珠光（上、下） 4. 卧虎藏龙
（上、下） 5. 铁骑银瓶（上、中、下）

武侠卷第二辑（待出版）
1. 风雨双龙剑 2. 彩凤银蛇传 3. 纤纤剑 4. 洛阳豪客 5. 大漠双鸳谱 6. 紫电青霜
7. 紫凤镖 8. 绣带银镖 9. 雍正与年羹尧 10. 宝刀飞 11. 金刚玉宝剑

社会言情卷（待出版）
1. 落絮飘香 2. 古城新月 3. 海上虹霞 4. 虞美人 5. 晚香玉 6. 粉墨婵娟 7. 风尘
四杰 8. 香山侠女

早期小说与杂文卷（待出版）
1. 杂文 2. 早期小说：红绫枕 鳌汉海盗 黄河游侠传 3. 散佚作品精选集：燕市侠
伶 虞美人 春明小侠 春秋戟 寒梅曲